INY LORENTZ

Derrière le nom d'Iny Lorentz se cache un auteur munichois hors pair dont le premier roman historique, *La Castrate*, a tenu plus d'un lecteur en haleine. Ont suivi de nombreux best-sellers, lesquels se déroulent tous dans l'atmosphère de Munich.

LA CATIN

INY LORENTZ

LA CATIN

*

Traduit de l'allemand
par Frédéric Weinmann

PRESSES DE LA RENAISSANCE

Titre original :
DIE WANDERHURE
publié par Droemersche Th. Knaur Nachf. GmbH & Co

ISBN : 978-2-266-17617-0

PREMIÈRE PARTIE

LE PROCÈS

Constance,
en l'an de grâce 1410

1

Marie, qui avait mauvaise conscience, se faufila dans la cuisine et essaya de se remettre au travail le plus discrètement possible. Cependant, Wina, l'intendante, avait remarqué son absence. La petite femme trapue à la mine probe mais sévère et aux couettes déjà grisonnantes lui fit signe d'approcher avec un air de reproche. Une fois Marie devant elle, elle lui posa une main sur l'épaule et poussa un profond soupir.

La femme de Maître Matthis étant morte en couches, elle s'était efforcée de tenir lieu de mère à l'orpheline. Il n'avait pas toujours été facile de trouver le juste milieu entre l'indulgence et la sévérité, mais jusqu'à présent elle n'avait pas eu à se plaindre. L'enfant curieuse et souvent téméraire était devenue une pucelle obéissante et pieuse dont le père pouvait être fier. Néanmoins, depuis le jour où elle avait appris qu'on allait la marier, la jeune fille était comme métamorphosée. Au lieu de chantonner et de sautiller gaiement à travers la maison, elle accomplissait son travail la mine renfrognée et faisait penser à un poulain auquel on met des rênes pour la première fois.

Une autre se serait réjouie d'apprendre qu'un homme de bonne famille la demandait en mariage. Marie, elle, avait été bouleversée, comme si elle craignait de franchir le pas le plus important dans la vie d'une femme. Pourtant, elle n'aurait pas pu mieux tomber. Son prétendant était Maître Ruppertus Splendidus, fils d'un comte suzerain et d'une serve. Malgré son jeune âge, c'était déjà un avocat réputé qui avait devant lui un brillant avenir.

Wina supposait que ce grand seigneur avait jeté son dévolu sur Marie parce qu'il lui fallait une femme assez énergique pour gérer une grande maison et de nombreux domestiques – une idée qui la remplissait de fierté car c'était elle qui avait appris à Marie à faire preuve d'initiative et à ne pas rechigner à l'ouvrage. Cette pensée la ramena à la réalité. Les préparatifs de noces étaient loin d'être achevés et la nuit tombait déjà. Elle se pressa de donner à Marie un récipient rempli de pâte.

— Tiens ! Pétris-moi ça ! Et je ne veux pas voir un grumeau. Tu peux me dire où tu étais ?

— Dans la cour. Je voulais juste prendre l'air.

Marie baissa la tête pour éviter que Wina ne voie son expression boudeuse. La vieille femme ne lui en aurait fait que plus de reproches et lui aurait tenu un discours sur les devoirs conjugaux, farci d'allusions troublantes. L'adolescente n'arrivait pas à lui faire comprendre qu'elle avait peur de la tournure inattendue qu'avait prise son existence. Fille unique, elle venait tout juste de fêter ses dix-sept ans et, de ce fait, n'était pas prête pour le mariage. Or, voilà que dans quelques jours elle serait livrée à l'autorité d'un homme pour lequel elle n'éprouvait pas le moindre sentiment.

Pour autant qu'elle se souvienne, Ruppertus Splendidus était de taille moyenne, et maigre comme beaucoup de jeunes gens de sa connaissance. Son visage était trop anguleux pour être joli, mais il n'était pas désagréable. En revanche, ses yeux semblaient transpercer tout ce qu'ils voyaient. La seule fois qu'elle l'avait rencontré, elle avait été prise de frissons à la vue de son regard et au contact de sa main froide et presque sans vie. Toutefois, elle n'arrivait pas à faire comprendre à Wina et à son père pourquoi elle se sentait mal à l'idée d'épouser le fils du comte von Keilburg.

Comme l'intendante semblait toujours disposée à lui faire un sermon sur les bons usages, Marie tenta de changer de sujet.

— Les ballots de drap flamand que les rouliers ont remontés du port aujourd'hui sont encore dans la cour, et on dirait bien qu'il va pleuvoir.

— Quoi ? Ce n'est pas possible ! Il faut mettre la marchandise à l'abri au plus vite. Malheureusement, tous les charretiers sont à l'auberge en train de faire la fête en l'honneur de ton mariage. J'aurais beau rouspéter ou les supplier, je ne risque pas de les en faire sortir. Je vais voir si j'arrive à trouver un de nos valets et à le convaincre de mettre au moins une bâche. Vous n'avez qu'à continuer sans moi pendant ce temps-là.

Cette dernière phrase ne s'adressait pas seulement à Marie, mais aussi à Elsa et Anne, les deux servantes absorbées dans les préparatifs de la noce. En comparant son destin à celui des deux sœurs, la future mariée devait reconnaître qu'elle avait de la chance de passer pour un bon parti. En même temps, elle était inquiète : comment pourrait-elle jamais être heureuse avec un homme aussi expérimenté que Ruppertus Splendidus, un homme qui frayait avec les conseillers et les princes de l'Église et qui l'épousait pour sa dot ?

Elle essaya de s'imaginer jour après jour auprès d'un mari qui ne lui offrirait que peu d'affection et pour lequel elle n'éprouverait elle-même pas grand-chose. Wina et le curé lui avaient assuré que les sentiments venaient après le mariage et qu'elle devait par conséquent s'efforcer d'être une bonne épouse. Cependant, elle en doutait, même si elle ignorait ce qu'était l'amour. Le seul garçon pour lequel elle avait quelque sympathie était Michel, un camarade de jeu qu'elle connaissait depuis l'enfance. Mais il était hors de question de l'épouser, car cinquième fils d'un aubergiste, il était pauvre comme Job.

Et pourtant, il y avait à Constance bien d'autres jeunes gens, qu'elle côtoyait soit à la messe dominicale soit au marché. Elle se demandait pourquoi son père ne l'avait pas mariée à l'un d'eux, au fils d'un voisin ou d'un associé par exemple, comme c'était la coutume dans les grandes familles de la ville. Pourquoi préférait-il la donner à un étranger qui ne lui avait pas adressé une seule parole aimable ? Elle se reprochait sa pusillanimité. La plupart des jeunes filles se voyaient unies à des hommes qu'elles connaissaient à peine et n'en étaient pas moins des fiancées et des épouses heureuses. Son père ne voulait que son bonheur. Il savait, bien sûr, si l'avocat était ou non un bon choix pour elle. Pourtant, il aurait quand même pu lui demander son avis. Elle enfonça la cuillère dans la jatte en soufflant et battit la pâte comme s'il s'agissait de son pire ennemi.

Peu après, un jeune homme qui vacillait sous le poids d'un gros tonneau entra dans la cuisine. C'était Michel Adler, le fils de l'aubergiste Guntram qui tenait la brasserie dans la rue du Chat. Il posa le tonneau sur la table et reprit haleine avec soulagement.

— Bonsoir ! J'apporte la bière du mariage.

Elsa émit un petit grognement, comme un chaton.

— Ça ne pouvait pas attendre jusqu'à demain matin ? Maintenant, c'est Anne et moi qui allons devoir porter ce fût à la cave.

Sa sœur adressa au jeune homme un sourire qui aurait pu, croyait-elle, faire fondre la glace.

— Michel n'est quand même pas un malotru qui laisse de faibles jeunes filles soulever un tel fardeau. N'est-ce pas, Michel ? Tu veux bien descendre le tonneau ?

L'intéressé croisa les bras sur la poitrine et secoua la tête dans un geste de refus.

— Ce n'est pas mon rôle. On m'a seulement dit de le livrer.

— Qu'est-ce qui te prend ? D'habitude, tu es si serviable. Tu veux imiter tes imbéciles de frères ?

Anne jeta un regard furieux au fils de l'aubergiste et ordonna à sa sœur de l'aider. Les deux servantes soulevèrent le tonneau et descendirent l'étroit escalier qui menait à la cave à provisions avec force soupirs et gémissements.

Marie entendit la trappe se rabattre derrière elle, puis se retrouva seule avec Michel.

— Tu l'aimes ?

La question de son ancien camarade de jeu était si inattendue qu'elle ne comprit pas tout de suite. Elle le regarda stupéfaite. Malgré son hâle, il paraissait blême. Et il grinçait si fort des dents que les muscles de ses mâchoires ressortaient comme des nœuds sous la peau.

Il avait environ trois ans de plus qu'elle. Enfant, il avait toléré qu'elle le suive partout. Il l'avait laissée le regarder pêcher, avait de temps à autre joué avec elle à cache-cache et lui avait raconté des histoires merveilleuses. En retour, elle lui avait offert des guirlandes de fleurs et l'avait admiré comme un roi. Seulement, comme l'aubergiste était de condition très inférieure à son père, on lui avait interdit de le fréquenter à partir de ses douze ans. Depuis, elle ne l'avait plus guère rencontré qu'à l'église, en compagnie de sa famille.

C'était la première fois depuis bien des années qu'elle le revoyait de si près. Il avait certes grandi, mais était toujours aussi mince qu'auparavant. Son front haut, sa mâchoire puissante et ses larges épaules qui tendaient le tissu de son sarrau laissaient à penser qu'il prendrait du poids dès qu'il pourrait manger plus que la maigre pitance servie par le patron du *Adler* à ses derniers-nés. Ce sera sans doute un bel homme, pensa Marie avec un soupçon de tristesse. Pourtant, cela ne lui servira pas à grand-chose : le cinquième fils d'un aubergiste ne compte guère plus qu'un domestique et il ne pourra jamais fonder de famille. C'est pourquoi elle le trouvait assez culotté de lui poser une telle question. Néanmoins, au nom de leur ancienne amitié, elle lui répondit quand même.

— Je connais à peine Maître Splendidus. Mais puisque mon père l'a choisi, ce doit être celui qu'il me faut.

Tout en parlant, elle s'en voulut de ces paroles. Elle aurait pu lui dire la vérité. Lui non plus ne sembla guère satisfait de sa réponse ; ses yeux brillèrent de rage. Marie se demanda s'il était jaloux. Ce serait stupide de sa part, songea-t-elle, il devait quand même bien savoir que Matthis Schärer ne lui aurait jamais accordé sa fille. Il avait même repoussé Linhard Merk, qui était pourtant issu d'une famille de commerçants renommée et travaillait pour lui comme secrétaire.

Marie se souvenait parfaitement combien son père avait été furieux que Linhard ose demander sa main. Sous le coup de la colère, il l'avait même renvoyé, bien qu'il ait dû ensuite aller le rechercher parce que son employé avait su se rendre indispensable. Elle était heureuse de ne pas avoir été mariée au secrétaire, qu'elle n'aimait pas. Il rampait devant son père comme un serf devant son maître, tandis qu'il traitait les voituriers et les domestiques de haut, comme s'il était le patron. Elle n'aurait certainement pas été heureuse avec lui. C'était finalement une chance de pouvoir épouser un homme cultivé tel que Maître Ruppertus.

Michel ne se laissa pas rebuter ni par la brièveté de son explication ni par son air bourru.

— Et lui, il t'aime ?

Ce ton déplut à Marie qui répondit de ce fait de manière plus cassante qu'elle ne l'aurait voulu.

— J'imagine que oui. Sinon il ne m'aurait pas demandée en mariage.

Michel lâcha un soupir de mécontentement.

— Sais-tu vraiment de qui il s'agit ?

— Maître Ruppertus est un homme érudit et considéré. C'est un honneur pour moi qu'il m'ait élue.

Telles étaient à peu près les paroles dont avait usé son père pour lui annoncer sa décision.

Michel s'approcha d'elle et lui adressa un regard sérieux.

— Tu crois vraiment que tu seras heureuse avec lui ?

Elle releva le menton d'un air querelleur. Elle aurait volontiers répliqué que cela ne le regardait pas, mais en même temps, elle espérait qu'il pourrait lui en dire plus sur son futur époux. Elle esquissa malgré elle un sourire mélancolique.

— Comment le saurais-je ? Ne dit-on pas que l'amour et le bonheur ne viennent qu'après le mariage ?

— Je te le souhaite, s'exclama-t-il, mais j'en doute. D'après tout ce que j'ai entendu dire, ce Ruppert est un homme froid et calculateur, prêt à tout pour réussir.

Marie secoua la tête avec indignation.

— D'où tiens-tu cela ? Tu ne le connais pas personnellement ?

— À l'auberge, j'ai entendu des voyageurs raconter pas mal de choses sur lui. Ton prétendant est un célèbre avocat. Tu sais ce que c'est ?

— Non, pas exactement.

— C'est quelqu'un qui étudie les lois et fouille dans de vieux parchemins pour avantager un homme aux dépens d'un autre devant les tribunaux. Ton Ruppertus a aidé plusieurs fois son père, le comte von Keilburg, à s'approprier des châteaux forts, des terres ou des serfs par différentes ruses.

— Qu'est-ce qu'il y a de mal à cela ? Le comte a sans doute obtenu ce qui lui revenait.

Marie était fâchée de l'entendre rapporter les ragots de clients soûls. Il était manifestement si jaloux qu'il n'était venu que pour calomnier son fiancé. Déçue, elle lui tourna le dos et se consacra de nouveau à la pâte qu'elle n'avait que trop négligée.

Michel se serait volontiers enfui en courant, mais il s'arrêta à la porte, se retourna après une brève hésitation et revint vers la table de cuisine. Marie, elle, resta sur la défensive et baissa la tête au-dessus de la jatte. Fou de rage, il serrait les poings et cherchait les mots justes. Comment faire comprendre à cette pauvre innocente qu'elle courait à sa perte en acceptant les avances d'un infâme robin qui avait déjà causé le malheur de bien des gens et presque doublé la fortune de son impitoyable père ?

Michel supposait que Marie s'était laissé éblouir par les titres de l'avocat et les faveurs que lui accordaient des personnes influentes. Maintenant, elle allait comme un mouton à l'abattoir. Il commença plusieurs fois une phrase, mais la mine renfrognée de la jeune fille lui indiquait qu'il n'avait aucune chance de la convaincre. À la fin, il se dit qu'il avait été bien fou de venir. Un de ses frères aurait tout aussi bien pu apporter le tonneau.

— Eh bien, je m'en vais, lâcha-t-il dans l'espoir qu'elle l'exhorte à continuer de parler.

Marie secoua ses couettes avec rage et commença à écraser d'un mouvement énergique les grumeaux qui s'étaient formés dans la pâte.

Wina revint et fit de grands yeux en apercevant Michel.

— J'ai apporté la bière, expliqua-t-il pour excuser sa présence.

— Ah oui ? Et où est-elle ?

— Elsa et Anne l'ont descendue à la cave, répondit Marie à sa place.

— Elles sont dans la cave à provisions ? Mon Dieu, il faut que j'aille voir si ces pies voleuses ne se sont pas jetées sur les saucisses fumées !

Wina ouvrit la trappe et descendit l'escalier en haletant.

Marie trouvait injuste de traiter les deux domestiques de voleuses uniquement parce qu'elles mangeaient de temps en temps un restant de saucisse ou de viande. Mais pour l'intendante, c'était un péché capital contre lequel le pape lui-même était impuissant. La jeune fille sourit intérieurement. Wina imaginait le pape comme une sorte de saint auquel on pouvait adresser des prières. Actuellement, il y en avait même trois qui se battaient pour garder le siège pontifical. Marie ne s'y connaissait pas en ce domaine, mais son père discutait souvent de cette question avec ses amis autour d'un pichet de vin et forgeait l'espoir, en général bruyamment, que l'empereur remette de l'ordre dans tout cela et qu'il ramène enfin les curaillons à l'obéissance.

Un toussotement la ramena à la réalité. Michel était toujours là et lui jetait un regard implorant. Cependant, elle ne voulait plus entendre parler de lui. Demain, elle serait la femme du magistrat. Pour elle commencerait une nouvelle vie dans laquelle il n'y aurait pas de place pour un fils d'aubergiste présomptueux. Seuls ses domestiques auraient affaire à ce genre de personne, tandis qu'elle-même devrait s'occuper de la maison et se consacrer à son mari, qu'elle entendait servir avec dévouement et affection.

Tandis qu'elle prenait cette résolution, elle remarqua qu'elle ignorait où elle allait habiter après les noces. Maître Ruppertus ne possédait pas de maison à Constance, mais logeait, d'après ce que lui avait dit son père, au château de Keilburg, la résidence principale du comte. Allait-il l'emmener là-bas ?

Wina remonta de la cave en poussant devant elle les deux domestiques qui avaient l'air hargneuses. À en juger par son regard, l'intendante les avait surprises près des saucisses et avait réussi à les empêcher d'en manger.

— Tu es encore là ? rabroua-t-elle Michel.

Elle fit un geste comme pour désigner la porte. En fait, elle saisit la bourse accrochée par un cordon à sa taille épaisse et en sortit une pièce.

— Ah oui !... Tu attendais sans doute ton pourboire. Tiens, voilà !

Elle n'aurait pas pu mieux exprimer la différence qui existait entre un seigneur comme Ruppertus Splendidus et lui-même, pensa Michel, tenté de lui jeter son argent à la figure. Il ne savait plus ce qui lui avait pris, à vrai dire, de venir demander à Marie si elle savait à quoi elle s'engageait par ce mariage. Sans doute la jeune fille était-elle fière d'épouser un homme important et l'avait-elle oublié depuis belle lurette. Lui était sûr qu'elle ne serait pas heureuse avec son mari, mais il n'était pas en son pouvoir de la préserver de ce destin. Il se retourna tristement et sortit sans prendre congé. Une fois dans la cour, il laissa tomber la pièce de Wina comme si le métal lui brûlait la paume de la main.

2

Maître Matthis était si satisfait qu'il aurait pu ronronner comme un vieux matou devant la cheminée. Il observait ses invités et hocha la tête avec fierté. Ses deux amis et associés, le tonnelier Jörg Wölfling et le toilier Gero Linner, ne quittaient pas des yeux son futur gendre. Maître Ruppertus Splendidus était un seigneur distingué qui, contrairement à la majorité des jeunes gens, avait de la tenue et de bonnes manières. Il savait se comporter avec les personnes plus âgées, ayant une plus grande expérience de la vie. Même Mombert Flühi l'admirait et ne se donnait pas la peine de dissimuler la jalousie que lui inspirait la chance de son beau-frère.

Ruppertus Splendidus n'était ni hautain ni trop fier. Malgré son rang, il faisait preuve de beaucoup de modestie. Ses habits étaient de qualité, mais dénués de toutes les fantaisies par lesquelles les jeunes gens de son âge avaient désormais l'habitude de se mettre en valeur. Son manteau, accroché près de la porte, était en épaisse laine marron et sa veste grise était simple et confortable. Ses chausses vert foncé étaient certes étroites, mais n'outrageaient pas la pudeur comme les collants bariolés que portaient les fils de bonne famille.

Pour le reste aussi, Maître Ruppertus était au goût de son futur beau-père. Bien que fort jeune encore pour un érudit, il faisait déjà partie, à vingt-quatre ans, des conseillers de l'évêque de Constance, Otto von

Hachberg. Le plus souvent, il s'occupait néanmoins des affaires de son père, qui était l'un des hommes les plus influents du vieux duché de Souabe et qui ne dépendait que de l'empereur. Maître Matthis n'avait vu Heinrich von Keilburg qu'une seule fois, de loin, mais il pouvait énumérer toutes les terres qui lui appartenaient – en plus de son fief en Forêt-Noire – au bord du Rhin et du Danube.

Malgré tout, la différence de rang ne le gênait pas : en tant que bâtard, l'avocat n'avait aucun droit sur l'héritage. Les biens de famille reviendraient tous à Konrad, le fils légitime du comte, tandis que lui, Schärer, disposait d'une grande fortune. En dehors de la maison qu'il avait héritée de son père à Constance, le marchand possédait une propriété non moins belle à Meersburg, de l'autre côté du lac, et quelques-unes des meilleures vignes sur les coteaux de la rive nord. À chaque gorgée, il se réjouissait de la qualité du cru qu'il avait dans sa coupe. La vente de son vin lui avait tant rapporté qu'il était justement en train de faire construire une nouvelle maison au Paradis, le faubourg où les plus grandes familles avaient leur résidence d'été.

Plus encore qu'au vin, c'était au commerce avec l'étranger qu'il devait la richesse dont il aimait faire étalage. Il avait recouvert les murs de bois sombre et fait peindre les plafonds de plusieurs couleurs, comme cela se faisait dans les meilleures maisons. Pour sa pièce préférée, où il avait coutume de réunir ses amis, il avait importé d'Italie une grande table aux pieds arrondis et au plateau en marqueterie splendide. Ce soir, celle-ci était recouverte d'assiettes en argent, de gobelets aux bosselures raffinées et d'innombrables coupes en verre pour que ses hôtes ne manquent de rien. Des rideaux en brocart agrémentés de broderies et assortis aux vitres en cul-de-bouteille jaune pâle pendaient aux fenêtres et montraient aux passants que le propriétaire ne faisait pas partie des pauvres.

De son côté, Maître Splendidus examinait la silhouette haute et carrée de son futur beau-père avec un sourire énigmatique. Le ventre imposant du marchand tendait le velours vert foncé de ses vêtements, ses petits doigts boudinés étaient couverts de bagues en or garnies de pierres semi-précieuses dont un comte n'aurait pas eu à rougir, et les coussinets de graisse sous ses yeux, au niveau de son menton et dans sa nuque, prouvaient qu'avec l'âge le marchand s'adonnait volontiers aux plaisirs de la table et en particulier à ceux de l'alcool.

Matthis Schärer leva de nouveau sa coupe et but à la santé de ses invités. Contrairement aux autres, Ruppertus se contenta de tremper les lèvres. Bien que la soirée fût loin d'être finie, il était visible que Maître Matthis avait déjà beaucoup bu. Son large visage un peu grossier était rougi, et ses yeux gris, qui jetaient d'habitude des regards perçants et attentifs à ses intérêts, reposaient alors au fond de leurs orbites, éteints et injectés de sang.

Avec un sourire plus franc, Ruppertus lui glissa alors deux grands parchemins couverts d'une écriture dense.

— J'ai préparé le contrat en respectant tes désirs à la lettre, beau-père. Veux-tu bien vérifier que tout est conforme à ce que tu souhaites ?

Il est aussi calme, pensa Maître Matthis rempli d'admiration, que s'il s'agissait non pas de son mariage, mais de la vente d'un ballot de tissu. Il pouvait sans crainte confier sa fille et sa fortune à un homme pareil. Il prit donc le parchemin et le lut avec attention, comme il convient à un bon marchand. Il ne fut pas déçu. Ruppert s'était tenu presque mot pour mot à leur convention verbale. Il survola le passage où il s'obligeait à donner pour épouse à l'avocat une vierge vertueuse. Il n'avait rien à redouter sur ce point ; sa Marie avait toujours été une brave fille. En outre, Wina avait veillé à ce qu'aucun garçon ne l'approche de trop près. Maître Matthis tapa avec reconnaissance sur l'épaule de l'avocat.

— C'est parfait, gendre ! Si tu veux bien, nous pouvons signer le contrat dès à présent.

— Ce serait pour moi une grande joie, répondit Maître Ruppertus en inclinant la tête avant d'étaler les deux exemplaires devant Maître Matthis.

Celui-ci fit signe à son secrétaire, qui était jusqu'alors resté assis sans rien dire dans un coin sombre de la pièce. Linhard était un homme grand et maigre aux fins cheveux blonds et au visage émacié. Un observateur attentif reconnaissait de la raillerie dans la servilité dont il faisait preuve à l'égard de son patron. Le marchand, lui, n'y voyait que du feu et avait une haute opinion de son employé.

— Apporte-nous une plume et de l'encre !

Le secrétaire s'inclina comme s'il s'agissait d'un noble seigneur et se rendit en hâte dans le cabinet de travail situé de l'autre côté de la maison. Il revint peu après avec un petit plateau sur lequel il avait disposé avec soin un encrier, un étui en argent, un couteau et une boîte de cire à cacheter.

Maître Matthis saisit l'une des plumes, la tailla et la plongea dans l'encrier. Il se comportait en homme d'affaires que rien ne pouvait troubler. Il survola à nouveau les passages les plus importants du contrat de mariage et apposa sa signature au bas des parchemins. Puis il chauffa de la cire à l'aide d'une bougie, la fit couler proprement en dessous de son nom et y imprima sa chevalière.

Linhard passa alors le plateau avec les instruments à Maître Ruppertus. L'avocat étudia le texte qu'il avait rédigé lui-même avec le plus grand soin, comme s'il pouvait contenir des pièges. Enfin, il signa et cacheta à son tour les deux exemplaires avant de les tendre au tonnelier Jörg Wölfling qui devait, de même que Gero Linner et Mombert Flühi, attester par leurs signatures la validité de l'arrangement.

Maître Jörg eut du mal à croire ce qu'il lisait. Le contrat énumérait par le menu la riche dot ainsi que l'ensemble des biens qui devaient revenir à la mariée après le décès de son père. Le tonnelier s'en voulut de ne pas avoir pensé plus tôt à proposer son fils aîné à Maître Matthis. Le garçon avait certes quatre ans de moins que la jeune fille, mais quand les deux pères souhaitaient l'union, cela ne comptait guère. Maintenant que le marchand avait accueilli le juriste à bras ouverts, il était trop tard pour de telles réflexions. En tout cas, Maître Jörg croyait maintenant savoir pourquoi le descendant d'une des plus puissantes dynasties de la région épousait la petite-fille d'un serf qui était arrivé en ville après avoir fui son maître et aurait acquis une certaine aisance à force de travail et par un heureux mariage.

Maître Gero aussi, le toilier, s'était demandé comment Maître Matthis avait fait pour unir sa fille à un si grand seigneur. Il prenait maintenant douloureusement conscience que malgré les pirates, les droits de douane et les intempéries qui nuisaient aux affaires, le commerce avec l'étranger était très rentable. Même à deux, Maître Jörg et lui-même n'étaient pas aussi riches que leur hôte, quoiqu'ils fussent issus de familles d'artisans établies de longue date et qu'ils fissent à tour de rôle partie du conseil municipal.

Maître Matthis observait ses vieux amis et constatait avec une grande satisfaction que leurs mines s'allongeaient au fur et à mesure qu'ils lisaient. Les deux maîtres artisans avaient souvent été ses hôtes. Ils avaient apprécié sans modération son vin et les talents de cuisinière de son intendante. Pourtant, cela ne les avait pas empêchés de lui faire sentir de temps en temps qu'ils n'étaient pas de même condition que lui et qu'ils étaient bien bons de condescendre à le fréquenter.

Après avoir signé le contrat, en dernier, Mombert Flühi jeta un regard plein de reproches à Matthis.

— Où est Marie ? Nous ne l'avons pas vue de la journée. Elle devrait pourtant être parmi nous et servir son fiancé.

Le père secoua la tête avec indulgence : le visage rond et franc de son beau-frère, qui était plus petit que lui d'une tête mais non moins corpulent, trahissait lui aussi l'excès de vin.

— Marie travaille en cuisine comme il convient à une bonne maîtresse de maison. N'oublions pas que nous fêtons ses noces demain ! Il faut que tout soit prêt à la perfection, n'est-ce pas, mon gendre ?

3

Les hommes faisaient toujours la fête alors que Marie et les servantes étaient depuis longtemps au lit. Les artisans ne remarquaient pas que l'avocat se contentait de poser les lèvres au bord de son gobelet tandis qu'eux-mêmes se resservaient copieusement. Maître Jörg avait la langue si lourde qu'on comprenait maintenant à peine ce qu'il disait, ce qui ne l'empêchait pas de raconter des anecdotes sans fin.

— Vous devez reconnaître que vous auriez pu tomber plus mal qu'avec ma nièce, dit Maître Mombert à Ruppertus en lui posant le bras sur les épaules et en le tirant vers lui. Si je peux me permettre de vous donner un conseil, en homme qui a de l'expérience, j…

Il n'eut pas l'occasion de révéler ses trésors de sagesse, car on frappa violemment à la porte de la cour.

— Je vais voir qui c'est, dit Linhard.

Il quitta la pièce avant que son patron n'ait eu le temps de réagir.

— Maître, dit-il à Ruppert une fois de retour, il y a en bas un homme qui demande à vous parler de toute urgence.

— Pourquoi ne l'as-tu pas fait monter ? demanda Maître Matthis avec irritation.

Linhard tremblait de tous ses membres, comme s'il avait vu un fantôme.

— Parce qu'il veut parler seul à seul avec Maître Ruppertus.

— Dans ce cas, dit celui-ci, il vaut mieux que je descende.

Il se leva et prit son manteau pour se protéger de la fraîcheur de la nuit. Pendant que son pas s'éloignait dans l'escalier, les autres convives se jetèrent des regards interrogateurs.

— Ce n'est quand même pas un messager de son père venu lui interdire d'épouser votre fille ? demanda le toilier.

À en juger par son sourire en coin, il n'aurait pas été fâché que les événements prennent une telle tournure. Maître Matthis écarta l'hypothèse d'un geste brusque.

— Nous avons signé et cacheté le contrat de mariage et d'héritage. Demain, Maître Ruppertus va donc épouser Marie.

Son beau-frère Mombert approuva d'un hochement de la tête.

— Maître Ruppertus serait bien bête de se rétracter. Finalement, ma nièce lui apporte plus de biens que le comte Eberhard von Württemberg lui-même n'en a accordé comme dot à sa fille Ursula. Pourtant, le prétendant n'était rien moins que le comte du district de Rheinburg.

— L'avocat va-t-il prendre en charge tes affaires ? demanda Maître Jôrg par malice.

Matthis Schärer répondit de manière sereine.

— Je vais bien les mener moi-même encore pendant quelques années. Après, on verra.

Quand il revint, Ruppert était blême de colère. Il s'arrêta devant le maître de céans et le regarda de haut comme un répugnant insecte.

— Maître Schörer, vous êtes un misérable escroc ! Vous m'avez promis une vierge vertueuse alors que votre fille n'est qu'une dévergondée abjecte qui a couché avec toute une ribambelle d'hommes.

Les quatre artisans n'auraient pas été plus bouleversés si la maison s'était écroulée sur leurs têtes. Non sans une certaine joie maligne, Jörg Wölfling et Gero Linner se regardaient avec consternation, tandis que Mombert observait alternativement son beau-frère et l'avocat. Le marchand, quant à lui, commença plusieurs fois une phrase, mais il avait la langue engourdie par le vin qu'il avait bu en quantité et ne parvenait pas à saisir la portée de l'accusation.

— On vous a raconté là une montagne de mensonges, mon gendre, finit-il par rétorquer. Je veux bien mettre la main au feu que ma fille…

— Vous vous la brûleriez. J'ai ici un témoin prêt à jurer que c'est la vérité.

Dans l'esprit confus de Maître Matthis, l'idée se fit que l'avocat était tout à fait sérieux. Il frappa alors du poing sur la table.

— Faites-moi monter cette crapule que je lui fasse ravaler ses calomnies !

Sur un signe du juriste, Linhard quitta la pièce et revint, quelques instants après, en compagnie d'un homme d'âge moyen, à la forte carrure, qui portait la tenue des charretiers. Ses yeux clairs balayèrent l'espace et s'arrêtèrent sur Maître Matthis.

Ruppert le poussa vers la table.

— Voici Utz Käffli, un voiturier que je sais bien et honnête.

— Nous le connaissons, déclara Jörg Wölfling sur un ton qui ne permettait pas de savoir s'il partageait son avis ou non.

Maître Matthis se leva en chancelant et dévisagea le nouveau venu bouche bée.

— Bien sûr que nous savons qui c'est. Il a même travaillé pour nous. Qu'est-ce que ça veut dire, Utz ? Pourquoi répands-tu des mensonges sur ma fille ?

Le roulier émit un rire, les commissures des lèvres pointées vers le bas.

— Ce ne sont pas des mensonges ! Que Dieu me punisse si je ne dis pas la pure vérité ! Je n'aurais jamais dit de mal de Marie, mais je connais Maître Ruppertus, c'est un seigneur noble et distingué que je ne peux laisser courir à sa perte.

Le toilier Gero regardait le voiturier d'un air impatient.

— As-tu vu de tes propres yeux Marie avec un homme ?

— Je l'ai moi-même possédée à plusieurs reprises !

— Espèce de canaille ! Mauvaise langue sans foi ni loi ! Comment oses-tu…

Avec un cri de rage animale, Maître Matthis lui sauta à la gorge.

Ruppert le repoussa d'un geste tout à fait calme.

— Même si cela ne vous plaît pas, Schärer, je veux savoir la vérité. Continue, Utz. Ces messieurs qui nous ont servi de témoins souhaitent autant que moi apprendre ce qu'il en est de la fille de Maître Matthis. S'est-elle vraiment donnée à toi ?

— Pas seulement à moi ! J'en connais plusieurs autres qui ont couché avec elle…, assura le charretier avec verve.

— Mensonges ! Ce ne sont que des mensonges ! l'interrompit Maître Matthis.

Le voiturier se redressa de plusieurs pouces.

— Ce ne sont pas des mensonges, Schärer. Je peux le prouver. Votre fille ne faisait pas ça pour rien, elle exigeait de l'argent et de belles choses.

— Tu veux dire qu'elle vendait son corps comme une fille de joie ?

La voix de Maître Ruppertus exprimait tant de répugnance et de dégoût que ses sentiments gagnèrent les autres.

Utz haussa les épaules.

— Eh bien, oui ! La dernière fois, je lui ai offert un papillon en nacre que j'avais rapporté d'Italie.

Maître Matthis éclata d'un rire moqueur.

— Ma fille ne possède rien de semblable !

— Ce n'est pas difficile à vérifier, déclara Ruppert en faisant un signe à Maître Jörg et à Maître Gero. Messieurs, je vous propose de nous rendre dans la chambre de Marie et de fouiller la pièce. Si nous y trouvons un bijou en nacre ayant une forme de papillon, sa culpabilité sera démontrée.

Le toilier approuva avec l'enthousiasme d'un apprenti.

— Sur ce point, vous avez raison, Maître Ruppertus.

Matthis Schärer souffla.

— De la nacre ? Ah ! Ma fille ne porte pas de babioles bon marché…

Comme les hôtes se levaient pour aller inspecter la chambre de Marie, Mombert Flühi intervint.

— Tu ne devrais pas les y autoriser, Matthis. C'est ta maison, et c'est ta fille qu'on est en train de calomnier de manière éhontée.

Maître Matthis frappa si fort sur la table que le coup retentit dans toute la maison.

— Tu as raison, Mombert. Je n'ai pas à accepter cela.

Maître Ruppertus le dévisagea d'un air arrogant.

— Vous avez tort de refuser, Maître Matthis, car dans ce cas, je devrai porter plainte devant les tribunaux.

— Eh bien, allez-y ! hurla le père qui l'étreignait encore, fou de joie, quelques instants auparavant.

Son beau-frère luttait contre l'alcool qui lui embrumait les pensées et secoua la tête comme pour la clarifier. Cette histoire ne lui plaisait pas. C'est pourquoi il se tourna vers son collègue Jörg Wölfling, qui était membre du conseil municipal de Constance.

— Fais quelque chose ! dit-il. L'avocat ne peut quand même pas mettre la maison sens dessus dessous comme s'il était le bailli de l'empereur en personne !

— Une perquisition relève en effet de la compétence du tribunal municipal, approuva timidement Maître Jörg.

Mais avant qu'il n'ait eu le temps de poursuivre, Utz Käffi, dans le dos des autres, donna au secrétaire un coup dans les côtes pour l'engager à parler. Visiblement nerveux, Linhard ravala sa salive, s'approcha de la table et leva la main.

— Excusez-moi, Messieurs, mais ma conscience…

Il s'interrompit, inspira profondément et prononça si rapidement la suite que les autres demeurèrent pantois jusqu'à ce qu'ils comprennent la gravité de ses propos.

— Moi aussi, j'ai possédé la fille de mon patron.

Un tel silence régna soudain qu'on aurait entendu une aiguille tomber par terre.

— Linhard ?... Scélérat ! Comment oses-tu diffamer ma fille ?

Matthis Schärer s'approcha de son secrétaire en titubant et s'apprêtait à l'agripper par le collet quand Utz le retint et le ramena sans délicatesse sur sa chaise.

— Alors ? Tu crois toujours que je mens ?

Maître Matthis suffoquait comme si son col s'était transformé en garrot, son visage devint violet. Ce n'est pas possible, pensait-il, désespéré. Ma petite Marie a toujours été sage comme une image et ne s'est jamais intéressée aux hommes. Mais le voiturier et le secrétaire pouvaient-ils avoir tout inventé ? Matthis se souvenait de l'obstination avec laquelle Linhard avait demandé sa main. Était-ce parce qu'elle s'était montrée complaisante dans quelque recoin de la maison ? Les questions noyaient ses pensées ; et il n'y trouvait aucune réponse. En même temps, une terrible douleur envahissait son crâne et enflammait son cerveau. Concentré sur lui-même, il ne perçut même pas que Maître Ruppertus désignait le contrat de mariage et fixait Jörg Wölfling d'un air sévère.

— En tant que victime, j'exige de fouiller sur-le-champ la chambre de Marie. En outre, je demande aux deux hommes qui prétendent avoir bénéficié de ses faveurs s'ils sont prêts à témoigner sous serment devant le tribunal.

Utz leva les bras avec élan.

— À tout moment et par tous les saints !

Linhard regarda dans le vide, comme s'il devait interroger sa conscience. Puis il raidit les épaules et releva le menton.

— Oui, je suis prêt.

Sur l'injonction du charretier, il apporta une chandelle de suif et l'alluma à la flamme d'une des nombreuses bougies. Il avait l'air aussi malheureux que si c'était sa fille qu'on venait d'accuser. « Finissons-en au plus vite », murmura-t-il, comme se parlant à lui-même. Pourtant, il se contenta de jeter des regards impuissants autour de lui, comme s'il attendait à nouveau un ordre.

Finalement, Maître Jörg lui ôta la chandelle des mains et ouvrit la voie. Arrivé devant la porte de Marie, il s'arrêta et frappa à la porte.

— Ouvre, ma fille. Ton père veut te parler.

Marie apparut, le visage baigné de sommeil.

— Que s'est-il passé, père ?

— Marie, on a porté contre toi de graves accusations, expliqua le toilier à la place de Matthis.

La jeune fille le regardait sans comprendre.

— Que voulez-vous dire, Maître Gero ?

— Il y a ici des hommes qui affirment que tu n'es plus vierge, mais que tu te serais adonnée à la luxure.

Sa voix retentit dans toute la maison et son regard ne quittait pas la silhouette de Marie qui se dessinait distinctement sous la chemise de nuit. La jeune fille croisa les bras sur la poitrine : elle avait honte d'être aussi dévêtue devant des inconnus.

— Je ne vous comprends pas. De quoi m'accuse-t-on ?

Maître Ruppertus poussa le toilier et adressa à Marie un regard plein de dégoût.

— Des témoins, hommes d'honneur, jurent devant Dieu et par tous les saints avoir eu recours à tes services.

— Au nom de la Vierge Marie, ce n'est pas vrai !

La pauvre chercha de l'aide du côté de son père et tendit les bras vers lui. Toutefois, Maître Matthis ne la remarqua même pas. Adossé au mur, il haletait et fixait le sol comme s'il avait honte de sa fille.

— Père, pourquoi te détournes-tu de moi ? Crois-tu vraiment que j'aurais fait quelque chose d'aussi abominable ?

Elle allait s'élancer vers lui, mais l'avocat lui barra le passage et la repoussa à l'autre extrémité du couloir. Ensuite, il montra sa chambre du doigt.

— Nous en aurons bientôt la preuve. Maître Jörg, Maître Gero, vous n'êtes ni témoins ni accusés. C'est pourquoi je vous prie de bien vouloir fouiller la pièce.

Marie était si interloquée qu'elle n'osa pas broncher quand les deux artisans entrèrent et inspectèrent son lit, ses étagères et son coffre. Comme ils étaient tous les deux saouls, ils jetaient par terre les vêtements et le trousseau et ils les piétinaient sans y prendre garde. Soudain, Maître Jörg poussa un cri de triomphe et leva la main. Un papillon de nacre blanc brillait entre ses doigts.

— C'est le bijou dont tu as parlé, Utz Käffli ! Tu as dit la vérité.

Marie s'avança en trébuchant et fixa le bijou.

— Mais cela ne m'appartient pas ! Je ne l'ai jamais vu !

Ruppert la repoussa avec violence.

— Il ne sert plus à rien de mentir, espèce de catin. C'est Utz Käffli qui te l'a donné en échange de tes services.

— Moi, avec cet homme-là ? Vous plaisantez ?

Elle regarda le charretier droit dans les yeux.

— Pour quelle raison me dénigres-tu ?

— Pourquoi je ferais ça ? Il n'y a pas que moi qui te suis passé dessus !

Il se lécha les lèvres, comme s'il se régalait encore au souvenir de leurs ébats. Marie recula avec un air de dégoût.

— Comme peux-tu affirmer des choses aussi ignobles ?

Maître Gero poussa devant lui Linhard qui s'était jusqu'à présent caché dans un coin en dehors du halo de lumière.

— Tiens, le secrétaire de ton père a également avoué s'être adonné au vice avec toi.

La jeune fille enfouit son visage entre ses mains et essaya de retenir ses larmes.

— Mais rien de tout cela n'est vrai ! Au nom du Christ et par tous les saints, je suis vierge !

— Ce n'est pas la peine de mentir, espèce de traînée. Tu as terni mon honneur et j'exige un procès pour connaître la gravité de ta faute.

L'avocat lui tourna le dos comme s'il ne pouvait plus supporter sa vue et s'adressa à Maître Matthis.

— Selon les lois de notre sainte mère l'Église et de l'empereur, une femme accusée de prostitution n'a pas le droit de séjourner dans une maison honnête. C'est pourquoi votre fille devra passer le reste de la nuit au cachot. Maître Gero, ayez la bonté de prévenir le bailli et de lui demander que ses gardes emmènent cette catin.

Les dures paroles du juriste se frayèrent un chemin dans le vide qui avait envahi la tête de Maître Matthis. Le marchand se mit à hurler comme un animal blessé.

— Non ! Non ! Je suis chez moi ! Je ne tolérerai pas qu'on emmène ma fille.

Ce qui lui restait d'entendement lui disait que le mieux était de quitter Constance au plus vite, le soir même, pour mettre Marie à l'abri. Mais comme s'il avait lu dans ses pensées, l'avocat tendit l'index vers lui.

— Voulez-vous enfreindre la loi impériale ?

Bien qu'il n'eût pas élevé la voix, les autres tressaillirent comme sous l'effet d'un coup de fouet.

Mombert Flühi tenta néanmoins d'intercéder.

— Tempérez votre courroux, Maître Ruppertus, et commençons par réfléchir à toute cette affaire. Je connais Marie depuis l'enfance et j'ai du mal à imaginer qu'elle soit devenue une catin à l'insu de nous tous. Non, je ne la crois pas capable d'un tel délit.

Le visage de Ruppert resta aussi impassible qu'un masque.

— Délit, dites-vous ? Ce que cette femme a fait est un crime contre l'ordre divin et les lois impériales. Quand une prétendue vierge est convaincue de prostitution, l'homme auquel elle est promise peut la tuer sans avoir à craindre de châtiment.

Mombert sursauta d'effroi.

— Vous ne pouvez pas faire cela !

— Je suis un homme de loi et non de guerre. Je laisse le tribunal décider. Mais maintenant, emmenez-moi cette catin !

Mombert ne s'avoua pas encore vaincu.

— Mais si tout cela n'est pas vrai ? Si Marie est vraiment vierge ?

— Nous le saurons demain matin. Je vais la faire examiner par une honnête femme. Si elle est vierge, Utz et Linhard seront accusés de calomnie et jetés en prison, tandis que je célébrerai avec Marie des noces splendides.

— Il n'y a rien à redire à cela, estima Maître Jörg. Maître Ruppertus est un homme qui connaît le droit et sait ce qu'il faut faire.

— Père ! Non ! Tu ne peux pas accepter qu'on m'emmène ! Crois-tu vraiment que je sois aussi mauvaise que ces menteurs le prétendent ?

La voix de Marie faisait penser à celle de quelqu'un qui se noie.

La jeune fille ne comprenait pas le tour qu'avait pris son destin et cherchait avec désespoir quelque chose à quoi se rattacher. Apparemment, son malheur n'importait pas à son père ; celui-ci continuait de fixer le sol en marmonnant des paroles incompréhensibles. Maître Ruppertus se dressait devant elle comme un ange exterminateur ou plus exactement comme un mauvais esprit qui semblait prendre plaisir à la damner. Dans son désespoir, elle se demanda pourquoi il prêtait plus foi aux déclarations des deux hommes qu'à ses propres dires.

Elle regarda ses détracteurs dans les yeux pour voir s'ils avaient honte de mentir. Linhard l'évita aussitôt. Utz, en revanche, ricana et passa de nouveau la langue entre ses dents gâtées. Cette fois, c'est elle qui détourna rapidement la tête ; cet homme lui faisait peur.

Maître Gero revint bientôt avec l'un des gardes municipaux.

— J'ai rencontré Hunold dans la rue. Cela devrait suffire si c'est lui qui emmène Marie en prison.

Hunold dépassait les autres d'au moins une tête. Ses bras étaient plus épais que les cuisses d'un homme normalement constitué et les muscles de son torse ressemblaient à des câbles d'arrimage. Il arborait un large sourire, comme si la situation l'amusait, et il s'inclina devant Maître Ruppertus.

— Que puis-je faire pour vous servir, mon Seigneur ?

— Mets-moi cette catin au cachot ! Je vais m'arranger pour qu'elle soit jugée dès demain.

Hunold jeta sur Marie un regard concupiscent et secoua la tête.

— La prison municipale et les geôles de l'évêque sont pleines de dangereux gaillards. Il vaut mieux ne pas leur donner en pâture une petite mignonne de ce genre.

L'avocat répondit à cette objection avec un geste d'agacement.

— Eh bien, tu n'as qu'à l'enfermer quelque part où elle sera en sécurité !

— Je ne peux pas non plus l'emmener chez les moines, sur l'île. Actuellement seul, le cachot dans la tour de la briqueterie est vide.

— Eh bien, conduis-la là-bas ! décréta l'avocat d'un ton irrité.

Hunold tira une corde de sa ceinture, attacha les bras de Marie dans le dos et la poussa en direction de l'escalier. Quand il passa devant Maître Matthis, celui-ci releva la tête, comme s'il sortait d'un cauchemar, et l'arrêta.

— Traite correctement ma fille et fais en sorte qu'elle ne manque de rien. Je te récompenserai grassement.

4

Marie avait l'impression de ne plus être elle-même, mais un esprit qui planait au-dessus de son propre corps et baissait vers lui un regard incrédule. Est-ce bien elle qu'on tirait et qu'on bousculait dans les ruelles obscures, pieds nus, simplement vêtue d'une fine chemise de nuit ? Était-ce son corps qu'une main grossière palpait à des endroits qu'elle osait pour sa part à peine toucher ? Tout cela n'était pas possible. Sans doute le mariage du lendemain l'avait-il trop tourmentée et elle se trouvait à présent au beau milieu d'un atroce cauchemar.

Elle serrait les lèvres et s'entendait pourtant implorer Dieu de faire en sorte qu'elle se réveille bientôt dans son lit. Mais ni le petit Jésus ni aucun saint n'exauça sa prière. C'était comme si un affreux démon la retenait prisonnière et jouait avec elle comme avec une poupée de bois. Sur le coup, elle fut même soulagée quand Hunold la poussa par terre dans le cachot de la tour et lui accrocha les bras à un anneau en fer situé juste au-dessus du sol ; elle espérait avoir touché le fond du cauchemar et pouvoir remonter à la surface.

Sans doute allait-elle se réveiller, se blottir dans ses chaudes couettes et penser à quelque chose de beau pour oublier les effroyables images du rêve.

Pourtant, le temps passait sans qu'elle perçût autre chose que le froid humide qui montait du sol et l'obscurité impénétrable que ne traversait pas le moindre rayon de lune. Petit à petit, elle comprit qu'elle n'était pas prisonnière d'un rêve. Alors, elle chercha refuge dans l'idée qu'elle était victime d'une de ces plaisanteries de mauvais goût qu'on avait coutume de jouer aux jeunes filles récalcitrantes à la veille de leurs noces. La porte allait s'ouvrir et son père apparaîtrait en compagnie de son fiancé, sous les rires déchaînés des voisins et des domestiques.

À l'extérieur, quelqu'un tira la targette et introduisit une clé dans la serrure. Marie soupira. Ils venaient enfin la libérer ! Tout cela n'avait bel et bien été qu'un mauvais tour pour la punir de s'être montrée rétive. La clé tournait très lentement, silencieusement, et la porte s'ouvrit sans bruit. Dehors, quelqu'un murmura. Puis une lumière s'éleva comme si l'on avait allumé plusieurs torches.

Maintenant, Marie pouvait voir le trou immonde dans lequel on l'avait jetée. Les murs du cachot étaient faits de blocs de pierre mal dégrossis, si grands que même un homme fort n'aurait pas pu en briser un seul, et ils étaient, tout comme le plafond, recouverts d'une épaisse couche de toiles d'araignée. Le sol était jonché de détritus. On n'apercevait la terre battue qu'à de rares endroits.

À sa plus grande déception, Marie aperçut Hunold dans l'encadrement de la porte. Il tenait une torche à la main et la regardait en ricanant. Alors, il se retourna, tira Linhard devant lui et le poussa si brusquement que le secrétaire fut projeté au milieu de la pièce. Il chancelait comme un ivrogne, son visage semblait déformé par la peur de la mort. Puis le garde municipal s'écarta et laissa entrer Utz. Le charretier glissa sa torche dans un anneau prévu à cet effet, dévora Marie du regard et se passa la langue sur les lèvres. La jeune fille se sentit prise de nausée et détourna les yeux. Hunold rabattit la porte et la ferma à double tour. Ensuite il fixa sa torche au-dessus de la tête de Marie et se frotta les mains d'un air impatient. La pauvre se raidit de peur et se redressa autant que le permettaient ses liens.

— Que voulez-vous ?

Hunold se pencha et s'apprêtait à l'attraper, mais le voiturier le repoussa et colla son visage sous le nez de Marie.

— Tu ne veux pas que demain on accuse Linhard et moi de parjure quand même ?

Elle se recroquevilla contre le mur sans même remarquer combien de bestioles prenaient la fuite.

— Je ne comprends pas…

— Ne t'inquiète pas, tu vas bientôt comprendre.

Utz lui saisit les jambes et la tira brusquement vers lui, de sorte que Marie se retrouva sur le dos, les bras tendus au-dessus de la tête. Une atroce douleur lui déchira les poignets et les épaules, mais elle avait la gorge bien trop nouée pour qu'il en sortît un son.

À ce moment-là, Hunold poussa Utz sur le côté.

— Arrête ! Vu ce que j'ai fait pour vous aujourd'hui, j'ai bien le droit de passer en premier.

Le charretier considéra la carrure du garde municipal et recula de mauvaise grâce.

— D'accord, mais presse-toi. Sinon je vais jouir trop vite.

— Tu pourras bien attendre que j'aie fini.

Hunold se pencha vers Marie et lui remonta la chemise de nuit jusqu'au cou.

La malheureuse réussit de nouveau à respirer et commença à hurler.

— Non ! Non ! Au nom du ciel ! Vous n'avez pas le droit ! Vous péchez contre les commandements divins.

Utz et Hunold se donnèrent une petite tape. Ils étaient morts de rire. Toutefois, alors que le garde municipal se tenait les côtes, le voiturier lui montra une ouverture dans le plafond, à peine plus grande qu'une main, et lui ordonna de faire moins de bruit. Ensuite, il se pencha, frappa la malheureuse au visage et lui mit un chiffon sale dans la bouche de telle manière qu'elle ne pouvait plus que gémir.

— Ce n'est pas la peine que quelqu'un nous entende et aille nourrir des doutes sans fondement, dit-il d'un ton railleur.

Pendant qu'Utz écartait les jambes de Marie, Hunold ouvrit sa braguette, en sortit son membre qui durcissait à vue d'œil et l'exhiba avec fierté. Il sentait pire que la rigole derrière la maison des Schärer. Utz regarda l'abdomen de Marie, poussa un soupir et donna un coup dans les jarrets de Hunold.

— Allez ! Je ne vais plus tenir longtemps !

Hunold se tourna vers lui dans un éclat de rire et se laissa tomber sur Marie.

Le poids du garde municipal lui fit expirer tout l'air qu'elle avait dans les poumons. Elle crut entendre ses côtes se casser. Pourtant, la douleur qu'elle ressentait dans la poitrine était supportable en comparaison de celle qui se répandait dans son bas-ventre. Hunold la pénétra avec une telle brutalité qu'elle eut l'impression qu'il lui enfonçait dans les entrailles une barre de fer chauffé à blanc. Pendant qu'elle luttait désespérément contre le bâillon et qu'elle essayait de reprendre haleine, il appuyait de toutes ses forces son corps contre le sien. Puis il se redressa. Marie s'imagina avoir surmonté le pire. Or il introduisit de nouveau sa verge et l'enfonça avec autant de violence que s'il voulait lui déchirer le corps.

Un nuage de souffrances enveloppa Marie, son univers vola en éclats. Elle sentait la bave du bourreau goutter sur elle, elle entendait sa respiration bruyante et ses propos obscènes. Son pied gauche, dont Utz serrait toujours la cheville, semblait ne plus lui appartenir et ses mains attachées à l'anneau la démangeaient, comme si un millier d'aiguilles y étaient plantées. En silence, elle s'adressa à Dieu et à tous les saints. Pourquoi tolérez-vous cela ? demanda-t-elle. Qu'ai-je fait pour être punie de la sorte ?

Hunold se cabra dans un ultime cri et roula sur le côté. Aussitôt, le charretier se jeta sur elle et la pénétra en dépit du sang qui commençait à couler entre ses cuisses. À nouveau, Marie se tordit sous l'effet de la nausée.

Une fois qu'il eut fini, le corps de la jeune fille n'était plus que douleur. Le monde autour d'elle paraissait s'être métamorphosé en un bateau qui tanguait et elle suppliait que le sol en dessous d'elle s'ouvrît pour avaler son corps en feu. Malgré le voile de larmes qui lui recouvrait les yeux, elle vit Utz et le garde municipal s'approcher de Linhard appuyé contre la porte, tremblant de tous ses membres.

— C'est ton tour, lui signala le voiturier.

Comme il ne réagissait pas, Hunold le saisit entre les jambes.

— Tu vois que tu bandes ! Alors, prends-la. Depuis le temps que tu attends ça.

— Je ne sais pas... Je ne peux pas... bégayait Linhard.

— Et demain, tu veux prêter un faux serment devant le tribunal ? Ou bien même flancher et nous trahir ? Ou bien tu le fais ou bien ton cadavre descendra le Rhin dès cette nuit.

Utz lui donna un coup de pied qui le fit tomber sur la jeune fille.

En sentant le corps de Marie sous lui, Linhard fut pris d'un désir incontrôlé. Il tira désespérément sur sa braguette, dont les lacets faisaient des nœuds, et finit par descendre sa culotte jusqu'aux genoux. Avant de la pénétrer, il jeta un regard vers son abdomen et fit une grimace de dégoût. D'un geste brusque, il déchira un bout de sa chemise de nuit et essuya le mélange de sang et de sperme qui lui souillait les cuisses.

Cette précaution humilia Marie plus encore que les attaques physiques des deux autres. Elle reprit sa respiration et essaya de le repousser, mais Utz appuya si fort son pied contre sa jambe droite qu'elle craignit qu'il ne lui brise les os. Le secrétaire ne percevait en apparence ni sa résistance acharnée ni son écœurement ; il la pénétra en tournant le visage sur le côté et souleva plusieurs fois le bassin comme s'il s'acquittait d'un devoir. Au bout d'un bref moment, il se raidit en soufflant bruyamment, puis s'effondra sur elle. Stupéfaits, Utz et Hunold le regardaient en riant, puis ils se baissèrent et le remirent sur pied.

D'un coup, les sentiments de Marie se renversèrent. Alors qu'elle se noyait jusque-là dans une mer de désespoir, une petite flamme rouge s'alluma soudain dans son esprit. Même si Linhard ne lui avait presque pas fait mal et qu'il ne puait pas comme les deux autres, elle ressentit pour la première fois de sa vie la haine. Le charretier et le garde municipal étaient des individus grossiers, dépourvus de conscience. Le secrétaire, lui, faisait partie de la maison de son père depuis de nombreuses années et était presque un membre de la famille. Sa trahison la blessait si profondément qu'elle aurait pu le lacérer à mains nues. En même temps, elle aurait aimé être morte.

— Bon, dit Utz, on n'a plus rien à faire ici. Que diriez-vous d'une chope chez Guntram Adler ?

— D'accord, mais sur ton compte. La mauviette m'a tout l'air d'avoir besoin de plusieurs pintes.

Hunold ouvrit, poussa Linhard dehors et attendit que Utz ait pris les torches et soit passé devant lui. Alors, il tira la porte de l'extérieur et la referma avec précaution.

5

Le jour naissant s'infiltrait par le soupirail muni de barreaux et teintait le plafond d'un rouge épais qui pleuvait sur Marie comme des gouttes de sang. Elle enfouit son visage dans son bras pour éviter de voir. Quand la clé tourna dans la serrure et qu'on tira sur la targette, elle se raidit de peur. Elle n'osait plus respirer. Étaient-ce les hommes qui revenaient la torturer ?

En apercevant une femme d'un certain âge, assez forte, Marie commença à pleurer de soulagement. C'était la veuve Euphémia, qui habitait à trois maisons d'eux et qu'elle connaissait depuis toujours.

La femme passa la torche dans l'anneau placé audessus de la tête de Marie, posa les mains sur les hanches et observa la jeune fille qui gisait à ses pieds, recroquevillée sur elle-même. On aurait dit qu'elle regardait un demi-cochon trop maigre. Elle se pencha sans une parole, prit les jambes de Marie et les étendit. Sans le vouloir, la prisonnière se crispa. La veuve l'obligea à ouvrir les cuisses d'un geste vigoureux. La jeune fille eut le sentiment que la vieille se régalait de voir son corps nu couvert de sang et de vomissures et, intérieurement, elle se tordit de honte.

La femme lui lâcha les jambes et se redressa avec un ricanement sardonique.

— Tu vois où ça mène de ne pas avoir de mère ?

Elle tendit l'oreille, comme si elle attendait quelqu'un, mais rien ne bougea dans le couloir. Alors, elle écarta de nouveau les jambes de Marie pour examiner son bas-ventre qui saignait toujours. Elle tâta la plaie sans ménagement jusqu'à ce que la pauvre se cabre de douleur en soufflant bruyamment.

— Ça s'est passé cette nuit, dit-elle en serrant les dents. Le charretier Utz, le garde municipal Hunold et Linhard, notre secrétaire, sont venus ici et m'ont déshonorée. Euphémia, tu vois bien tout le sang qui a coulé. J'étais vierge quand ils m'ont agressée. Tu dois en témoigner devant le tribunal.

La veuve eut un rire amer.

— Je ne dois rien du tout ! Ton père aurait dû être moins bête et m'épouser après la mort de ta mère. J'aurais veillé à ce que tu sois une jeune fille chaste. Mais cet arrogant de Matthis Schärer, ce fils de serf en fuite, se trouvait trop bien pour la veuve d'un simple cordonnier.

Le coup que lui portèrent ces paroles méchantes donna à Marie la force de se relever un peu et de regarder la femme dans les yeux.

— Qu'est-ce que tu racontes ? Tu vois bien ce qui m'est arrivé. Tu veux que les trois hommes qui m'ont calomniée et souillée échappent à leur juste châtiment ?

— S'il y a bien quelqu'un qui mérite d'être châtié, c'est toi, espèce de catin en chaleur. Je vais aller chercher de l'eau pour te laver. Il ne faut pas oublier que je dois te conduire devant le tribunal dans une heure.

Marie essaya de ravaler le goût acide qui lui remontait de l'estomac, mais elle avait la langue sèche.

— Déjà ? Bon. Tant mieux.

— On ne peut pas juger trop vite une fille comme toi, railla la veuve.

La porte s'ouvrit de nouveau et Hunold entra avec un baquet. Sur son bras étaient posés un linge en drap et quelque chose qui ressemblait à une blouse en poil de chèvre.

À sa vue, Marie poussa un cri perçant, plia les jambes et les serra l'une contre l'autre. La veuve leva la main comme pour la frapper, mais la laissa finalement retomber.

— Si tu fais des difficultés, je te confie à Hunold pour qu'il te défonce jusqu'à ce que tu en crèves. Le juge me croira quand je lui raconterai que tu t'es donné la mort tellement tu avais honte de ne plus être vierge.

Marie comprit qu'elle était sérieuse.

— Pourquoi fais-tu cela ?

Euphémia se contenta de hausser les épaules, plongea le linge dans l'eau et commença à nettoyer la jeune fille. Elle ne prenait pas particulièrement de précautions. Quand elle frotta le sang caillé qui lui collait au bas-ventre et qu'elle agrandit la plaie, Marie hurla de douleur. Mais elle ne s'opposa pas ; elle se raccrochait à l'espoir que le juge verrait clair dans le réseau de mensonges et de crimes qui s'était tissé autour d'elle. Elle regarda donc sans bouger la vieille femme humecter un morceau de sa chemise de nuit et l'introduire dans son vagin déchiré pour arrêter le sang qui continuait de couler. Lorsque la veuve la détacha de l'anneau, elle poussa un soupir de soulagement. Puis la vieille la releva, lui passa la robe des pauvres pécheurs sans que Marie ne bronche et fit signe à Hunold d'approcher.

— Nous pouvons maintenant la faire comparaître devant la Haute Cour.

Le garde municipal lui noua les bras dans le dos comme la veille et la poussa avec rudesse en direction de la porte. À en juger par l'expression de son visage, il ne craignait pas une seconde qu'on lui attribue le crime. Au contraire, il lui jetait toujours des regards concupiscents. Marie était saisie d'horreur. La peur enserra son cœur et le comprima. Comment Hunold pouvait-il être aussi sûr d'échapper au châtiment qu'il méritait ? Elle était si absorbée par son malheur qu'elle ne saisit pas tout de suite où il l'emmenait. En passant un pont, elle comprit enfin qu'il la conduisait sur l'île dans le cloître des dominicains, dont les moines passaient pour ne connaître aucune pitié.

6

La salle du chapitre, dans laquelle le procès devait avoir lieu, impressionnait tous ceux qui la voyaient pour la première fois. Les murs se composaient de moellons en grès parfaitement équarris, dont la majesté était soulignée par des tapisseries de taille extraordinaire représentant des scènes de la Bible. Les vitraux des étroites fenêtres qui montaient jusqu'en haut racontaient la passion des saints auxquels les dominicains vouaient un culte particulier. Le plafond en bois teinté de couleur sombre et orné de fines sculptures était supporté par de puissantes poutres sur lesquelles figuraient les armoiries de tous les évêques de Constance ainsi que des abbés de l'île. En entrant, on avait le sentiment de se trouver dans l'un des lieux les plus sublimes de la chrétienté.

Derrière la table en pierre se dressait un siège magnifique, tel que l'empereur lui-même n'en possédait peut-être pas, où le juge épiscopal Honorius von Rottlingen, un moine vêtu de la robe blanc et noir des dominicains, avait pris place. Ses deux assesseurs, moines comme lui, étaient assis de chaque côté, dans des fauteuils à haut dossier eux aussi, tandis que le greffier devait se contenter d'un simple tabouret. À deux pas de la table, seul contre le mur latéral, un siège également orné de riches sculptures sur bois était réservé à l'accusation. Aujourd'hui, ce rôle revenait à Maître Ruppertus, qui intervenait ainsi dans le procès à la fois comme victime et comme procureur impérial. Contre le mur, d'en face, le glaive de la justice était posé sur une table énorme en bois massif sans décoration. À côté, on avait préparé un banc pour le bourreau de Constance, derrière lequel plusieurs huissiers attendaient les ordres du juge.

Les chaises et les bancs de l'assemblée étaient vides. Ceux des témoins n'étaient guère plus occupés. Les deux maîtres artisans Gero Linner et Jörg Wölfling souffraient manifestement des effets secondaires de leur beuverie de la veille, car ils portaient sans cesse la main à la tête. Ils jetaient autour d'eux des regards timides et apeurés, comme s'ils avaient laissé à la porte du cloître la proverbiale fierté des bourgeois de Constance. À l'autre extrémité du banc se trouvaient Utz Käffli et Linhard. Le charretier observait ce qui se passait avec un sourire impertinent, comme si la dignité compassée du lieu et des religieux l'amusait, tandis que le secrétaire serrait les paupières et souffrait visiblement lui aussi des répercussions de l'abus d'alcool.

Matthis Schärer avait pris place sur le dernier banc des témoins, loin des hommes qui avaient accusé sa fille. Son visage était gris et tiré, avec une moitié légèrement pendante. Il s'agrippait à son beau-frère, qui l'avait soutenu pendant tout le chemin, et gémissait sur son malheur. Sa voix et son regard révélaient combien il avait l'esprit troublé par les événements de la veille.

Mombert aussi paraissait abattu, mais contrairement à Matthis, il parvenait à penser clairement. La rapidité avec laquelle Maître Ruppertus avait obtenu le procès et la mine froide et distante du juge et de ses assesseurs l'effrayaient. Il lui paraissait de mauvais augure que le cas de Marie soit jugé par le tribunal épiscopal et non par la cour d'assises de la ville de Constance où pouvaient siéger tous ceux qui possédaient une lettre de bourgeoisie. Les jurés auraient cru Maître Matthis et lui-même plus volontiers qu'un charretier vagabond et un employé de maison. Il aurait été plus facile de défendre Marie. Ici, en revanche, ils n'avaient pas la moindre influence, contrairement à Maître Ruppertus qui faisait office de conseiller juridique à la cour épiscopale où il était le bienvenu.

Mombert en voulait à Maître Jörg qui, en tant que membre du Haut Conseil de Constance, aurait dû protester contre le fait que le débat ait lieu devant un tribunal religieux. Selon lui, ce procès bafouait les droits garantis aux habitants de la cité. Au lieu de cela, Jörg Wölfling se tenait assis à sa place, muet, et suivait ce qui se passait autour de lui avec un extrême intérêt.

Un toussotement sollicita l'attention de la salle. Honorius von Rottlingen parcourut le contrat de mariage que l'avocat avait posé devant lui et lut à haute voix les lignes par lesquelles Maître Matthis s'engageait à donner à son gendre une vierge pure et chaste.

— Qu'on fasse entrer la catin ! ordonna-t-il ensuite.

Le juge semblait avoir déjà tranché. Mombert frissonna ; le fanatisme du moine lui faisait peur. Et quand il vit le garde municipal introduire Marie, revêtue de la robe en poil de chèvre et les mains attachées dans le dos, les larmes lui coulèrent des yeux. Son beau-frère se pencha en avant comme s'il se sentait mal et enfouit son visage dans ses mains.

La jeune fille avait les yeux cernés, elle tremblait de tous ses membres et avait le visage déformé, comme si elle souffrait de terribles douleurs. Pourtant, tout cela ne portait pas atteinte à sa beauté angélique et son regard révélait qu'elle n'était pas brisée. Un huissier la conduisit vers le banc des accusés et l'obligea à s'y agenouiller. Elle s'affaissa, comme si elle avait perdu toute force. Ensuite pourtant, elle se redressa et leva les yeux vers le juge.

Sur un signe de celui-ci, Ruppert se mit debout et s'avança au centre de la salle. Dans sa robe noire, avec la croix d'argent sur la poitrine, il ressemblait à un moine. Il ne lui manquait plus que la tonsure, pensa Mombert avec courroux. Ruppertus Splendidus, fils naturel du comte von Keilburg, accusa Maître Matthis de l'avoir trompé avec préméditation et de l'avoir contraint à cette union.

— Il pensait sans doute pouvoir donner sa fille à un étranger qui ne venait pas souvent à Constance, termina-t-il d'une voix retentissante. Mais ces deux honnêtes hommes ont écouté leur conscience et m'ont mis en garde contre la rouerie du père et les mœurs dissolues de la fille.

— Oui, c'est tout à fait ça ! confirma Utz.

Marie se tourna vers son père dans l'espoir qu'il se lève et proteste contre ces abominables inculpations. Mais Maître Matthis se balançait seulement sur son banc, tenant sa tête toute rouge entre ses mains et évitant de regarder dans sa direction. Dès lors, il ne lui restait plus qu'à se défendre elle-même, et lui aussi par la même occasion. Elle inclina légèrement le buste et regarda le juge droit dans les yeux.

— C'est un infâme tissu de mensonges, Mon Révérend. Lorsque mon père a signé le contrat, je le jure par l'amour de Dieu, j'étais une jeune fille pure et innocente. Mais cette nuit, ces deux voyous et le garde municipal m'ont ravi par la force ce que j'avais préservé avec soin sous le toit paternel. La Sainte Vierge m'en est témoin !

— Si tu dis la vérité, la veuve qui t'a examinée confirmera tes paroles. Si tu as menti, en revanche, tu n'échapperas pas aux rigueurs de la loi.

Marie protesta.

— Mais elle ne va pas attester ma virginité ! Elle ne m'a vue qu'après coup et a lavé elle-même le sang sur mes cuisses !

Le père Honorius soupira.

— Marie Schärer, si la veuve du cordonnier nous assure avoir vu du sang, nous considérerons ton innocence comme établie et la loi frappera les vrais coupables dans toute sa dureté.

L'expression de son visage autant que le ton de sa voix trahissaient combien il doutait de cette éventualité. Marie eut la chair de poule. Il ne lui restait plus qu'à espérer qu'à la vue de la croix et des images saintes, Euphémia obéirait à sa conscience et ne se rendrait pas coupable de parjure simplement parce que Matthis Schärer avait repoussé ses avances.

Pourtant, dès que la veuve fut introduite dans la salle, Marie sut qu'elle n'avait pas l'intention de dire la vérité. Père Honorius la convia à s'avancer devant lui et la dévisagea jusqu'à ce qu'elle montre des signes de nervosité.

— Tu es Euphémia Schuster, veuve du cordonnier Otfried, à qui l'on a confié la mission de contrôler ce matin la virginité de Marie Schärer, accusée de prostitution. Expose au tribunal tes conclusions sur son état.

La vieille femme fit une grimace et laissa échapper de l'air entre ses dents.

— Mon Révérend Père, je peux difficilement qualifier cette jeune fille de chaste pucelle.

Le moine la regarda d'un air sévère.

— Euphémia Schuster, au nom de Dieu et de notre Seigneur Jésus-Christ, je t'exhorte à nous dire la vérité. L'accusée saignait-elle ? As-tu constaté des indices laissant à penser qu'elle a été victime de violence cette nuit ? Réfléchis bien et dis-nous avec exactitude ce que tu as vu.

La veuve n'hésita pas une seconde.

— Je n'ai pas remarqué de sang ni rien qui laisse à penser qu'un homme ait abusé d'elle cette nuit. Je le jure devant Dieu Tout-Puissant.

Marie poussa un cri strident.

— Quoi ? Elle ment ! Elle déteste mon père. Elle est de connivence avec ceux qui m'ont violée !

Maître Ruppertus bondit de son siège.

— Révérend Père, c'est intolérable ! Il faut empêcher cette catin de traîner d'honnêtes citoyens dans la boue.

Le moine frappa si fort du plat de la main que la pierre en retentit.

— Vous avez raison, Maître Ruppertus. L'impudence de cette créature dépravée est l'œuvre du diable. Gardes, bâillonnez l'accusée ! Elle n'est pas digne de prendre la parole.

Marie hurla de rage.

— Par la Vierge Marie, Mère de Dieu, qu'est-ce que ce tribunal, qui protège les criminels et condamne les innocents ?

Deux huissiers s'approchèrent d'elle. L'un d'eux l'obligea par une prise douloureuse à ouvrir la bouche. L'autre lui glissa un bâton entre les dents et le tint jusqu'à ce que son collègue ait noué derrière sa nuque les deux rubans attachés à chaque extrémité. Malgré tout, Marie essayait de clamer son innocence. Cependant, il ne sortait de sa bouche que des sons incompréhensibles.

Le juge fit un signe approbatif aux huissiers et se tourna alors vers Linhard et le charretier.

— Vous avez tous deux affirmé avoir eu des relations avec Marie, fille de Matthis Schärer. Êtes-vous prêts à jurer sur la croix que cette déclaration est conforme à la vérité ?

Utz se leva, se dirigea vers la table du juge et posa la main sur la croix que celui-ci lui tendait.

— Je suis prêt, dit-il. Je jure sur tout ce qui m'est sacré que j'ai monté Marie Schärer.

Linhard fut pris de suée en voyant le regard interrogateur du juge posé sur lui. Il s'approcha, la tête rentrée dans les épaules comme s'il s'attendait à être frappé par un éclair, et serra la croix dans ses mains tremblantes. Puis il prononça les paroles qui condamnaient Marie.

— Je le jure par tous les saints.

Père Honorius hocha la tête d'un air satisfait.

— Désormais, l'accusée est convaincue de prostitution. Elle va donc apprendre à connaître le poids de la loi. Maintenant, il nous reste à décider de la portée du châtiment. Maître Ruppertus, comme les actes blasphématoires de l'accusée ont souillé votre honneur, il vous revient de demander une peine appropriée.

L'avocat secoua la tête comme s'il n'avait rien attendu d'autre.

— Je vous remercie, Révérend Père. Selon les lois de notre sainte mère l'Église et de l'empire, la peine est la suivante : s'il est avéré qu'une pucelle n'est plus vierge et qu'elle reconnaît et regrette sa faute devant le tribunal, elle doit être enfermée dans un couvent pour prier Dieu de lui pardonner ses péchés.

Il fit une pause et jeta un regard interrogateur vers les autres, qui l'approuvèrent en silence. Alors, il fixa Marie pour l'inviter à se soumettre.

— Es-tu enfin prête à confesser tes péchés ? Réfléchis bien. C'est pour toi le seul moyen d'expier tes erreurs et de préserver ton âme de la damnation éternelle.

Marie hésita. Si un autre le lui avait demandé, elle aurait dit oui, car son unique souhait était à présent de se réfugier quelque part. Des douleurs à peine tolérables lui brûlaient le bas-ventre et des taches rouges comme les flammes de l'enfer dansaient devant ses yeux. Derrière les murs d'un cloître, elle pourrait oublier la cruauté du monde. En même temps, elle avait conscience qu'elle ne serait graciée qu'en commettant un parjure. De plus, par ce péché mortel et par-là, elle acquitterait les trois hommes qui l'avaient violée ainsi que la veuve Euphémia dont les blasphèmes avaient scellé son destin. Alors, elle secoua violemment la tête et poussa un cri qu'on pouvait interpréter comme un non.

Maître Ruppertus parut aussi soulagé que ravi, comme s'il avait prévu cette réponse. Puis il se tourna vers le juge, la mine furieuse.

— Si l'accusée s'obstine, poursuivit-il, et si elle refuse de s'avouer coupable, elle doit être battue à coups de verge et chassée de sa patrie.

Le juge ne montra pas la moindre émotion.

— C'est en effet ce qui est écrit. Marie Schärer, es-tu prête à confesser ta faute devant Dieu et les hommes ?

La jeune fille secoua de nouveau la tête. Son père se leva, le souffle lourd, et s'approcha d'un pas vacillant. Une fois qu'il fut devant elle, elle vit qu'un œil ne lui répondait plus. Son haleine sentait toujours l'alcool, ce qui étouffa en elle toute pitié.

— Mon enfant, tu ne sais pas ce que tu fais. Avoue tes péchés et je te confierai aux sœurs servantes du troisième ordre de saint François à Constance.

Il avait des larmes dans la voix. Marie détourna la tête et regarda dans une autre direction.

— Si elle reconnaît sa culpabilité, nous vous y autoriserons, expliqua l'un des assesseurs sur un ton mielleux.

Marie perçut le « je t'en prie » silencieux, presque inaudible de son père. Elle vit le regard implorant de son oncle Mombert posé sur elle. Même le juge hocha la tête d'un air encourageant. On aurait dit que le monde entier s'était ligué contre elle. Cependant, si elle prenait le voile, elle serait soumise jusqu'à la fin de ses jours au mépris des sœurs d'origine noble, qui décidaient du sort des sœurs servantes, et serait punie pour des crimes qu'elle n'avait pas commis. Pire que tout, en acceptant, elle se rendrait coupable d'un péché mortel qu'elle ne pourrait jamais expier : commettre un parjure en face de la croix serait se condamner soi-même à la damnation éternelle. Non, elle n'était pas prête à cela.

Elle regarda le juge et secoua énergiquement la tête. Honorius von Rottlingen eut l'air visiblement fâché. Sa main s'abattit lourdement sur la table. Il ordonna au greffier de prendre la plume.

— Comme l'accusée s'obstine et nie sa culpabilité, elle subira la peine maximale.

Il se concerta avec ses assesseurs, puis se leva et baissa le regard vers la jeune fille.

— Marie Schärer, tu es reconnue coupable de prostitution, d'imposture envers le très estimé Maître Ruppertus Splendidus, à qui tu as fait croire que tu étais une vierge chaste, et de calomnie envers de respectables citoyens. Par conséquent, nous te condamnons à trente coups de verge et te bannissons de la ville de Constance et de ses environs.

7

Quand la verge lui incendia le dos, Marie serra les dents. Elle perçut comme à travers un épais brouillard la voix du greffier qui comptait « un ». Aussitôt après, la baguette en bois claqua de nouveau sur sa peau, mais cette fois si fort qu'elle crut avoir la colonne vertébrale brisée. Elle avait le corps en feu et maudit l'entêtement qui l'avait empêchée de choisir la voie du cloître. Bientôt, elle fut incapable de penser clairement : la douleur s'était emparée de tout son être. Les flammes du purgatoire n'auraient pu être pires.

Elle ne voulait pas accorder à Hunold le plaisir de l'entendre gémir. Mais dès le cinquième coup, sa volonté avait perdu tout pouvoir sur son corps. Une vague rouge l'emporta, menaçant de la noyer. Elle ouvrit grand la bouche pour reprendre son souffle et, au même instant, s'entendit elle-même crier. Au début, elle poussait un hurlement à chaque fois qu'il la frappait, mais bientôt, il ne sortit plus de sa gorge qu'une lamentation continue qui n'avait plus rien d'humain. Jusqu'au vingtième coup, Marie entendit l'huissier compter, puis ses sens ne perçurent plus rien que la douleur.

Hunold prenait du plaisir à voir tressaillir et se mordre le corps de la jeune femme, dont le dos devenait un peu plus rouge à chaque coup. Quand les verges s'abattirent pour la trentième fois, il sentit une délivrance au niveau lombaire. Il n'aurait pas éprouvé une plus grande jouissance s'il l'avait violée à nouveau. Il examina avec complaisance le motif ensanglanté qui se dessinait sur sa peau déchiquetée jusqu'aux muscles et formait une sorte d'échiquier allant de ses épaules à ses fesses.

Involontairement, il porta la main à la bourse bien remplie qui pendait à sa ceinture. Les trente deniers qu'il avait reçus pour appliquer le supplice n'étaient rien comparés à la somme que l'avocat lui avait donnée en échange de ses services. Et pourtant, l'argent ne lui procurerait pas la moitié du plaisir que la petite Schärer lui avait donné. Satisfait, il se retourna et annonça au juge que le supplice était terminé.

— L'accusée est-elle encore en vie ?

Le père Honorius prononça cette question d'une voix aussi indifférente que s'il avait demandé l'heure au bedeau de Saint-Étienne.

Hunold détacha les liens qui attachaient Marie au pilori et la regarda glisser et s'effondrer par terre. Il l'observa, puis renversa sur elle un baquet d'eau froide qu'il avait préparé à cette fin, avant de lui donner un coup de pied dans les côtes. Marie gémit et releva péniblement la tête.

— Tu n'es pas un homme, Hunold, mais un démon.

Le garde municipal éclata de rire.

— J'aurais pu te tuer, catin. Tu peux me remercier d'être en vie.

Il se retourna et abandonna Marie aux deux huissiers qui devaient la conduire hors du territoire. Ceux-ci la relevèrent. Puis pendant que l'un d'eux la retenait, l'autre lui ôta ses liens et lui passa une blouse qui lui descendait tout juste jusqu'aux cuisses et ressemblait plus à un sac qu'à un vêtement. Sur la poitrine et le dos de cette tunique d'un jaune criard, deux faces de démon grimaçantes représentaient la débauche et la luxure. Alors, les deux hommes la ligotèrent par-devant et lui firent faire un demi-tour sur elle-même pour que les spectateurs puissent la voir une dernière fois. Ensuite, ils adressèrent un signe au valet qui retenait leurs chevaux.

— Viens, catin ! Maintenant, nous quittons la ville.

Avant qu'elle n'ait compris ce que l'huissier voulait dire, il lui passa une corde autour des mains et attacha l'autre extrémité à l'un des étriers. Sans lui accorder le moindre regard, il monta en selle en même temps que son collègue et donna un coup d'éperon.

Comme les jambes de Marie refusaient de lui obéir, la pauvre tomba par terre et fut traînée sur les pavés. Une âme charitable l'aida à se relever et lui donna une petite bourrade pour qu'elle se mette en marche, d'un pas chancelant, derrière les cavaliers. La foule formait une haie des deux côtés du chemin qui passait près des grands hospices et du magasin des commerçants romans, puis descendait la rue du Rivage pour déboucher sur la porte du Rhin. Après le pont, le chemin continuerait vers Petershausen et, de là, en rase campagne.

Marie avait de nouveau l'impression d'être prisonnière d'un cauchemar. Chaque fibre de son corps tremblait, mais pour l'heure, un bon ange avait suspendu ses souffrances. Des taches multicolores qui dansaient devant ses yeux lui cachaient par bonheur la vue des visages autour d'elle. Certaines choses émergeaient au contraire dans une impitoyable clarté, comme le coq doré qui se dressait au-dessus du chœur de la cathédrale et semblait lui lancer un adieu moqueur par-dessus les toits.

Matthis Schärer et Mombert Flühi s'étaient joints aux gens qui suivaient les huissiers. Depuis l'arrestation de sa fille, le père de Marie avait vieilli de plusieurs décennies. Pourtant, il semblait tout à coup avoir trouvé de nouvelles forces ; il fendait la foule d'un pas si décidé que son beau-frère avait du mal à le suivre. Néanmoins, son esprit était encore troublé. Il marmonnait des paroles incompréhensibles et tendait ses mains tremblantes en direction de sa fille alors qu'il ne pouvait pas la toucher ni l'aider à se relever quand elle trébuchait et tombait par terre.

Mombert non plus ne pouvait détourner les yeux de sa nièce dont le sang teintait de rouge la camisole jaune. Il pensait à Hedwige, sa propre fille qui venait d'avoir treize ans, et il l'imagina à la place de Marie. Il ne se serait pas laissé faire comme son beau-frère et il était moins que jamais convaincu de la culpabilité de la malheureuse.

Lorsque les huissiers passèrent la porte ouest de la ville, derrière le faubourg de Petershausen, Marie aperçut Michel qui se frayait un chemin dans la foule pour l'approcher. Pendant une fraction de seconde, ils se regardèrent droit dans les yeux. Le visage du jeune homme traduisait l'effroi et l'impuissance, mais elle y reconnut aussi de la pitié et l'envie de l'assister. Comme elle trébuchait sur un pavé et s'étalait de tout son long, il fit mine de s'élancer vers elle, mais Guntram Adler surgit derrière son fils, l'attrapa par la peau du dos et lui ordonna de rentrer en hurlant.

Marie se releva toute seule sous les commentaires railleurs de quelques badauds et poursuivit son chemin en vacillant. Elle savait ainsi que quelqu'un croyait en son innocence et cela lui redonna de la force. La veille, elle avait pris ses propos pour des médisances inspirées par la jalousie, mais elle comprenait tout à coup combien elle avait été injuste envers lui. Michel l'aimait et avait voulu la préserver de ce destin. Elle ne pourrait jamais l'en remercier. Elle repoussa un élan de déception ; il était préférable pour tous les deux qu'ils ne se revoient jamais. Maintenant qu'elle avait été condamnée pour prostitution, un homme tel que l'aubergiste ne l'engagerait même pas comme serveuse, sans parler de la laisser fréquenter son fils.

À partir d'aujourd'hui, elle était sans défense, sans patrie, sans droits, livrée à l'arbitraire de tous ceux qu'elle rencontrerait. Les seuls qui pussent l'aider étaient son père et son oncle Mombert. Elle espérait qu'ils la suivraient et qu'ils l'emmèneraient en quelque lieu où elle pourrait, à l'abri du monde, panser les plaies de son corps et de son âme. Elle s'accrochait à cette pensée pendant que ses pieds suivaient mécaniquement les chevaux des huissiers.

Passé la porte de la ville, même les curieux les plus acharnés perdirent tout intérêt. Une fois que les derniers d'entre eux eurent fait demi-tour, Matthis Schärer et son beau-frère s'arrêtèrent également. Marie vit que son oncle s'adressait tout bas à son père comme s'il essayait de le consoler. Cependant, celui-ci secoua la tête avec vivacité, se retourna brusquement et repartit d'un pas chancelant en direction de la ville sans même accorder un dernier regard à sa fille. Mombert ouvrit les bras dans un geste d'impuissance et regarda alternativement le père et la fille comme s'il n'arrivait pas à se décider entre eux. Quand il vit Maître Matthis trébucher, il s'élança vers lui pour le soutenir.

La trahison de ses proches ralluma les souffrances et les douleurs physiques de Marie, qu'un esprit charitable avait étouffées. Le soleil brillait, implacable. Sa langue collait au palais comme la camisole à sa peau déchiquetée. Des cailloux aux arêtes vives lui tailladaient les pieds, son cœur se contractait à chaque battement, et le monde autour d'elle devint si gris qu'elle ne voyait plus où elle marchait. Étaient-ce les signes avant-coureurs de la mort ? se demanda-t-elle. Allait-elle enfin être délivrée ?

Elle implora en silence tous les saints qui lui venaient à l'esprit de lui accorder un miracle et de lui venir en aide. Mais comme au cours de la nuit précédente, ses suppliques restèrent sans écho, et à chacun de ses pas, les souffrances s'infiltraient un peu plus dans son âme et en chassaient l'espoir et la foi. Elle sentit son esprit vaciller et espéra que son cœur se tairait bientôt pour toujours.

Les huissiers passèrent la nuit sur de confortables paillasses dans une auberge de Allensbach, tandis que Marie dut se contenter de la terre froide d'une grange. On ne lui donna que de l'eau, puisée dans l'auge des chevaux, sans rien à manger. Il fallut attendre le matin pour qu'un des deux hommes demande à l'aubergiste un gobelet du vin le moins cher et un morceau de pain, qu'il plaça dans les mains de Marie sans même les détacher.

— Bois et mange ! lui ordonna-t-il. Tu as un long chemin devant toi, même si à partir de cet après-midi tu seras débarrassée de nous et que tu pourras aller où bon te semble, du moins tant que tu éviteras la direction de Constance.

Marie serra le godet entre ses deux mains et se pressa tellement qu'elle en renversa une partie. Le vin lui brûla la gorge et l'estomac comme de l'acide. Pourtant, elle le vida. Elle allait même en redemander quand l'homme se détourna en faisant une grimace comme s'il regrettait son mouvement de pitié.

— Allez, relève-toi, catin. Nous n'allons pas passer la journée ici !

Il l'attacha de nouveau à l'étrier et éperonna son cheval sans se soucier de savoir si elle était prête. La secousse lui fit lâcher le morceau de pain. Avec un murmure de regret, elle essaya tant bien que mal de se remettre sur pied et de suivre ses gardiens.

À l'arrêt suivant, elle vit déjà au loin la cathédrale de Radolfzell. L'un des huissiers descendit de cheval, détacha ses mains et la poussa quelque temps sur la route.

— Tiens, c'est par là que tu dois aller. Et ne t'avise pas de revenir à Constance ! Cette fois, le révérend juge ne se montrera plus aussi clément.

— Clément ?

Elle faillit s'étrangler de haine et eut du mal à respirer. On l'avait calomniée, violée, battue, chassée du foyer paternel, et ces hommes appelaient cela de la clémence ? Elle allait leur cracher la vérité en pleine figure. Mais avant qu'elle ne se mette à parler, ils avaient déjà fait demi-tour et s'éloignaient au galop. Il ne restait plus à Marie que la poussière du chemin et le soleil torride qui brillait haut dans le ciel en cette splendide journée de juillet.

En quelques pas, elle atteignit un chêne ancestral, malmené par les intempéries, qui ombrageait le carrefour où les routes de Singen et de Stein-am-Rhein se séparaient. Elle s'arrêta, indécise, et se demanda dans quelle direction aller. Finalement, elle se décida pour le chemin de Singen, bordé de vieux arbres.

8

Michel mit ses habits de rechange dans une couverture et en fit un ballot. Ensuite, il ouvrit sa paillasse et chercha de la main la petite bourse en cuir qu'il y avait cachée. Elle contenait toute sa fortune, c'est-à-dire les pièces que des clients satisfaits lui avaient données à l'insu de son père ou de ses frères, Bruno ayant seul le droit de conserver les pourboires. Il glissa la bourse sous sa blouse, chargea le ballot sur son épaule et quitta la chambre sans bruit.

Dans l'escalier, il s'arrêta plusieurs fois pour tendre l'oreille. Il entendait la voix tonitruante de son père qui semblait devoir faire exploser la boutique. Vis-à-vis des clients, elle était toujours joviale, voire obséquieuse, tandis qu'avec ses fils il n'arrêtait pas de hurler. Un vrai patron n'aurait pas pu être plus dur que leur père. Pour ses parents, Michel n'était qu'un valet qu'on ne payait pas. Il avait certes conscience qu'ailleurs il n'aurait pas la vie plus belle, mais compte tenu de la situation, il préférait travailler comme journalier pour quelques *groschens*. Avant cela, il devait retrouver Marie.

La chance fut de son côté. Il se faufila au-dehors par la porte latérale, remonta l'étroit passage qui séparait l'auberge de la maison voisine et arriva deux ruelles derrière sans avoir rencontré personne. Néanmoins, il n'osa reprendre haleine qu'après avoir dépassé la sentinelle de la porte du Rhin qui montait la garde d'un air las, et traversé le pont qui menait à Petershausen.

Dans une bonne heure, il ferait nuit, mais comme le ciel sans nuages promettait une belle lune, il décida de marcher aussi longtemps que possible sur les traces de Marie. Son père ou ses frères ne partiraient à sa recherche que le lendemain matin au plus tôt et il voulait alors être assez loin pour qu'ils abandonnent la poursuite.

Michel chassa la pensée de sa famille et de la maison paternelle. Il réfléchit à ce qu'il devrait faire quand il aurait trouvé Marie. Elle était blessée et aurait sûrement grand-faim et grand-soif. Il s'en voulut aussitôt de n'avoir pas dérobé en cuisine une miche de pain et un peu de saucisse ou de jambon. Il se procurerait des vivres à Wollmatingen ou à Hegne, même s'il devait pour cela sacrifier ses premières pièces. La lune qui se levait déjà au-dessus des arbres lui rappela comme le temps passait vite et il pressa le pas. Il marcha jusqu'à ce qu'il eût l'impression d'avoir des jambes de plomb et que son estomac se mît à gronder.

Finalement, à l'aube, il était si épuisé qu'il quitta le chemin et se réfugia dans le sous-bois pour y dormir un peu. Mais à peine avait-il fermé les yeux qu'il fut assailli de rêves dans lesquels il voyait le cadavre de Marie, battue à mort par l'aubergiste, tandis qu'un bourreau l'attachait lui-même au pilori et le frappait jusqu'à ce qu'il se retrouve au purgatoire. Il se réveilla en hurlant et, malgré la fatigue, décida de se remettre en route. Dans une auberge, il obtint pour quelques deniers un gobelet de vin et un morceau de rôti froid. Il ne s'y attarda que le temps nécessaire pour avaler son repas ; le souci qu'il se faisait au sujet de Marie ne lui laissait pas de repos et il voulait la rattraper aussi vite que possible.

Toute la journée, il rencontra des voituriers et des voyageurs qui se rendaient à Constance. Il n'osait déjà pas les saluer, c'est dire qu'il se gardait bien de les questionner sur la jeune fille. En fin d'après-midi, il aperçut deux cavaliers qui venaient dans sa direction. Il reconnut les huissiers qui avaient emmené la malheureuse loin de la ville et les aborda. Comme ils ne faisaient pas mine de s'arrêter, il saisit l'un des chevaux par les rênes. Les deux hommes, qui avaient vidé plus d'une chope dans l'auberge de son père, le saluèrent d'un air surpris.

— Bonsoir, Michel. Que fais-tu ici à une heure si tardive ?

— Bonsoir Burkhard. Bonsoir Hannes. Avez-vous mené Marie à destination ?

— Ça, tu peux le dire. On ne la reverra pas de sitôt à Constance !

L'homme qu'il avait appelé Burkhard rit comme s'il s'agissait d'une bonne blague, mais il se reprit aussitôt et jeta à Michel un regard perçant.

— Pourquoi demandes-tu cela ? Tu ne cours pas après cette petite traînée quand même ?

La question le mit si mal à l'aise que les deux huissiers éclatèrent de rire.

— Elle t'a échauffé le sang, la gamine ? Je vais te dire, oublie-la. Elle ne vaut pas la peine qu'un brave garçon comme toi ait des problèmes.

Michel secoua la tête avec entêtement.

— Vous pouvez tout de même me révéler dans quelle direction elle est partie.

Burkhard hésita, mais son compagnon de route ne se fit pas prier une deuxième fois.

— Nous l'avons laissée au carrefour de Radolfzell. De là, elle est partie vers le sud. Elle veut descendre au bord du Rhin. Chez les bateliers et les charretiers, une catin est toujours bienvenue. Mais maintenant, adieu Michel ! Nous voulons être à Allensbach avant qu'il ne fasse nuit noire.

Sur ces paroles, il éperonna son cheval et reprit son chemin. Burkhard le suivit en dodelinant de la tête.

— Pourquoi lui as-tu menti ? Tu as vu comme moi que la petite catin est partie en direction de Singen !

Son compagnon de voyage haussa les épaules.

— Tu veux que Michel soit la risée de tous à cause d'une fille perdue ? Moi pas. Qu'il aille à Radolfzell, puis au bord du Rhin. D'ici là, l'envie de la suivre lui sera passée. En plus, les bateliers le connaissent et le ramèneront à Constance. Dans trois jours au plus tard, le gamin sera rentré. Son père nous en sera reconnaissant et nous offrira désormais une chope ou deux à l'occasion.

— Je n'ai rien contre l'idée de boire un petit coup chez Guntram Adler. C'est lui qui brasse la meilleure bière de tout Constance.

Burkhard décida de lui rendre visite dès leur retour le lendemain matin.

Entre-temps, Michel, animé d'un nouvel espoir, avait également repris son chemin. Peu avant le coucher du soleil, il atteignit le carrefour de Radolfzell et prit vers le sud. Sans le savoir, il manqua Marie de moins d'une demi-heure. Le lendemain soir, après une journée de marche épuisante pour passer le mont Schien, il arriva à Stein-am-Rhein. Mais là, on ne répondit à ses questions que par des mouvements de la tête désolés.

Sur un point, Burkhard et Hannes s'étaient trompés : Michel ne rentra pas chez lui et personne ne partit à sa recherche. Son père pesta encore quelque temps contre ce fils ingrat, mais finit par hausser les épaules et essaya de l'oublier. Il en avait suffisamment d'autres. Cela ne valait pas la peine de pleurer parce qu'un de ses enfants avait disparu. Ses clients, en revanche, demandèrent maintes fois de ses nouvelles et lui rappelèrent longtemps le jour où Marie Schärer avait été bannie et où Michel Adler s'était lancé à sa poursuite.

9

Au moment où il avait fait demi-tour, Matthis Schärer avait pris une décision. Sa tête, qui n'avait plus réussi à former une idée claire depuis que le malheur s'était abattu sur lui, s'était remise à fonctionner normalement. Même condamnée, fouettée et bannie, Marie n'en restait pas moins sa fille. Il ne tolérerait pas qu'elle souffre plus encore. Mais il ne servait à rien de la suivre, de traîner dans la rue comme un mendiant et d'attendre qu'une âme charitable ait pitié d'eux. Non, il devait rentrer chez lui, faire atteler la voiture et partir à son secours avec un bon nombre d'affaires et une bourse bien remplie.

Il l'emmènerait quelque part où elle pourrait vivre en paix et oublier les événements atroces. Par malheur, il ne pourrait pas la loger dans le beau domaine qu'il possédait à Meersburg : l'évêque Otto von Hachberg y régnait de façon plus absolue qu'à Constance qui, en tant que ville libre du Saint Empire romain germanique, parvenait à garder une certaine indépendance. À Lauffenburg au contraire, Schärer avait des amis d'affaires qui lui prêteraient assurément main-forte et l'aideraient dans l'acquisition d'une nouvelle maison.

Animé par cette pensée, Maître Matthis secoua la main de son beau-frère et partit chez lui d'un pas presque aussi alerte qu'un jeune homme.

— Prépare quelques vêtements pour Marie et dis à Holdwin de seller le sous-verge et d'atteler le cheval pie au chariot, ordonna-t-il à Wina, qui lui avait ouvert la porte, le visage blême de peur.

Il avait déjà gravi la moitié de l'escalier quand il se rendit compte que son intendante n'avait toujours pas bougé et se tenait raide au milieu du couloir.

— Qu'est-ce que tu as ?

— L'avocat est là.

Sa voix était aussi basse que si elle craignait d'être entendue par Ruppert.

Le visage de Matthis Schärer s'empourpra. La haine qu'il éprouvait pour l'homme qui s'était rangé du côté des détracteurs et avait détruit l'existence de sa fille lui tournait tellement les sangs que le monde autour de lui commença à vaciller et qu'il en eut le souffle coupé. Il baissa la tête, monta les marches à pas lourds et ouvrit avec violence la porte qui menait à son cabinet. Mais il n'y avait personne. En se retournant, il vit Linhard sortir de la salle de séjour, jeter un coup d'œil dans le couloir et se reculer rapidement. Matthis se précipita dans sa direction et s'élança dans la pièce où moins de vingt-quatre heures auparavant il avait célébré la signature du contrat de mariage avec son futur gendre et ses hôtes. Il aperçut alors l'avocat assis à sa table, en train de boire son vin dans son gobelet en argent en compagnie d'Utz Käffli. Linhard, qui était la mauvaise conscience en personne, se réfugia dans le dos du charretier comme pour chercher sa protection.

Les jambes allongées avec nonchalance, Ruppert était avachi sur le siège préféré du père de Marie, qu'il regardait avec un sourire moqueur. Matthis Schärer agita les poings.

— Que faites-vous chez moi ? Je ne tolère pas dans ma maison un médisant tel que vous. Allez, disparaissez ! Sortez sur-le-champ et emmenez ces crapules avec vous.

L'avocat prit sur la table une feuille de parchemin et la lui tendit aussi calmement que s'il ne s'était rien passé.

— Dans votre maison ? Compte tenu du fait que j'étais en droit d'attendre de ce mariage une riche dot et plus tard votre héritage, le tribunal épiscopal de Constance m'a accordé l'ensemble de vos biens en guise de dédommagement pour l'insulte que votre fille et vous-même m'avez faite et pour l'héritier dont vous me privez. Veuillez par conséquent baisser la voix : c'est vous qui êtes mon invité.

Tandis que Ruppert affectait un air aussi tranquille que s'il parlait de la pluie et du beau temps, Utz agressa le maître de maison.

— Maintenant, tu en es au même point que ta fille, Schärer, à savoir dans le caniveau.

Maître Matthis comprit l'ampleur de la conspiration dont sa fille et lui étaient victimes. Maintenant qu'il était trop tard, il sut que Marie n'avait jamais eu de rapports honteux avec Linhard, Utz ou quiconque.

Le malheur s'abattit sur lui comme une onde ardente, menaçant de lui couper le souffle et de lui incendier la tête. On avait jeté au cachot sa fille innocente et on avait brutalement abusé d'elle pour pouvoir la présenter au tribunal comme une catin. Matthis se rappelait ses cris de douleur pendant qu'on la fouettait. Il suffoquait de haine envers l'homme qui lui avait fait cela et qui lui tenait maintenant sous le nez, avec un sourire outrecuidant, une paperasse qui le privait de l'ensemble de ses biens. Selon toute apparence, Maître Ruppertus avait planifié la chose avec une perfection si diabolique que lui-même, Maître Matthis, n'était même plus en mesure de donner à sa fille unique un morceau de pain, pour ne pas parler de lui assurer un avenir.

— Maintenant, je comprends. Depuis le début, tu voulais ma ruine. C'est pour cela que ma fille est désormais bannie et sans patrie, peut-être même déjà morte.

Ruppert rit.

— N'accuse personne d'autre que toi. Tu t'es précipité sur ma demande en mariage comme une abeille sur le miel. Tu as clamé fièrement dans toute la ville que tu avais trouvé un gendre merveilleux. Crois-tu vraiment que je me serais rabaissé à épouser la fille d'un parvenu ridicule ?

Il ne put pas en dire plus, car Matthis se jeta sur lui, lui serra la gorge entre ses mains et appuya de toutes ses forces. L'avocat n'avait pas la moindre chance contre la rage déchaînée de cet homme à la carrure solide. Son visage commençait déjà à devenir violet quand Utz lui vint en aide. Il frappa le marchand au visage des deux poings sans néanmoins pouvoir l'arrêter.

Alors, il attrapa sa main droite et, d'un mouvement brusque, l'arracha de la gorge de Ruppert.

Matthis Schärer s'apprêtait à repousser le charretier quand un anneau brûlant lui encercla la tête. Utz profita de l'avantage et le frappa plusieurs fois avec violence. Maître Matthis le fixait de ses yeux injectés de sang et cherchait à dire quelque chose, mais sa voix ne lui obéissait plus. Soudain, il tomba à la renverse comme un sac de blé et resta inerte sur le sol.

Utz lui donna plusieurs coups de pied.

— Dieu merci. Il a un coup de sang !

Pendant que Linhard fixait son maître la bouche béante et les yeux écarquillés, Ruppert se massait la gorge et s'en prenait au voiturier.

— Il a failli me tuer ! Tu ne pouvais pas intervenir un peu plus tôt, espèce d'imbécile ?

— Je n'ai pas pu faire plus vite, répondit Utz en haussant les épaules.

Puis il poussa Matthis de la pointe de sa botte.

— Et qu'est-ce qu'on fait de lui ?

Maître Ruppertus regarda avec dégoût l'homme qui râlait et désigna la porte d'un mouvement de la tête.

— Porte-le dehors !

Tandis que le charretier se baissait pour prendre Schärer à bras-le-corps, Linhard secoua la tête d'un geste dubitatif.

— Je ne sais pas si c'est une très bonne idée, Maître. Si les voisins le trouvent dans cet état et apprennent que désormais la maison vous appartient, toute la ville en fera des gorges chaudes. Cela ne serait pas bon pour votre réputation. Pensez un peu, il a ici des parents qui porteraient plainte contre vous. Vous vous souvenez sans doute de Mombert Flühi ?

L'avocat asquiesça d'un mouvement de tête.

— Tu as raison, Linhard. Portez-le dans une grange. Une des domestiques ira voir plus tard s'il vit encore.

Il se corrigea aussitôt.

— Ou plutôt non ! Pas une domestique. Utz, c'est toi qui vas t'occuper de lui. Soigne-le tant qu'il le faut, mais fais attention à ce qu'il ne nous échappe pas. Personne ne doit apprendre ce qui est arrivé à Matthis Schärer. Si on s'inquiète de son sort, dites qu'il a quitté la ville pour suivre sa fille.

Matthis Schärer survécut trois jours. Alors, lui qui était peu de temps auparavant l'un des citoyens les plus riches de la ville, fut enterré en secret dans un trou du cimetière des pauvres.

DEUXIÈME PARTIE

BANNIE

1

Une troupe de comédiens ambulants remontait avec lenteur la route qui menait à Singen. Il y avait des hommes, des femmes et des enfants, vêtus d'habits incroyablement bariolés et maintes fois reprisés, dont la plupart n'étaient plus que des guenilles. En tête du convoi venait en bringuebalant un chariot bâché tiré par deux canassons. Assis sur le banc du cocher, un homme d'âge mûr, maigre, avec une petite barbe noire, conduisait les chevaux qu'un paysan n'aurait plus attelés à sa charrue, tandis que deux jeunes garçons qui lui ressemblaient à s'y méprendre marchaient à côté de la voiture. Ils tenaient de gros gourdins dans la main et jetaient sans cesse des regards à la ronde comme s'ils étaient chargés de protéger de précieuses marchandises.

Le reste du groupe suivait le chariot à pied. Les femmes étaient courbées sous le poids de lourds ballots pendant que les hommes ne portaient que de légers paquets et surveillaient avec attention le bord de la route. C'était la troupe de saltimbanques de Jossi qui se rendait à la foire de Merzlingen, petite ville située entre Singen et Tuttlingen, et à laquelle s'étaient joints d'autres itinérants de basse condition.

Le convoi était fermé par une femme d'environ vingt-cinq ans, grande, aux cheveux blonds éclaircis par le soleil, qui répondait au nom d'Hiltrude. Elle n'était ni laide ni particulièrement jolie, mais avait un visage agréable et des yeux gris clair pétillant d'humour. Ses vêtements se composaient d'une large jupe marron munie de rubans jaunes et d'un corsage de drap également jaune qui moulait sa poitrine ronde et ferme. Elle semblait habituée à aller pieds nus, car elle marchait d'un pas allègre sur les cailloux aux arêtes tranchantes sans jamais faire la moindre grimace de douleur. À l'aide d'une fine baguette, elle menait deux chèvres robustes attelées à un petit chariot à ridelles plein à craquer.

Les hommes n'arrêtaient pas de lui jeter des regards à la dérobée, ce qui leur valait à chaque fois les reproches ou les railleries de quelques femmes. Hiltrude se moquait des coups d'œil méchants ou des remarques acerbes que celles-ci lui lançaient par la même occasion. Elle ne faisait pas partie des saltimbanques, mais les accompagnait jusqu'à la prochaine foire : il était plus sûr de voyager en groupe. Les femmes seules tombaient vite aux mains des hommes dont elles croisaient le chemin, elle en avait fait elle-même la douloureuse expérience.

C'est pourquoi il lui était égal que les autres femmes l'attaquent. Quelques-unes des comédiennes dont les mœurs étaient assez souples pour qu'elles se donnent au premier goujat venu en échange de quelques deniers voyaient en elle une concurrente indésirable et les autres craignaient que leurs maris et leurs fils ne cèdent à la tentation et ne lui donnent le peu d'argent qu'ils possédaient. Il était peu probable pourtant qu'un saltimbanque la paie pour ses services. Il exigerait plutôt qu'elle ouvre les jambes par reconnaissance pour le fait d'avoir été acceptée.

Hiltrude regarda la grosse épouse du directeur de la troupe qui se traînait au milieu d'une kyrielle d'enfants et se demanda, amusée, ce qu'elle dirait si elle apprenait que son mari avait déjà réclamé la veille le prix de sa protection. La jeune femme s'était même donnée sans rechigner : Jossi était un homme délicat, comparé à la plupart des clients qui entraient dans sa tente.

Soudain, l'aîné du directeur s'immobilisa en montrant un arbre.

— Il y a une femme morte sur le bord de la route !

Le vieux lui fit signe d'avancer.

— Va, ne t'en occupe pas ! On risquerait de t'accuser de sa mort et de t'obliger à l'enterrer.

Malgré cet avertissement, le père s'arrêta lui-même et observa le corps sans vie. Bientôt, tout le groupe s'était rassemblé autour du hêtre. Même Hiltrude, poussée par la curiosité, abandonna ses chèvres pour s'approcher. La morte était une jeune fille qui portait une robe d'infamie et qui avait été affreusement maltraitée.

— Elle ne va pas tarder à puer, remarqua l'un des saltimbanques qui se voulait drôle.

La prostituée remarqua que les lèvres de la malheureuse frémissaient légèrement. Elle secoua la tête.

— Elle n'est pas morte ! dit-elle.

Pendant que les comédiens la regardaient d'un air sceptique, elle se pencha au-dessus du corps inerte. La jeune fille était d'une beauté remarquable. Cela se voyait malgré la couche de crasse qui lui recouvrait le visage. La robe jaune indiquait qu'elle avait été expulsée d'une ville sans doute toute proche. Dans son dos, le tissu était teinté de sang et, comme Hiltrude put le constater en y passant la main, il collait à la peau. La petite avait dû être fouettée avec une rare violence. Les faces de démon sur sa tunique révélaient qu'elle avait été condamnée pour prostitution. Néanmoins, elle devait avoir commis plus que cela : on ne punissait pas la luxure de manière aussi sévère.

En général, dans les villes, on ne faisait pas attention au mode de vie des jeunes filles et des femmes de basse extraction. Si l'une d'elles exagérait vraiment, on lui enfilait la robe d'infamie et on la chassait sans autre forme de procès. Mais on ne la battait pas presque à mort. Hiltrude examina les mains de la bannie et se gratta la tête. Des doigts aussi lisses et doux n'étaient pas ceux d'une servante ou d'une journalière. Ce devait être la fille d'un bourgeois fortuné, voire d'un noble. Ce constat ne faisait que rendre l'affaire plus mystérieuse encore : d'ordinaire, les riches familles se pressaient de marier leurs filles dévoyées avec quelque vassal docile ou les enfermaient dans un couvent.

Cette énigme l'intriguait. Elle se demanda si le fils d'un grand seigneur s'était épris d'une jeune fille de condition inférieure et que le père avait ordonné ce dur châtiment pour empêcher le mariage. Elle repoussa aussitôt cette pensée, car elle se sentit gagnée par la pitié.

— Si elle n'est pas encore morte, cela ne saurait tarder. Nous ne pouvons rien pour elle, déclara le directeur de la troupe avant de se détourner en haussant les épaules et de remonter sur le siège de sa voiture.

Les autres saltimbanques aussi s'apprêtaient à repartir. Indécise, la prostituée ne bougea pas. À vrai dire, le sort de la jeune fille ne la regardait pas. Mais l'idée d'abandonner un être humain sans défense au bord de la route la répugnait. Elle savait qu'elle pouvait s'estimer heureuse de pouvoir subvenir à ses propres besoins et de n'avoir à s'occuper de personne. Pourtant, quand le directeur fit avancer ses chevaux d'un claquement de la langue, elle lui barra le chemin.

— Attends un instant, Jossi, s'il te plaît. Je vais l'emmener.

L'homme secoua la tête.

— Si nous traînons, tous les bons emplacements seront pris.

— Juste quelques minutes, le pria-t-elle.

— Tu peux rester, si tu veux vraiment t'occuper de cette catin malpropre, intervint la femme du directeur en insistant particulièrement sur le mot « catin » pour blesser Hiltrude.

Mais celle-ci avait entendu tant d'insultes dans sa vie qu'elles ricochaient maintenant sans la toucher. La prostituée constata avec dépit que le directeur levait son fouet et tirait sur les rênes, sans chercher à savoir si elle était sur son passage. Après avoir jeté un coup d'œil à la pauvre fille inconsciente, elle se recula et s'adressa à l'un des jeunes gens.

— Aide-moi à la porter sur mon chariot, s'il te plaît. Je la soignerai quand nous serons arrivés à Merzlingen.

— Mais si elle meurt, tu creuseras le trou toute seule, répondit le jeune homme avec impertinence avant de se pencher pour la soulever.

Avec son aide, Hiltrude la déposa sur sa voiture. Elle n'avait pas fini de le remercier que la femme du directeur se retourna et ordonna à son fils de revenir sur un ton cinglant. La prostituée le vit tressaillir et remonter le convoi en courant, comme s'il venait de se faire prendre en flagrant délit.

Elle souriait encore en donnant un petit coup de baguette à ses chèvres. Mais toute envie de rire lui passa aussitôt : les bêtes n'arrivaient pas à tirer le chariot avec la surcharge. Hiltrude dut donc attacher une corde au timon et s'atteler elle-même à la voiture. Ton bon cœur te perdra, se gronda-t-elle. Te voilà en train de faire la bête de trait, et tout cela pour une gamine qui va sans doute mourir cette nuit. Avec un peu de chance, tu auras le droit de l'enterrer à la force du poignet et de donner quelques pièces au curé pour qu'il bénisse sa tombe.

Son humeur empirait à chaque pas qu'elle faisait. Tirer un chariot par cette chaleur était une tâche harassante. Pour penser à autre chose, elle se demanda ce qu'elle pourrait faire de la gamine au cas où elle resterait en vie. J'aurais bien besoin d'une servante pour m'aider à monter la tente et me faire la cuisine, se dit-elle. En plus, son joli minois va attirer les chalands. Quand elle sera en mesure de travailler, je vais leur soutirer un sacré paquet d'argent.

Dès lors, le principal souci d'Hiltrude fut qu'elle survive. En passant près d'un ruisseau, elle s'arrêta et trempa un morceau de tissu dans l'eau pour lui humidifier les lèvres. Sur la fin du chemin, les saltimbanques accélérèrent et la laissèrent loin derrière eux. Comme les toits de la ville étaient déjà en vue, cela ne la gêna pas : il n'y avait plus de danger qu'on la viole, la dévalise ou même l'assassine en plein jour. Du fait qu'elle n'avançait pas très vite, elle se faisait régulièrement doubler par des voyageurs qui se rendaient également à la foire de Merzlingen. Elle en connaissait quelques-uns des années précédentes et échangeait avec eux un rapide salut. La plupart effleuraient du regard la jeune fille allongée sur son chariot, mais ne posaient pas de questions. Seul Bodo, un marchand de poteries répugnant, arrêta sa bête et considéra son corps sous tous les angles.

— Une belle gamine que tu as choisie là, Hiltrude ! Elle est à vendre ?

La prostituée haussa les épaules.

— Je dois d'abord la remettre sur pied.

Le marchand se lécha les babines.

— Oui, vas-y !

— Mais ne te fais pas trop d'illusions, répliqua-t-elle. Je vais sans doute devoir la jeter sur le charnier de Merzlingen. Je ne crois pas que la petite passe la nuit.

— En tout cas, si elle s'en remet, tu penses à moi, d'accord ?

Le marchand de poteries retourna à sa voiture et fit claquer son fouet sur le dos de la haridelle qui y était attelée.

— Oui, je n'y manquerai pas ! lui cria Hiltrude par-derrière.

Son sourire moqueur aurait néanmoins pu lui apprendre qu'elle pensait tout le contraire. Elle savait pourquoi il était si intéressé. Les gens achèteraient plus volontiers des assiettes et des pots à une jolie femme qu'à lui. En plus, elle pourrait lui faire la lessive et la cuisine et s'occuper de ses autres besoins. Seulement, Hiltrude faisait grand cas de la propreté. Elle se lavait si possible tous les jours. C'est pourquoi même pour le double du prix, elle n'aurait pas accepté le marchand de poteries sous sa tente et elle ne lui donnerait sûrement pas une fille issue d'un milieu aisé. Elle était sûre qu'il y aurait d'autres preneurs que lui et qu'elle pourrait faire une bien meilleure affaire avec la petite.

Tandis qu'elle réfléchissait au moyen de convertir sa trouvaille en espèces sonnantes et trébuchantes, elle atteignit le champ de foire où se dressaient déjà quantité de tentes et de baraques et où l'on en installait d'autres. Elle s'apprêtait à chercher un emplacement convenable en marge du pré, quand elle vit le surveillant du marché de Merzlingen foncer droit sur elle pour lui réclamer la taxe des prostituées. À en juger par son regard, il avait l'intention de venir plus tard réclamer un supplément en nature. Elle se boucha le nez en espérant qu'il se laverait d'ici là.

Tout en comptant les pièces qu'il lui avait arrachées, il désigna la jeune fille allongée dans le chariot.

— Et elle ?

— Je l'ai trouvée en route et emmenée avec moi. Tu peux difficilement me demander de payer la taxe pour elle !

Elle allait se retourner, mais dut admettre qu'elle n'échapperait pas si facilement au représentant de l'administration municipale.

— D'après sa robe, c'est une catin. Donc, tu me dois deux deniers.

— Mais elle est à moitié morte ! Elle ne risque pas de travailler !

— Je m'en moque. Ou bien tu payes pour elle, ou bien tu déguerpis.

Hiltrude soupira.

— Repasse demain. Si elle vit encore, je te donnerai ton argent.

Il rit et tendit la main. La prostituée ne savait pas ce qui la fâchait le plus, l'avidité de cet homme ou sa propre bonté. Elle sortit sa bourse en faisant la moue et fouilla jusqu'à ce qu'elle trouve deux deniers de Halle plutôt que deux bons deniers de Ratisbonne. Il accepta la monnaie de faible valeur avec un regard morose et s'éloigna pour aller encaisser la taxe de nouveaux arrivants et leur indiquer un emplacement. Hiltrude respira : elle pouvait ainsi choisir elle-même un endroit où s'installer.

Les saltimbanques de Jossi avaient dressé leurs tentes à l'ombre de quelques arbres imposants. Non loin de là, elle découvrit un petit espace libre. Elle y tira son chariot, dételа les chèvres et les attacha à un poteau qu'elle planta en terre à l'aide d'une pierre. Ensuite, elle serra les dents et souleva la jeune fille, toute seule cette fois, car le garçon de Jossi et le reste de sa troupe se gardaient bien d'approcher. Ce faisant, elle renversa son chariot et toutes ses affaires se répandirent sur l'herbe. Elle poussa un juron, monta d'abord sa tente avec la rapidité que confère l'habitude et rangea. Pour finir, elle tira la jeune fille à l'intérieur et l'étendit sur une couverture.

En se redressant, elle comprit quelle charge elle s'était imposée en recueillant cette fille qui ne pouvait lui être d'aucune utilité. Pendant le temps qu'elle lui avait consacré, elle aurait pu gagner une belle somme. Elle jeta un coup d'œil aux hommes qui traînaient en grand nombre au dehors, faisant semblant de s'intéresser aux stands et aux ballots des marchands ou aux saltimbanques qui faisaient ici et là de petites démonstrations de leur talent. En vérité, la plupart d'entre eux jaugeaient les filles et, après un rapide marchandage, disparaissaient avec elles sous leurs tentes ou dans un buisson au bord de la rivière.

Quand l'un d'entre eux s'approcha d'elle et lui adressa la parole, elle fut bien obligée de refuser d'un mouvement de tête. Il cracha en poussant un juron et ne tarda pas à s'entendre avec une femme de la troupe de Jossi. Hiltrude mit les mains sur les hanches et regarda la jeune fille inconsciente allongée à ses pieds.

— Tu ne sais pas les problèmes que tu me crées. À cause de toi, je dois renoncer aux meilleures occasions. Alors, je te prie de bien vouloir rester en vie parce que je vais te réclamer chaque denier que tu me coûtes.

Elle prit sa marmite et sortit de la tente pour aller chercher de l'eau. Arrivée au bord de la rivière, elle frotta consciencieusement le récipient avec du sable et le remplit. Ensuite, elle alla ramasser de la mousse, de l'herbe et des brindilles sèches, posa son trépied devant la tente et alluma un feu en dessous. Pendant que l'eau chauffait, elle découpa la robe de la jeune fille en lambeaux sans toucher aux morceaux qui collaient à sa peau. Quand l'eau bouillit, elle y plongea un chiffon et commença à humidifier et à enlever avec précaution les restes de tissu.

Tandis qu'elle se concentrait sur son travail de bon samaritain, un petit homme maigrelet entre deux âges arriva sur le champ de foire et se mit à la chercher. Il portait des chausses grises très propres, un pourpoint marron et des chaussures en cuir munies de boucles en cuivre. Une fille de joie qui venait pour la première fois à la foire de Merzlingen s'avança vers lui en se déhanchant, mais une autre la rappela aussitôt en riant.

— Avec lui, tu te dandines pour rien, Lala. L'apothicaire vient voir sa petite amie.

Elle mit ses mains en porte-voix.

— Eh ! Seigneur Krautwurz ! La tente d'Hiltrude est par-là, sous les arbres où la troupe de Jossi a pris ses aises.

L'homme lui adressa un signe de tête reconnaissant, et quand elle fit un geste pour réclamer de l'argent, il prit sa bourse et lui jeta une pièce. Elle l'attrapa avec habileté en riant.

— Je vous souhaite beaucoup de plaisir. Mais si un jour vous avez envie d'autre chose, pensez à moi !

Peter Krautwurz ne faisait déjà plus attention à elle et marchait à grands pas vers la tente indiquée. L'entrée était grande ouverte et il allait pénétrer à l'intérieur quand il vit qu'Hiltrude était occupée. Il crut tout d'abord qu'un client l'avait devancé et s'apprêtait à repartir, mais il remarqua ensuite le corps mutilé de la jeune fille.

— Bonjour, Hiltrude ! Qu'est-ce que tu as trouvé là ?

La femme se retourna de mauvaise grâce, mais son visage s'illumina dès qu'elle l'eut reconnu. Le pharmacien était un habitué qui venait lui rendre visite chaque fois qu'elle était là. Elle l'aimait beaucoup ; il payait bien et se montrait plus tendre que la plupart de ses clients. Elle eut peur de le perdre si jamais elle refusait maintenant de le recevoir.

Cependant, Krautwurz n'exigea rien et ne se détourna pas non plus d'un air vexé, mais s'agenouilla à côté d'elle et regarda la jeune fille. Hiltrude remarqua avec satisfaction que son regard glissait sans s'arrêter sur le derrière particulièrement joli de la petite. Il n'avait d'yeux que pour le lacis de plaies ouvertes qui recouvrait son dos ensanglanté, et son visage reflétait un mélange de profonde commisération, d'effroi et jusqu'à un certain point d'intérêt professionnel.

Hiltrude fit une étrange grimace désespérée.

— Je l'ai trouvée au bord de la route. Je n'ai pas eu la force de l'abandonner à son sort. Mais maintenant, je ne sais pas quoi faire. Si on ne la soigne pas, elle va me mourir entre les mains et je vais avoir des problèmes avec le surveillant du marché.

Elle soupira, tira le dernier morceau de tissu plein de sang qui collait au dos de la jeune fille et attrapa un pot de pommade. Elle constata alors avec tristesse qu'il était presque vide. Mais avant qu'elle ne commence à étaler ce qu'il en restait, le pharmacien lui posa la main sur le bras.

— Tu dois prendre autre chose ! Attends, je vais aller chez moi chercher un nouvel onguent, des bandes et un remède contre la fièvre.

Hiltrude respira d'un air visiblement soulagé.

— Je te remercie de ton aide, Peter. Cette fois, j'ai trop présumé de mes forces.

Il sourit pour lui donner courage.

— Je reviens tout de suite. Peux-tu faire un peu de bouillon pendant ce temps ? Comme cela, nous pourrons y faire infuser mes herbes et le lui donner à boire.

Hiltrude baissa les yeux vers Marie, sceptique.

— Elle ne réagit pas et je ne crois pas que nous parviendrons à lui faire avaler quoi que ce soit.

— Ne te fais pas de souci. Je sais m'y prendre avec les malades.

À nouveau, il lui adressa un sourire apaisant et se hâta de sortir.

Il revint avec un panier contenant entre autres tout un pot d'onguent, un bol rempli d'herbes hachées menu et une bouteille qu'il manipulait comme un joyau fragile.

— J'ai fabriqué cette essence à partir de diverses plantes médicinales. Elle nettoie les blessures et favorise la cicatrisation, expliqua-t-il tout en ôtant le bouchon et en imbibant un tissu propre de son liquide à l'odeur âcre.

Ensuite, il s'agenouilla et nettoya les plaies profondes aux lèvres sanglantes.

Hiltrude dut se détourner tellement l'élixir lui brûlait les narines. Même la jeune fille inconsciente s'agita et gémit plusieurs fois.

Le pharmacien releva brièvement la tête.

— Cette mixture brûle la chair comme du feu, mais au moins elle enraye l'inflammation. Si la petite n'avait pas perdu connaissance, elle hurlerait de douleur.

Hiltrude fut prise d'un frisson.

— Elle te nettoie la gorge rien qu'à la respirer. Tu es sûr que ça ne peut pas lui faire de mal ?

Il sourit.

— Certainement pas. Maintenant je vais enduire les plaies ouvertes de pommade pour qu'elles guérissent. Mon Dieu, j'ai déjà vu beaucoup d'hommes flagellés, mais aucun n'avait le dos lacéré comme cette enfant. Celui qui a fait cela n'est pas un homme, mais une bête.

Hiltrude admirait la façon dont il étalait la pommade. Il évita de faire un pansement serré qui aurait de nouveau collé aux plaies, mais posa seulement sur le dos de sa patiente un tissu qu'il fixa aux bras et aux cuisses au moyen d'étroites bandelettes. Ensuite, il retourna la jeune fille, la redressa avec l'aide de son amie et pria celle-ci de lui passer le bouillon dans lequel flottaient ses herbes. Avec une patience infinie, il versa une cuillère après l'autre dans la bouche de l'adolescente. Bien qu'elle ne répondît pas, elle avalait la soupe comme une enfant docile.

Krautwurz hocha alors la tête d'un air satisfait.

— Je crois qu'elle va s'en sortir. Mais regarde-moi ça. Elle est vraiment tombée sur des monstres.

Il voulait parler des lèvres toutes tuméfiées de sa vulve.

Hiltrude s'en voulut de ne pas avoir remarqué plus tôt qu'elle n'avait pas simplement été fouettée, mais également violée. Pour ce genre de blessures, elle possédait ses propres remèdes. Il y avait toujours des clients qui se moquaient de savoir s'ils lui faisaient mal ou même s'ils la blessaient. C'est pourquoi elle avait toujours sur elle une provision de teinture d'iode de sa fabrication. Elle sortit de ses bagages un petit flacon en céramique et appliqua le liquide aux reflets verdâtres sur le bas-ventre de la malheureuse.

— Bien. Dans un premier temps, cela devrait suffire.

Le pharmacien était content qu'ils aient fini de soigner la jeune fille car la vue de son corps nu n'était pas restée sans effet sur lui. Il regarda Hiltrude avec un air d'invite et glissa une main dans son corsage.

— Je crois que j'ai mérité une petite récompense.

Hiltrude jeta un regard peu amène à Marie qui occupait la moitié de la tente.

— Seulement tu vas devoir m'aider à pousser la petite sur le côté pour que nous ayons assez de place. Et tu vas aussi devoir prendre un peu ton mal en patience ; je suis en nage et je voudrais d'abord me laver.

— Oui, bien sûr. C'est ce que j'aime chez toi. Tu es toujours si propre, tandis que les autres…

Il n'ajouta rien, mais elle comprit ce qu'il voulait dire. Bien des femmes du métier ne se souciaient pas le moins du monde de leur corps et sentaient si fort que les clients délicats avaient des nausées rien qu'à les approcher. Elle, au contraire, attachait le plus grand prix à l'hygiène. C'est ce qui lui valait d'avoir sur toutes les foires des clients fidèles faisant dans la population aisée.

Elle prit un sac enduit de poix qui lui servait de seau, alla chercher de l'eau à la rivière et accrocha le récipient entre deux piquets de tente. Ensuite, elle déroula la porte et la ferma. À la vue de son corps nu, les yeux du pharmacien se mirent à briller. Elle voyait qu'il avait du mal à se retenir de la tirer sur la couverture. Elle se laissa néanmoins le temps de se laver de la tête aux pieds avant de s'offrir à lui. Le pharmacien, qui avait retiré ses chausses, prit place entre ses jambes.

2

Marie eut conscience de sortir d'un bourbier dans lequel des démons l'avaient martyrisée en permanence et avaient abusé d'elle. Elle se crut dans sa chambre à

Constance, la lumière du soleil filtrant par la fenêtre ouverte, et elle écouta le bruit montant de la rue. Mais bientôt, en bougeant la main, elle constata qu'elle était allongée sur le ventre, nue, sur une couverture posée dans l'herbe. Effrayée, elle allait se redresser quand les souffrances infernales se réveillèrent et la transpercèrent comme des poignards. Elle faillit à nouveau s'évanouir. Son dos était gonflé comme une carapace rigide qui la serrait et faisait de chaque aspiration une torture ; son bas-ventre brûlait et son corps tout entier était si crispé qu'elle ne pouvait contracter un muscle sans douleur.

Alors, elle ouvrit ses paupières collées et regarda autour d'elle. Elle était allongée sur une vieille couverture délavée qui sentait très fort la lavande et recouverte d'un drap plus fin, mais tout aussi élimé. Au-dessus d'elle, les rayons du soleil, l'ombre de branches et de feuilles dansaient sur une toile de tente pâlie sous l'effet du temps et de l'usure.

Était-elle morte ? Non, cet endroit ne ressemblait pas au paradis et pas non plus à l'enfer. En dépit de ses élancements, elle se retourna, se redressa et découvrit une femme qui occupait le reste de l'espace. Assise les jambes à plat sur une couverture mille fois reprisée dont on voyait la trame, l'inconnue recousait une robe jaune. Malgré sa grande taille, tout en elle était harmonieux. Ses cheveux clairs et sa peau tannée montraient qu'elle passait beaucoup de temps à l'air libre. Elle remarqua que Marie l'observait, releva la tête et la dévisagea de ses yeux gris au regard méfiant et sévère.

— Enfin réveillée ? Tu m'as déjà l'air assez en forme. Je m'en réjouis.

Bien que ses paroles soient gentilles, sa voix était aussi froide que son regard. Inquiète, Marie se contracta et fixa l'étrangère qui continuait de coudre. Il fallut un moment pour qu'elle ose lui parler.

— Où suis-je ? Et qui es-tu ?

Sa voix faisait penser au croassement d'un corbeau.

— Dans ma tente, sur le champ de foire de Merzlingen. Je m'appelle Hiltrude.

— Moi, c'est Marie.

Hiltrude lui posa la main sur le front et fit un signe satisfait de la tête.

— On dirait que le pire est passé. Tu n'as plus de fièvre.

— De fièvre ? J'ai été malade ?

Tout en parlant, elle revit les images cauchemardesques des dernières heures qu'elle avait vécues à Constance, et involontairement elle chercha à palper son dos meurtri. Mais Hiltrude attrapa sa main au vol et la ramena par-devant.

— Ne touche pas ! Laisse-le guérir tranquillement, et surtout ne gratte pas. Les plaies sont affreuses, mais Peter pense qu'il y aura peu de cicatrices visibles, du moins si l'inflammation s'arrête. Sinon, cela fera des renflements tout durs.

— Qui est Peter ?

— Peter Krautwurz, l'apothicaire de Merzlingen. C'est un de mes amis. Il m'a aidée à te soigner.

— Merzlingen… ?

Elle ne se souvint pas tout de suite de cette ville.

— C'est joliment loin de chez moi.

Hiltrude désigna la robe d'infamie qu'elle avait négligemment jetée dans un coin.

— Je doute que tu aies encore un chez-toi. Si tu veux bien, je vais brûler cette chose. Tu n'auras qu'à mettre cette robe. J'espère qu'elle t'ira ; j'ai dû la rétrécir sans prendre tes mesures.

Marie regarda avec effroi le vêtement informe, ravala toutefois une remarque désobligeante et demanda à la place :

— Comment suis-je arrivée chez toi ?

— Je t'ai trouvée au bord de la route et je t'ai emmenée.

Marie baissa la tête.

— Tu aurais mieux fait de me laisser mourir.

— Pourquoi ? J'aurais bien besoin d'une jolie servante.

Hiltrude n'avait pas l'intention de la ménager. Il valait mieux pour toutes les deux que l'adolescente s'arrange au plus vite de son destin.

Marie jeta un regard dubitatif autour d'elle. Tout dans la tente était élimé et usé. Les vêtements de la femme étaient taillés dans un drap de si mauvaise qualité que même Elsa et Anne les auraient refusés avec indignation.

— Une servante ? Qui es-tu pour avoir besoin d'une domestique ?

Hiltrude tira sur l'un des rubans jaunes cousus à sa jupe, l'insigne de sa profession que tout le monde connaissait.

— Je suis une courtisane.

Elle s'en voulut aussitôt d'avoir employé l'euphémisme plutôt que d'avouer franchement qu'elle était une catin.

Marie comprit de toute façon ce qu'elle voulait dire. Elle fit une grimace de dégoût et se blottit contre la toile de la tente.

— Tu te donnes aux hommes de plein gré ?

Sa voix exprimait la répugnance d'une jeune fille dont la seule expérience en ce domaine se résumait à un viol particulièrement brutal. Hiltrude haussa les épaules.

— Il faut bien que je vive de quelque chose.

— Oui, mais tout plutôt que ça. Mieux vaut demander la charité !

La prostituée saisit alors ce qui restait de la robe d'infamie posée dans un coin et lui mit les faces de démon sous le nez.

— Maintenant, écoute-moi bien, ma fille ! Sors-toi ces histoires de la tête. Après ton jugement, tu n'es plus un être humain pour les gens dans leurs petites villes proprettes, mais une roulure, exactement comme moi. Aux yeux des bourgeois distingués et des domestiques qui nous lèchent les pieds, nous ne valons pas plus que la crotte qu'ils font tous les jours. La plupart du temps, ils nous interdisent de pénétrer dans leurs villes et pestent quand nous mourons de faim et de froid au pas de leur porte. Parfois, ils nous vendent tout bonnement au souteneur du coin et prennent cela pour de la charité chrétienne. Un jour que j'avais absolument besoin d'étoffe et de nourriture, j'ai eu l'imprudence de me faufiler discrètement devant les sentinelles pour aller au marché dans l'enceinte des murs de la ville. Bien sûr, le surveillant m'a repérée et le tribunal m'a condamnée à dix coups de verge. Par bonheur, le bourreau qui devait exécuter la peine avait envie de coucher avec moi et il a frappé avec tant de douceur que je n'ai presque rien senti.

Marie fixait Hiltrude d'un air stupéfait.

— Et alors ? Tu t'es donnée à lui ?

La prostituée ne comprenait pas son épouvante.

— Oui, bien sûr. C'est donnant donnant. Si j'étais tombée sur un autre, mon dos aurait peut-être ressemblé au tien.

Soudain, Marie se revit attachée au pilori, nue, livrée sans merci aux regards des badauds.

— Je… je ne sais pas pourquoi on m'a fait cela. Je suis la fille d'un bon bourgeois de Constance, et jusqu'à la veille de mon supplice, j'étais vierge. Deux hommes m'ont calomniée et ont prétendu que j'avais eu des relations avec eux…

Elle raconta son abominable histoire du début à la fin et gémit de douleur quand les sanglots secouèrent son corps.

Hiltrude saisit un chiffon, le trempa dans le sac d'eau accroché près de sa tête et essuya le visage de Marie. Ensuite, elle posa le chiffon sur son front.

— Calme-toi, sinon la fièvre va reprendre. On ne peut plus rien y changer. Tu vas devoir t'accommoder de ta nouvelle vie.

Marie reprit sa respiration avec précaution et serra nerveusement la main d'Hiltrude dans la sienne.

— Non, non, je ne crois pas. Mon père ne va pas tolérer cela. Il est sûrement déjà en chemin. Il peut surgir ici d'un instant à l'autre.

L'autre lui jeta un coup d'œil sceptique.

— Je te le souhaite.

— Je suis certaine qu'il va arriver dans les heures qui viennent. Alors, il te récompensera sans doute avec largesse de m'avoir sauvé la vie. Peut-être que tu n'auras plus besoin de… de te promener comme ça.

Elle désigna le corsage jaune d'Hiltrude.

La prostituée avait déduit du récit de Marie que le père de celle-ci ne s'était pas franchement engagé en sa faveur. Mais comme elle ne voulait pas lui faire de mal, elle se garda de lui briser ses illusions.

— Je n'ai rien contre le fait que ton père me donne quelques pièces ; pour l'instant, je n'ai rien gagné, vu que je devais m'occuper de toi.

Marie n'eut pas le loisir de répondre ; le pharmacien passa la tête à la porte.

— Bonjour, ma chère Hiltrude… Oh ! Notre petite patiente a déjà repris ses esprits ! Je t'avais bien dit qu'elle avait un sang robuste et sain dans les veines.

En disant cela, il sourit à Marie et l'invita à lui montrer son dos. La jeune fille refusa d'un geste de la tête et serra la couverture contre elle. La prostituée se moqua d'elle.

— Ne fais pas de manières ! Peter veut juste examiner tes plaies. C'est un bien meilleur médecin que tous les savants docteurs qui dissertent sur les diables ou les effluves de l'enfer et qui font manger de la crotte à leurs patients. Comme le nom Krautwurz l'indique, il connaît toutes les herbes et toutes les racines. Et il a étudié les effets qu'elles ont sur les maladies du corps et de l'âme.

Marie se fit toute petite et laissa le pharmacien lui découvrir le dos avec l'aide d'Hiltrude et toucher ses cicatrices du bout des doigts.

— Parfait ! se réjouit-il. C'est vraiment en bonne voie. Il faut juste que je traite quelques-unes des plaies avec mon essence à base de plantes. Mets-toi un morceau de bois entre les dents, petite, ou bien mors dans la couverture : ça va faire très mal.

Marie marmonna quelque chose malgré elle. Après les tortures qu'elle avait endurées, elle se croyait insensible à toute douleur. Mais, quand il appliqua sur son dos un chiffon imbibé d'extrait purifiant, les larmes lui montèrent aux yeux et elle ouvrit la bouche pour pousser un cri perçant. Cependant, avant qu'elle n'ait eu le temps de hurler, Hiltrude y avait enfoncé un chiffon.

— Vas-y, mors et tais-toi ! Tu ne veux pas rameuter la moitié de la foire, quand même ?

La pauvre ne pouvait plus que souffler par le nez et se tordre de douleur sous la main du pharmacien qui ne s'interrompit pas un instant.

— Détends-toi, mon enfant. C'est bientôt fini. Mon essence fera en sorte que tes plaies guérissent vite sans laisser de cicatrices affreuses.

Quand il eut rangé son flacon, Marie recracha le chiffon. Si elle devait survivre, il valait mieux en effet qu'elle ne soit pas marquée à jamais. Elle regarda avec méfiance le pot que le pharmacien tenait maintenant à la main, mais dès qu'il eut étalé la pommade, elle sentit que celle-ci calmait ses douleurs. Elle le laissa donc finir ses soins avec des soupirs qui étaient presque d'aise.

Après lui avoir donné une petite claque guillerette sur les fesses, il se releva.

— Bien, on va maintenant regarder à quoi ça ressemble en bas. Retourne-toi, s'il te plaît.

Tout d'abord, elle ne comprit pas ce qu'il voulait dire. Mais quand, avec l'aide de son amie, il l'eut mise sur le dos et lui eut ouvert les jambes, elle rougit et cacha son pubis de ses mains. Hiltrude, qui la soutenait par-derrière pour éviter qu'elle soit allongée sur ses plaies, lui tira sur les bras sans commentaire et les maintint sur sa poitrine.

— Tu veux à nouveau un bâillon dans la bouche ? lui demanda-t-elle dès que Marie commença à protester. On t'a meurtrie de façon ignoble et Peter veut seulement voir s'il peut faire quelque chose pour toi.

Marie serra donc les dents et le laissa l'examiner de manière méticuleuse.

— Là encore, la guérison est en bonne voie. Sans doute, cela va durer un peu plus longtemps que dans le dos. De ce côté-ci, je ne peux pas utiliser mon essence : tu passerais à travers la toile de tente tellement cela ferait mal. Mais Hiltrude possède une mixture personnelle très efficace et je t'ai apporté un onguent qui t'empêchera d'avoir de trop grosses cicatrices.

Hiltrude tendit au pharmacien le flacon, puis le regarda appliquer la teinture d'iode sur les lèvres tuméfiées et injectées de sang et en verser à l'intérieur du vagin.

Marie était morte de honte : jusqu'à présent, aucun homme ne l'avait touchée en dehors des trois scélérats. Puis elle pensa à toutes les mains qui l'avaient effleurée pendant qu'on la traînait hors de la ville et reprit profondément sa respiration pour chasser cette pensée.

Hiltrude lut l'effroi dans ses yeux et lui carcssa les cheveux pour la calmcr.

— Voilà, maintenant, les soins sont terminés. Tu ne veux pas t'asseoir un peu dehors ? Installe-toi près de mon chariot et regarde ce qui se passe.

— Je vais essayer.

Avec l'aide d'Hiltrude, Marie parvint à se lever. Ses genoux tremblaient, mais elle réussit quand même à tenir sur ses pieds. Le pharmacien arrangea le tissu qu'il lui avait fixé dans le dos et aida son amie à lui passer la robe qu'elle avait retouchée. Le vêtement pendait autour d'elle comme un rideau et touchait le sol.

Le pharmacien approuva d'un hochement de tête.

— C'est tout à fait ce qu'il faut pour les prochains jours. Le tissu est maintenu par les épaules et n'appuie pas sur les plaies.

Marie fixait en tremblant la couleur jaune que les prostituées avaient obligation de porter pour que tout le monde sache à quel commerce honteux elles se livraient et elle éclata en sanglots. Elle faillit arracher la robe, mais n'avait rien d'autre pour cacher sa nudité. Maintenant, tous ceux qui la verraient la prendraient pour une pécheresse qu'attendaient les gouffres de l'enfer, si corrompue qu'un curé ne la laisserait pas passer le seuil de son église.

Pourtant, elle ne se défendit pas quand Peter la mena dehors. Elle remercia également Hiltrude qui avait roulé en boule une de ses couvertures pour lui servir de coussin. Elle put ainsi s'asseoir sans trop de douleur dans l'ombre frémissante des branches qui se balançaient au gré du vent. Toutefois, elle se détourna brusquement quand elle vit Peter glisser la main dans le corsage d'Hiltrude qui, de son côté, caressait sa braguette en riant.

Cela n'y changea rien : le chariot était tout près de la tente. Elle entendit ainsi les propos licencieux qu'échangeait le couple à l'intérieur et perçut des bruits qui la firent frissonner. Elle se boucha les oreilles avec effroi, mais baissa les mains aussi vite, car la tension musculaire lui donnait l'impression qu'un liquide en ébullition lui parcourait le corps. Elle se dit qu'elle n'avait pas le droit d'avoir honte pour Hiltrude ou de la condamner. Celle-ci n'était sans doute pas devenue courtisane de son plein gré.

3

Quand vint le soir et que le vin qu'on vendait sur le champ de foire eut donné plus de courage aux hommes, Hiltrude eut fort à faire. Elle regretta que Marie ne puisse pas l'assister. Ensemble, elles auraient fait de bonnes affaires, car bien des clients se renseignaient à son sujet. Toute la ville savait déjà qu'elle avait recueilli la jeune fille en robe d'infamie au bord de la route et cette nouvelle enflammait l'imagination de nombreux citoyens.

Pour avoir enfin la paix avec les clients trop insistants, elle déclarait haut et fort que Marie ne pouvait pas travailler à cause de son dos. Ils se satisfaisaient en général de cette explication, sauf l'un d'entre eux qui n'en démordit pas et lui rétorqua qu'il y avait d'autres façons de faire l'amour que sur le dos. Hiltrude secoua énergiquement la tête.

— Mais ce ne sont pas des façons qui plaisent à notre sainte Église !

— Peut-être es-tu quand même prête à me faire ce plaisir ? Allez, montre-moi ton joli petit derrière !

Il la regardait comme un jeune chien qui réclame de la nourriture et mit les mains en prière.

Elle sentit qu'elle faiblissait et soupira.

— Mais ce n'est pas donné...

En guise de réponse, il lui tendit plusieurs pièces. Hiltrude vit le reflet doré qu'elles jetaient dans la lumière du soleil couchant. On ne lui avait jamais offert autant pour quelques minutes d'intimité sous sa tente. Peut-être que Marie me porte chance ? pensa-t-elle en se penchant et en relevant sa jupe.

La jeune fille, elle, attendait au-dehors, assise près du chariot comme Hiltrude le lui avait recommandé parce qu'elle y serait plus en sécurité que sous un arbre isolé. Elle avalait avec dégoût et sans appétit le bouillon dans lequel nageaient d'amères herbes médicinales. Quand les halètements de l'homme filtrèrent à travers la toile de tente, elle laissa tomber la jatte et se boucha les oreilles. Ces gémissements et ces grognements lui rappelaient trop les instants atroces qu'elle avait vécus dans la geôle.

Pour échapper à ce souvenir qui lui faisait mal, elle se leva et se glissa dans la foule grouillante. La réaction des gens lui fit bientôt comprendre ce que cela signifiait d'être bannie. À sa vue, les femmes vertueuses retroussaient leurs jupes pour éviter tout contact et grondaient leurs maris qui la fixaient sans gêne et essayaient au contraire de l'approcher.

Lorsqu'elle aperçut à travers un rideau de larmes un groupe d'hommes saouls qui venaient de lancer à des servantes quelques remarques salaces et marchaient dans sa direction, Marie se hâta de prendre une autre allée. Les temps étaient révolus où elle se promenait au marché sous l'aile protectrice d'un père aimant et généreux, répondait aux saluts polis des voisins et goûtait des friandises qu'elle ne pouvait plus maintenant que contempler de loin.

Tout à coup, elle fut prise de peur et voulut retourner en urgence à la tente d'Hiltrude, mais elle ne trouva pas le chemin et jeta autour d'elle des regards affolés. Tout près, un groupe de saltimbanques divertissait les spectateurs par des numéros d'acrobatie et une musique étrange. Alors qu'elle reculait devant un cracheur de feu, une jeune fille s'approcha d'elle et lui mit sous le nez une petite corbeille déjà remplie de pièces. Marie baissa la tête d'un air honteux.

— Je n'ai pas d'argent.

La comédienne souffla avec méchanceté et leva la main comme pour la frapper.

— Alors, tu n'as rien à faire ici. Dégage, espèce de catin !

Marie se hâta de regagner les limites du champ de foire et reconnut bientôt l'arbre sous lequel les chèvres d'Hiltrude broutaient. Dans sa course, elle passa près d'un emplacement où un homme d'un certain âge vendait des fruits secs ou confits dans du miel. L'odeur était si appétissante qu'elle en eut l'eau à la bouche. Mais comme elle n'avait pas d'argent, elle continua son chemin sans tarder. Pourtant, elle n'alla pas loin ; le marchand la poursuivit et l'attrapa par le bras.

— Tu n'as pas envie d'une petite poire confite, jeune fille ?

— Je n'ai pas de quoi payer.

Marie espérait qu'à ces mots il la laisserait partir. Mais il la tira au contraire vers lui au point que leurs visages se touchèrent.

— Je ne demande pas d'argent à une petite mignonne comme toi ! Suis-moi dans les buissons et je t'offre la plus belle poire que j'ai.

En disant cela, il glissa la main dans son encolure. L'épouvante donna à Marie la force de se dégager et de s'enfuir.

Les jours suivants, elle évita les allées de la foire. Enveloppée dans une couverture, plus pour cacher sa robe jaune que pour se protéger du vent, elle s'asseyait au bord de la route qui venait de Constance par Singen et regardait si elle voyait venir son père. Hiltrude la laissait faire : elle ne pensait pas que la jeune fille y courût de danger et avait ainsi sa tente pour elle toute seule.

Cela n'était pas inutile. Le beau temps qui se prolongeait entraînait une incroyable affluence sur la foire de Merzlingen, obligeant les voituriers à livrer sans cesse de nouvelles marchandises à la lueur de la lune. Tandis que les femmes n'avaient le plus souvent d'yeux que pour les étoffes, les poteries et autres ustensiles ménagers et qu'elles passaient un temps fou à marchander, les hommes se promenaient entre les tentes des prostituées avec un regard concupiscent et se repaissaient copieusement du spectacle.

Malgré la concurrence de collègues toujours plus nombreuses, Hiltrude continuait de bien gagner sa vie, car elle était propre et appétissante. En outre, sa taille aussi exerçait un réel attrait sur les hommes plus petits qui voulaient se prouver combien ils étaient forts en couchant avec la prostituée la plus grande. Elle les y aidait en faisant semblant de trouver que leur virilité était aussi remarquable qu'ils voulaient bien le croire et cela lui ramenait maintes pièces au-delà du prix convenu.

Le dernier après-midi de foire, quand les marchands commencèrent à ranger leurs emplacements, Hiltrude alla rejoindre Marie assise ce jour-là aussi dans l'herbe au bord de la route.

— Je m'en vais demain. Comme ton père n'est toujours pas là, tu ferais bien de m'accompagner.

Marie fit un non virulent de la tête.

— Je vais rester ici à l'attendre. Il va bien finir par arriver.

Hiltrude agita la main droite dans un geste de colère.

— Tu es folle ? De quoi vas-tu vivre ?

— S'il le faut, je ferai l'aumône.

— Ah oui ? se moqua la prostituée. Sais-tu simplement ce que cela veut dire ? Pour les bourgeois là-bas, en ville, tu ne seras plus qu'un objet de scandale qu'il faut chasser. Et si tu crois que demander la charité te mettra à l'abri de l'arbitraire et de la violence des hommes, tu te trompes. Une femme seule peut bien être aussi vieille et aussi laide qu'elle le veut, il y aura toujours un mendiant lépreux pour abuser d'elle dans un buisson. Une fille jeune et jolie comme toi attire les garçons débauchés comme un fruit blet attire les guêpes. Le moine pieux dans les abbayes va te culbuter dans le foin aussi bien que le valet à l'auberge devant laquelle tu veux demander l'aumône. Si tu rejoins un groupe de mendiants, ton sort ne sera pas meilleur. Tu seras livrée au chef et à ses amis exactement comme aux hommes auxquels ils te loueront pour une heure ou pour une nuit.

Marie baissa la tête et se mordit les lèvres.

— Mon père va venir, répéta-t-elle avec obstination. Demain au plus tard, il sera là.

Hiltrude vit le regard implorant qu'elle leva vers elle et soupira.

— Bon, d'accord, je reste encore un jour et demi. Ensuite, un convoi partira en direction de Trossingen. Je vais demander au responsable si nous pouvons nous joindre à eux. Ulrich est un brave gars. Cela ne me gêne pas d'ouvrir un peu les jambes en échange de sa protection.

Marie sentit les larmes lui monter aux yeux à l'idée qu'Hiltrude devait payer presque chaque pas dans son existence du sacrifice de son corps.

— Quand mon père sera là, tu ne devras plus te vendre, je te le jure.

La jeune femme fixa l'horizon sans rien dire, mais l'expression de son visage trahissait qu'elle ne croyait guère à l'arrivée de Matthis Schärer.

À ce constat, Marie sentit fondre l'espoir qu'elle entretenait depuis le début. Un effroyable vide l'envahit. Elle ne savait plus que faire. Elle savait juste qu'elle ne voulait pas rester avec Hiltrude parce qu'il ne faisait aucun doute qu'un jour ou l'autre elle devrait elle aussi recevoir des hommes sous la tente.

Le lendemain matin, le champ de foire se dépeupla à vue d'œil. Les marchands rassemblaient leurs effets, attachaient leurs maigres rosses ou s'attelaient eux-mêmes à leurs chariots et s'en allaient. Même les saltimbanques prirent la route. Jossi passa près d'Hiltrude en affichant un air indifférent, mais lui lança un regard interrogateur. Comme elle ne faisait pas mine de plier sa tente, il haussa les épaules et fit signe à sa troupe de partir.

Vers midi, il ne restait plus sur le pré que la tente d'Hiltrude. Marie ressentit tout à coup comme oppressant le silence qui régnait autour d'elle. Partout, l'herbe était piétinée, et aux endroits où l'on avait installé les tentes et les baraques, elle avait jauni. Peu après que les cloches eurent sonné deux heures, un garde municipal sortit de la ville et leur demanda sur un ton désagréable ce qu'elles faisaient encore là. Au grand soulagement de Marie, il se contenta de la réponse d'Hiltrude qui expliqua qu'elles partiraient le lendemain pour Trossingen avec le convoi d'Ulrich.

En fin d'après-midi, Peter Krautwurz vint une dernière fois examiner le dos de Marie. Il hocha la tête d'un air satisfait en passant le doigt sur les blessures qui pâlissaient peu à peu.

— C'est bien, ma petite. Les plaies sont refermées et vont disparaître sans laisser de graves cicatrices. Néanmoins, tu ferais mieux de ne rien porter pendant quelques semaines.

Marie baissa la tête.

— De toute façon, je n'ai rien à porter, je ne possède plus rien. Même la robe que j'ai mise ne m'appartient pas.

Le pharmacien montra en souriant un paquet qu'il avait avec lui.

— J'ai rassemblé quelques affaires qui étaient au grenier. Elles appartiennent à ma femme, mais elle a tellement grossi ces dernières années qu'elle ne risque pas de les chercher. Pour une maigrichonne dans ton genre, au contraire, elles devraient aller.

— Merci, Peter. Tu es un homme merveilleux, dit Hiltrude en l'embrassant sur la joue et en prenant le ballot. Je vais tout de suite y coudre des rubans jaunes pour qu'on ne puisse pas lui reprocher de porter des vêtements de bourgeoise.

— Il n'y a pas d'autre solution ?

L'idée d'être assimilée à une fille perdue ne plaisait pas à Marie. Son amie poussa un soupir agacé.

— Si nous ne le faisons pas, les voituriers refuseront de nous emmener. Et si nous voyageons seules, nous serons la proie de la première bande venue. Je te l'ai déjà expliqué.

Peter approuva de la tête.

— Écoute-la, Hiltrude a raison. Allez, viens. Montre-moi par le devant.

Marie souleva timidement sa robe et serra les dents quand il palpa son pubis.

— Là aussi, on dirait que ça s'arrange. Mais tu devrais attendre une ou deux semaines avant de fréquenter des hommes. Ne sois pas avare avec la teinture d'iode d'Hiltrude et la pommade que je t'ai préparée, ce sont les blessures au bas-ventre qui doivent le mieux guérir. Regarde, je t'ai apporté un autre pot.

Marie retint seulement qu'elle devait guérir pour vendre son corps et faillit lui jeter sa pommade à la figure. Jamais elle ne se donnerait à un homme, elle en était fermement convaincue. Hiltrude remarqua le vacillement dans ses yeux et lui prit le bras.

— Aurais-tu la gentillesse de nous laisser seuls ? J'aimerais dire au revoir à Peter. Et surtout, prends ton temps. Cela pourrait durer.

Marie sortit de la tente sans rien dire et traversa le pré pour aller au bord de la route. Là, elle s'assit à sa place habituelle et regarda les voyageurs toujours plus nombreux qui passaient devant elle. La majorité d'entre eux quittait Merzlingen pour rentrer chez eux ou avancer un peu ce jour-là en direction de la prochaine foire. Rares étaient ceux qui venaient de Singen. Marie les observait attentivement, mais n'aperçut ni son père ni son oncle, ni personne qu'elle connût.

Elle resta là bien après le coucher du soleil. L'air frais de la nuit lui pinçait la peau. Il n'y avait plus en elle que vide et déception. Elle n'arrivait pas à comprendre pourquoi son père l'avait abandonnée. À force, elle se dit qu'il ne pouvait pas savoir où Hiltrude l'avait emmenée. Peut-être la cherchait-il au bord du Rhin ? Ou bien il avait pris le chemin de Messkirch ou de Tengen ? Sans doute finirait-il quand même par arriver ici.

Le lendemain matin, Marie aida néanmoins Hiltrude à démonter sa tente et à l'étaler sur le chariot pour qu'elle sèche au soleil au cours de la journée. Après une maigre collation – une jatte de lait de chèvre et un morceau de pain sec –, elles attelèrent les deux bêtes et se dirigèrent vers la route en silence.

Elles n'eurent pas à attendre longtemps. Bientôt, elles virent s'avancer vers elles une file de fardiers bâchés, aux roues presque aussi hautes qu'un homme, tirés chacun par six bœufs robustes. Les rouliers saluèrent leurs nouvelles compagnes de voyage en ricanant et leur lancèrent quelques plaisanteries lestes auxquelles Hiltrude répondit avec habileté. Les gardes armés à l'air féroce, chargés de protéger le convoi contre les brigands, ne leur accordèrent au contraire pas un regard et passèrent à côté d'elles en bougonnant.

Hiltrude donna à Marie un petit coup dans les côtes pour l'avertir.

— Ne t'approche pas d'eux ! De jour, ils ne te voient pas, mais la nuit, ils t'entraînent dans les buissons plus vite qu'il ne faut pour le dire.

Ensuite, elle s'avança vers le chef pour le saluer. C'était un homme d'âge moyen, solidement bâti, qui portait la tenue simple mais résistante des marchands ambulants.

— Nous sommes là, Ulrich. Merci de nous accepter parmi vous.

Ulrich Knöpfi jeta un regard moqueur sur leur petit attelage.

— Vous allez devoir vous dépêcher si vous voulez suivre la cadence. Nous ne nous arrêterons pas pour vous attendre.

— Ne te fais pas de souci. Nous ne vous ralentirons pas.

En riant, Hiltrude passa la corde autour de ses épaules pour aider ses chèvres à tirer le véhicule et se rangea derrière le dernier fardier.

4

La pénombre n'avait pas tout à fait cédé la place à la nuit et pourtant les étincelles du feu de camp giclaient comme de minuscules étoiles filantes qui s'éteignaient aussitôt. La tête sur les genoux, Marie ne put s'empêcher de songer que son ancienne existence s'était volatilisée aussi rapidement qu'elles. Elle effleura du regard les quatre femmes assises avec elle autour du feu et leurs ombres qui vacillaient.

Hiltrude avait comme à l'accoutumée l'air détendue et tranquille. Elle tenait au-dessus des flammes un bâton dont elle avait enveloppé la pointe dans de la pâte. De temps à autre, elle le retirait et examinait le pain. Mais elle ne fut satisfaite que lorsque la croûte parut carbonisée. Elle en rompit un morceau et le tendit à Marie.

— Tiens, voilà ta part.

— Merci.

La jeune fille prit le bout de pain et aspira bruyamment : il était encore brûlant. Alors, elle jongla avec tandis qu'Hiltrude attendait que sa moitié refroidisse sur le bâton. La pâte se composait de farine et d'eau, sans la moindre pincée de sel. Cependant, Marie le dévora avec appétit et en aurait bien voulu un autre morceau pour apaiser son estomac qui gargouillait. C'était leur premier repas depuis le matin ; le convoi ne s'était arrêté que pour donner à boire aux animaux, Ulrich Knöpfli voulant atteindre l'auberge avant la tombée de la nuit.

Le marchand était maintenant assis en compagnie de collègues et de voyageurs de haut rang dans la salle du restaurant dont les fenêtres, éclairées par des copeaux de résine, se détachaient nettement des murs gris. Les voituriers et les autres employés avaient pris place dehors, où ils buvaient du vin. Ils avaient chassé avec mépris Hiltrude et Marie, qui devaient passer la nuit devant le portail. À leur grand soulagement, elles y avaient bientôt été rejointes par trois prostituées auxquelles le patron avait également interdit de s'installer dans un coin de sa cour.

Ce soir-là, Marie avait reçu une nouvelle leçon dans l'art de survivre quand on est à la rue. L'aubergiste ne s'était pas contenté de les mettre à la porte, il avait en outre réclamé pour une maigre soupe et un quignon de pain plus d'argent qu'il n'en demandait aux clients distingués pour un rôti. Hiltrude avait tourné les talons sans un mot et avait monté son bivouac à l'abri d'une haie d'aubépine pendant que les autres prostituées continuaient de se quereller avec les valets. Finalement, les trois femmes vinrent les retrouver et acceptèrent avec reconnaissance l'idée que leur proposa Hiltrude de faire une pâte toute simple avec un restant de farine. Du pain cuit au bout du bâton rassasierait au moins autant que celui du patron.

Pendant que Marie se léchait les doigts où collaient les dernières miettes, elle examinait les trois prostituées qui, comme Hiltrude, battaient la campagne depuis des années. Au cours des derniers jours, elle avait commencé à comprendre ce que signifiait d'être bannie, sans patrie, et elle se demandait comment ces femmes faisaient pour supporter une existence pareille. On traitait les prostituées itinérantes plus mal que les mendiants faisant l'aumône sur les marches des églises. Elles étaient livrées à l'arbitraire des gardes municipaux qui les considéraient comme une indésirable vermine et leur sort dépendait de la bonne volonté des particuliers. Au cours de ce bref voyage, Marie et Hiltrude s'étaient vues reléguées chaque soir aux portes des villes et des auberges, avaient été obligées de dormir soit à la belle étoile soit dans leur tente, simplement protégées des regards étrangers par des arbres ou des buissons.

À Tuttlingen, elle avait découvert un tout autre danger. Un gros chauve les avait abordées et invitées en termes aimables à entrer dans son auberge. Hiltrude avait ri et lui avait expliqué qu'elle n'avait pas envie de tomber aux mains d'un tenancier qui leur prendrait l'argent péniblement gagné et qui les frapperait si elles ne lui obéissaient pas. L'homme était reparti en maugréant, et pour se venger, il avait appelé la garde municipale qui les avait chassées de leur campement et poursuivies de menaces ordurières. Elles avaient donc été obligées de démonter dans le noir leur tente mouillée par la bruine et de la planter, à quelque distance de la ville, sur une rive du Danube, où elles avaient été attaquées par les moustiques faute de feu de camp.

Depuis, Marie avait pris conscience qu'avec la robe d'infamie on l'avait comme marquée au front d'un signe de Caïn qui la rejetait inexorablement dans la lie de la société. Seuls les lépreux étaient plus mal vus, mais les gens sains les évitaient uniquement parce qu'ils avaient peur d'être contaminés. Une prostituée, elle, était appréciée à condition de se trouver au bon endroit au bon moment. Lors des foires ou des fêtes religieuses, les autorités se réjouissaient de la présence de courtisanes ou de filles de joie, comme on les appelait dans ces occasions-là, alors que le reste du temps, on les qualifiait de sœurs du diable et les chassait souvent.

Maintenant Marie comprenait aussi qu'en dépit de tout son argent, son père ne pourrait jamais acheter sa réintégration dans la bonne société. Même si elle mettait l'une de ses anciennes robes pour pouvoir, sous sa protection, voyager sans les infamants rubans jaunes, elle ne passerait plus nulle part pour une femme respectable. La seule chance qu'elle avait de recouvrir son malheur du manteau de l'oubli consistait à se marier avec un bourgeois respecté qui serait prêt, eu égard au montant de la dot, à fermer les yeux sur la honte et à se boucher les oreilles quand des rumeurs la rattraperaient. Et pourtant, elle pouvait s'estimer heureuse de n'avoir pas connu le sort de Fita, la plus jeune des trois prostituées.

Celle-ci était une jolie femme renfermée, âgée d'une bonne vingtaine d'années, qui avait les cheveux bruns et le nez ainsi que les joues couverts de taches de rousseur. Elle avait été servante chez un artisan fortuné qui abusait d'elle. Quand elle était tombée enceinte, la maîtresse de maison l'avait dénoncée au curé et avait exigé un lourd châtiment. Le saint homme avait veillé à ce que Fita soit fouettée et marquée au fer rouge sur les deux épaules. Marie avait vu les cicatrices en se baignant dans le ruisseau avec elle. Si elles avaient pâli au fil des années, elles avaient gardé toujours un aspect aussi abominable.

Berta, une petite femme bien en chair au visage rond et rouge et aux cheveux noirs et courts, ne semblait pas avoir connu un destin aussi cruel et paraissait tout à fait satisfaite de son existence. Elle accaparait la parole, ne causait que d'elle ou des hommes et utilisait pour cela des expressions qui faisaient rougir Marie. Son corps était son seul capital, une mine qu'elle exploitait. Cela dit, elle n'était – selon ses propres dires – pas particulièrement difficile dans le choix de ses clients, et son odeur trahissait le peu de cas qu'elle faisait de l'hygiène. Elle n'avait que quelques années de plus qu'Hiltrude et paraissait pourtant usée.

La troisième s'appelait Gerlinde. C'était la plus âgée des trois. Elle avait les hanches d'une femme mûre, quoique son visage soit toujours aussi lisse que celui d'une jeune fille. Seuls ses cheveux gris et volumineux qui lui descendaient au bas du dos révélaient son âge. Elle était propre, de même que ses vêtements, et visiblement fière de sa physionomie encore très avantageuse. Hiltrude la traitait avec une crainte mêlée de respect parce qu'elle connaissait les secrets de nombreuses plantes et savait faire des breuvages et des teintures utiles, domaine dans lequel elle avait même – avait-elle murmuré à Marie – plus d'expérience que Peter Krautwurz.

Un des voituriers ouvrit le portail et leur jeta un coup d'œil. Berta se leva et se dirigea vers lui en balançant les hanches. Les autres la virent échanger quelques mots avec l'homme et disparaître en sa compagnie dans un buisson.

Pendant que Marie accusait le destin, les autres femmes se demandaient ce qu'elles allaient bien pouvoir faire. Fita plaida aussitôt en faveur de Marie parce qu'elle voyait en elle une compagne d'infortune. Gerlinde ne consentit à faire une promesse du bout des lèvres qu'après avoir longuement hésité.

— Attendons de savoir ce qu'en dira Berta. Si elle n'a pas d'objection majeure, nous pouvons commencer par rester ensemble jusqu'à la prochaine foire.

Marie songea aux nuits qu'Hiltrude et elle avaient passées seules sous leur tente, tandis que les employés du riche marchand étaient à l'abri derrière les murs d'une ville ou d'une auberge. Morte de peur, elle s'était chaque fois recroquevillée sous sa couverture et, au moindre bruit, avait redouté qu'on ne les attaque.

— N'est-il pas dangereux pour nous de voyager sans la protection d'un groupe ?

— À cinq, nous pouvons tenter le coup. En fin de compte, nous ne sommes pas des enfants de chœur.

Comme pour étayer ses propos, Gerlinde brandit la canne sur laquelle elle s'appuyait pour marcher et en montra à Marie la pointe en fer.

— Je peux m'en servir comme d'un épieu. Berta, elle, a un sabre dans ses bagages et Fita cache un poignard sous sa jupe. Avec ça, nous pouvons parfaitement nous débarrasser de mendiants importuns ou de quelques brigands. Bien sûr, nous n'avons aucune chance contre une bande plus importante, mais ce n'est pas différent pour les petits convois.

Hiltrude approuvait de la tête en souriant.

— Oui, qu'est-ce que je te disais, ma petite ? Les courtisanes ne sont pas sans défense.

— Toi aussi, tu as une arme ? voulut savoir Marie.

Elle n'avait pas fini de parler qu'Hiltrude tenait déjà sa hache dans les mains.

— Ça te suffit ? Tu t'en es même servie toi-même pour couper du bois.

— Je ne pensais pas que c'était une arme !

Marie la lui ôta des mains et passa le pouce sur le fil de la lame. Elle sentit les ébréchures qu'elle y avait faites en tapant de temps en temps sur une pierre plutôt que dans le bois et se promit de l'affûter aussitôt que possible.

Gerlinde jeta un regard soucieux vers le buisson derrière lequel Berta avait disparu avec le voiturier.

— Ils devraient avoir fini maintenant. Il ne faudrait pas qu'il lui ait fait de mal. Je vais aller voir ce qui se passe.

Elle n'en eut pas le temps. Le portail de l'auberge s'ouvrit à nouveau. Dans la lueur d'une lanterne, elles purent reconnaître deux hommes qui s'approchaient d'un pas hésitant. À en juger par leurs vêtements, le plus âgé devait être un marchand fortuné ; il portait un manteau bordé de fourrure et une toque en castor. Son acolyte était un gamin fluet qui n'était pas sans rappeler le vieux et s'agrippait à lui comme un enfant apeuré.

Le marchand leva sa lanterne et leur éclaira le visage.

— Toute une bande de filles. Exactement ce qu'il me faut.

Gerlinde hochait la tête de manière impassible et s'apprêtait à dire quelque chose, mais l'homme fit aussitôt une grimace.

— Pas toi, la vieille. Je veux une vraie jeune pour apprendre à mon fils comment faire lors de sa nuit de noces.

Sur un signe de Gerlinde, Fita se leva.

— Je suis d'accord. Si vous voulez bien attendre, je vais monter ma tente…

— Par une nuit aussi douce, le marmot ne risque pas de prendre froid aux fesses, plaisanta le vieux en poussant son fils vers Fita. Et fais-moi bien ça, catin ! Je veux qu'il voie comme c'est bon d'être marié. Sinon il va se ridiculiser devant sa promise.

On n'aurait pu dire qui, de la prostituée ou du jeune homme qui devait avoir à peine dix-sept ans, était le plus malheureux. Elle le prit par la main et lui parla à voix basse tout en le poussant entre des branches de sapin qui pendaient presque jusqu'à terre. On aurait pu croire que le père allait les suivre. Mais alors, son regard s'arrêta sur Marie.

— Je pourrais peut-être m'accorder aussi un peu de plaisir. Viens, catin !

Marie recula et se fit toute petite. L'homme souffla de colère et s'avança vers elle comme pour la frapper aux jambes.

Hiltrude le retint.

— Actuellement, mon amie ne peut pas travailler. Elle est malade.

L'homme fit un pas en arrière et tourna le regard avec inquiétude vers les arbres entre lesquels son fils et Fita avaient disparu. Hiltrude le rassura.

— Ne vous faites pas de souci. Ce n'est pas contagieux. Elle s'est juste blessée. Mais peut-être mon seigneur se contentera-t-il de mes services ?

En disant cela, elle se pencha et lui permit de jeter un coup d'œil profond dans son décolleté. Le vieux réfléchit, ôta ensuite son manteau, le plia méticuleusement et l'accrocha à une grosse branche.

— Allez, viens, catin. J'ai les chausses pleines à craquer.

Hiltrude répondit quelque chose qui le fit rire. Ensuite, le troisième couple de la soirée s'éclipsa dans les branchages.

Gerlinde les suivit des yeux et cracha dans le feu.

— Quel homme déplaisant ! Sous prétexte qu'il a de l'argent, il s'imagine pouvoir nous traiter comme bon lui semble.

Accablée, Marie hocha la tête.

— Il se comporte comme si nous étions sa propriété.

— Non. Si c'était le cas, il ferait plus attention. Il ne remarque notre présence que lorsque sa braguette le serre. Sinon il fait la moue d'un air dégoûté et prétend n'avoir jamais fréquenté de créatures dans notre genre.

Gerlinde imitait si bien le ton du marchand que Marie fut obligée de rire malgré ses propos amers.

— J'espère qu'il paie bien, au moins.

Marie n'avait pas fini sa phrase qu'elle avait déjà honte. Elle parlait maintenant de manière aussi vulgaire que Berta. Pour peu qu'elle reste avec ces femmes, elle ne tarderait pas à être aussi cupide et dépravée que la grosse catin.

5

Le lendemain matin, un soleil d'une rayonnante clarté se leva au-dessus de l'horizon sans nuages et sécha la rosée avant qu'elle n'ait le temps de s'évaporer. En très peu de temps, il fit si chaud que Berta commença à soupirer.

— Aujourd'hui, il va faire encore plus chaud qu'hier. Je transpire déjà affreusement.

Gerlinde jeta vers le ciel un regard inquiet.

— Moi, je crains surtout l'orage. Par un jour comme celui-ci, il peut tomber des grêles à nous défoncer la tête.

Hiltrude aussi se faisait du souci.

— La grêle me fait plus peur pour mes bêtes que pour moi. S'il pleut, je peux les prendre sous ma tente, même si on commence à y être un peu à l'étroit.

— Ne parlez pas de malheur, vous allez le faire arriver ! plaisanta Berta.

Fita, qui était justement en train de nouer son balluchon, leva rapidement les yeux.

— Je n'ai pas envie d'être mouillée.

— Personne n'en a envie.

Avec l'aide de Marie, Hiltrude attela les chèvres à son chariot et rangea la hache sous une couverture de manière à pouvoir l'en sortir rapidement. Fita vérifia qu'elle atteignait facilement le poignard caché sous sa robe et Berta accrocha le sabre à ses hanches au moyen d'une corde. Comme Gerlinde avait son bâton, Marie était la seule qui ne possédât pas d'arme. Elle jeta un coup d'œil aux alentours et ramassa une branche qui pouvait aussi bien faire office de gourdin que de canne.

Leurs trois nouvelles compagnes portaient toute leur fortune sur le dos, dans des ballots, tandis que, grâce aux deux chèvres, Hiltrude et Marie se déplaçaient sans entraves. Comme cette fois elles n'avaient pas à tenir la cadence de fardiers tirés par des bœufs, Hiltrude n'eut pas besoin de s'atteler à sa charrette. Elle fut même obligée de freiner les chèvres de temps en temps pour que les trois autres puissent les suivre.

Le chemin les mena tout d'abord à travers une forêt encore vierge de chênes et de hêtres séculaires qui ressemblaient à des géants fossilisés. La densité des arbres était une bénédiction, car leur ombre protégeait les femmes des rayons ardents du soleil. Pourtant, Gerlinde, Berta et Fita avaient le visage trempé de sueur.

Marie se souvint des jours précédents, où elle s'était usé les pieds à tenir le rythme d'Hiltrude et de ses chèvres. Aujourd'hui, elle avait l'impression de faire une agréable promenade, juste troublée par les grondements de son ventre. Pourtant, quand le soleil fut au zénith et que plus rien n'empêcha ses rayons de frapper la route, elle souffrit elle aussi de la chaleur. C'était, comme dit Berta, un temps par lequel un brigand ne sortirait jamais du fond de sa caverne, pour ne pas parler d'agresser cinq femmes seules. Les autres rirent de cette plaisanterie, mais Marie, pour sa part, se retourna malgré elle pour vérifier que vraiment personne ne les épiait. Elle ne perçut que les bruissements de la forêt et les bêlements des chèvres qui réclamaient de l'eau à tue-tête.

Vers midi, le ciel à l'ouest devint aussi gris que du plomb. Gerlinde surveillait cette direction d'un air de plus en plus soucieux, et quand elle découvrit, une bonne heure plus tard, une cabane toute bancale comme celles que les gardiens de cochons utilisent pour passer la nuit dans la forêt, elle proposa d'y attendre que l'orage soit passé.

Berta désigna l'enclos derrière la baraque, qui sentait le lisier de porc jusqu'à la route.

— Non merci ! Nous ferions mieux de continuer. Il n'y a plus très loin jusqu'à la prochaine auberge.

Marie fut étonnée que ce soit justement Berta qui se montre aussi délicate. Gerlinde, elle, souffla avec agacement et planta la pointe de son bâton dans la terre.

— Ce n'est sûrement pas là qu'on aura un toit sur la tête ! Tu connais bien le patron. Il fait même payer les abris ouverts où les clients dorment sur de la paille pourrie et infestée de puces. Alors, nous, il ne va même pas vouloir que nous nous mettions à l'abri du vent derrière les chariots de marchandises. Non, je sais bien ce que tu as en tête. Tu veux juste y arriver aussi vite pour récolter le plus de voituriers possible.

Marie sourit sans le vouloir. À en juger par le regard furieux de Berta, le nombre de clients était effectivement la seule chose qui comptât pour elle. Fita, au contraire, semblait se réjouir d'avoir un peu plus de repos.

Malgré son âge, la cabane présentait un toit solide fait de rondins fendus par le milieu, recouverts d'une épaisse couche de roseaux. À l'intérieur, le sol était jonché de feuilles à moitié pourries et de quelques autres saletés chassées par le vent à travers la porte, retenue tant bien que mal par des bandes de cuir fendillé. Dans un coin, il y avait une odeur de déjections animales.

Fita arracha une branche pour servir de fourche et poussa les ordures au-dehors. Pendant ce temps, Hiltrude et Marie apportèrent de l'herbe et des branches de bouleau afin de s'installer confortablement en prévision de l'orage. Une fois qu'elles eurent fini, elles firent entrer les deux chèvres et recouvrirent le chariot d'un amas de branchages pour le protéger de la pluie.

À peine s'étaient-elles assises que le déluge éclata. Au cours des dernières minutes, les ultimes rayons du soleil avaient cédé la place à une pénombre gris bleuté. Gerlinde montra du doigt un minuscule nuage pâle qui se détachait à l'ouest sur un ciel d'encre et fit un signe de croix.

— Mon Dieu, nous allons effectivement avoir de la grêle ! Si nous avions écouté Berta et que nous avions continué, elle nous aurait rattrapées bien avant l'auberge.

Toutes regardaient par la porte le petit nuage qui grossissait à vue d'œil, virait en même temps au jaune et recouvrit bientôt l'ensemble de l'horizon au couchant. Alors, les cinq femmes entendirent un étrange bruissement dans les branches qui, quelques fractions de seconde plus tard, fut recouvert par de violents craquements.

Dans l'entrebâillement, Marie observait avec angoisse les grêlons de la taille d'un œuf qui s'abattaient autour de la cabane. Ce n'était pas le premier orage auquel elle assistait. Mais jusqu'à présent, elle avait toujours été au sec et à l'abri dans la maison paternelle. Ici, au contraire, elle craignait que le toit de la baraque ne s'écroule sous l'effet des intempéries et qu'elles ne soient livrées à la violence de la grêle. Transie de peur, elle tira vers elle l'une des chèvres, qui se retourna avec inquiétude et rua. Hiltrude serra dans ses bras la seconde, qui tremblait, et prit sa couverture pour se protéger ainsi que la gentille bête contre la nature déchaînée.

L'averse cessa aussi brusquement qu'elle avait commencé. Un instant auparavant, on aurait dit que le toit allait s'effondrer sous l'impact des grêlons. Et d'un seul coup, tout fut fini, comme s'il ne s'était agi que d'une apparition. Le ciel s'ouvrit et un premier rayon timide pointa dans la baraque.

Gerlinde fut la première à se ressaisir et fit signe à Marie de l'aider à pousser la porte, car les grêlons formaient comme un mur autour de la cabane. Quand elles sortirent, leurs pieds s'enfoncèrent dans la masse qui crissait sous leurs pas. Les grains de glace étaient si froids que Marie crut sentir presque son cœur s'arrêter de battre. Elle poussa un cri et recula.

— Tu es une douillette, toi ! se moqua la vieille prostituée qui avait des grêlons jusqu'aux chevilles. Prends exemple sur nous. Nous sommes plus endurcies que les femmes de la ville. Nous ne nous évanouissons pas au moindre courant d'air.

Marie n'était en effet pas loin de perdre connaissance, mais elle serra les dents et s'avança dans la couche glaciale.

Hiltrude désigna le chemin sur lequel le blanc des grêlons se mêlait au vert des branches tombées à terre.

— Ce n'est pas rien !

Fita frissonna.

— Je crains que nous ne soyons obligées de passer la nuit ici. Nous n'avancerons jamais.

Gerlinde regarda le ciel qui s'éclaircissait de minute en minute et sentit la force du soleil sur sa peau.

— Oh si ! Dans une demi-heure au plus tard, il n'y aura plus un grêlon.

— Mais que ferons-nous si des arbres renversés barrent la route ? demanda Fita, préoccupée, en montrant le chariot d'Hiltrude.

— Eh bien, nous passerons au-dessus, espèce de peureuse !

Berta mit son balluchon sur son dos et sortit à son tour de la cabane.

— Cela fait juste un peu froid aux pieds, mais en marchant d'un bon pas, nous serons vite réchauffées.

À ces mots, elle se mit en route sans attendre les autres.

Hiltrude enleva les branchages qui recouvraient son chariot et constata avec soulagement que rien n'était endommagé. Marie fit sortir les chèvres et l'aida à les atteler. Certes, l'épaisse couche de branches et de brindilles tombées des arbres, qui se mélangeait aux grêlons à hauteur de cheville, faisait affreusement mal aux pieds, mais Gerlinde et Fita suivaient Berta avec entrain, tout en jetant de temps à autre un regard impatient à leurs compagnes de voyage restées en arrière.

Hiltrude n'eut plus qu'à se passer une corde autour des épaules et à tirer le chariot avec ses bêtes. Comme Marie poussait par-derrière, elles parvinrent peu à peu à avancer. Maintenant, les trois autres l'avaient moins dur qu'elles avec leurs ballots sur le dos. Gerlinde et Fita se rendirent bientôt à la raison et aidèrent Marie à ôter du chemin les branches les plus gênantes. À leur grand soulagement, elles ne durent porter qu'une seule fois le chariot au-dessus d'un arbre tombé en travers de la route et, malgré tous les obstacles, elles progressaient assez vite pour ne pas perdre de vue Berta qui allait bon train.

Elles atteignirent l'auberge peu avant la tombée de la nuit. Ici aussi la tempête avait fait rage, mais elle n'avait pas causé de dommages majeurs. Deux valets se promenaient sur le toit en bardeaux pour réparer les planches détériorées, un autre rassemblait le feuillage sur un gros tas. La grande cour, juste fermée par une simple palissade, était remplie de chariots dont les bâches avaient résisté au mauvais temps, tout comme les bœufs de trait attachés dans des abris. Les voituriers avaient contrôlé leurs marchandises et, satisfaits, discutaient maintenant en petits cercles.

Comme le devant de l'auberge n'était pas protégé par un mur, il n'y avait pas de portail clos ni de valet pour tenir à l'écart les hôtes indésirables. C'est pourquoi Berta avait pu sans peine se mêler aux hommes. Quand ses compagnes arrivèrent, elle enlevait déjà les brins de paille dans laquelle elle s'était roulée avec son premier client et accourut dans leur direction en leur adressant des signes joyeux.

— Il y a des sous à se faire ici. Deux grands convois sont arrivés, l'un de Constance et l'autre de Stuttgart. Les gens sont heureux de s'en être aussi bien sortis de l'orage et ne seront pas mesquins.

— De Constance, dis-tu ? demanda Marie d'une voix tremblante.

Sans attendre la réponse de Berta, elle s'élança vers un fardier orné de l'enseigne d'une maison de commerce qu'elle connaissait. Dans l'espoir d'apercevoir un visage familier, elle survola du regard les hommes qui, confortablement assis à des tables entre les véhicules, buvaient du vin dans des gobelets en bois tout simples. Peut-être pourrait-elle obtenir quelque nouvelle de son père – ou même le retrouver ? Bientôt, ses yeux s'arrêtèrent sur un charretier qui lui disait quelque chose bien qu'il lui tournât le dos. Elle eut un doute, mais dès qu'il eut bougé la tête pour répondre à une question, elle recula dans l'ombre d'un chariot avec un mouvement de terreur et regarda ensuite à nouveau attentivement. Non, elle ne s'était pas trompée. C'était bien Utz Käffli.

Elle mit ses bras autour de son corps et se tordit sous l'effet des douleurs qui l'élançaient maintenant dans le ventre comme si elle venait d'être violée. La vue de l'homme sale dans sa tenue de voiturier râpée lui inspira une peur terrible et elle aurait volontiers pris ses jambes à son cou. Mais l'espoir d'apprendre quelque chose au sujet de son père la retint.

Comme Berta, Gerlinde et Fita attiraient l'attention des rouliers sur elles, personne ne s'occupait de Marie, pas même Hiltrude qui avait sans tarder attaché ses chèvres à la palissade et s'était également jointe aux hommes. Pour éviter qu'on ne la découvre, Marie se retira derrière l'un des abris ouverts sur trois côtés, dans lesquels les voituriers allaient passer la nuit avec les bœufs. L'obscurité qui croissait rapidement la cachait aux regards, tandis qu'elle pouvait elle-même surveiller ce qui se passait à la lueur des feux de camp.

Elle observa son amie, qui s'entendit avec un homme d'âge moyen bien habillé qu'elle suivit sous la bâche d'un fardier. Fita, elle, fut tirée dans le noir par un charretier aux manières rustres. Un autre s'apprêtait à entraîner Berta, mais Utz le précéda et emmena la prostituée rondouillarde avec un sourire triomphal. Bientôt, Gerlinde aussi eut trouvé un client et disparut en sa compagnie derrière l'une des grandes roues.

Les autres voituriers les suivaient du regard d'un air envieux. L'un d'eux se leva avec vivacité et scruta les alentours.

— Il n'y en avait pas une cinquième ?

— Tu en as tellement besoin que tu ne peux pas attendre ? demanda un camarade en riant. Moi, en tout cas, je n'en ai pas vu.

— Moi non plus, intervint un autre. Tu peux déjà être content qu'on en ait récolté quatre d'un coup. En ce qui me concerne, je me réjouis maintenant deux fois plus de la prime que le patron nous a accordée pour avoir atteint l'auberge avant l'orage.

Fita revint et recueillit à nouveau toute leur attention. Elle eut à peine le temps de ranger son argent qu'un rustre l'attrapa et la poussa dans l'ombre. Sa détresse était visible, mais elle n'osa pas protester. Ce désespoir paraissait plaire aux hommes qui concevaient l'amour physique comme un acte de soumission. Marie eut pitié et maudit ceux qui avaient condamné sa compagne, presque une enfant, à cette affreuse existence.

Lorsque Utz fut revenu, manifestement satisfait, et qu'il eut regagné sa place, Marie repartit discrètement en direction du fardier et se dissimula derrière une roue pour épier ce qui se disait. Elle devait absolument savoir ce qui s'était passé après son départ, mais il ne fallait en aucun cas que ce monstre l'aperçoive. S'il la voyait, il dresserait tous les charretiers contre elle. C'est pourquoi aussi elle rejeta l'idée qui lui avait d'abord traversé l'esprit de proposer ses services à un voiturier de Constance pour l'interroger par la même occasion. D'une part, elle n'était pas prête à se vendre, surtout maintenant qu'elle risquait d'être bientôt sauvée, et d'autre part, il aurait fallu qu'elle s'avance dans la lueur des feux de camp pour que quelqu'un la remarque. La présence de l'homme qui l'avait calomniée et violée l'empêchait de parler : il retournerait contre elle tout ce qu'elle pourrait avancer et se repaîtrait de son malheur. Elle devait donc se contenter des bribes de conversation qu'elle pourrait saisir au vol.

À son grand regret, les charretiers s'entretenaient maintenant de leurs tracas quotidiens et des nouvelles qu'ils avaient apprises en chemin. Ils en vinrent ainsi bientôt à parler politique et l'un d'eux s'étendit longuement sur un concile que le pape Grégoire, celui qui résidait à Rome, voulait convoquer sans avoir au préalable obtenu l'assentiment de l'empereur. Alors, les autres discutèrent vivement du fait que les trois papes s'étaient mutuellement excommuniés et avaient même envoyé leurs partisans avec des armées de mercenaires pour affaiblir les deux autres sans se soucier de l'impardonnable confusion qu'ils répandaient ainsi dans l'esprit des croyants.

Le sujet intéressait franchement peu Marie qui craignait de ne pas apprendre ici grand-chose sur son père. Elle allait se retirer pour chercher un endroit un tant soit peu sûr où elle pourrait passer la nuit quand l'homme fortuné qui était parti avec Hiltrude se rassit parmi les voituriers de Constance et trinqua au succès de leurs expéditions. À cause de ses habits, Marie le tint pour un marchand qui devait posséder une partie du convoi en provenance de Stuttgart et elle espéra que la conversation prendrait un autre tour. L'homme se mêla tout d'abord à la discussion concernant les trois papes et l'élimination de deux d'entre eux. Mais il sembla bientôt perdre tout intérêt pour ce sujet et se tourna vers Utz, qui était le chef de l'autre convoi.

— Vous venez droit de Constance. Tu connais donc à coup sûr le marchand Matthis Schärer, non ?

Utz grommela quelque chose dans sa barbe mal taillée et hocha la tête de mauvaise grâce. Le marchand parut ne pas remarquer sa réticence ; il sourit avec soulagement.

— Matthis Schärer m'a commandé plusieurs cargaisons de drap flamand et voulait me remettre une partie de l'argent dès que la marchandise serait arrivée chez moi. Je lui ai envoyé deux messages sans recevoir de réponse. Peux-tu me dire…

— Ce n'est plus la peine de compter sur lui, monseigneur, intervint un autre en riant. Les affaires de Matthis Schärer sont liquidées depuis que sa fille unique a été bannie pour prostitution et d'autres horreurs. Cette histoire a tellement brisé le cœur de son père qu'il en a vendu tous ses biens et s'est enfui. À ce qu'on dit, il aurait traversé le lac pour prendre part à un pèlerinage à Rome ou même en Terre Sainte.

Un autre charretier fit un signe dédaigneux de la main.

— Qu'est-ce que tu racontes là ? C'est juste une histoire que des gens bien intentionnés ont fait courir. Autant que je sache, Schärer s'est jeté dans le lac le jour même où sa fille a été condamnée et il s'est noyé.

Un voiturier assez âgé secouait la tête d'un air dubitatif.

— Je ne sais pas quoi penser de tous ces ragots. Certains disent aussi qu'il aurait vendu ses biens à son presque beau-fils pour partir à la recherche de sa fille.

En entendant cela, Marie poussa un soupir de soulagement, mais un voyageur qui accompagnait le convoi de Constance et qui, à en juger par ses vêtements, devait être un érudit de Lucerne, secoua la tête avec irritation.

— Ce n'est pas possible. À l'occasion d'un litige, j'ai eu affaire à Maître Ruppertus Splendidus et à son géniteur, le comte Heinrich. Ruppert n'a pas un sou, il ne peut même pas se payer une robe d'avocat correcte. Comment aurait-il pu acheter la propriété d'un riche bourgeois de Constance ?

Sa voix traduisait la haine.

Le vieux charretier le contredit avec force.

— On vous a certainement raconté des mensonges. L'avocat vit maintenant dans la maison de Maître Matthis et il est toujours très bien habillé. Hé, Utz, dis quelque chose ! Tu étais bien là quand le procès a eu lieu et que Schärer a disparu ?

Tous les yeux se tournèrent vers Utz Käffli. Marie sentit son cœur battre si fort qu'elle craignit que les autres aussi ne l'entendent. Elle porta la main à sa poitrine et retint son souffle pour ne pas perdre une syllabe de la réponse.

Utz haussa les épaules, fit un geste désagréable et cracha dans le feu.

— Qu'est-ce que ça veut dire, ces questions stupides ? Je n'en sais pas plus que vous. La fille de Maître Matthis a été convaincue de débauche et chassée de la ville. Après, je n'ai aucune idée de ce qui a pu leur arriver, à son père et à elle.

— Mais tu fréquentes encore la maison, alors que Maître Ruppertus s'y est installé. Tu dois bien avoir entendu parler de quelques petites choses quand même ! s'écria un voiturier visiblement rongé par la curiosité.

Marie s'approcha pour qu'aucune émotion ne lui échappe sur le visage d'Utz. Comme celui-ci fit signe que non et prétendit sur un ton agressif qu'il n'était au courant de rien, elle sentit un souffle glacial lui descendre le long de la colonne vertébrale. Il mentait. Quelques personnes dans l'assistance le remarquèrent également, mais il repoussa toute nouvelle tentative par des sarcasmes. Lorsque leur insistance lui devint intolérable, il se leva et partit vers l'un des abris sans avoir terminé son vin et – comme le nota l'un des gardes avec agacement – sans avoir réparti les services comme il le faisait d'ordinaire. Son mystérieux comportement donna lieu à de folles spéculations. Mais puisque personne n'était en mesure d'assouvir la curiosité générale, les conversations prirent bientôt une autre direction.

Pendant un moment, Marie fut incapable de remuer un seul membre, tant elle était excitée. Elle se demandait pourquoi Utz, dont les calomnies avaient marqué le début de ses malheurs, minimisait autant la part qu'il avait eue dans cette affaire. Il devait chercher à cacher aux yeux de Dieu et des hommes quelque chose qui n'avait pas seulement rapport à elle-même. Ce n'était pas lui qui avait pu convaincre la veuve Euphémia de faire une fausse déclaration. Seul Ruppert pouvait en avoir eu les moyens tandis que le charretier n'avait été que son homme de peine.

Si son père avait été en vie, il n'aurait jamais laissé l'avocat passer le seuil de sa maison. Se pouvait-il que tous les deux l'aient tué pour s'emparer de sa fortune ? À vrai dire, elle ne voyait pas comment cela aurait été possible, car les autorités s'emparaient sans tarder des biens laissés sans héritier. Puis il lui vint à l'esprit que l'avocat avait de bonnes relations avec l'évêque et quelques autres hauts personnages. Dès lors, elle pouvait très bien imaginer qu'avec leur aide, il soit entré en possession de la maison paternelle.

Elle était sur le point de se lever pour accuser le criminel devant tout le monde de viol et de meurtre, mais elle eut presque aussitôt conscience qu'elle ne ferait par-là que se nuire à elle-même et aux femmes qu'elle accompagnait. Personne ne la croirait, hormis Utz, et lui n'hésiterait pas à la tuer ainsi que ses compagnes. Les bois alentour pouvaient engloutir bien de sombres mystères et la disparition de quelques catins ne frapperait personne.

Marie ne savait pas elle-même où elle trouva la force de quitter la cour sans être vue. Dehors, elle se blottit contre la palissade et caressa les deux chèvres, perdue dans ses pensées. Une chose était sûre : son père ne viendrait pas la sauver et personne d'autre ne s'intéressait à son sort. Ruppert avait dû lancer le bruit que Matthis Schärer était parti à sa recherche pour induire son oncle Mombert et les autres en erreur.

Elle écouta le clapotis de la rivière toute proche, que Gerlinde avait appelée l'Elta. Le cours d'eau était-il assez profond et assez puissant pour lui offrir une mort bienveillante ? Elle n'avait pas peur du suicide : si Dieu avait la dureté de condamner son désespoir, elle pouvait bien se faire un ami du diable. Il ne pourrait de toute façon pas la traiter plus mal que les hommes. Car continuer de vivre signifiait pour elle devenir comme Hiltrude et les autres. Elle serait une courtisane qui vagabonde sur les routes, une catin méprisée qui couche avec le premier malpropre venu pour un quignon de pain sec. Elle n'y arriverait jamais. Elle se releva avec des mouvements las pour descendre vers la rive.

Au bout de quelques pas à peine, elle songea qu'en dehors d'elle il n'y avait personne pour accuser Ruppert de vol. Il l'avait privée de son père et de ses droits civils. Il s'était arrangé pour qu'elle fasse partie des gens dont la vie compte moins que celle d'un mouton ou d'un cochon. Si elle se donnait la mort, il aurait gagné sur tous les tableaux.

Marie retourna plusieurs fois cette pensée dans son esprit. Que faire ? Une vagabonde n'avait aucune chance contre un homme tel que Maître Ruppertus Splendidus, un gentilhomme respecté qui était, de plus, le fils du comte Heinrich von Keilburg. Renonce, se dit-elle, ou veux-tu que le reste de ta vie soit une insupportable torture, comme celle de Fita ?

Pourtant, quelque chose en elle regimba. Hiltrude n'avait-elle pas dit que les courtisanes n'étaient pas sans défense ? Elle était jeune et belle. Si elle savait en profiter, elle pourrait peut-être tourner tellement la tête à un homme qu'il tuerait Ruppert, Utz, Linhard et Hunold rien que pour la posséder ? Il vaudrait mieux amasser suffisamment d'argent pour se payer les services d'un tueur à gages. L'envie de vengeance n'était pas vraiment un sentiment chrétien, mais l'Église l'avait condamnée et la vouerait de toute façon à l'enfer, qu'elle se fasse elle-même assassin ou qu'elle passe le reste de sa vie à expier une faute qu'elle n'avait pas commise. Mieux valait donc vivre pour se venger que de franchir dès maintenant les portes incandescentes de l'enfer.

Marie ne sortit de ses pensées qu'au retour des quatre prostituées. Hiltrude la traita de flemmarde : elle n'avait pas donné à boire aux chèvres, pas monté la tente et pas fait de feu. Mais elle ne disait pas cela sérieusement, elle avait au contraire l'air très satisfaite. Berta semblait également avoir bien gagné : elle fredonnait une chanson drôle en faisant tinter les pièces qu'elle avait amassées. Gerlinde aussi souriait joyeusement. Seule Fita soupirait en se tordant de douleur et en appuyant sa main sur son ventre.

— Pourquoi les hommes doivent-ils toujours être aussi brutaux ? demanda-t-elle d'une voix pleurnicharde.

Gerlinde secoua la tête en poussant un soupir.

— Tu tolères trop de choses. Choisis les gars qu'il faut et tu auras moins de problèmes. Allez, prends un peu de la teinture d'Hiltrude ou, mieux, la pommade que lui a donnée l'apothicaire de Merzlingen. Elle ne brûle pas autant.

Hiltrude alla à son chariot et chercha le pot.

— Gerlinde a raison. Tu dois apprendre à amadouer ces brutes. Sinon, tu ne tiendras pas longtemps le coup, dit-elle à Fita en lui tendant le récipient. Tiens, prends ! Ce produit fait des miracles. Pour Marie aussi, ça a marché. Elle était salement arrangée, et maintenant on n'en voit plus rien.

Berta releva la tête et grommela.

— Ah bon ? Elle est en bonne santé ? Alors, je me demande pourquoi tu ne l'envoies pas au travail. Comme c'est ta servante, l'essentiel des revenus te revient. Il y a assez de gars qui ont de l'argent dans les poches aujourd'hui. On aurait pu sans peine être à cinq. Ça n'aurait certainement pas fait de mal à Fita d'avoir un ou deux clients en moins. Si elle est aussi blessée qu'elle en a l'air, ça va prendre des jours avant qu'elle puisse à nouveau travailler.

— Je laisse Marie choisir quand elle voudra commencer.

Hiltrude aurait volontiers rabroué Berta et dit que cela ne la regardait pas. De tels reproches ne l'aidaient en effet pas franchement à convaincre Marie des bons côtés de la vie de prostituée. Elle craignait toujours que la jeune fille ne se jette à l'eau plutôt que de se faire une raison le jour où elle admettrait enfin qu'aucun de ses proches ne viendrait la délivrer. Néanmoins, elle serra les dents pour éviter d'entamer une discussion.

Berta, elle, ne céda pas.

— Eh bien, tu es sacrément bête. Ça fait un moment que je t'aurais mis la demoiselle sous un bon étalon, et de force si nécessaire. Si elle veut continuer à nous suivre, il faut qu'elle s'adapte. Je n'accepte pas de bouche inutile dans le groupe.

Le ton sur lequel elle prononça ces dernières paroles était haineux.

Gerlinde frappa alors dans l'herbe du plat de la main. Par cette phrase, Berta avait remis en cause son autorité et cela ne lui plaisait pas.

— D'abord, ce n'est pas toi qui nourris Marie. Et deuxièmement, tu devrais te réjouir d'avoir pu gagner aujourd'hui plus que si elle nous avait piqué les meilleurs clients avec son joli petit minois.

Fita se leva.

— Je vais à la rivière pour me laver.

Elle détestait les disputes et fuyait la moindre altercation. Cette fois, personne ne lui en fit le reproche. Gerlinde et Hiltrude hochèrent simplement la tête et l'accompagnèrent au bord du fleuve. Marie se joignit à elles pour surveiller leurs affaires comme d'habitude. Après avoir boudé un instant, Berta les suivit également, quoiqu'elle n'eût pas l'intention d'ôter sa robe et d'entrer dans l'eau fraîche. Elle n'avait pas accepté que Gerlinde la rabroue et était toujours de mauvaise humeur.

— Faites attention à ne pas prendre froid ! Sinon, dans les temps qui viennent, je serai obligée de travailler toute seule.

Gerlinde éclata de rire.

— C'est bien ce que tu as toujours souhaité, d'être la seule catin à la ronde ?

Même Berta fut obligée de rire de cette repartie. La tension retomba aussi vite qu'elle était montée. Pendant que Marie et Berta attendaient sur la rive, les trois autres se plongèrent complètement dans la rivière. Dans la lueur de la lune, on aurait dit des naïades venues d'un empire aux reflets mystérieux. Pour finir, Marie ôta également sa robe et pénétra dans l'eau. Le froid lui coupa presque le souffle, elle dut faire un effort pour s'y enfoncer jusqu'aux épaules.

— C'est bien, Marie. C'est la première règle qu'une catin doit respecter, rester propre.

Le regard de Gerlinde indiquait que ses paroles s'adressaient avant tout à Berta, sur qui elles firent d'ailleurs leur effet.

— Il y a quelques gars qui puaient sacrément, dit-elle en soulevant sa jupe pour se nettoyer entre les cuisses.

— Tu ne devrais pas te contenter de ton bijou, l'exhorta Gerlinde. Après tout, les hommes ne t'ont pas touchée que là !

Mais pour Berta, l'eau était décidément trop froide.

Marie marcha à contre-courant en direction d'Hiltrude et lui attrapa le bras.

— Je dois te parler.

Hiltrude la regarda avec surprise. Elle sentit le combat intérieur que livrait Marie et comprit qu'il avait dû se passer quelque chose. La jeune fille ne donnait plus l'impression d'être aussi désespérée qu'avant. Ses quelques paroles révélaient une force et une détermination étonnantes. Elle se rappela que l'un des deux convois venait de Constance et espéra que les nouvelles que Marie avait apprises lui sortiraient les billevesées de la tête. Elle lui passa la main dans les cheveux avec tendresse et l'emmena vers la rive bras dessus bras dessous.

— Tu peux me parler quand tu veux, ma petite.

Marie ferma les yeux et sentit le courant de la rivière qui la frôlait doucement. Non, elle ne trouverait pas ici une mort bienveillante et elle n'en avait de toute façon plus envie non plus. Elle maudissait Ruppert, Utz et surtout Linhard, cet infâme traître. Elle espérait qu'ils iraient en enfer bien avant elle. Pour cela, elle supporterait un destin qui lui avait paru, quelques heures auparavant, pire que la mort. Elle regarda son amie et inspira profondément.

— Je suis prête, Hiltrude… Mais tu vas avoir beaucoup de choses à m'apprendre.

TROISIÈME PARTIE

LE CHÂTEAU D'ARNSTEIN

1

À une heure aussi matinale, les allées entre les baraques étaient vides et les échoppes fermées. La majorité des marchands et des ménestrels dormaient encore sous leurs tentes ou dans leurs chariots. Quelques lève-tôt des deux sexes se lavaient dans la rivière sans fausse pudeur, ce qui n'empêchait pas certains hommes de lancer des plaisanteries grivoises qui incitaient la plupart des femmes, rouges de honte, à chercher un autre endroit pour se baigner.

Il y avait un bon moment que Marie avait fait sa toilette en compagnie d'Hiltrude et, assise sur une couverture devant sa tente, elle recousait maintenant sa robe déchirée tout en savourant les rayons du soleil déjà chauds. Cependant, l'odeur du charbon de bois incandescent détourna bientôt son attention. Hulda, qui tenait une gargote, posa les premières saucisses sur le gril et, peu après, un fumet irrésistible se répandit sur le champ de foire. Marie huma l'air avec délice. Comme elle s'apprêtait à se lever pour aller la voir, Hiltrude sortit de sa tente.

— On dirait que tu meurs d'impatience qu'Hulda ait cuit ses premières saucisses.

— Qu'y a-t-il à redire à une saucisse de bon matin ? Surtout que celles que je préfère, ce sont celles de cette région !

Hiltrude regarda son amie avec un sourire amusé.

— Tu les aimes partout. Mais je ne vais pas être mesquine. Je vais t'en rapporter quelques-unes.

Marie la suivit des yeux et se dit que les saucisses étaient l'un des rares plaisirs qu'elle pouvait s'accorder. Depuis qu'elle vagabondait sur les routes, elle avait appris à se contenter de peu et le souvenir de sa vie antérieure lui faisait de plus en plus l'effet d'un rêve d'enfant. Plus de trois années s'étaient écoulées depuis le jour où Hiltrude l'avait trouvée et recueillie sur le bord de la route, trois ans qu'elle avait découvert le mépris des honnêtes gens et l'amitié des proscrits. Pourtant ni le temps ni tout ce qu'elle avait vécu depuis n'avait pu effacer l'amertume qui s'était nichée dans son cœur après le verdict scandaleux.

Parfois, elle avait du mal à se retenir d'aller sur-le-champ à Constance pour crier l'injustice à la face des honorables citoyens. Quand elle était livrée à un client particulièrement brutal et qu'elle serrait les poings de rage, impuissante, elle comptait l'argent qu'elle devait encore gagner pour charger un tueur d'exterminer son ancien fiancé et les crapules qui l'avaient violée à l'époque. Lorsqu'elle parlait de cela à Hiltrude, celle-ci se moquait d'une pareille chimère, et même la lui reprochait. Néanmoins, Marie ne supportait son existence actuelle que parce qu'elle se rattachait à l'espoir de pouvoir se venger. Un jour, elle leur ferait payer à tous ce qu'ils lui avaient fait, sans oublier Euphémia Schuster qui l'avait diffamée.

— Es-tu à nouveau en train de tordre le cou à ton Ruppert ?

La voix d'Hiltrude arracha Marie à ses songes. Les deux saucisses que son amie lui tendait la dispensèrent de répondre. Elle les prit sur la planche et les fit rebondir dans ses mains, car elles étaient brûlantes.

— Gourmande !

Hiltrude la regarda en secouant la tête et s'assit dans l'herbe à côté de ses chèvres. Tout en mangeant, les deux femmes continuaient de méditer. La plus âgée se faisait du souci de voir son amie se débattre contre des élucubrations qui finiraient par causer sa perte. Elle n'avait déjà vu que trop de courtisanes sombrer dans la folie ou attenter à leurs jours parce qu'elles n'arrivaient pas à se débarrasser du souvenir de leur vie passée et de l'injustice dont elles avaient ou pensaient avoir été victimes. Pour que Marie ne soit pas tentée de se venger par elle-même et dans l'espoir qu'elle se fasse peu à peu une raison, Hiltrude avait toujours évité la région de Constance. Pourtant, ni les réprimandes ni les bonnes paroles n'avaient jusqu'à présent amené son amie à remettre en question l'iniquité du monde et à renoncer à son passé.

Marie voyait qu'Hiltrude se faisait du souci. Cela la désolait ; elle ne voulait pas lui faire de peine. La jeune femme s'était d'emblée comportée en compagne bienveillante et attentionnée, elle ne l'avait jamais traitée en domestique ni obligée à faire des choses intolérables. Marie se souvenait de son premier client, que la prostituée pleine d'expérience avait choisi avec le plus grand soin. C'était un homme agréable et doux qui s'y était pris avec beaucoup de précautions, même si elle avait attendu que cela se passe en serrant les poings, les dents et les paupières. Sans la potion de Gerlinde qui l'avait plongée dans un nuage d'indifférence, elle aurait fui en hurlant.

Dans les temps qui avaient suivi, elle avait utilisé cette substance stupéfiante tous les jours, jusqu'à ce qu'Hiltrude la lui enlève. À cette occasion, elles avaient failli se disputer vraiment pour la première fois. Mais son amie avait de nouveau fait preuve de beaucoup de patience et lui avait expliqué à plusieurs reprises que ce produit créait une accoutumance et qu'il détruisait l'âme et le corps si l'on en prenait régulièrement. À l'époque, elle avait eu du mal à y renoncer et, parfois, quand elle avait affaire à un client désagréable, elle était aujourd'hui encore tentée d'y recourir.

Certes, elle avait la chance de pouvoir trier ses clients. Mais ils ne tenaient pas tous ce que leur apparence extérieure semblait promettre. Une fois sous la tente, certains hommes polis et galants se révélaient être des individus débauchés pour qui la femme qu'ils avaient en dessous d'eux n'était qu'un objet dont ils avaient acheté pour quelques pièces le droit de se servir.

Elle ne put s'empêcher de penser à Berta, souvent couverte de bleus, qu'elle exhibait parfois avec fierté quand le salaire avait été supérieur à la moyenne. Involontairement, Marie tourna le regard vers la tente de leur ancienne compagne de voyage. Pendant deux étés, Hiltrude et elle avaient parcouru le pays avec Berta, Fita et Gerlinde. Mais à la foire d'automne de Rheinau, Berta avait entamé une dispute parce qu'elle était jalouse que les deux autres aient de meilleurs clients qu'elle et elle avait quitté le groupe. Fita, qui lui était attachée comme un chien, l'avait suivie, tandis que Gerlinde était restée avec Hiltrude et Marie.

L'hiver d'après, Gerlinde avait décidé de mettre un terme à sa vie itinérante. Elle était restée dans la cabane qu'elles avaient louée à l'automne pour quelques deniers et aménagée de manière confortable. Elle voulait s'installer comme vendeuse d'herbes et, comme elle l'avait laissé entendre en ricanant au moment des adieux, se procurer une gamine qui puisse lui servir de servante et de source de revenus. Marie se demanda si elle reverrait jamais la vieille prostituée.

Elle ne s'était pas non plus attendue à revoir Berta et Fita qui voulaient au départ descendre le Danube en direction de la Bohême. Elles avaient dû changer d'idée puisqu'elles travaillaient maintenant sur ce champ de foire. Berta n'avait répondu à leur aimable salut qu'en soufflant bruyamment et, de ce fait, Fita n'avait pas osé échanger avec elles quelques paroles gentilles.

Marie trouvait que la tente de Berta était en très mauvais état et qu'elle paraissait elle-même encore plus négligée qu'un an et demi auparavant. Si, dans le passé, elle était rondouillarde, elle était aujourd'hui extrêmement grasse. Fita avait au contraire maigri et beaucoup vieilli. Néanmoins, à en juger par le nombre d'hommes qui étaient entrés dans leurs tentes la veille, leurs affaires marchaient bien, même si ce n'étaient à vrai dire que des compagnons et des valets qui avaient mis de côté quelques deniers pour pouvoir au moins une fois dans l'année sentir la chaleur d'un corps de femme.

Peut-être, pensa Marie en soupirant, serait-elle heureuse, dans quelques années, d'avoir au moins une telle clientèle. Mais pour l'heure, Hiltrude et elle n'étaient pas contraintes d'accepter quelqu'un pour trois deniers de Halle. Grâce à sa grande taille, Hiltrude attirait beaucoup d'hommes fortunés qui avaient quelque chose à se prouver. Quant à elle, elle avait une grande demande et pouvait exiger des prix inaccessibles pour de simples artisans.

L'un de ses clients les plus attachés et les plus généreux lui avait proposé plusieurs fois de la loger dans une belle maison à condition qu'elle devienne sa maîtresse. C'était un marchand de laine flamand qui voulait l'emmener dans son pays. Si elle l'avait suivi, elle aurait dû quitter Hiltrude. Or elle ne ferait cela que si elle voyait une chance d'exercer sa vengeance.

Marie avait souvent essayé d'obtenir des informations sur sa ville natale. Mais les gens qui auraient pu lui en donner étaient des voituriers et des marchands qui connaissaient Utz et avaient beaucoup affaire à lui si bien qu'elle n'osait pas les aborder. Finalement, elle avait donné de l'argent à un ménestrel qui partait à Constance et l'avait prié de se renseigner sur le sort de son père. Elle aurait dû le revoir deux mois plus tard à la foire de Bâle, mais à sa plus grande déception il n'était pas réapparu. Depuis, elle ne l'avait plus jamais revu et n'avait rencontré personne qui sût où il était, de sorte qu'elle craignait qu'il ne lui fût arrivé quelque chose au cours de ses investigations. Pour sa part, Hiltrude était d'avis que le chanteur lui avait soutiré de l'argent par de fausses promesses et qu'il était depuis longtemps parti en Italie ou au fin fond de l'Autriche. Marie s'était laissé convaincre par cette explication et avait fini par souhaiter à ce bandit une phtisie galopante.

Il ne lui restait donc plus qu'à attendre une autre occasion, qui ne s'était pas présentée jusqu'à présent. Voilà longtemps qu'elle se serait elle-même rendue à Constance si elle avait osé s'en approcher. Seulement, en cas d'arrestation, un banni revenu sans autorisation recevait le double de coups de fouet et était marqué au fer rouge. Même si elle parvenait à entrer dans la ville en dépit des rubans jaunes cousus à sa jupe, elle ne pourrait pas poser deux questions sans se retrouver aussitôt incarcérée dans la tour. Et elle préférait ne pas imaginer ce qu'Hunold lui infligerait alors.

— À quoi penses-tu ?

Hiltrude avait fini ses saucisses et s'essuyait les doigts dans une touffe d'herbe.

— Ce sont tes vieilles histoires qui t'occupent à nouveau ? Je t'en prie, Marie, oublie enfin ce qui s'est passé à l'époque, et surtout ton ancien fiancé. Cet homme est beaucoup trop puissant et trop influent pour que tu puisses lui nuire en quoi que ce soit.

Marie la fixa, les yeux étincelants de rage.

— Si je ne peux plus espérer pouvoir me venger de cette crapule et de ses complices, cette existence ne vaut pas la peine d'être vécue.

Hiltrude secoua la tête avec indulgence.

— Notre vie à nous deux n'est pas si mal que ça. C'est vrai, pour des courtisanes itinérantes, nous gagnons même franchement bien. J'avoue que je dois au moins la moitié de mes revenus à ton visage d'ange. Tu attires les clients fortunés comme le miel attire les abeilles et leurs amis aussi ont envie de prendre un peu de plaisir. Mais si tu continues à jeter des regards aussi mauvais, tu vas chasser les hommes et vieillir avant l'âge.

Le sourire satisfait d'Hiltrude adoucissait l'effet de ses reproches. C'était plus fort qu'elle, car elle savait la chance qu'elle avait eue de la rencontrer. Sans la beauté remarquable de son amie, elle n'aurait jamais pu se permettre d'être aussi capricieuse. Comme Marie continuait de hérisser ses piquants, Hiltrude essaya d'orienter ses pensées dans une autre direction.

— J'ai rencontré Fita à la rôtisserie. Elle a une sale mine. Une guérisseuse qu'elle a consultée pour des douleurs à la poitrine ne lui en donne plus pour longtemps. Je lui ai conseillé de se séparer de Berta qui la traite vraiment comme une esclave.

Songeuse, Marie regardait les vignes qui s'étiraient sur les coteaux de l'autre côté de la rivière. Mais, en pensée, elle se revoyait allongée sous la tente, le dos déchiré, pendant que son amie et l'apothicaire la soignaient. Hiltrude l'avait recueillie bien qu'elle ne fût pas certaine de la guérir. Même si elle donnait l'impression d'être froide, moqueuse et calculatrice, elle avait en fait un cœur d'or.

— Je n'aurais rien contre l'idée que Fita vienne avec nous. Nous pourrions sans doute la requinquer. Mais elle tient trop à Berta, quoique celle-ci exploite son affection sans scrupule.

Hiltrude haussa les épaules d'un air impuissant.

— Je vais quand même lui proposer à nouveau de se joindre à nous. Peut-être…

Elle allait dire autre chose, mais elle aperçut un homme d'âge moyen à l'apparence soignée qui se dirigeait d'un bon pas vers les tentes des prostituées.

— Ça a l'air de sacrément le démanger, celui-là ! Tu penses qu'il est pour nous ?

Marie jeta un coup d'œil sur sa tenue militaire et secoua la tête.

— Je n'aime pas les soldats. Je les trouve trop brutaux. Il n'a qu'à prendre Berta. Elle est bien rembourrée et ne sent pas les poignes fermes.

Hiltrude rit et, d'un mouvement de tête, désigna la tente des prostituées bon marché.

— C'est exactement ce qu'il fait. Regarde ! À présent il leur parle. Oui, les guerriers ont souvent un drôle de goût. Avant, je connaissais un officier qui aurait pu se payer les plus belles filles. Pourtant, il allait toujours voir une vieille cochonne énorme et en ressortait aussi satisfait que s'il avait conquis la plus belle pucelle du monde.

Comme il n'y avait pas d'autre client en vue, les deux amies observèrent l'homme, qu'elles tenaient toutes deux pour le vassal d'un grand seigneur, en train de négocier avec Berta. Au lieu de disparaître avec elle sous la tente, il finit par inviter Fita et quelques autres à s'approcher d'un geste de la main. Hiltrude secouait la tête avec étonnement.

— Peut-être veut-il racoler des filles pour l'armée ?

— C'est trop tard maintenant, à moins que son seigneur ne veuille mener une campagne d'hiver !

— Nous allons le savoir tout de suite. Je crois qu'il vient vers nous.

Hiltrude se leva, comme elle le faisait chaque fois qu'un client potentiel se dirigeait vers sa tente. Marie resta assise et, après avoir jeté un coup d'œil sur son visage bourru, se détourna. En règle générale, on pouvait reconnaître un homme qui venait chercher un moment agréable dans les bras d'une prostituée. Celui-ci n'était assurément pas un client. Il s'arrêta à quelques pas d'elles et les regarda d'un air renfrogné.

— Vous êtes des courtisanes ?

C'était plus un constat qu'une question.

— Tu peux dire catins si c'est le mot que tu as sur le bout de la langue, répliqua Marie.

L'homme grommela comme un ours de mauvaise humeur :

— Je me moque du nom que vous vous donnez. Je cherche une fille agréable et surtout propre pour mon seigneur.

— S'il veut avoir l'une d'entre nous, il n'a qu'à se déplacer en personne.

Marie détestait être méprisée comme une chèvre qui attend des petits.

— Ce n'est pas possible. Le chevalier Dietmar habite au château d'Arnstein, près de Tettnang. Je suis Giso, son intendant, et j'ai reçu pour mission de trouver une prostituée convenable qui réchauffe son lit dans les mois à venir puisqu'il ne pourra pas partager celui de son épouse qui est enceinte.

Incrédule, Marie éclata de rire.

— Ton maître doit avoir une femme bien généreuse. Ou bien est-ce que sa dame n'a pas le droit à la parole ?

— Cela ne te regarde pas, répliqua-t-il. J'ai pour mission de trouver une prostituée convenable et toi, tu me sembles avoir la langue un peu trop déliée.

— En temps normal, ce n'est pas notre langue qui intéresse le plus. Mais peut-être que ton maître n'est pas trop à cheval sur les lois de la sainte Église ?

Marie n'avait guère envie d'être enfermée pendant des mois dans un château plein de courants d'air pour commencer par servir le seigneur et finir par être cédée à ses vassaux. Hiltrude, elle, était curieuse d'en savoir plus.

— Et qu'est-ce que ça rapporte ?

— Celle que nous choisirons repartira avec une bourse bien pleine, répondit l'homme d'un air suffisant.

Marie haussa les épaules.

— Pleine de deniers de Halle ? Pour nous, ce n'est pas suffisant.

Giso fit une grimace, comme s'il avait mordu dans une pomme pourrie.

— On ne m'a pas dit de somme précise. Mais celle qui satisfera à nos exigences ne le regrettera en aucun cas.

— Tant mieux pour elle ! En tout cas, je te souhaite bonne chance dans ta sélection. Là-bas, tu trouveras tout ce qu'il te faut !

Marie désigna Berta et quelques autres femmes qui discutaient avec fougue en jetant sans cesse des regards dans leur direction. Malgré la distance, on pouvait voir que le visage de Berta était déformé par l'envie et la jalousie.

Giso ne se souciait ni des coups d'œil dans son dos ni des piques de Marie.

— Je vous attends toutes dans une heure sous la tente de ma… dans ma tente qui se trouve un peu en retrait. Vous ne pouvez pas la manquer : un fanion flotte au-dessus avec les armoiries de mon maître, un faucon qui prend son envol.

Marie fit une grimace.

— Si nous venons sous ta tente, nous prendrons du temps pendant lequel nous pourrions gagner de l'argent.

Giso serra le poing, mais posa ensuite sa main ouverte sur sa hanche, comme s'il ne voulait pas se laisser provoquer.

— Toutes les prostituées seront dédommagées pour leur déplacement.

Ensuite, il se retourna sans les saluer et s'éloigna d'un bon pas.

Marie se frappa le front du doigt.

— Quel drôle de bonhomme ! Il se comporte exactement comme si nous étions des poules et qu'il devait trouver la plus grosse pour la tuer.

Hiltrude rit de la comparaison, mais ensuite elle montra les allées encore vides entre les baraques.

— Si nous touchons de l'argent rien que pour nous présenter, nous devons y aller. Même dans une heure, il n'y aura toujours pas de clients acceptables sur le champ de foire. Les seules qui vont rater quelque chose sont Berta et ses amies. Tu vois bien que les premiers valets tournent déjà autour de leurs tentes.

— Tu veux dire qu'un petit cadeau ne se refuse pas ? se moqua Marie. Il ne va pas en ressortir plus que quelques deniers, tu peux me croire. Mais peut-être que cela suffira pour une petite saucisse en plus ?

Hiltrude inclina la tête.

— Si tu continues à t'empiffrer de saucisses, tu seras bientôt aussi grosse que Berta.

— Moi ?

Marie lissa sa robe à deux mains pour montrer son ventre plat.

— Où vois-tu de la graisse ?

Hiltrude la regarda en ricanant.

— Je ne dis pas que tu as des bourrelets, mais que si tu continues à dévorer autant de saucisses, il ne faudra plus longtemps. Pour revenir à ce Giso : ça ne serait peut-être vraiment pas mal d'être prises en charge pendant l'hiver. Tu te souviens des problèmes que nous avons eus l'année dernière, quand ils nous ont chassées de la cabane après la première neige. Si nous n'avions pas eu la chance de trouver la cabane abandonnée, nous aurions passé un mauvais moment.

— De toute façon, il n'y a qu'une seule d'entre nous qui sera acceptée au château de... comment s'appelle-t-il déjà ?

— Arnstein, répondit Hiltrude.

— Au château d'Arnstein. L'autre devra suivre pendant tout l'hiver les saltimbanques avec lesquels nous sommes arrivées ici et je ne suis pas prête à payer ce prix. Quand nous sommes à deux, les jeunes nous offrent de temps à autre un peu d'argent pour les services que nous leur rendons. Si je suis toute seule, ils vont m'exploiter sans contrepartie.

— Je n'irai jamais au château sans toi ! protesta Hiltrude avec force. En plus, je crois que ce Giso va plutôt se décider en ta faveur. Je serais sans doute trop grande pour son maître raffiné.

— Bah ! Moi, je n'y vais pas.

Marie pointa le nez en l'air, avança le menton et énonça une demi-douzaine de raisons pour lesquelles un château fort n'était pas un endroit approprié pour passer l'hiver. À ce qu'elle avait entendu dire, ces vieilles bâtisses étaient, sauf les pièces de la châtelaine, froides et pleines de courants d'air, et en plus elles étaient habitées par des parents pauvres, des domestiques et des guerriers qui dormaient sur de la paille répandue en hâte dans toutes les galeries et les couloirs. Une prostituée n'y aurait pas une minute de repos.

Après avoir écouté pendant un moment les objections de son amie, Hiltrude fit signe qu'elle n'était pas d'accord.

— Ça, je ne crois pas. Un soldat n'oserait jamais jeter ne serait-ce qu'un regard furtif sur la maîtresse de son seigneur. Rien que cela lui vaudrait au moins une volée de coups.

Marie la contredit, si bien qu'elles entamèrent une discussion animée au cours de laquelle chacune défendit son point de vue sans concession. Ce faisant, le temps passa si vite qu'elles levèrent toutes deux un regard surpris quand un soldat à la poitrine ornée du faucon du seigneur d'Arnstein s'arrêta devant elles et leur ordonna de le suivre.

Berta et les autres prostituées se pressaient autour de la tente que leur avait indiquée Giso. Marie jeta un coup d'œil interrogateur à Hiltrude qui hocha la tête et se leva de mauvaise grâce.

— Nous ne pouvons refuser une invitation aussi aimable, lança-t-elle au soldat.

Celui-ci ne réagit pas à ses paroles, il semblait aussi rebuté que s'il devait conduire deux criminelles à un interrogatoire.

La tente du seigneur d'Arnstein était relativement grande, mais dépourvue des ornements à la mode qui paraient celles des autres hommes de condition. Il n'y avait ni brise-vent ou pare-soleil brodé d'armoiries, ni cloisons multicolores. Au fond, ce n'était qu'un grand cube en drap résistant et au toit légèrement pentu afin de laisser l'eau de pluie s'écouler. L'entrée aussi était tout à fait sobre. Les pans qui servaient de porte étaient retenus par des sangles en cuir, ce qui permettait de voir à l'intérieur de la tente, dont le dernier tiers était caché par un autre rideau.

Giso se tenait à côté de l'entrée et dévisageait avec un dégoût manifeste la volée de catins que ses hommes avaient rassemblée. Une femme assez âgée, qui portait la tenue stricte des gouvernantes, jeta un regard sombre sur les créatures en train de papotcr et fit signe aux soldats de les laisser entrer. Marie céda le pas aux autres, puis s'arrêta près de l'entrée et examina le rideau du fond. Elle se demanda avec curiosité qui pouvait bien se cacher derrière. Le tissu bougea à plusieurs reprises et s'ouvrit de temps en temps, comme si quelqu'un épiait par une fente.

Quand la gouvernante baissa la tête en tendant l'oreille vers le rideau, Marie vit son soupçon confirmé. Ce n'était ni Giso ni la vieille dame qui choisirait celle qu'il fallait à Dietmar von Arnstein, mais une personne qui se dissimulait à l'arrière. Elle fit part de son hypothèse à Hiltrude qui, dès lors, jeta également des coups d'œil à la dérobée.

— Je crois que tu as raison. Qui cela peut-il être ? Le seigneur lui-même ? Peut-être qu'il est difforme et ne veut se montrer à l'élue qu'après avoir pris sa décision ?

— C'est aussi ce que je pense. Sinon il ne se donnerait pas autant de mal pour trouver une maîtresse. Il doit bien y avoir plus d'une servante prête à lui réchauffer le lit dans son château !

Malgré ses dimensions, la tente s'avéra fort étroite pour les dix prostituées qui piétinaient sur place et leurs surveillants. Lorsque tout le monde fut à l'intérieur, deux soldats défirent les lanières en cuir et fermèrent les pans de l'entrée.

— Ils ont vraiment peur que nous nous échappions ! murmura Marie sur un ton moqueur.

Son amie n'eut pas le loisir de répondre : Giso leva la main et ordonna à toutes de se taire.

— Je vous ai convoquées parce que dans les prochains mois mon seigneur a besoin d'une femme qui ouvre les jambes sans façon. En même temps, il doit s'agir d'une prostituée de passage, car il ne faut pas que la morale des servantes ait à souffrir des besoins physiques de mon maître.

D'après le ton qu'il avait pris pour expliquer cela, Marie supposa que ce n'était qu'à moitié vrai. Plus vraisemblablement, l'épouse ne tolérait pas qu'une de ses domestiques prenne sa place pendant quelques mois et qu'elle revendique ensuite des droits inacceptables. Sans doute ne voulait-elle pas que sa remplaçante reste au château et constitue une tentation pour son mari après la naissance. Une professionnelle recevrait son salaire et continuerait son chemin. Mais peut-être aussi la dame voulait-elle simplement éviter d'avoir à s'occuper d'un bâtard de plus.

Giso abordait justement ce sujet.

— Si la prostituée que je choisirai devait tomber enceinte pendant son séjour au château, elle serait autorisée à y rester jusqu'à l'accouchement et se verrait payer l'équivalent de ses revenus. Mon seigneur s'engage à faire élever l'enfant parmi ceux de ses vassaux et à bien s'occuper de lui plus tard.

Marie fit la moue. Elle savait comment pratiquer le remède de Gerlinde, qui lui avait jusqu'alors rendu de précieux services. Qui que soit le père, elle n'avait pas besoin d'un enfant. Hiltrude partageait tout à fait cet avis. Quelques autres prostituées, en revanche, nourrissaient manifestement l'espoir d'une plus grande récompense si elles procuraient au seigneur d'Arnstein un fils illégitime. Tel était le cas de Berta qui se tenait tout devant, près de Giso, et profitait de sa corpulence pour obliger les autres à reculer.

L'intendant l'écarta avec courroux et ordonna aux femmes de se disposer en arc de cercle.

— La personne en question doit être en bonne santé, propre et d'humeur agréable.

— Ce qu'on ne peut pas dire de Berta, chuchota Hiltrude d'un ton moqueur à l'oreille de Marie.

— Mais de Fita non plus ! ajouta celle-ci.

Comme si elle l'avait entendue, Fita se mit à tousser et eut du mal à reprendre sa respiration.

La gouvernante fronça les sourcils.

— Cette femme est malade. Elle peut s'en aller.

— Tu as entendu ? cria Berta à sa fidèle compagne. Dégage !

Comme la pauvre ne réagit pas tout de suite, elle la ramena vers la sortie, où un soldat lui ouvrit un pan du rideau qu'il referma derrière elle.

Pendant que Berta se frayait à nouveau un chemin vers l'avant, Marie lui lança tout bas :

— Tu es vraiment une garce ! Je croyais que Fita était ton amie.

Cela lui valut un regard méchant et, une seconde après, un coup de coude dans les côtes.

La gouvernante fit un geste impérieux.

— Vous pouvez maintenant vous déshabiller.

Berta obéit si vite qu'elle en poussa l'une de ses collègues contre la toile de tente et la fit tomber. Pendant que celle-ci se relevait en jurant, la grosse prostituée présentait déjà ses charmes à l'intendant. Malgré son tour de taille, elle était encore très bien faite. Elle avait les fesses rebondies mais jolies et deux gros seins fermes dont les mamelons pointaient de manière provocante vers Giso.

Les autres aussi s'étaient dévêtues et tournaient le regard vers lui. Seules Marie et Hiltrude avaient gardé leurs vêtements et se blottissaient dans le fond.

La gouvernante observait Berta comme une pièce de viande dont on se demande si elle est comestible et renifla avec méfiance.

— Toi aussi, tu peux t'en aller. Je ne peux pas proposer à mon maître quelque chose d'aussi sale que toi.

— Je peux me laver !

Berta ne faisait pas mine de vouloir partir.

La gouvernante poussa sa robe de la pointe du pied.

— Chez toi, il ne suffit pas d'une toilette. Je vais même être obligée de faire désinfecter l'intérieur de la tente. Sinon il risque de s'y nicher des poux et des puces.

Quelques-unes des prostituées ricanèrent tandis que Berta, rouge de honte, remettait sa robe.

— Vous ne vous débarrasserez pas de moi si facilement ! Ce gars-là – elle désigna l'intendant du menton – nous a promis de l'argent si nous venions dans votre chapiteau plein de punaises. Maintenant, je veux le voir – ainsi que mon amie qui est sortie.

Marie donna libre cours à sa colère.

— Tout à coup, Fita est à nouveau ton amie ! Pourtant, tout à l'heure, tu n'avais qu'une envie, c'était de t'en débarrasser !

— Qu'est-ce que ça peut te faire ?

Berta tendait la main en direction de Giso. L'intendant du château détacha sa bourse de sa ceinture, l'ouvrit et lui jeta plusieurs pièces.

— Ça devrait suffire. Et maintenant, tâche de déguerpir !

Berta ramassa les pièces et se glissa entre les pans du rideau qu'un soldat avait déjà ouvert.

— N'oublie pas de donner sa part à Fita ! lança Marie dans son dos. Je vais lui demander, tout à l'heure.

— Et pourquoi ne vous déshabillez-vous pas, vous deux ? les interrogea alors la gouvernante d'un ton mordant.

— Allez, Marie ! Si ces braves gens nous paient, ils ont bien le droit de voir quelque chose.

Hiltrude ôta sa robe par la tête, la plia avec soin et la posa sur son bras. Marie hésita, puis imita son amie. Cependant, elle resta dans le fond tandis que la gouvernante disait aux prostituées de s'approcher l'une après l'autre, regardait l'état de leurs dents et examinait leur entrecuisse pour voir à quoi il ressemblait. Dans la plupart des cas, elle secouait la tête et ordonnait à Giso de les payer. De cette façon, la tente se vida assez rapidement. Seules deux jeunes femmes, l'une blonde et plutôt gracile, l'autre brune et rondelette, furent autorisées à rester.

Alors, la gouvernante s'approcha de Marie. Elle s'apprêtait à lui bloquer la mâchoire de la main droite pour inspecter sa dentition quand Marie lui attrapa le poignet.

— Je ne te permets pas de me toucher le visage alors que tu viens de tripoter les autres filles. Si tu veux voir mes dents, les voici !

Marie ouvrit la bouche et frappa l'émail avec l'articulation d'un de ses doigts.

— Comme tu vois, elles sont blanches, saines et la racine est solide. Si tu veux t'en convaincre toi-même, va d'abord te laver les mains.

— Elle a déjà fait preuve de mauvais esprit tout à l'heure, celle-ci.

Giso semblait avoir envie de la renvoyer. La gouvernante aussi donnait l'impression d'être agacée. Mais un ordre à voix basse sortit de derrière le rideau et les retint tous deux. La gouvernante fit le tour de Marie sans néanmoins la toucher et se tourna vers Hiltrude.

— Dans un premier temps, vous pouvez toutes deux rester. Mais je crois que nous allons choisir l'une des deux autres.

Marie n'avait rien contre l'idée de rester ; elle était curieuse de voir comment tout cela finirait. La voix inconnue était sans aucun doute celle d'une femme. À nouveau, elle prêta plus d'attention aux légers mouvements du tissu et tendit l'oreille. Il lui sembla percevoir un « non, pas celle-là non plus » et ne fut pas surprise quand l'intendant donna quelques pièces à la jeune femme brune.

La prostituée déçue grogna.

— Votre maître ne se prend vraiment pas pour rien. J'ai déjà eu des comtes et d'autres grands seigneurs qui ont tous été contents de moi.

— Hors d'ici ! fut le seul commentaire de Giso.

La femme s'emporta et allait le griffer au visage quand le rideau de l'entrée s'ouvrit. Un soldat grand comme un arbre s'empara d'elle et, malgré sa corpulence, la sortit comme un ballot de chiffons. Giso ramassa sa robe et la lui jeta par-derrière.

— Quelle racaille ! soupira-t-il.

Marie vit à son air désespéré combien il aurait souhaité être loin de tout cela.

La gouvernante fit maintenant s'avancer la petite blonde et l'interrogea. La jeune femme semblait ne pas bien savoir ce qu'elle devait dire et répondait à certaines questions de façon si effrontée qu'Hiltrude donna en ricanant un petit coup de coude à Marie.

— J'ai l'impression que ce sera quand même l'une de nous deux !

Tel était apparemment aussi l'avis de la mystérieuse personne qui se cachait derrière le rideau. Elle exprima son refus par une brève parole et Giso paya la prostituée. Celle-ci regarda l'argent, qui devait dépasser de beaucoup son tarif habituel, et haussa les épaules d'un geste moqueur.

— Sans doute qu'ils ne veulent pas du tout emmener quelqu'un au château, glissa-t-elle à Marie et Hiltrude. Mais derrière le rideau, il y a sûrement une bande d'hommes en rut qui se rincent l'œil. Peut-être que le chevalier n'en peut déjà plus. Mais à ce prix-là, je peux bien lui accorder un petit supplément.

Sur ce, elle lâcha un pet et se baissa pour ramasser sa robe. Alors, elle vit que Giso levait la main avec rage. Elle poussa un petit cri de peur et s'enfuit en courant.

— Bien ! Alors à vous deux, maintenant.

Il était visiblement fâché de n'avoir plus le choix qu'entre Hiltrude et Marie. Pourtant, avant même qu'il se mît à parler, cette dernière demanda la parole.

— Je voudrais tout de suite préciser quelque chose. Mon amie et moi battons la campagne depuis des années et ce n'est pas maintenant que nous nous séparerons. Ou bien vous nous acceptez ensemble ou bien vous n'aurez aucune de nous deux.

Giso frappa du poing dans la paume de l'autre main.

— Tu es la créature la plus impertinente que j'aie jamais rencontrée.

Mais une voix de femme résolue le freina dans son élan.

— Tais-toi, Giso ! C'est leur bon droit de ne pas vouloir être séparées.

— Mais nous n'en avons besoin que d'une seule pour le Seigneur ! se hâta de remarquer la gouvernante pour venir en aide à Giso. Une deuxième femme de cette espèce rendrait les hommes du château complètement fous.

La dame rit.

— Ces deux filles n'ont pas l'air si bêtes. Je crois que nous pourrons les brider.

Le rideau s'ouvrit et une femme s'avança. Elle était aussi grande que Marie, mais avait sans doute plus de vingt-cinq ans et portait une large robe toute brodée, qui ne suffisait pourtant pas à cacher son corps arrondi par la grossesse. Son visage, ni beau ni laid, avait des traits agréables et aimables tandis que ses longues tresses blondes lui donnaient un air majestueux.

— Je suis Mechthild von Arnstein, se présenta-t-elle. Comme vous le voyez, j'attends un enfant et je dois éviter de partager la couche de mon époux jusqu'à la naissance. Néanmoins, je ne veux pas le laisser se morfondre pendant tout l'hiver.

Hiltrude la regarda d'un air incrédule.

— Vous cherchez une professionnelle pour votre mari ? Une fille de ferme vous reviendrait moins cher !

— Mon mari n'a pas besoin d'une bécasse qui gigote dans son lit, presque morte de peur, mais d'une femme saine et robuste qui puisse lui apporter du plaisir.

— Si vous cherchez une femme robuste, prenez mon amie Hiltrude. Elle a beaucoup de force.

Cette remarque lui valut un regard haineux de l'intéressée. En revanche, un léger tressaillement aux commissures des lèvres de la noble dame trahit son amusement.

— Ta compagne est une belle femme. Cependant, mon mari n'est pas… hum… disons : un géant. Il n'apprécierait sans doute pas que je lui ramène une maîtresse plus grande que lui. Mais toi, tu me plais. C'est pourquoi je t'ai choisie.

Marie leva les mains dans un geste de rejet.

— Moi ?

— Qu'y a-t-il de si étonnant à cela ? lui demanda la dame en souriant. Tu es d'une rare beauté et tu as de la repartie.

— C'est le moins qu'on puisse dire, ajouta Giso avec acrimonie.

En son for intérieur, Marie résistait. Quelque chose semblait la tracasser.

— Pourquoi une dame telle que vous cherche-t-elle une fille de joie pour son mari ? Ce n'est pas le rôle d'une épouse chrétienne.

— Cela ne te regarde pas, jeune femme, la rabroua la gouvernante.

Mais sa maîtresse lui fit signe de se taire.

— Je désire l'harmonie dans mon ménage. Cela suppose que mon époux ne passe pas son temps à grogner parce qu'il n'a pas pu démontrer sa virilité. Mais je n'accepterais cependant pas qu'il s'en prenne à mes servantes comme le faisait mon père. Chaque fois que ma mère était enceinte – et cela arrivait fréquemment –, il partageait son lit avec une des domestiques. Ensuite, ces petites effrontées s'imaginaient je-ne-sais-quoi, rechignaient au travail et ne répondaient plus à ma mère que sur un ton impertinent.

Mechthild von Arnstein n'avait pas l'air d'être femme à tolérer un tel comportement de la part de son personnel. Elle faisait bien trop résolue pour cela. Pendant que Marie réfléchissait à la proposition, la noble dame continua.

— Certes, mon mari se moque de mon excessive prudence et pense être tout à fait capable de renoncer à une femme pendant les quatre ou cinq mois au cours desquels nous ne pouvons pas avoir de rapports. Mais je connais les hommes. Quand l'hiver les condamne à rester enfermés et qu'ils ne trouvent pas de consolation dans leur lit, ils finissent toujours par nourrir des pensées lascives ou à sombrer dans la mélancolie.

Marie approuva de la tête et fit un bref calcul.

— Vous avez dit cinq mois ? Cela nous mènerait à mi-février. C'est trop tôt pour reprendre la route. Nous avons besoin d'un logis jusque mi-mars, voire jusque début avril si le temps est froid. Je n'ai pas envie d'être mise à la rue alors qu'il y a encore de la neige !

— Cela ne se produira pas, promit Mechthild von Arnstein. Vous serez nos hôtes jusqu'au printemps, même si je n'ai plus besoin de vous.

Pendant que Marie hochait la tête d'un air dubitatif, Hiltrude lui donna discrètement une petite bourrade.

— L'idée n'est vraiment pas mauvaise. Nous passerions l'hiver au sec et n'aurions rien à dépenser pour nous nourrir et nous loger.

La châtelaine sourit à Marie pour l'inciter à accepter.

— Ta compagne a compris les avantages de notre proposition.

Marie soupira, déjà à moitié consentante.

— Et quel est le caractère de votre époux ? Je trie avec soin ceux qui entrent dans ma tente et ne me laisse pas approcher par un rustre qui maltraite les femmes.

La dame sourit d'un air songeur.

— Ne te fais pas de souci. Mon mari s'est toujours montré très tendre.

— Qu'est-ce que ça veut dire que ces simagrées, Marie ? lui demanda Hiltrude, agacée. Nous ne sommes pas près de retrouver une occasion pareille !

Marie ferma les yeux et écouta la voix de sa conscience. Hiltrude avait raison. Si elle acceptait, elles seraient à l'abri du besoin pour tout l'hiver et n'auraient pas à dépenser les économies qu'elles avaient constituées à force de labeur. Peut-être gagnerait-elle même assez pour se permettre d'envoyer quelqu'un à Constance au printemps prochain ? Elle devrait simplement choisir un émissaire plus digne de confiance que ce coquin de ménestrel qui l'avait attrapée la première fois. Elle inspira profondément et dit :

— Je suis prête.

2

Habituée à voyager à pied, Marie aurait bien voulu en avoir le droit cette fois aussi. Le chariot qu'Hiltrude et elle partageaient avec deux servantes et une douzaine de caisses, de paniers et de fûts craquait et tanguait plus fort qu'un chaland sur le Rhin. Elle avait les os broyés et commençait lentement à envier le valet qui marchait à côté de la voiture pour aiguillonner les deux bœufs rétifs. On avait attaché les chèvres d'Hiltrude à l'arrière du véhicule qu'elles suivaient avec entrain, non sans cueillir de temps en temps une touffe d'herbe au bord de la route ou pousser un cri pour attirer l'attention de leur maîtresse. Quant à la petite charrette, les valets en avaient démonté les roues et l'avaient ficelée sur le gros chariot à marchandises tiré par quatre bœufs qui fermait le convoi.

En tête venait la voiture fermée de Mechthild von Arnstein qui, non moins que les autres, s'enfonçait tous les deux ou trois pas dans un nid-de-poule et en ressortait en bringuebalant. Marie avait vu qu'on avait installé la dame sur une couche d'épais coussins censés la protéger des secousses et des heurts. Néanmoins, ce voyage devait être une torture pour elle, dans l'état où elle était. C'était aussi pourquoi Marie avait hâte d'arriver. Désormais, tout dépendait de sa santé : si la châtelaine mettait au monde un prématuré mort-né, son mari considérerait les deux prostituées comme des bouches à nourrir inutiles et les mettrait à la porte.

Marie soupira et se rattrapa au montant du chariot parce qu'un choc particulièrement violent lui avait fait perdre l'équilibre. Elle pria le ciel qu'ils parviennent vraiment le soir même au château d'Arnstein, quoiqu'elle ne se fît aucune illusion sur ce qu'elle y trouverait. Ils avaient aperçu quantité de forteresses imposantes et avaient passé la nuit dans plusieurs d'entre elles. À cette occasion, elle s'était vue tout à fait confortée dans ses préjugés. Les châteaux forts des familles nobles étaient en effet traversés de courants d'air, froids, humides, bondés. Elle espérait juste que Mechthild ne les fasse pas dormir avec les servantes dans les cuisines ou dans le couloir menant au puits, mais qu'elle les loge au moins dans les salles qu'occupaient ses femmes de chambre, même si elles n'étaient pas chauffées. D'après tout ce qu'elle avait vu jusqu'à présent, Hiltrude et elle l'auraient beaucoup moins belle cet hiver que dans la vieille cabane qu'elles avaient trouvée l'année précédente. Elle soupira de nouveau au souvenir de l'épaisse couche de feuillage sec qui en recouvrait le sol et du foyer qu'elles entretenaient en permanence avec de l'herbe et des brindilles pour cuisiner et avoir bien chaud.

Soudain, un coup de pied arracha Marie à ses sombres considérations.

— Que se passe-t-il ?

Hiltrude désigna les soldats qui escortaient le convoi. Ils avaient serré les courroies de leurs harnais et braquaient leurs armes.

Non loin de là, la route menait à un pont en bois étroit sur lequel se tenaient plusieurs douzaines de cavaliers en armes manifestement résolus à leur barrer le chemin. Lorsqu'ils furent assez près, Marie reconnut les insignes sur la poitrine des soldats. C'était une tour à créneaux rouge dominée par une tête de sanglier noire. Elle connaissait cet emblème, mais ne parvenait pas à l'identifier. Cela n'avait rien d'étonnant : au cours de ses pérégrinations, elle avait déjà vu maints attributs différents sur la poitrine des vassaux et des cavaliers. Mais à la vue de ceux-ci, ses cheveux se dressèrent sur sa tête sans qu'elle sache pourquoi.

Devant le pont, Giso ordonna aux cochers d'arrêter et s'avança lui-même au trot vers les hommes qui faisaient barrage. Il s'arrêta si près du premier soldat que son cheval bai le touchait presque de la tête.

— Débarrassez-moi le chemin tout de suite ! leur ordonna-t-il sur un ton agressif.

— Pourquoi cela ? le provoqua le chef des cavaliers. Au cas où tu ne le saurais pas, la racaille d'Arnstein n'a rien à faire sur ces terres.

Giso releva le menton.

— Ces terres appartiennent au chevalier Otmar et ce sont les bandits de Keilburg qui n'ont pas leur place ici.

La voix de Giso recouvrit le meuglement des bœufs qui piétinaient avec impatience et résonna comme un écho aux oreilles de Marie. Elle ravala sa salive et porta la main à son cœur qui s'emballait. Soudain, elle se rappela où elle avait aperçu cet emblème pour la première fois. C'était Ruppert qui le portait sur sa chevalière. Il s'agissait des armoiries d'Heinrich von Keilburg. Soucieux de faire valoir les mérites du prétendant, le père de Marie lui avait beaucoup parlé de ses origines et raconté que le domaine de son géniteur s'appelait à l'origine Keilersburg, nom qu'Heinrich avait corrigé en Keilburg lorsqu'il avait été élevé au rang de comte suzerain. Maintenant, elle était impatiente d'entendre la réponse du chef des mercenaires.

— De quel trou sors-tu ? Chacun sait désormais que le comte Otmar a légué ses biens à mon seigneur, le comte Konrad, avant de renoncer au monde et de se retirer dans un cloître.

Giso éclata de rire.

— Encore une de ces fables que votre maître a l'habitude de lancer ! Si le chevalier Otmar s'est effectivement retiré dans un cloître, son domaine appartient à mon seigneur : il a conclu un contrat d'héritage avec lui et ne peut céder ses terres à personne d'autre.

— Apparemment si ! répliqua le guerrier sans s'émouvoir. En tout cas, les droits de mon maître sur ce domaine sont garantis par écrit et avec des sceaux. Friedrich von Zollern, le nouvel archevêque de Constance, et l'abbé Hugo von Waldkron sont garants de la signature du contrat, qui a été approuvé par l'empereur en personne.

Giso s'apprêtait à lui sauter à la gorge, mais comme les mercenaires de Keilburg avaient dégainé, il se retint.

— C'est un mensonge. Allez, débarrasse-moi le chemin ! Je dois ramener ma maîtresse chez elle. Elle attend un enfant et ne peut pas faire un long détour sur des routes en mauvais état.

Le chef partit d'un rire moqueur.

— Eh bien, à l'avenir, elle restera chez elle, comme il sied à une chaste dame. Vous ne passerez pas, sauf si tu descends de ton grand cheval et que tu me pries à genoux de faire une exception pour ta maîtresse.

Giso devint tout rouge et leva son épée. Ses hommes l'imitèrent, et pendant quelques instants on aurait dit qu'un affrontement était inévitable. Marie craignait le pire parce que les mercenaires étaient trois fois supérieurs en nombre. Mais alors, le rideau qui fermait la voiture s'ouvrit et Mechthild von Arnstein passa la tête.

— Assez, Giso ! Je ne tolère aucun affrontement armé sans déclaration de guerre et je ne vais pas sacrifier de bons soldats sans savoir ce qui s'est vraiment passé. Viens, nous faisons demi-tour et chercherons un autre chemin. Mais toi – elle se tourna vers le chef des mercenaires de Keilburg –, tu peux dire à ton rapace de maître que nous, seigneurs d'Arnstein, sommes bien décidés à défendre nos droits !

Giso frissonna, comme si on l'avait arrosé d'eau glacée.

— Mais ma Dame, nous ne pouvons quand même pas déguerpir comme des chiens battus ! Regardez-moi cette canaille ! Ils vont raconter partout que les gens d'Arnstein sont des lâches.

— C'est bien ce que vous êtes ! l'aiguillonna le chef des mercenaires.

On aurait pu croire que Giso allait désobéir aux injonctions de sa maîtresse, mais ensuite il rangea son épée dans son fourreau et ordonna à ses hommes d'en faire autant. Tandis que ceux-ci revenaient vers les chariots, il fit reculer son cheval bai à pas lents sans quitter les mercenaires des yeux, comme s'il craignait qu'ils ne l'attaquent par-derrière.

— Votre maître va le regretter amèrement ! lança-t-il pour finir avant de s'approcher de la voiture et de s'entretenir à voix basse avec sa maîtresse.

Mechthild von Arnstein fit un geste de la tête bref, mais résolu.

— Même si ton honneur en souffre, Giso, nous rebroussons chemin. Le comte de Keilburg va nous le payer, je te le jure.

Bien qu'elle parlât avec un très grand calme, sa voix révélait une force de caractère qui inspirait le respect à Marie. Pour la noble dame, ce n'était pas une infamie, mais une preuve d'intelligence que de céder en cette situation. Et derrière sa colère, on sentait bien la ruse, comme si elle réfléchissait à une riposte. Alors que Giso ne voyait pas plus loin que le bout de son épée, elle semblait se projeter fort au-delà du lendemain.

À l'aube du jour suivant, ils se remirent en route sans petit déjeuner, mais avec l'espoir d'un copieux repas au château d'Arnstein. Le soleil était déjà haut dans le ciel quand la forêt de hêtres commença à s'éclaircir et qu'une longue vallée couverte de champs et de prairies s'ouvrit devant eux. Au bout d'un moment, ils passèrent aux abords d'un petit village qui semblait à l'abandon.

Mechthild von Arnstein devint visiblement nerveuse et ordonna de presser le pas. Peu après, ils arrivèrent sur la route principale et virent la forteresse se dresser au-dessus d'eux. Ce n'était pas l'une de ces propriétés indivises situées en général au sommet d'une hauteur boisée, enlaidies par des rajouts et des extensions successives, mais un bâtiment solide, protégé du côté le moins escarpé par un imposant rempart et deux tours d'angle massives.

Le château était construit sur un promontoire qui s'avançait dans la vallée comme un coin. La pente de part et d'autre était aussi raide que sur le devant, qui formait une pointe légèrement arrondie. Les murailles qui surplombaient ces deux versants ne mesuraient que la moitié du rempart à l'arrière et les tourelles qui les flanquaient n'avaient pas non plus les dimensions des tours d'angle. Marie tenait des servantes que la forteresse comprenait deux glacis et que le corps de bâtiment principal était ainsi conçu qu'on pouvait toujours le défendre quand l'ennemi avait franchi le premier mur d'enceinte. Le château lui fit l'effet d'un drôle de bloc de pierre gris. Elle doutait qu'on pût s'y sentir bien.

Lorsque la sentinelle aperçut leur convoi, elle souffla si fort dans son cor que le signal retentit jusque dans la vallée. Des personnes apparurent aux créneaux de la tour de gauche, qui contrôlait l'entrée, et firent signe aux arrivants. Peu après, une troupe de cavaliers sortit de la forteresse et s'élança à leur rencontre sous la conduite d'un homme de condition à l'armure légère, qui fonça sur la voiture de dame Mechthild sans prêter attention à Giso ni aux autres, écarta le rideau et introduisit la tête.

— Dieu merci ! Te voici de retour et en bonne santé ! s'écria-t-il, fou de joie.

C'était donc lui, le chevalier von Arnstein, pensa Marie. En effet, on ne pouvait pas dire que c'était un géant. Il mesurait peut-être deux ou trois doigts de plus qu'elle tandis qu'Hiltrude devait bien le dépasser de presque une tête. Il semblait s'être fait beaucoup de souci pour son épouse, ce qui le rendit sympathique à ses yeux. Elle glissa un peu vers l'avant pour ne rien perdre de la scène. Sans s'occuper de ses vassaux qui souriaient bêtement, le chevalier couvrait son épouse de petits noms presque puérils et lui peignait en long et en large l'angoisse qui avait été la sienne.

— Mais tout s'est bien passé, Dietmar !

Elle sourit et le serra contre elle comme un petit garçon, puis se tourna vers son escorte et salua de manière avenante les hommes dont la plupart portaient une tenue de noble.

Marie comprit aussitôt qu'il s'agissait des amis et des voisins du seigneur d'Arnstein, venus pour convenir d'une stratégie commune à adopter contre le comte de Keilburg. La rencontre de Mechthild était pour elle un don du ciel : avec un peu de chance, elle trouverait ici des alliés qui l'aideraient à se venger de Ruppert et de ses complices. Les paroles suivantes de la châtelaine lui rappelèrent néanmoins quelle était sa position et la ramenèrent sur terre.

— Voici Marie, la prostituée que j'ai choisie pour toi. Elle te plaît ?

Dietmar von Arnstein jeta vers la fille perdue un regard agacé.

— Comment peux-tu penser à cela dans une telle situation ? La seule chose qui compte actuellement, c'est l'affront que nous a fait Keilburg. Son bâtard de frère et lui ont dû s'acharner si longtemps contre le vieil Otmar qu'il a fini par céder et signé un contrat en faveur de Konrad. Mais, cette fois, cela ne lui servira à rien.

L'un des nobles s'avança.

— Il ne faut pas désespérer, dame Mechthild. Votre époux nous a rapporté qu'il avait fait contresigner une copie du contrat d'héritage par l'abbé du cloître de Sainte-Ottilie et qu'il lui avait confié la garde du document. Le comte Konrad ne pourra rien opposer à la parole de l'abbé Adalwig.

Marie ne trouvait pas très judicieux de révéler de tels secrets en public puisque Ruppert ne se comporterait sans doute pas de manière plus honnête avec les voisins de son demi-frère qu'envers elle et son propre père.

La châtelaine semblait partager cet avis : elle jeta un regard courroucé à son mari et donna l'ordre de repartir.

La forteresse se rapprocha alors rapidement. Le chemin serpentait en direction de la tour de gauche, ce qui surprit Marie dans la mesure où elle n'y voyait pas d'ouverture. Ensuite, ils traversèrent un fossé très profond sur un pont en bois qui craquait, puis la route fit un coude vers la droite et longea le mur sous une rangée de dangereux mâchicoulis, avant de tourner à nouveau à l'autre extrémité et de déboucher sur la porte de la seconde tour. La voie située entre le rempart et le fossé était si étroite que les valets durent s'aider de perches pour faire passer le chariot de marchandises sous la voûte de l'entrée.

Tout en franchissant le portail, Marie fut prise d'un léger effroi à la vue de la herse en fer. Les mâchicoulis qui saillaient au-dessus d'elle semblaient n'attendre que l'occasion de déverser un liquide bouillant sur d'imprudents assaillants. Comme il n'y avait pas de porte conduisant à l'intérieur de la tour, elle supposa qu'on ne pouvait y accéder que par le chemin de ronde ou un passage souterrain.

Après le portail venait le premier glacis, délimité d'un côté par le rempart et de l'autre par une muraille presque aussi puissante. Là non plus, il n'y avait pas d'accès à l'intérieur. Le seul moyen de pénétrer dans la forteresse était un second portail, également bien fortifié. En temps de paix, ce glacis servait de pâturage, mais actuellement il était occupé par les gens et les bêtes qui avaient quitté le village en contrebas.

Le seigneur d'Arnstein rapporta à son épouse que les troupes de Keilburg, stationnées au château de Mühringen qu'il avait extorqué au chevalier Otmar, avaient menacé à plusieurs reprises ce village faisant partie de son domaine. Une telle audace ainsi que le blocage de la route faisaient craindre un conflit ouvert.

Marie fut saisie d'une étrange humeur. Elle se trouvait au centre d'événements rattachés à son propre destin par l'intermédiaire de Ruppert et se demandait si elle saurait exploiter cette situation à son avantage. Fille publique privée de droits, elle obtiendrait sans doute peu de soutien de la part des gentilshommes, mais personne ne pourrait l'empêcher d'ouvrir grands les yeux et les oreilles. Peut-être pourrait-elle gagner la confiance du châtelain et lui faire comprendre avec quelle rouerie Maître Ruppertus trompait les gens.

Entre-temps, le convoi avait atteint le second glacis, qui ne mesurait que le tiers du premier et qui était bordé de maisons et d'étables accolées aux remparts se resserrant en goulot à mesure qu'on avançait. Au fond de cet espace se dressait à nouveau une tour en gros blocs de pierre, protégée comme les autres par une douve et un pont-levis. Les trois chariots passèrent également cette porte et s'arrêtèrent enfin dans une petite cour cernée par les bâtiments principaux de la forteresse.

Mechthild von Arnstein descendit de voiture avec l'aide de son mari et ordonna aux valets de monter les bagages et les paquets dans ses appartements. Avant d'entrer dans l'habitation, elle fit signe à Marie de s'approcher.

— Guda va vous indiquer une étable pour vos chèvres et vous montrer votre chambre, à ton amie et à toi. Vous logerez près de mes appartements de manière que je puisse t'appeler à tout moment.

Avant que Marie n'ait eu le temps de répondre quoi que ce soit, la gente dame se retourna sans la saluer et partit.

La gouvernante n'était pas ravie de ce supplément de travail et chassa devant elle les deux nouvelles venues, comme des poules, avec des gestes peu aimables.

3

Marie s'était attendue à une petite chambre, juste assez grande pour contenir deux paillasses. Au lieu de cela, Guda les conduisit dans une pièce propre et spacieuse, plus importante que celle où Matthis Schärer avait eu coutume de recevoir ses hôtes à Constance. La partie avant était occupée par un large lit dans lequel deux personnes pouvaient dormir à leur aise et, à côté, un coffre massif qui aurait pu sans problème contenir plusieurs fois tout ce qu'Hiltrude et elle possédaient, y compris leurs tentes. Le sol était recouvert de tapis fabriqués avec des morceaux de tissu cousus les uns aux autres et qui promettaient de tenir chaud aux pieds l'hiver. Plus étonnant encore, un poêle en faïence aux décorations raffinées était entouré d'un banc sur lequel étaient posés de petits tapis de laine. À cela s'ajoutaient une table dont le plateau était constitué d'une seule planche de hêtre et trois chaises du même bois.

Mais la chose la plus précieuse dans tout cet équipement, c'étaient les deux étroites fenêtres dont les résilles de plomb contenaient des carreaux aux reflets jaunâtres qui, de jour, plongeaient la pièce dans une lumière tendre. Le cadre en bois, comme Hiltrude le vérifia aussitôt, s'ouvrait sans peine, de sorte qu'on pouvait voir la cour du château et, par-delà les remparts, la campagne environnante.

— Quel logement princier ! dit-elle, visiblement impressionnée. Je n'ai jamais vécu dans un tel luxe. J'espère que nous allons vraiment y passer l'hiver.

Marie haussa les épaules.

— Dois-je te rappeler que nous ne sommes pas ici que pour manger et boire ?

— Je doute que le seigneur Dietmar t'appelle aujourd'hui. Il me semblait bien trop courroucé tout à l'heure pour pouvoir penser aux plaisirs de la vie.

— Je vais quand même me tenir prête.

— Si tu veux. Moi, je descends à l'étable voir les chèvres. Il est temps de les traire. Tu crois qu'ils ont besoin de lait au château ?

— Je ne sais pas. Au pire, tu en feras du fromage.

— On ne pourra pas le conserver jusqu'au printemps. Je vais plutôt demander aux servantes si leur maîtresse aime le lait de chèvre. Il paraît que c'est bon pour les femmes enceintes.

Marie la regarda fermer la porte derrière elle et poussa un soupir. Bien qu'elle soit très attachée à son amie, cet enthousiasme spontané la dérangeait. Elle se servit un peu de vin, le dilua aux trois quarts d'eau et le but à petites gorgées. Il ne fallait surtout pas qu'elle s'enivre ; elle voulait faire aussi bonne impression que possible sur le chevalier Dietmar et sa femme Mechthild.

Quand la porte se rouvrit, un moment plus tard, elle crut d'abord que c'était Hiltrude qui rentrait. Mais il s'agissait en fait des deux servantes qui lui apportaient une cuvette d'eau. La plus jeune, une gamine vive qui lui arrivait tout juste au menton, ressortit en courant et revint peu après avec un drap et un morceau de savon.

— La maîtresse a dit que tu devais te laver.

Marie voulait attendre qu'elles soient parties, mais elles restèrent toutes deux plantées là à la fixer d'un regard pressant. Alors, elle haussa les épaules et retira sa robe par la tête. Qu'est-ce que cela pouvait faire que les servantes la voient nue ? Elle connaissait cela de Constance, même si dans les dernières années elle avait toujours veillé à se laver à l'aube de sorte que personne ne la voie et ne s'était déshabillée devant ses clients que s'ils payaient un supplément.

Les deux servantes ne la quittaient pas des yeux, comme pour contrôler qu'elle faisait sa toilette avec soin. La plus jeune souriait d'un air radieux.

— Tu es belle comme un ange, dit-elle. Attends, je vais t'aider à te laver les cheveux.

Juste à ce moment-là, Guda entra. Elle fit une moue désapprobatrice en voyant les deux servantes traînasser.

— Activez-vous, espèces de paresseuses ! La maîtresse a ordonné qu'on amène la courtisane dans la chambre du seigneur.

Les servantes enveloppèrent Marie dans le drap qu'elles avaient préparé et la poussèrent vers la porte. Guda la retint et sortit un minuscule flacon de sa poche. Quand elle l'ouvrit, une senteur de rose se répandit dans toute la pièce. Du doigt, elle mit une goutte derrière l'oreille de Marie et referma le bouchon avec précaution.

— C'est le parfum de la maîtresse. Elle veut que tu aies exactement la même odeur qu'elle quand tu seras auprès de son mari, expliqua la gouvernante en la poussant maintenant à son tour vers la porte.

Marie se rappela les huiles et les épices dont son père faisait aussi le commerce. Parfois, il ouvrait l'un des récipients pour lui en faire sentir le contenu et il avait alors coutume de lui dire que quand elle serait adulte, il lui achèterait les essences les plus merveilleuses. Or, bien que ce fût la première fois qu'elle mît de l'huile de rose, elle n'y trouvait aucun plaisir, car cela faisait simplement partie du marché. Il fallait qu'elle réponde aux attentes du chevalier – à moins que ce ne soit à celles de son épouse ? Cette idée l'amusa.

La chambre du seigneur se trouvait à l'autre bout du couloir. Lorsque Guda fit entrer Marie, Dietmar von Arnstein et sa femme se trouvaient au centre de la pièce à l'ameublement et aux dimensions assez semblables à celle qu'on leur avait attribuée. Les tapis y étaient juste un peu plus raffinés et il y avait contre les murs plusieurs énormes coffres en bois peint qui devaient contenir les vêtements du couple. Dans un coin, on apercevait quelques-unes des marchandises que dame Mechthild avait achetées à la foire. De toute évidence, elle n'avait pas trouvé le temps de décider de ce qu'elle allait en faire. Cela n'était guère surprenant : elle semblait tout entière occupée à choyer et à calmer le chevalier.

Celui-ci tournait le dos aux deux femmes qui venaient d'entrer et rabrouait son épouse.

— Mais enfin, Mechthild, je n'ai pas besoin de ta catin !

La châtelaine lui caressa le visage et lui sourit avec tendresse.

— Bien sûr que si, tu en as besoin. Tu es un homme fort, qui ne peut pas se passer longtemps de femme. Voilà deux semaines que je suis partie, et auparavant je ne pouvais déjà plus te satisfaire comme tu le mérites.

— J'étais tout à fait satisfait, protesta-t-il, et je ne veux personne d'autre que toi !

Dame Mechthild frotta sa joue contre son menton rasé de frais.

— Mais je le sais bien, mon cher ! Il n'y a pas meilleur époux que toi. Permets-moi donc de penser également à ton bien-être. J'irai mieux, et par conséquent notre fils aussi, si je sais que tu es heureux.

— Comment être heureux avec un voisin tel que Keilburg ? maugréa le chevalier.

Sa femme se contenta de rire et tourna la tête de telle manière qu'il fût obligé de voir Marie.

— N'est-elle pas magnifique ?

Il y avait tant de fierté dans sa voix qu'il fut obligé de rire.

— Ton petit jeu est dangereux, Mechthild. Que ferastu si je garde la belle catin et que je te renvoie chez ton père ?

— Cela ne risque pas d'arriver. J'emmènerais avec moi ton fils, que je porte sous mon cœur.

Le chevalier saisit la main de sa femme et l'embrassa.

— Je t'aime, Mechthild, et je n'ai pas envie de te blesser en couchant avec une autre.

— Cela ne me blesse pas que tu fasses l'amour avec elle : je l'ai choisie exprès pour toi.

Elle inspira bruyamment et fit semblant d'être vexée tout en adressant un clin d'œil complice à Marie.

Son époux se laissa piéger par sa petite ruse. Il prit un air de chien battu.

— Bien, d'accord, j'accepte. Mais juste pour te faire plaisir. De toute façon, je dois aller d'urgence rejoindre mes amis dans la salle. Ils m'attendent.

— Oh ! Ces messieurs sont en train de se consoler de leurs malheurs avec un bon cru de notre cave. Je ne crois pas qu'ils soient en mesure de mener une conversation sérieuse ce soir.

Mechthild se mit sur la pointe des pieds, embrassa son mari sur le bout du nez et se dirigea vers la porte.

— Maintenant, je vous laisse seuls, mais je reviens tout à l'heure !

Dietmar von Arnstein fit un signe de tête et s'apprêtait à se déshabiller quand une idée lui traversa l'esprit.

— Dis-moi, ma bonne, pourquoi es-tu si sûre de mettre au monde un garçon ?

— J'ai brûlé un cierge à Sainte-Ottilie pour qu'elle nous donne un fils. L'abbé Adalwig m'a promis qu'elle m'exaucerait.

Le chevalier pencha la tête en arrière et rit.

— Je n'aurais rien contre un descendant, mais à te voir aussi catégorique, je souhaite que ce soit une petite fille. Cela te rabattrait un peu le caquet. Il me semble que tu te promènes le nez assez haut ces derniers temps.

Le regard dont il honora sa femme tout en parlant révéla à Marie combien il l'aimait. Elle-même, pensa-t-elle avec une certaine envie, ne connaîtrait jamais un lien comme celui qui unissait ces deux êtres. Sur un signe de Mechthild, elle ôta le drap et se présenta au chevalier telle que Dieu l'avait faite. Les yeux de Dietmar se mirent à briller. Mais au lieu de la tirer aussitôt sur le lit, il plaisanta avec sa femme et la pria de l'aider à enlever sa chemise. Mechthild en dénoua les lacets d'une main experte, l'embrassa et quitta rapidement la pièce avant qu'il n'ait le temps de la retenir à nouveau.

Le châtelain se retourna vers Marie et désigna le lit d'un mouvement du menton. Elle s'y allongea et se demanda ce qu'il pouvait bien attendre d'elle. Ses mains lui parcoururent le corps, et comme si souvent, elle dut lutter contre le sentiment de n'être qu'un objet que le premier homme venu pouvait utiliser en échange de quelques pièces. Elle avait conscience d'être injuste envers lui : s'il ne parlait pas, il la touchait avec bien moins de brutalité et de concupiscence que la majorité de ses clients.

Au moment où il s'allongea sur elle, il prit appui sur les coudes pour éviter de l'étouffer dans les coussins. L'acte sexuel en lui-même fut assez anodin. Dietmar n'était pas aussi tendre et doux que l'apothicaire Krautwurz, mais il ne jouait pas non plus les étalons qui ne pensent qu'à leur propre plaisir. Une fois de plus, Marie n'éprouva rien du tout, mais au moins elle était satisfaite qu'il ne lui fît pas mal, et par reconnaissance pour les ménagements dont il faisait preuve, elle simula un orgasme. Peu après, il la pénétra de manière plus violente pendant quelques instants, puis il s'effondra sur elle, le souffle plus léger.

Presque aussitôt, la porte s'ouvrit et dame Mechthild entra sur la pointe des pieds, comme si elle savait exactement combien de temps il fallait à son mari.

— Tu vois, mon cher, c'est quand même mieux ainsi, remarqua-t-elle avec un sourire.

Dietmar roula sur le côté et resta sur le dos à côté de Marie. Son visage exprimait un sentiment de culpabilité, ce qui fit rire son épouse.

— Embrasse-moi, lui ordonna-t-elle.

Il s'exécuta et fut soulagé de constater qu'elle lui rendait son baiser avec passion.

— Dans quelques mois, nous pourrons de nouveau partager les plaisirs du lit conjugal, expliqua-t-elle après avoir repris son souffle. D'ici là, c'est Marie qui occupera ma place. Cependant, nous continuerons à passer la nuit ensemble et à discuter. Maintenant que tu es détendu et que ta colère contre ce brigand de Keilburg ne te tient plus sous son joug, nous pouvons réfléchir à ce qu'il convient d'entreprendre. Je ne pense pas qu'entamer le conflit et partir en campagne contre lui, comme Hartmut von Treilenburg le réclame, soit la bonne solution.

Dietmar ouvrit les mains dans un geste désespéré.

— Mais nous devons entreprendre quelque chose ! Si nous n'arrêtons pas ce vautour, il va tous nous dévorer.

— Bien sûr que nous devons faire quelque chose, l'approuva-t-elle d'une voix douce.

Elle se glissa alors sous les couvertures et chassa Marie du lit.

— Tu m'as bien servie pour aujourd'hui. Tu peux maintenant retourner dans ta chambre, lui ordonna-t-elle avant de se retourner vers son époux.

Marie sortit en hâte et ne remarqua qu'une fois dehors qu'elle avait oublié le drap. Bien qu'elle fût gênée de se promener toute nue dans le château, elle n'osa pas rentrer dans la pièce. Autant que possible, elle se couvrit donc la poitrine et le pubis avec les mains, traversa le couloir à toute allure et se glissa dans sa chambre en haletant, heureuse que personne ne l'ait vue.

Elle ne pouvait pas savoir que quelqu'un l'avait malgré tout observée. Un homme maigre, portant le froc, était caché derrière une porte entrebâillée et surveillait le couloir, comme pour contrôler qui entrait et qui sortait. C'est ainsi qu'il put apercevoir Marie dans toute sa beauté. Il la suivit des yeux jusqu'à ce qu'elle disparaisse. Quand elle eut fermé la porte derrière elle, il esquissa un mouvement, comme prêt à la suivre. Mais ses pieds restèrent plantés dans le sol et ses mains se débattirent dans l'air, comme s'il devait se rappeler lui-même à l'ordre.

Il écouta un instant dans toutes les directions pour vérifier qu'il n'y avait pas de danger. Puis il courut sur la pointe des pieds jusqu'à la chambre du châtelain et colla son oreille à la porte sans quitter le couloir des yeux. Son visage crispé d'impatience se mua peu à peu en une grimace de déception, comme s'il n'entendait pas bien ou que ce qu'il percevait ne lui plaisait pas.

4

Dans les semaines qui suivirent, l'amitié entre Hiltrude et Marie fut mise à rude épreuve. Pour la première fois depuis qu'elles se connaissaient, leurs intérêts divergeaient. Hiltrude appréciait la vie de château plus qu'elle n'aurait pu l'imaginer dans ses rêves les plus fous. Elles étaient logées comme des princesses, dans une grande chambre dont la cheminée ne manquait jamais de bois et dont le lit était d'une douceur aussi divine que les nuages pour les anges dans le ciel. On leur servait la meilleure nourriture qui fût et on leur laissait faire tout ce qui leur traversait l'esprit. La seule contrepartie était que Marie remplisse ses devoirs à l'égard du châtelain et qu'elle-même n'attire pas les hommes par des agaceries.

Les servantes qui s'occupaient d'elles les regardaient un peu comme les animaux exotiques qu'on pouvait voir pour un denier sur les champs de foire, mais elles étaient aimables et toujours prêtes à plaisanter. Les autres domestiques aussi se gardaient de prononcer la moindre parole désobligeante, car ils craignaient la colère de leur maîtresse. Comme Hiltrude l'avait prédit, les hommes laissaient Marie en paix. Ils ne la molestaient d'ailleurs pas non plus, mais se rengorgeaient comme des coqs de bruyère quand elle passait près d'eux. De temps à autre, elle se donnait à l'un ou à l'autre. Ainsi Giso, l'intendant bourru, versait douze bons deniers en *schillings* flambant neufs pour obtenir ses faveurs. Elle s'en réjouissait ; elle ne pouvait pas se permettre de refuser de l'argent si facilement gagné.

Il n'y en avait qu'un seul qu'elle ne faisait pas payer : c'était Thomas, un serf qui travaillait comme gardien de chèvres. Il avait un an de plus qu'elle et était infirme de naissance, ce qui l'avait préservé du destin de soldat. Son visage émacié aux yeux gris renfoncés était entouré d'épais cheveux châtains. La ressemblance avec le chevalier Dietmar était frappante. Elle avait appris par d'autres qu'il était né environ sept mois après l'actuel châtelain. Selon toute vraisemblance, le précédent seigneur d'Arnstein n'avait pu renoncer à la douceur d'un corps féminin pendant la grossesse de son épouse.

Néanmoins, ce qui lui plaisait le plus en Thomas, c'était sa façon de s'occuper des animaux ainsi que sa gentillesse et le ton de camaraderie avec lequel il lui parlait. Il savait qu'elle s'était donnée à un nombre incalculable d'hommes pour de l'argent. Pourtant, il jouissait de leur relation comme d'un cadeau délicieux et se flattait de son affection. Hiltrude essayait désespérément de maîtriser ses sentiments. Il n'était pas bon qu'une prostituée éprouve de l'inclination pour un homme, elle en avait déjà fait l'amère expérience. Il ne fallait donc pas que son amour dépasse la durée de l'hiver : au printemps, elle devrait reprendre son ancienne existence et repartir par monts et par vaux. C'est d'ailleurs pourquoi, malgré tout ce qu'elle ressentait, elle n'était pas prête à renoncer aux gains que Giso et les autres lui permettaient de faire.

Un jour, elle avait même accepté de se donner au moine Jodokus, bien qu'il ne sentît pas très bon et qu'il ne lui eût proposé que quelques deniers de Halle en échange de ses services. En d'autres circonstances, elle aurait refusé, mais là, elle n'avait pas osé parce que la parole du religieux avait beaucoup de poids auprès de la châtelaine et qu'Hiltrude avait craint qu'il ne la calomniât. L'acte sexuel avait été excessivement bref. Il ne valait pas plus que les quatre deniers qu'il avait versés, le moine n'ayant aucune expérience de l'amour vénal. Mais ensuite, elle avait compris ce qu'il voulait en réalité. Il l'avait en effet questionnée sur Marie pendant plus d'une heure. Dans la soirée, Hiltrude avait taquiné son amie à propos de cette conquête. Mais celle-ci n'était pas entrée dans son jeu et, au simple nom de Jodokus, avait fait une grimace en le maudissant avec hargne.

Marie est vraiment devenue étrange, pensa plus tard Hiltrude, allongée près de Thomas dans la soupente aménagée au-dessus de l'étable à chèvres qui servait de logis au berger.

Les murs de la petite pièce blottie entre les poutres comme un nid d'oiseau se composaient de planches brutes dont on n'avait même pas ôté l'écorce, clouées les unes aux autres. Pourtant, le logement était tout à fait confortable. Avec le reste de bois, Thomas avait fait un lit, une petite table et deux tabourets. Deux étagères fixées sous le bas plafond et quelques patères taillées dans des branches fourchues complétaient l'ameublement. Il n'y avait de toute façon pas de place pour autre chose dans cet espace minuscule, dont le berger était néanmoins satisfait.

Tandis que le regard pensif d'Hiltrude errait dans le vide, Thomas se redressa et regarda ses seins qui, malgré leur volume, étaient encore très fermes.

— Tu es magnifique.

— Non. Marie est belle, objecta Hiltrude. Moi, je suis juste jolie.

— Tu fais la modeste, lui reprocha-t-il tendrement. Pour moi, tu es la plus belle femme du monde. Et je serai très triste quand tu partiras.

— Je ne suis pas une femme dont tu peux tomber amoureux. Même maintenant, comme tu sais, je ne suis pas un modèle de vertu.

— Tu ne fais que ton travail. Tout comme moi, je dois garder les chèvres.

Sa voix l'effleura avec douceur, comme une brise printanière. Hiltrude ne put s'empêcher de songer au bonheur qui eût été le sien si elle ne s'était pas fait autant de souci pour Marie. Le berger sembla percevoir cette tristesse : il tira la couverture sur elle et lui caressa la joue.

— Qu'est-ce qui te chagrine ainsi ?

— Oh ! C'est seulement Marie. Pourquoi ne peut-elle pas jouir de l'instant présent comme nous ? Elle ne fait que penser à l'homme qui a détruit son existence et au moyen de se venger de lui. Pourtant, c'est comme si elle jetait une poignée de neige en direction du soleil dans l'espoir de l'éteindre.

Thomas sourit d'un air mélancolique.

— Parfois, une poignée de neige suffit à étouffer un feu…

Hiltrude secoua la tête avec indignation.

— Ne va pas la conforter dans ses sottises !

— Je n'en ai pas l'intention ! Tu devrais même la mettre en garde. On jase déjà sur le fait qu'elle se faufile dans la grande salle chaque fois que les seigneurs y sont rassemblés. Si jamais dame Mechthild l'apprend, elle la tiendra pour une espionne et la fera enfermer dans le donjon. Promets-moi de faire attention à elle. Elle a bien assez souffert.

Hiltrude le regarda, consternée.

— Comment es-tu au courant ? Je ne t'ai rien raconté sur elle !

— J'ai regardé dans ses yeux et j'ai vu la douleur qui se logeait dans son âme, se contenta-t-il de répondre.

— Je vais veiller sur elle, promit Hiltrude en se blottissant contre lui.

Un peu plus tard, en sortant de la soupente de Thomas, elle était fermement résolue à faire la morale à Marie. Mais alors, elle vit que les hôtes et leur suite se préparaient à partir. Bien que les seigneurs prissent congé du chevalier Dietmar de manière bruyante et en apparence cordiale, leurs mines étaient renfrognées. Malgré le danger dans lequel ils se trouvaient tous, le fossé qui les séparait semblait s'être creusé. Hiltrude suivit les cavaliers du regard jusqu'à ce que le dernier eût quitté le glacis intérieur et, en elle-même, elle leur souhaita bon vent. Les domestiques qui avaient assisté au départ des invités paraissaient non moins soulagés qu'elle : ils murmuraient des salutations méchantes que certains des vassaux auraient volontiers criées à tue-tête.

Visiblement soulagée, dame Mechthild se tenait sur le pas de la porte menant aux logis, dans une robe de couleur verte, et riait. Au cours des derniers jours, elle avait eu fort à faire pour détourner son mari et ses amis atrabilaires d'actes qui n'auraient pu à coup sûr que mal finir. On ne pouvait pas gagner un conflit contre le seigneur von Keilburg de vive force, contrairement à ce que Hartmut von Treilenburg et Rumold von Bürggen avaient suggéré. Ils n'auraient fait par là que s'aliéner la sympathie des seigneurs des environs, car des combats auraient nui au commerce et réduit les gains.

Mechthild fit signe et sourit à son mari, qui avait raccompagné ses hôtes et revenait maintenant de mauvaise humeur. Pendant qu'il descendait de cheval, elle courut vers lui et posa alors une de ses mains sur sa joue.

— Je sais bien que des alliés sont une chose précieuse, et pourtant je suis heureuse d'avoir à nouveau notre château pour nous seuls. À la longue, nos voisins sont quand même un peu fatigants.

Dietmar écarta sa main et lança les rênes à un valet d'écurie. Ensuite, il regarda son épouse avec un mélange de colère et de désespoir.

— À leurs yeux, je suis un lâche parce que je ne veux pas défendre mon droit par la force.

— Un droit qu'on défend par la force est le droit du plus fort, le rabroua-t-elle avec douceur. Nous n'avons de chances de gagner contre le comte von Keilburg que si nous l'emportons sur lui devant le tribunal de l'empire. Quelque puissant qu'il soit, Konrad ne peut pas s'opposer à une décision de l'empereur. Et s'il le faisait quand même, nous aurions alors un nombre incroyable d'alliés, avides de s'approprier de manière tout à fait légale une partie des terres qu'il a lui-même extorquées. D'ici là, nous devons nous mettre à la recherche d'un ami plus puissant que Keilburg.

— Tu estimes donc toujours que je dois me rapprocher du comte von Württemberg ?

La voix du chevalier Dietmar n'était pas franchement enthousiaste. Cela ne suffit pourtant pas à gâcher la bonne humeur de son épouse. Elle hocha la tête en souriant, le prit dans ses bras – ce qui lui était un peu plus difficile que d'ordinaire, compte tenu de son état – et lui donna un baiser fougueux.

Hiltrude se surprit à faire exactement ce qu'elle reprochait à Marie, à savoir épier en secret. C'est pourquoi elle se retourna et rentra en hâte.

En pénétrant dans leur chambre, elle aperçut son amie assise devant l'une des fenêtres, fixant au loin une forteresse petite, mais facile à défendre, qui dominait une pente couverte d'une épaisse forêt. Il s'agissait du château de Felde, l'un des derniers à être tombé aux mains de Keilburg. C'est de là qu'il était parti pour prendre en un tour de main Mühringen, le domaine d'Otmar, l'oncle du chevalier. Hiltrude mit les mains sur les hanches et secoua la tête avec désapprobation.

— Tu rumines trop, Marie !

Celle-ci tressaillit et la regarda avec effroi, comme si son amie venait de l'arracher à un profond sommeil.

— Je ne peux pas m'en empêcher. Depuis que je suis ici, je pense sans cesse à Ruppert. Mon Dieu, comme j'attends le jour où ses complices et lui recevront la peine qu'ils méritent ! J'espère depuis un moment que le chevalier Dietmar défiera Keilburg. La chute de son illustre demi-frère priverait Ruppert de son principal protecteur, et avec un peu de chance, il tomberait peut-être lui-même. Ensuite, je n'aurais plus qu'à engager un tueur pour qu'il s'occupe des crapules qui ont abusé de moi et m'ont accusée à tort.

— Ce n'est pas la peine de rêver. Dame Mechthild ne permettra jamais qu'ils en viennent à se battre. Elle vient elle-même de le dire.

Marie hocha la tête d'un air sombre.

— Je sais. Au bout du compte, j'ai quand même entendu leurs discussions.

— Oui. Et d'ailleurs, tu ne crois pas que c'était très malavisé ? Tous les domestiques en parlent, Thomas m'a prié de te mettre en garde.

Marie haussa les épaules et fit la moue.

— Qu'est-ce qu'un berger comme lui peut bien savoir ?

— Il est très futé et sait mieux que personne ce qui se passe au château, répliqua Hiltrude. Tu ferais bien de faire un effort et de t'ôter ces balivernes de la tête. Profite du temps que nous passons ici. Tu n'as jamais gagné aussi facilement ta vie au cours des trois dernières années.

— Je préférerais suivre l'armée qui partirait en campagne contre Konrad von Keilburg et son frère ! s'emporta Marie. Ici, je n'avance pas d'un pas. Le chevalier Dietmar et ses amis ne vont pas faire la guerre, mais adresser une requête au tribunal impérial ! Peut-être obtiendront-ils en effet un verdict en leur faveur, mais qu'est-ce que cela peut me faire ? Aucun tribunal de la terre ne peut me rendre raison !

Elle fondit en larmes. Hiltrude sentit son désespoir et la serra dans ses bras pour la consoler. Marie s'agrippa à elle comme un petit enfant, mais les mots qu'elle murmurait en même temps regorgeaient d'une haine qui fit frissonner son amie.

5

Peu après le départ des gentilshommes, il neigea très fort et Arnstein tomba dans une sorte d'hibernation. Rares étaient ceux qui montaient au château ou qui en sortaient. Par deux fois, Marie vit l'émissaire d'un de leurs alliés se frayer un chemin dans la neige avant d'être cueilli sur sa selle, mort de fatigue, et de se laisser porter à l'intérieur. Dans un cas comme dans l'autre, il lui fut impossible d'épier les conversations, si bien qu'elle dut se contenter des rumeurs qui circulaient parmi les domestiques.

À ce qu'on disait, ni le chevalier Dietmar ni ses alliés n'avaient réussi à convaincre les autres seigneurs de les rejoindre. Cependant, l'hiver semblait également paralyser Keilburg. Du moins entendait-on dire que Konrad avait congédié une partie de ses mercenaires et envoyé le reste de son armée prendre ses quartiers d'hiver. Ses troupes contrôlaient toujours la route principale en direction du nord, mais elles laissaient passer les rares convois et voyageurs qui défiaient le mauvais temps sans faire de difficultés. Seuls les cavaliers en armes et les vassaux d'Arnstein ou de Rumold von Bürggen étaient contraints de faire le détour par les marais, encore plus dangereux en cette période de l'année. Il n'y avait là rien de bien nouveau, pensait Marie qui commençait à s'ennuyer.

Elle n'avait que rarement l'occasion de discuter avec son amie. Hiltrude passait le plus clair de son temps auprès de Thomas, et quand elle revenait, elle parlait surtout de ses chèvres qui attendaient des petits, car le berger les avait fait saillir par ses deux meilleurs boucs. Elle adorait cette existence et avait du mal à retenir ses larmes chaque fois qu'elle songeait que cette période de bonheur prendrait fin au début du printemps.

Marie lui laissait croire qu'elle s'était accommodée de l'idée que le chevalier Dietmar et ses amis n'entreprendraient rien contre le comte von Keilburg. En vérité, elle espérait toujours qu'une bataille aurait lieu. Même si Ruppert survivait aux combats, il serait affaibli et donc une proie plus facile pour un tueur à gages. C'est pourquoi elle espérait toujours que quelqu'un serait assez courageux pour oser affronter l'un des hommes les plus puissants de la contrée.

Pour ne pas inquiéter son amie, elle ne s'abandonnait à cette pensée que lorsqu'elle se trouvait dans l'atelier de couture à confectionner de nouveaux atours en compagnie de quelques servantes. Cette fois, il s'agissait de faire un vêtement pour l'enfant que dame Mechthild mettrait au monde quelques semaines plus tard et de l'orner des plus belles broderies. Dans sa jeunesse, Marie avait acquis beaucoup d'habileté en cette matière, car elle avait réalisé elle-même l'essentiel de son trousseau. Ainsi, la châtelaine était si contente de ses services qu'elle lui avait donné tout un paquet de chutes de tissu et du bon fil afin de coudre pour Hiltrude et elle deux robes, deux capes et quelques sous-vêtements.

Cette activité lui faisait du bien ; elle la détournait de ses sombres réflexions. Ce matin-là pourtant, après une nuit particulièrement mauvaise, remplie de cauchemars, elle n'avait aucune envie de travailler. Elle avait à broder quelques rubans qui devaient orner les langes du nouveau-né, mais cela n'avançait pas. Elle posait sans cesse les mains sur ses cuisses et fixait l'horizon par la fenêtre. De là où elle était, elle ne voyait que quelques arbres sans feuilles couronnés de neige et un bout de route qui menait à la forteresse ; pourtant, elle n'avait pas le sentiment d'être emprisonnée.

Soudain, elle cligna des yeux sous l'effet de la surprise. Depuis plus d'une semaine, personne n'était monté au château, en dehors de gens qui y logeaient et de villageois de Meierdorf. Or, elle apercevait maintenant des cavaliers étrangers qui approchaient. Comme ils disparaissaient régulièrement derrière les arbres, elle n'arrivait pas à les compter avec exactitude, mais elle en estimait le nombre à une bonne douzaine. Avant qu'elle ne pense à attirer l'attention de Guda sur les arrivants, le cor de la sentinelle retentit.

Les servantes bondirent de leurs chaises et coururent aux fenêtres. Dans leur excitation, elles se poussaient les unes les autres, quoiqu'elles ne puissent de toute façon rien voir, car les cavaliers étaient cachés par les remparts. Comme Guda avait quitté son poste pour aller aider sa maîtresse à accueillir ces hôtes imprévus, elles se répandirent dans le couloir tel un bataillon de poussins et se collèrent à une fenêtre d'où l'on apercevait le glacis intérieur. Au moment où l'un des premiers cavaliers passait le porche en soulevant son fanion avec fierté, l'une d'elles s'exclama avec étonnement :

— Mais ce sont les armoiries de Keilburg ! Qu'est-ce qu'ils viennent faire ici ?

Marie sentit les battements de son cœur. Elle ne tenta même pas de jeter un coup d'œil par la fenêtre, mais s'élança à l'air libre et chercha une cachette d'où elle pourrait entendre les salutations des cavaliers. Comme ils n'avaient pas encore atteint le dernier porche, elle traversa à toutes jambes le pont-levis qui menait dans la cour intérieure de la forteresse et s'engouffra dans l'écurie où étaient logés les chevaux des seigneurs, du côté des mangeoires. Là, elle poussa une caisse sous la grille d'aération et monta dessus. Ainsi, elle pouvait observer tout ce qui se passait au-dehors.

À peine avait-elle pris place que les cavaliers pénétrèrent dans la cour. C'étaient en effet des gens de Keilburg, comme on pouvait le constater aux insignes qui ornaient leurs capes. La différence dans leurs vêtements et leur comportement révélait en outre que dix d'entre eux n'étaient pas de simples combattants, mais des mercenaires engagés pour escorter un gentilhomme. Marie jeta un coup d'œil sur le onzième et crut sentir le sang couler dans ses veines. Il ne s'agissait de personne d'autre que de Maître Ruppertus Splendidus, son ancien prétendant !

Il arrêta son cheval à dix pas d'elle à peine et jeta un coup d'œil alentour. On aurait dit qu'il comptait les guerriers surgis dans la cour et sur le chemin de ronde. Un bref pincement de lèvres révéla à Marie qu'il ne s'était pas attendu à en trouver autant. Elle eut un sourire triomphal. Ruppert tombait en effet dans le piège que dame Mechthild avait préparé de longue date. Peu après le départ de leurs alliés, elle avait fait fabriquer des armes et des uniformes pour tous les valets afin de faire croire que la forteresse était bien mieux protégée qu'elle ne l'était en réalité. Aussitôt qu'on avait reconnu les insignes de Keilburg, on avait distribué les tenues. Même Thomas, le gardien de chèvres, se tenait, équipé d'une longue lance, en haut du chemin de ronde, d'où personne ne pouvait remarquer qu'il était bossu.

Le sourire malveillant de Marie s'effaça dès qu'elle examina Ruppert avec plus d'attention. Les trois ans et demi qui venaient de s'écouler lui avaient manifestement profité. Il paraissait plus replet qu'elle ne l'avait en mémoire et était mieux vêtu que ne le pouvaient d'ordinaire les gens de sa condition. Il portait sur la tête une toque en castor et était protégé du froid par un manteau en excellent drap flamand doublé de fourrure de loup. Il descendit de cheval et quand il ôta ses gants, elle aperçut une demi-douzaine de bagues en or qui brillaient à ses doigts.

— Je désire parler au chevalier Dietmar !

Il n'avait pas élevé la voix et pourtant celle-ci emplit l'ensemble de la cour.

— Que veux-tu ?

Le châtelain était apparu au balcon où sa femme et lui siégeaient lors des cérémonies pendant lesquelles les villageois investissaient toute la forteresse. De là-haut, il pouvait surveiller cet hôte indésirable sans crainte d'être assailli par traîtrise.

Ruppert dut pencher la tête en arrière pour le voir.

— Je viens au nom de mon auguste frère, le comte Konrad von Keilburg. Il m'a chargé de négocier avec vous.

Cette offre était si surprenante que le chevalier Dietmar sembla tout d'abord ne savoir que répondre. Il prit appui sur la balustrade et dévisagea l'avocat comme pour lire sur son front s'il était sincère.

— Si le comte Konrad est prêt à me rendre l'héritage de mon oncle, tu es le bienvenu. Sinon, toute discussion est superflue.

Ruppert fit un sourire énigmatique.

— Sur ce point, je ne saurais vous donner satisfaction. Le chevalier Otmar a peut-être promis un jour de vous céder Mühringen. Mais il a changé d'avis et légué à mon frère, testament et sceau à l'appui, son château et ses terres. Néanmoins, Konrad ne souhaite pas de discorde entre vous et m'a de ce fait envoyé pour vous transmettre un message de paix. Je préférerais vous faire part de ce que j'ai à vous dire non dans le froid et en public, mais devant un bon verre de ce vin excellent que vous procurent les vignes de votre épouse.

Il semblait soucieux de montrer au châtelain qu'ils étaient sur un pied d'égalité et en même temps de lui faire miroiter l'espoir de conclure par des négociations un conflit qu'il ne pourrait que perdre par la voie des armes. Du fait de son expérience malheureuse, Marie se doutait qu'il était plus dangereux pour le chevalier d'engager une discussion avec Ruppert que d'affronter un millier de combattants devant les portes d'Arnstein. Mais d'après ce qu'elle savait de lui, elle supposait qu'il prendrait la proposition de Keilburg pour de la faiblesse et qu'il se laisserait aller à négocier.

Elle inspira profondément. Il ne fallait surtout pas qu'elle manque cette conversation. Elle sauta de la caisse et traversa à toute allure l'aile des domestiques au bout de laquelle se trouvaient les cuisines. De là, elle remonta plusieurs escaliers dans la tour des logis pour accéder par un couloir à la galerie qui surmontait la grande salle. Comme les servantes s'étaient amassées aux fenêtres de devant, qui donnaient sur la cour, pour guigner ces visiteurs inespérés, elle parvint à gagner son poste d'observation sur les marches supérieures sans être vue. Elle était sûre que le chevalier Dietmar recevrait Ruppert dans la pièce où les portraits de ses ancêtres et les trophées, fruits de nombreuses victoires, attestaient de la puissance et de la pérennité de sa maison.

La suite des événements lui donna raison. À peine avait-elle enveloppé ses jambes dans le bas de sa robe pour se protéger des courants d'air que le châtelain fit entrer son hôte. Il s'assit en premier, de sorte que pendant un certain laps de temps il trôna comme un petit roi sur le fauteuil finement sculpté placé au bout de la grande table. Il se fît servir une coupe de vin tandis que l'avocat devait attendre comme un quémandeur qu'un valet lui apportât une chaise. Il était impossible de dire si cet affront le blessait : à aucun moment, le fin sourire ne quitta son visage. Il prit place sur le siège qu'on lui avait avancé et patienta jusqu'à ce que le domestique ait également rempli sa coupe pour la lever à la santé du maître de céans comme s'ils étaient les meilleurs amis du monde.

— Alors, qu'est-ce que votre frère veut de moi ?

Dietmar von Arnstein avait pris un air bourru, mais Marie constata avec dépit que Ruppert était parvenu à l'impressionner : le chevalier lui parlait maintenant d'égal à égal.

— Konrad déplore la querelle qui vous divise et voudrait régler cette affaire.

— Il suffit pour cela qu'il me donne ce qui me revient, répliqua le châtelain d'un ton sec.

À nouveau, les lèvres de Ruppert esquissèrent un impénétrable sourire.

— Malheureusement, mon frère ne voit pas l'affaire sous le même angle que vous. Il est en possession d'un contrat irréfutable lui accordant les biens du chevalier Otmar et il ne voit aucune raison d'y renoncer.

— Ah bon ? Il ne voit aucune raison ?

Le chevalier Dietmar se leva avec colère et appela son secrétaire en hurlant.

Craignant que Jodokus n'arrive par le couloir de l'étage supérieur, Marie allait bondir et s'enfuir en hâte quand, à son grand soulagement, une porte s'ouvrit en bas et le moine entra comme s'il avait attendu juste derrière. Il portait, tel un trésor, un étui de cuir qu'il tendit à son maître.

Le chevalier Dietmar le prit et en sortit un parchemin qu'il donna à Ruppert avec une expression de triomphe.

— Lisez vous-même ! Ce serment scellé atteste que mon oncle m'a légué ses biens et que ce testament ne peut être modifié sans mon consentement.

Ruppert survola le document et fit malgré lui une grimace, mais il se reprit aussitôt.

— C'est une question d'exégèse. Dans l'état actuel du droit, il est toutefois établi qu'un testament récent prime un plus ancien. Même si vous portiez plainte devant un tribunal, vous n'obtiendriez guère plus avec ce contrat qu'une compensation minime, sans rapport avec les frais et les tracas qu'un tel procès impliquerait.

L'avocat posa le parchemin sur la table et croisa les bras sur la poitrine. Alors que le chevalier Dietmar se faisait resservir une coupe, il n'accorda cette fois même pas un regard au vin.

— Mais par souci de bon voisinage et pour mettre un terme à cette querelle, ajouta-t-il en insistant particulièrement sur le mot « voisinage », mon frère vous propose la forêt de Steinwald.

Outré, le châtelain frappa du poing sur la table.

— Il a extorqué le Steinwald au monastère de Sainte-Ottilie ! Veut-il semer la discorde entre l'abbé et moi ?

— Ne soyez pas si prompt ! Ce n'est pas mon frère qui a privé le cloître du Steinwald, mais le chevalier Gottfried en personne quand il a, en toute illégalité, contesté par les armes les prétentions légitimes de mon père, le comte Heinrich.

Marie eut l'impression d'entendre à nouveau la voix impitoyable qui l'avait autrefois condamnée devant le tribunal épiscopal de Constance. Ruppert était un ennemi roué qui savait mettre à terre ses adversaires par la force du verbe. Manifestement, il lui importait maintenant de pousser le chevalier dans ses retranchements. Le châtelain ruminait les dernières paroles de l'avocat quand celui-ci leva la main et se remit à parler.

— Avant de dire ou de faire des choses que vous regretteriez plus tard, vous devriez m'écouter. Mon frère n'est pas votre ennemi. Il ne fait que défendre son bon droit. Vous n'auriez pas accepté non plus qu'un voisin conteste au moyen d'un ancien testament ce que votre oncle vous aurait légué.

Involontairement, Dietmar von Arnstein hocha la tête comme pour approuver, mais aussitôt il releva le menton. Cela n'avait pourtant pas échappé à Ruppert, qui sourit.

— Pourquoi ne prenez-vous pas la situation telle qu'elle est ? Acceptez la main que vous tend mon frère et unissez-vous à lui. En retour, Konrad vous cédera le château de Felde et un tiers du bien que possédait autrefois le chevalier Walter. Ces terres compléteraient votre domaine de manière bien plus avantageuse que les propriétés de votre oncle.

Marie sentit le pouvoir presque envoûtant de ces paroles et crut que le chevalier allait céder à ce marché. C'est apparemment ce que craignait aussi dame Mechthild, apparue sans bruit à ses côtés.

— Mon époux n'acceptera jamais ! cria-t-elle du haut de la galerie.

Avant que Marie ne se relève, la main de la châtelaine se referma sur son épaule.

— Tu me dois quelques explications, catin ! murmura-t-elle sans bouger les lèvres et sans quitter des yeux les deux hommes.

Comme aucun d'eux ne répondait, elle se tourna vers Ruppert.

— Dis à ton frère qu'Arnstein ne s'abaissera jamais devant lui. Accepter une telle offre serait une humiliation. Nous réclamons notre dû et sommes prêts à nous battre pour cela.

Le visage de l'avocat s'assombrit sous le coup de la colère. Mais alors, il leva sa coupe, comme pour dissimuler derrière elle une expression moqueuse, et regarda le chevalier par-dessus.

— Ce qu'on raconte sur vous est donc vrai, seigneur Dietmar. C'est votre femme qui porte les chausses et elle vous mène à la baguette.

Pendant une seconde, le châtelain eut l'air tout penaud. Puis son poing s'abattit sur la table.

— Je ne laisserai personne me lancer impunément cela en pleine face, surtout pas le misérable bâtard d'un père plus misérable encore. Sors d'ici, voyou, ou je te fais mettre à la porte par mes valets !

L'avocat ne s'était pas attendu à une telle riposte. Ses yeux oscillèrent entre le chevalier et le testament. Inconsciemment, il avança la main vers le parchemin orné de plusieurs sceaux.

Le châtelain s'empara aussitôt du précieux document.

— Qu'est-ce que tu t'imagines, espèce de crapule ? Ta réaction me montre bien que j'ai de bonnes chances d'obtenir gain de cause devant le tribunal de l'empereur sans faire usage de l'épée pour obtenir mon bien.

— C'est ce que nous verrons ! murmura Ruppert en se levant d'un bond avant de quitter la salle sans un salut.

Le chevalier Dietmar ne lui accorda plus un seul regard, mais tourna les yeux vers son épouse et secoua la tête.

— Tu joues un jeu dangereux, ma femme. Qui sait si l'offre de Keilburg n'était pas vraiment sincère ?

— Si tu l'avais acceptée, nos voisins t'auraient abandonné. Tes amis considéreraient à juste titre un tel arrangement comme une trahison. Alors, nous aurions perdu nos alliés et tu aurais été à la merci du comte Konrad.

— J'aurais obtenu le château de Felde et un bon bout de terrain…

— … que Konrad von Keilburg aurait pu te reprendre à tout moment sans que personne ne lève le petit doigt. Non, Dietmar, notre nom est presque tout ce que nous possédons et nous n'avons pas le droit de le risquer pour un jeu de dupe.

— Ma femme, je crains qu'une fois de plus tu n'aies raison ! Mais maintenant, j'ai besoin de prendre l'air pour digérer tout cela.

Il souffla profondément, but le reste de vin qu'il avait dans sa coupe et quitta la salle, les épaules voûtées.

Dame Mechthild le suivit des yeux en remuant la tête jusqu'à ce qu'il ait refermé la porte derrière lui. Alors, elle fixa Marie avec l'air de se demander si elle devait la faire aussitôt emprisonner dans le donjon.

— Bien. À nous deux maintenant, catin ! Pourquoi espionnes-tu mon mari ? D'après ce que je sais, ce n'est pas la première fois. Qu'as-tu à voir avec le comte Konrad ? C'est pour lui que tu fouines ici ?

Du revers de la main, Marie essuya les larmes qui coulaient sur son visage sous l'effet de l'excitation.

— Non, ma Dame. Je n'ai rien à voir avec Keilburg, mais, en revanche, avec son joli demi-frère.

Mechthild haussa les sourcils avec surprise.

— Avec Maître Ruppertus ?

Marie gémit parce que la châtelaine lui enfonçait les doigts dans l'épaule.

— C'était mon fiancé ! Il m'a volé tout ce que j'avais et fait de moi celle que vous avez devant vous.

L'étreinte se relâcha quelque peu. Le visage de la châtelaine exprimait à la fois le doute et l'intérêt.

— Tu vas me rapporter tout ce que tu sais. Suis-moi.

Elle conduisit Marie dans une chambre qui n'était, à vrai dire, qu'une pièce en encorbellement d'où l'on pouvait voir la cour et une partie du glacis intérieur. Hormis le banc de pierre muni de coussins et de couvertures qui courait en dessous des trois fenêtres, il y avait pour tout ameublement une petite armoire élégante, une table à ouvrage du même style ornée de marqueteries et un repose-pieds rembourré. Des peaux de mouton recouvraient le sol et conféraient à l'endroit, surtout avec les vieilles tapisseries en laine fixées aux murs, l'apparence d'une grotte. C'est ici que la châtelaine se retirait quand elle voulait être seule.

Dame Mechthild ordonna à Marie de s'asseoir sur le banc de gauche. Ensuite, elle prit deux gobelets dans l'armoire, les remplit avec du vin contenu dans un pichet de terre qu'on avait préparé et s'installa de façon que son visage soit dans l'ombre tandis que celui de Marie était baigné par la lumière du soleil d'hiver qui se couchait déjà.

— Maintenant raconte, catin. Mais je te préviens, si j'ai l'impression que tu me mens, ton procès sera vite fait.

Marie fixa ses mains et essaya de ravaler la boule qu'elle avait dans la gorge. C'étaient moins les menaces que ses souvenirs qui la bouleversaient et la firent tout d'abord bégayer. Ensuite, comme Mechthild l'écoutait avec calme, sans l'interrompre, elle reprit confiance et débita comme une fontaine tout ce qu'elle avait vécu ou appris. Elle ne passa rien sous silence, pas même les projets de meurtre qu'elle nourrissait.

Lorsqu'elle commença à entrer dans le détail de ses pérégrinations, la châtelaine l'arrêta d'un geste de la main et revint sur Ruppert. Elle pria Marie de répéter tout ce qui avait rapport avec lui. Une fois qu'elle eut fini, elle se leva et posa ses mains sur ses reins comme pour empêcher son dos de céder sous le poids de l'enfant et des responsabilités.

— Si ce que tu as dit est vrai, notre ennemi est beaucoup plus dangereux que nous ne l'avons cru jusqu'à présent.

— Je jure par tous les saints que j'ai dit la vérité, répondit Marie aussi tranquillement qu'elle le pouvait dans son agitation.

— Je l'espère pour toi. Je vais envoyer un homme de confiance à Constance pour y glaner des informations. Tu ne quitteras pas le château tant qu'il ne sera pas de retour.

Dame Mechthild se leva et ouvrit la porte, puis la referma et posa une main sur l'épaule de Marie.

— Si ce que tu as raconté est vrai, Maître Ruppertus t'a traitée de manière plus qu'ignoble.

La jeune femme se revit dans le cachot de la tour en brique avec Utz et ses deux autres bourreaux. Elle fondit en sanglots.

— Il n'est pas le seul…

— Maintenant, retiens-toi, ma fille !

La châtelaine ne lui laissa pas le temps de s'abandonner à son chagrin. Elle la renvoya dans sa chambre et lui ordonna de se préparer pour son époux. Lorsque celui-ci rentra de promenade, il était toujours fâché et n'avait pas grande envie de partager le lit d'une femme. Mais il ne put s'opposer à la volonté de la sienne.

6

Mechthild von Arnstein prit le rapport de Marie tellement au sérieux qu'elle envoya à Constance le plus fiable de ses vassaux, à savoir l'intendant en personne. Son départ fut pour plusieurs semaines le dernier événement à mettre un peu d'animation dans un quotidien assez monotone. Les chutes de neige étaient moindres, mais le gel et le givre tenaient désormais le pays sous leur emprise, et des bourrasques glacées soufflaient sur les hauteurs.

Malgré le froid, Marie allait tous les jours sur les chemins de ronde ou en haut des tours dans l'espoir d'apercevoir Giso. Elle était heureuse que la châtelaine ne la retienne pas prisonnière, mais la laisse se promener à son gré dans la forteresse. Sinon, elle n'aurait pu endurer la tension intérieure.

Hiltrude essaya de lui procurer quelque distraction en l'emmenant avec elle à l'étable. Le berger lui présenta ses chèvres par leurs noms, comme s'il s'agissait de ses enfants, et s'efforça de la faire rire par toutes sortes de blagues. Marie s'y rendit volontiers pendant plusieurs jours, car Thomas racontait bien les histoires drôles. Mais elle se fit bientôt l'effet d'une intruse qui troublait le bonheur de son amie. Elle devina qu'entre ces deux êtres si différents s'était noué un lien qui dépassait de beaucoup la simple amitié. Cependant, lorsqu'elle suggéra à Hiltrude de demander à la châtelaine la permission de rester à Arnstein, son amie secoua la tête avec véhémence.

— Non. Même si nous nous aimons, cela échouerait. Thomas est un serf qui ne peut faire un pas sans l'autorisation de son maître, et quant à moi, on me ferait toujours sentir que je ne suis qu'une méprisable catin. Voilà pourquoi nous jouissons de l'instant présent et garderons en mémoire le souvenir de cette belle époque. C'est tout ce qui est possible à des gens comme nous.

— Dommage. Ton Thomas est un brave homme. Il s'occuperait bien de toi.

En voyant les larmes dans les yeux d'Hiltrude, Marie comprit comme cela lui faisait mal de parler de ses sentiments pour lui et elle résolut de ne plus aborder le sujet. À l'issue de leur discussion, elle ne l'accompagna plus aussi souvent à l'étable.

Tandis qu'elle passait son temps sur les remparts ou dans l'atelier de couture, la châtelaine souffrait de plus en plus de sa grossesse. Néanmoins, Mechthild von Arnstein luttait âprement contre cette faiblesse, et même son époux, soucieux, ne pouvait l'empêcher d'avoir l'œil sur tout.

Dans les semaines qui précédèrent Noël, il recommença à neiger beaucoup, et pendant quelque temps on eût dit que le château était complètement coupé du monde extérieur. Pourtant, Giso rentra enfin de voyage au beau milieu de la pire tempête. Malgré son tour de taille désormais très imposant, dame Mechthild courut à sa rencontre dans la cour. Marie suivit sa maîtresse avec un gobelet de vin chaud, heureuse que la châtelaine soit aussi impatiente qu'elle d'entendre le compte-rendu de son homme de confiance.

L'intendant prit le gobelet et l'avala d'un trait sans accorder à Marie plus qu'un rapide coup d'œil. Puis il secoua son manteau couvert de neige et, une fois dans la salle, le jeta à un domestique avant de frotter l'une contre l'autre, ses mains encore gourdes.

— Ce n'est pas un temps à mettre un chien dehors, ma Dame, mais je crois que le voyage en valait la peine. J'ai dû rester à Constance un peu plus longtemps que prévu pour vérifier quelques informations importantes. Sinon je serais rentré avant les chutes de neige et ne vous aurais pas laissée aussi longtemps dans l'incertitude.

Dame Mechthild le regarda d'un air désagréablement surpris.

— Était-il si difficile d'apprendre quelque chose sur Marie ?

Il rejeta cette idée d'un geste de la main.

— Oh non ! Quant à elle, je savais tout ce qu'il faut au bout de trois jours. En revanche, ma Dame, il y a des nouvelles qui vous intéresseront, votre mari et vous, bien au-delà du sort de cette femme. En effet, l'empereur Sigismond doit venir à Constance et y séjourner au moins trois ou quatre mois. Cela vous laisse assez de temps pour vous y rendre et lui exposer votre différend au sujet du testament du chevalier Otmar.

— Voilà la meilleure nouvelle qui me parvient depuis bien longtemps !

Dame Mechthild inspira profondément et mit les mains en prière. Le plus souvent, l'empereur résidait en Hongrie, mais il se rendait aussi à intervalles réguliers dans ses autres domaines. Pour lui présenter son affaire, le chevalier Dietmar aurait dû lui rendre visite et emmener avec lui une troupe assez nombreuse pour assurer sa propre sécurité. Le château aurait alors été privé d'un bon nombre d'hommes habitués au combat, ce qui aurait permis à Konrad von Keilburg de s'en emparer plus facilement par la force.

Giso se douta des pensées qui traversaient l'esprit de la châtelaine. C'est pourquoi il attendit qu'elle se fût ressaisie et lui adressât un signe de la tête pour l'engager à continuer.

— L'empereur veut organiser un concile à Constance pour balayer la chrétienté tel un coup de vent et emporter tout ce qui la souille, à commencer par ces trois infâmes papes.

— Un concile, dis-tu ? À Constance ?

La nouvelle surprit tellement dame Mechthild qu'elle en oublia pourquoi elle y avait envoyé son intendant. Elle lui demanda quels autres détails il avait appris et fit ensuite les cent pas dans la salle pour méditer ce qu'elle venait d'entendre.

Incapable de contenir plus longtemps son impatience, Marie se risqua alors à adresser la parole à Giso.

— As-tu appris quelque chose au sujet de mon père ?

Le visage du messager s'assombrit.

— Ton destin a fait beaucoup de bruit à Constance. Tous ceux que j'ai interrogés avaient quelque chose à rapporter. Après coup, beaucoup de gens ont été choqués par la manière dont tu as été traitée. Quelques conseillers municipaux ont déposé plainte auprès du bailli impérial pour protester contre la procédure rapide du tribunal des dominicains : dans la mesure où ton père possédait les pleins droits de bourgeoisie, le jugement aurait dû être confirmé par le conseil de la ville. Mais en haut lieu, rien n'a été entrepris parce que ton père a disparu le jour même de ton bannissement. On m'a dit qu'il t'avait suivie pour te faire entrer dans un cloître hors du ressort de l'évêque de Constance. D'autres m'ont juré dur comme fer qu'il était parti en Terre Sainte pour implorer le pardon de tes péchés. Pour finir, un tondeur ivrogne répondant au nom d'Anselme m'a raconté pour deux gobelets de vin l'histoire que je tiens pour la plus probable. Quelques jours après ton départ, il aurait aidé le fossoyeur à enterrer un cadavre dans la fosse commune. Le mort n'était enveloppé que dans un drap, qui aurait glissé au moment où ils ont jeté le corps, de sorte que le tondeur aurait pu l'apercevoir. Anselme m'a juré par tous les saints avoir reconnu ton père, Matthis Schärer.

Ce n'était pas vraiment une surprise. Marie pencha la tête et attendit les larmes qui devaient maintenant couler. Pourtant, ses yeux restèrent secs. Elle écouta presque comme s'il ne s'agissait pas d'elle ce que Giso racontait à sa maîtresse, qui s'était rapprochée avec un air intéressé, au sujet du jugement expéditif et du châtiment immédiat. Par la même occasion, elle apprit que Ruppert avait réclamé et obtenu l'intégralité des biens de son père et qu'il avait gagné plusieurs procès contre son oncle Mombert, qui s'était opposé à cette appropriation éhontée.

— Tout cela me semble être une terrible machination du bâtard de Keilburg, conclut l'intendant d'un air féroce, comme prêt à lui tordre le cou.

Dame Mechthild caressa les cheveux de Marie.

— Je te suis très redevable, ma fille. Maintenant, je sais quelle affreuse crapule nous avons devant nous et, de plus, j'ai acquis la certitude que nous pourrons bientôt présenter toute l'affaire à l'empereur. Accepte mes condoléances pour la mort de ton père. Ce satané avocat l'a sans doute sur la conscience, même si ce n'est pas lui en personne qui l'a assassiné.

Marie bredouilla quelques remerciements polis, mais en pensée elle revivait le jour où, trois ans auparavant, elle avait entendu les paroles et aperçu le visage d'Utz. Déjà, elle avait su qu'elle ne reverrait jamais son père. Maintenant, elle pouvait se réconcilier avec lui et, en silence, lui demander pardon d'avoir soupçonné qu'il l'eût abandonnée à son sort. Cependant, elle n'était pas prête à prendre le deuil. Tout ce qu'elle ressentait, c'était une haine implacable contre ceux qui avaient entraîné son père dans la mort et l'avaient elle-même condamnée au malheur.

— Ruppert habite maintenant la maison de mon père et joue les grands seigneurs ? demanda-t-elle avec amertume.

Giso hocha la tête avec commisération.

— Hélas, oui ! C'est aujourd'hui un bourgeois respecté qui jouit de la faveur du nouvel évêque de Constance. Il va probablement tenir une grande place dans la préparation du concile.

Dame Mechthild rejeta la tête en arrière.

— Dans ce cas, les choses ne sont peut-être pas aussi favorables que je l'avais espéré. S'il est aussi bien vu que tu le dis, il peut éventuellement amener l'empereur à reconnaître le testament que lui présentera le comte von Keilburg. Comme j'aimerais que nous puissions parler à l'oncle de mon mari ! Le chevalier Otmar devait se retirer au monastère de Sainte-Ottilie, mais il n'y est jamais arrivé.

Giso fit une grimace sarcastique.

— Peut-être que le comte Konrad l'a fait assassiner ?

Dame Mechthild se signa.

— Dieu nous en préserve ! Je crains de m'être trompée en conseillant à mon époux de refuser une alliance avec Keilburg.

L'intendant esquissa un geste de violent dégoût.

— Si Konrad utilise les services d'un voyou tel que Maître Ruppertus, ce serait un péché devant Dieu que de s'unir avec lui !

— Il ne reste plus qu'à espérer que le chevalier voie les choses du même œil, poursuivit Mechthild avec appréhension.

Marie se risqua alors à prendre la main de la châtelaine dans la sienne et se réjouit de constater qu'elle ne la retirait pas.

— Le chevalier vous aime infiniment et ne dira jamais aucun mal contre vous, surtout pas à la veille de la naissance.

— Prions maintenant pour que ce soit vraiment un garçon. Sinon Dietmar serait cruellement déçu.

Dame Mechthild soupira et les pria de l'excuser.

En la voyant quitter la salle d'un pas lourd et – contre toute habitude – avec un air abattu, Marie la suivit du regard jusqu'à ce qu'elle ait fermé la porte derrière elle. Ensuite, elle se tourna vers Giso qui était en train de boire son troisième gobelet de vin chaud.

— As-tu aussi appris quelque chose sur les autres que je t'avais nommés ? Par exemple sur Wina ou sur Elsa et Anne ?

— La vieille intendante travaille maintenant chez ton oncle Mombert. Les deux servantes, elles, ont également trouvé un nouvel emploi, l'une à Constance, l'autre à Meersburg. Ruppert n'a gardé aucun domestique de l'époque de ton père.

— Et qu'est-il advenu de Linhard Merk, son secrétaire ?

Marie prononça ce nom comme si elle recrachait quelque chose d'écœurant.

— Quelques mois après ton bannissement, il est entré au couvent des Ecossais à Constance, où il vit sous le nom de frère Joseph.

Elle poussa un rire amer.

— Un criminel et un violeur qui entre dans les ordres ! Et les braves bourgeois qui se fient à un homme pareil, croyant qu'avec son aide, ils parviendront plus vite au ciel ! Et les deux autres ?

Giso se passa l'index en dessous du nez et réfléchit brièvement.

— Hunold est toujours garde municipal et Utz continue de voir du pays. Il travaille comme charretier et chef de convoi pour les marchands de Constance dont il a conservé toute l'estime.

— Leur vilenie ne leur a donc rien rapporté ! Je me serais pourtant attendu à ce qu'au moins Utz soit récompensé grassement. Et qu'est devenue la veuve Euphémia ?

— Quant à elle, elle a encore moins tiré profit de sa trahison : on l'a retrouvée morte dans son lit trois mois après le procès. Le plus étonnant est qu'elle était en parfaite santé et que peu de temps auparavant, elle se vantait de devenir bientôt très riche.

— Peut-être a-t-elle tenté d'exercer du chantage auprès de Ruppert qui l'a tuée ou fait assassiner par l'un de ses complices ?

Marie n'éprouva que peu de satisfaction à cette idée. C'était pure supposition, mais elle espéra que la vieille Euphémia endurait les tortures infernales que l'Église promettait aux parjures.

Elle demanda encore des nouvelles des siens, mais Giso ne put rien lui apprendre d'autre que le deuil de son oncle et de sa famille après la mort du fils qu'ils avaient tant attendu au lendemain de la naissance. Marie tenta de se souvenir de sa cousine Hedwige, mais elle n'y parvint pas. Et pendant que l'intendant racontait tel ou tel détail de son voyage, elle repensa à Michel, le fils de l'aubergiste. Elle allait interroger Giso, mais puisqu'elle ne l'avait pas prié de se renseigner à son sujet, elle y renonça. Elle le remercia et lui promit de faire part de son arrivée à Hiltrude.

7

Lorsque Marie entra dans les appartements de dame Mechthild, elle la trouva dans son lit, les paupières closes, les poings crispés, hurlant de douleur. Pourtant, la châtelaine suivait apparemment tout ce qui se passait, car au moment où la jeune femme se pencha sur elle, elle lui agrippa l'épaule et la regarda en ouvrant grands les yeux.

— Va apaiser mon époux ! Je ne veux pas qu'il s'inquiète à mon sujet. Ces derniers temps, il a déjà eu plus à supporter que ce que le plus vaillant des hommes peut endurer sans l'aide de Dieu.

Marie ouvrit les bras avec impuissance.

— Je ne peux quand même pas l'attirer au lit alors qu'il y va de votre vie !

Guda s'approcha d'elle et lui posa la main sur l'autre épaule.

— Vas-y, ma fille. Fais ce que la maîtresse t'a ordonné. Si le chevalier ne veut pas de toi, tu n'as qu'à le soûler. Mais au nom du Ciel, débrouille-toi pour le retenir loin d'ici.

— Bien, je vais essayer.

Elle hocha la tête pour donner plus de force à cette promesse. Alors, la châtelaine la lâcha.

— Dis-lui que je l'aimais beaucoup si jamais je ne…

Mechthild se contracta, de sorte qu'elle ne put finir sa phrase, mais Marie avait compris ce qu'elle voulait dire. Elle se hâta de quitter la pièce dans laquelle les servantes, bien qu'elles n'eussent plus grand-chose à faire, s'agitaient comme une bande de poules excitées, et gagna par la porte latérale le vestibule qui menait à la chambre du chevalier Dietmar.

Appuyé contre le mur près de l'entrée, le chevalier la regarda s'approcher comme s'il s'était attendu au Saint-Esprit.

Marie croisa les mains dans un geste de prière.

— C'est la maîtresse qui m'envoie. Je dois m'occuper de vous.

— Hors de question ! la repoussa-t-il. Comme si j'allais m'amuser avec une catin en de telles circonstances !

Marie passa près de lui, ramassa la coupe qui avait roulé sur le sol et l'essuya avec un torchon. Puis les mains tremblantes, elle la remplit de vin.

— Buvez, seigneur. Cela vous fera du bien. Ce n'est bien entendu pas le moment de penser à faire des sottises au lit. Mettons-nous plutôt à genoux et prions le Ciel de venir en aide à dame Mechthild en cette heure difficile.

Le chevalier vida la coupe d'un trait comme s'il s'agissait d'eau et non pas de vin lourd. Le mot « prier » se fraya néanmoins un chemin dans son cerveau embué et il acquiesça d'un mouvement de tête.

— Oui, catin, prions Dieu qu'il ait pitié de mon épouse. Jésus a bien béni Marie Madeleine. Peut-être t'exaucera-t-il aussi.

En disant ces paroles, il s'agenouilla au milieu de la pièce et joignit les mains.

Le temps passa lentement tandis que Marie s'efforçait de retrouver le texte des prières pour les femmes en couches et les récitait au chevalier. En même temps, elle écoutait les bruits qui provenaient de la pièce voisine dans l'espoir d'entendre les cris et louanges qui accompagnent une naissance. Mais elle ne percevait que des ordres donnés à voix basse, de petits pas pressés et les hurlements réguliers de la châtelaine qui couvraient tous les autres bruits et traversaient de manière effroyable les murs épais.

À chaque fois que sa voix s'élevait, son époux tressaillait et serrait les poings contre son ventre comme s'il ressentait lui-même les souffrances qu'elle endurait. À la fin, il n'en pouvait plus. Il se releva d'un bond et s'élança vers les appartements de Mechthild. Marie essaya de le retenir, mais il la repoussa. Juste devant la porte, il fut cueilli par Giso qui, malgré sa grande taille, eut du mal à le retenir et à le ramener dans sa chambre. Dietmar insultait son vassal et même le frappait.

— Laisse-moi, voyou ! Je veux voir ma femme !

Marie essaya de seconder l'intendant en parlant au châtelain.

— Vous ne pouvez pas l'aider. La sage-femme est près d'elle. En la gênant, vous ne feriez que compliquer les choses. Soyez raisonnable. Restez ici !

Dietmar n'y prêta pas la moindre attention. Il se débattait entre les bras de Giso qui tentait de le calmer. L'intendant y parvint enfin et le poussa vers son lit. Alors, Marie lui tendit la coupe qu'elle avait aussitôt remplie de vin et regarda le chevalier l'avaler d'un trait. Puis il s'agrippa à elle, qu'il n'avait jusqu'ici pas prise en compte, et récita en sanglotant l'une des prières qu'elle lui avait apprises. Pourtant, cet appel à la Sainte Vierge ne sembla guère l'apaiser.

— Dieu ne peut pas avoir la cruauté de me priver de ma femme ? demanda-t-il avec des yeux terrorisés.

— Non, il ne fera pas cela, promit-elle en espérant que tout finirait vraiment bien.

Elle frissonna en songeant à ce dont il serait capable sous le coup de la colère si jamais Mechthild devait ne pas survivre à l'accouchement.

— Je l'aime tant. Sans elle, je ne suis qu'une moitié d'homme. Elle est ma force, ma vigueur, ma…

Il fondit en larmes, mais ni Marie ni Giso n'interprétèrent cet accès de désespoir comme une marque de faiblesse. L'intendant vénérait la châtelaine et aurait donné sa vie pour elle, même si en cette heure grave personne d'autre que Dieu ne pouvait lui venir en aide.

Marie prit alors conscience du silence qui régnait maintenant à côté. Elle n'osa pas bouger si bien qu'il ne lui restait plus qu'à fixer la porte et à attendre qu'on vienne les informer. À peine deux secondes plus tard, la poignée se baissa. Elle retint son souffle et serra le bras du chevalier complètement contracté. Puis la porte s'ouvrit en grand et Guda entra. Elle portait une petite chose enveloppée dans un drap brodé par Marie, qui s'agitait légèrement. Radieuse, elle la tendit au chevalier.

— Vous avez un fils, seigneur Dietmar, aussi sain et aussi éveillé qu'on peut le souhaiter.

Comme pour lui donner raison, le nourrisson se mit à pleurnicher. Mais le père ne fit pas attention à l'enfant, il regarda la gouvernante d'un air angoissé.

— Et ma femme ?

— Elle est épuisée, mais a bien supporté l'accouchement.

Dietmar poussa alors un cri de joie, effrayant ainsi le nouveau-né qui pleura de plus belle. Il n'accorda cependant qu'un bref regard au petit visage tout rouge et tout fripé, poussa Guda et courut dans la chambre voisine. Marie et Guda le suivirent avec soulagement.

Dame Mechthild avait l'air exténuée, mais satisfaite, et elle s'efforça de sourire quand son mari s'agenouilla à son chevet.

— Je t'avais bien dit que ce serait un garçon, murmura-t-elle.

— Le plus important est que tu ailles bien, répondit-il.

Il l'embrassa, puis fit signe d'approcher à Marie qui félicita la châtelaine au pied du lit.

— Pour remercier la Sainte Vierge d'avoir protégé mon épouse et mon fils, annonça-il solennellement, je promets de faire un pèlerinage à Einsiedeln et d'allumer un cierge sur son autel le jour de la fête des anges. Mais auparavant, nous devons baptiser mon fils.

— Et comment va-t-il s'appeler ?

— Grimald, répondit le chevalier en riant. Et je sais aussi qui sera son parrain !

Il jeta un regard espiègle à sa femme et éclata d'un rire joyeux, comme si tous ses soucis s'étaient évanouis d'un coup.

8

Le lendemain matin, Giso se mit en route en compagnie de quelques hommes seulement pour aller annoncer la bonne nouvelle aux amis du chevalier Dietmar. Bizarrement, il emmenait des chevaux de bât comme s'il partait pour un assez long voyage. Marie apprit qu'il devait rendre visite à celui que son seigneur aspirait à convaincre d'être le parrain de son fils. En revanche, personne ne put lui dire de qui il s'agissait. Le chevalier ne l'avait même pas confié à sa femme, pourtant dévorée de curiosité.

Bientôt, Marie se demanda moins qui serait le parrain qu'où se cachait frère Jodokus. En s'approchant sur la pointe des pieds de la chapelle, où il aurait dû être en train de dire une messe pour la châtelaine et son fils, elle fut surprise par le silence qui y régnait. Elle jeta un coup d'œil à l'intérieur. Par gratitude pour la venue au monde d'un héritier, trois cierges auraient dû brûler sur l'autel en l'honneur de la Sainte-Trinité et un autre devant la statue de la Sainte Vierge. Or seuls les rayons presque horizontaux du soleil éclairaient les voûtes peintes. Marie resta déconcertée.

L'une des servantes lui raconta alors que Jodokus ne s'était pas présenté au chevet de dame Mechthild pour la féliciter et qu'on ne l'avait pas vu non plus dans la salle au moment où le chevalier avait rassemblé ses vassaux pour y annoncer la naissance de son descendant. Comme il ne se montrait toujours pas au dîner, Marie attira l'attention de Guda sur son absence. La gouvernante manifesta peu d'intérêt pour le moine.

— Frère Jodokus est un vieux sédentaire. Il préfère s'user les genoux dans sa chambre et faire acte de contrition plutôt que de dire une messe. Mais pour être honnête, je ne suis pas mécontente de ne pas l'avoir dans les jambes. Je n'aime pas quand il rôde. Et quant à toi, je te conseille de l'éviter. Je n'ai aucune confiance en cet homme.

Guda insista sur le dernier mot, comme si elle était au courant des sentiments que le moine éprouvait pour la jeune femme. Marie n'insista pas.

Plus tard, quand elle interrogea Hiltrude, son amie la taquina.

— Ton adorateur te manque ? Je pensais que tu n'en avais rien à faire des béliers à deux jambes ?

Le lendemain soir, Jodokus n'avait toujours pas refait surface et le chevalier Dietmar commença à se faire du souci. Il ordonna qu'on parte à sa recherche dans l'enceinte du château, mais en vain. Alors, même s'il y avait peu de chance qu'il ait survécu par ce froid, il envoya des valets équipés de flambeaux passer au crible les environs pour le cas où il lui serait arrivé quelque chose pendant une promenade. Là non plus, on ne trouva pas trace du moine. Sa disparition resta une énigme que personne au château ne put s'expliquer.

Quelques jours plus tard à peine, Hartmut von Treilenburg et l'abbé Adalwig de Sainte-Ottilie en personne se présentèrent au château pour féliciter le chevalier et son épouse et promirent de revenir le jour du baptême.

Une semaine après, quand Giso fut de retour avec une lettre cachetée de plusieurs sceaux et que le chevalier Dietmar en eut pris connaissance, toute préoccupation s'effaça de son visage. Rayonnant de fierté, il ordonna qu'on prépare une grande fête et courut dans la chambre de sa femme, qui reprenait chaque jour un peu plus de forces, pour lui annoncer la bonne nouvelle.

Marie était donc libérée plus tôt qu'elle ne s'y était attendue de la tâche pour laquelle on l'avait fait venir au château. Depuis la naissance de son fils, le chevalier refusait catégoriquement de faire appel à ses services et préférait languir après le jour où Mechthild pourrait de nouveau partager sa couche. La jeune femme ne lui en voulait pas, d'autant qu'il y avait bien assez de travail sans cela pour Hiltrude et elle. Guda avait en effet besoin de tous pour préparer le baptême au cours duquel on voulait aussi fêter la Noël, qui était passée presque inaperçue du fait de l'accouchement.

Quoiqu'il restât plusieurs semaines, on pouvait au départ craindre que rien ne fût prêt à temps. Mais dès que dame Mechthild fut assez remise pour se lever et reprendre les choses en main, le personnel éprouva un sursaut d'énergie. Les valets et les servantes plaisantaient et riaient en dépit du labeur. Et bien qu'ils se refusent d'habitude aux travaux domestiques, les soldats aussi se mirent à l'ouvrage, ce dont la châtelaine les récompensa avec force louanges et maints pichets de vin.

Le mois de janvier passa. Le jour de la Saint-Blaise, où l'on célébrait la Chandeleur, approchait. Comme frère Jodokus n'avait toujours pas refait surface, ce fut l'abbé de Sainte-Ottilie qui dut célébrer la messe. Comme promis, Adalwig était arrivé pour surveiller les préparatifs du baptême dans la chapelle. C'était un ami du chevalier Dietmar et un ennemi déclaré de Keilburg, car si le comte Konrad n'était pas directement une menace pour le monastère, il avait extorqué par deux fois des terres dont les précédents propriétaires pensaient faire don au cloître.

Les autres invités et les domestiques pensaient que c'était lui qui avait été choisi comme parrain. Mais la Chandeleur se déroula sans que l'abbé ait baptisé l'enfant et, à la surprise générale, le maître des lieux reporta la fête en expliquant qu'il attendait un invité de marque, qu'il se garda pourtant bien de nommer.

Deux jours plus tard, la sentinelle signala une troupe de cavaliers assez nombreux qui s'approchait de la forteresse. Hartmut von Treilenburg et quelques autres seigneurs craignirent aussitôt une ruse de Keilburg et ordonnèrent à leurs hommes de prendre les armes. Mais le chevalier Dietmar les rassura et fit ouvrir toutes grandes les portes du château. Après avoir enfilé au-dessus de ses habits de fête un manteau de laine bordé de renard pour se protéger des morsures du froid, il sortit dans la cour pour y accueillir les arrivants. Dame Mechthild le suivit après avoir dit à une servante de les accompagner avec une carafe de vin chaud et plusieurs gobelets.

— Est-ce que je me trompe ou bien est-ce que ce sont vraiment les armoiries du comte von Württemberg ? s'exclama avec étonnement l'un des invités non loin de Marie.

Il avait raison. Le fanion représentait bien un cerf bondissant. Quand les cavaliers furent plus près, on vit qu'ils portaient des capes en peau de mouton par-dessus leurs manteaux. Leurs chevaux étaient protégés par des couvertures et avaient même les pattes enveloppées en partie dans des bandages. Les hommes avaient des glaçons dans la barbe et des nuages blancs sortaient par les naseaux des bêtes.

— Le chevalier Dietmar doit jouir d'une grande estime auprès du comte Eberhard pour que celui-ci entreprenne le voyage de Stuttgart à Arnstein au beau milieu de l'hiver, murmura un invité à Harmut von Treilenburg.

Bouche bée, celui-ci approuva d'un hochement de tête, mais on pouvait en même temps lire sur son visage qu'il ne savait pas tout à fait que penser de cette histoire.

Le comte Eberhard passa le porche et arrêta son cheval devant le couple sorti pour l'accueillir. Aussitôt, deux valets accoururent pour l'aider à descendre de sa monture, ce qui ne fut pas inutile, car en dépit des peaux de mouton et de son manteau bordé de fourrure, le comte von Württemberg avait gelé sur sa selle. Il accepta avec reconnaissance le gobelet que lui tendait dame Mechthild et le but jusqu'à la dernière goutte.

— Cela fait du bien, dit-il alors pendant que la servante distribuait du vin chaud à ses hommes.

Il épousseta le reste de neige qui collait à ses vêtements, retira ses gants et tendit la main au chevalier.

— Toutes mes félicitations pour la naissance de votre fils, Chevalier. Par les temps qui courent, on ne saurait avoir trop de guerriers courageux.

— Je vous remercie d'être venu, Comte.

La voix de Dietmar laissait percevoir comme il était soulagé d'être traité d'égal à égal par Eberhard von Württemberg. Hartmut von Treilenburg également se réjouit de la tournure que prenaient les événements, son visage s'éclaira tout à coup. Il s'avança vers le nouveau venu et serra la main qu'il lui tendait.

— Et je suis très heureux de vous voir, Comte Eberhard.

— Je suis très honoré d'avoir été invité, répondit l'hôte en jetant un rapide coup d'œil sur l'intérieur de la forteresse.

Ce qu'il vit sembla lui plaire ; il donna une tape respectueuse sur l'épaule de Dietmar von Arnstein avant de le suivre à l'intérieur du corps de logis. Là, les valets aidèrent ses hommes et lui à enlever les capes et les lourds manteaux de laine.

Marie put enfin voir comme le comte von Württemberg était grand et large d'épaules. Contrairement à la plupart des gens de son âge – elle estima qu'il devait avoir dans les quarante-cinq ans –, il était resté mince. Son visage était encadré d'une barbe châtaine qui grisonnait déjà et ses yeux pétillaient d'une gaieté que rien ne semblait pouvoir entamer. Il portait un pourpoint noir et jaune, les couleurs du Wurtemberg, dont le jaune quelque peu passé, songea Marie amusée, n'était pas sans rappeler les rubans des prostituées. Ses chausses étaient bleu foncé, et sa coquille aussi rembourrée que si le rang élevé qu'il occupait au sein du duché de Souabe en dépendait.

Dans la grande salle, tout était prêt pour le festin. Les servantes apportaient déjà les mets ; les arrivants devaient être affamés après leur long voyage dans le froid. Marie aida à servir jusqu'à ce que dame Mechthild lui fasse signe d'approcher.

— Laisse les servantes travailler et assieds-toi près de moi. Je vois bien que tu es dévorée par la curiosité. En outre, j'ai une mission pour toi.

Voilà longtemps que la châtelaine n'avait pas eu la voix aussi joyeuse.

Marie ne se le fit pas dire deux fois. Elle posa devant le comte von Württemberg le rôti de porc qu'elle tenait dans les mains, dénoua son tablier qu'elle tendit à une servante et prit place sur le tabouret indiqué par la maîtresse des lieux. Hiltrude, qui servait également à table, jeta un regard étonné dans sa direction.

Le comte aussi la dévisagea avec intérêt, se pencha vers elle et lui tira sur la manche.

— Tu es un sacré joli petit bout de femme. Comment t'appelles-tu ?

— Elle s'appelle Marie. C'est une courtisane qui est à votre service si vous le souhaitez, répondit Mechthild.

Les yeux du comte Eberhard brillèrent de convoitise et Marie comprit qu'aujourd'hui même elle finirait dans son lit. Pendant quelques secondes, elle fut fâchée : elle ne s'était pas attendue à être traitée par la châtelaine comme une vulgaire pièce de monnaie qu'on utilise pour acheter quelque chose. Puis en son for intérieur elle rit de sa naïveté. On l'avait choisie pour ses charmes. Pourquoi devrait-on désormais la traiter autrement ?

Elle aurait d'ailleurs pu tomber plus mal : le comte von Württemberg était un hôte agréable et propre. De plus, c'était vraisemblablement un ennemi de Konrad von Keilburg, car elle avait maintenant compris qu'elle ne devait nourrir aucune illusion : les seigneurs ne s'entraidaient que s'ils y voyaient un intérêt personnel. L'arrangement présentait donc un avantage : elle pouvait rester à proximité de lui et entendrait donc tout ce que le chevalier et son épouse lui diraient.

Sans perdre une miette de la conversation, elle se rappela tout ce qu'elle savait sur lui. Avec Friedrich von Habsburg qui possédait – en plus de son pays d'origine, le Tyrol – la Haute-Autriche et de grands domaines en Alsace, le margrave Bernhard von Baden et Konrad von Keilburg, le comte Eberhard comptait parmi les hommes les plus puissants et les plus influents du vieux duché de Souabe dont plus personne ne portait le titre depuis la mort du dernier Staufer. Aucun des grands seigneurs de la région n'était parvenu jusqu'à présent à conquérir la dignité de duc et, ainsi, à s'assurer la suprématie sur les autres. Marie se demanda si le comte von Württemberg avait l'intention de s'imposer. Rien dans ce qu'elle entendait ne le laissait croire.

Pour commencer, le comte et le chevalier s'entretinrent de choses et d'autres, comme de l'hiver exceptionnellement froid ou du concile qui devait s'ouvrir à l'automne suivant. Le comte Eberhard, qui devait y prendre part, invita ses hôtes à l'accompagner à Constance. Ce n'est que plus tard, lorsque les servantes eurent débarrassé, que les deux hommes se mirent à évoquer la querelle avec le comte von Keilburg.

— À ce que j'ai entendu dire, Konrad s'est emparé d'un château qui vous revient ?

— C'est exact, expliqua sans attendre le chevalier, qui raconta alors au comte von Württemberg l'histoire étrange du second testament par lequel son oncle aurait prétendument promis à Keilburg la seigneurie de Mühringen. Il a fait main basse sur la forteresse et refuse de reconnaître mes droits, conclut-il, la mine renfrognée.

Eberbard von Württemberg gonfla les joues.

— N'est-il pas possible de demander au chevalier Otmar pourquoi il s'est laissé convaincre de modifier son testament ?

— Je l'aurais fait si j'avais pu. Konrad prétend que mon oncle devait se retirer à Sainte-Ottilie, mais qu'il n'y est jamais arrivé. Il dit que sinon il l'aurait déjà convoqué depuis longtemps.

La mine du chevalier indiquait assez qu'il tenait cette explication pour une mauvaise excuse.

Le comte Eberhard semblait partager son avis. Il appuya son menton barbu dans sa main droite, et de la gauche il joua avec l'un des jolis boutons en argent de son pourpoint.

— Cette situation ne me plaît guère. En tout état de cause, je vais rendre compte de votre affaire à l'empereur. Vous me dites que vous possédez un testament scellé établi par votre oncle en présence de témoins ?

— C'est bien cela, et même en double ! s'exclama von Arnstein avec un sourire de satisfaction.

Il détacha une clé accrochée à sa ceinture et tendit la main droite vers sa femme qui lui en donna une similaire. Giso, qui en avait ôté une troisième de sa ceinture, prit les deux premières et quitta la salle pour aller chercher le contrat. Il revint peu de temps après avec un étui en cuir qu'il tenait à une certaine distance.

— Voici le testament, mon Seigneur. Mais je dois dire qu'il ne sent pas très bon.

Le chevalier leva les yeux avec irritation et renifla le cuir. L'odeur qui s'en dégageait le fit tousser.

— Il y a quelque chose de louche, déclara-t-il quand il eut repris son souffle.

Il ouvrit l'emballage avec précaution et fixa d'un air déconcerté les lambeaux de parchemin délavés qui répandaient une puanteur insoutenable.

Le comte von Württemberg demanda une serviette à un domestique, s'en protégea la main et prit l'un des morceaux entre les doigts. Le document était comme brûlé, il ne restait plus rien du texte. Il le tendit alors au châtelain en secouant la tête.

— On dirait que von Keilburg vous a joué un vilain tour. Quelqu'un a versé de l'acide sur le testament pour le détruire. Je crains qu'il n'y ait un traître au château.

Marie perçut avec effroi des regards qui se tournaient vers elle. Le chevalier Dietmar, lui, fixait le morceau de parchemin comme s'il n'arrivait pas à croire ce qu'il voyait. Pour finir, il le jeta par terre en poussant un juron et frappa du poing sur la table.

— Keilburg ne va pas s'en sortir comme ça ! J'ai fait mettre un double à l'abri au couvent de Sainte-Ottilie. Ces brigands ne risquent pas d'y avoir accès, à celui-là.

À l'autre extrémité de la table, le père Adalwig poussa un cri de surprise.

— Mais seigneur Dietmar, votre secrétaire Jodokus est venu le chercher il y a quelques semaines !

Le chevalier fixa l'abbé, les yeux écarquillés.

— C'est impossible. Je n'ai jamais...

Il s'interrompit et grinça des dents.

— Voilà pourquoi il a disparu ! s'écria-t-il au bout d'un moment. Il a commencé par détruire mon exemplaire, puis il est allé chercher le double au monastère. Quel imbécile je suis ! Pourquoi ne me suis-je pas aussitôt méfié quand ce satané moine s'est envolé ?

Après cet accès de rage, un silence de plomb se fit dans la salle. Les gens se regardaient. Sur leurs visages se reflétait la peur qu'inspire un ennemi capable de détruire des documents enfermés dans des coffres à plusieurs serrures derrière des murs épais. Quelques personnes firent un signe de croix.

Le comte von Württemberg sentit qu'il fallait faire quelque chose pour chasser l'angoisse que ressentaient les convives à l'idée du pouvoir en apparence sans limites de Konrad von Keilburg. Il but une gorgée de vin et posa la main sur l'épaule de leur hôte.

— Ne nous avez-vous pas invités à un baptême, Chevalier ?

Dietmar von Arnstein hocha la tête d'un air étonné.

— Si, mais...

— Il n'y a pas de mais ! s'exclama l'autre d'une voix impérieuse. Nous n'allons quand même pas laisser le comte Konrad troubler cette fête ! Dame Mechthild, faites amener mon filleul et dites en même temps qu'on apporte de l'eau bénite. Ou plutôt, non ! C'est ce traître de moine qui l'a consacrée. Père Adalwig, bénissez l'eau et l'enfant. Cela ne saurait déplaire à Dieu.

— Ici ? Maintenant ? demanda l'abbé, stupéfait.

— Pourquoi pas ? rétorqua le comte von Württemberg. La majorité des enfants ne sont pas baptisés à l'église, mais chez eux. En plus, ici, il fait chaud tandis que le pauvre va grelotter dans la chapelle glaciale.

Le religieux lança un regard désemparé au châtelain et à son épouse. Celle-ci fit un signe de tête approbateur et envoya Guda chercher son fils. Elle avait compris qu'Ebehard von Württemberg cherchait par-là à repousser l'ombre menaçante de Keilburg et elle lui en était si reconnaissante qu'elle se promit de faire dire trois messes pour sa santé et le salut de son âme à l'abbaye de Sainte-Ottilie.

Lorsque la gouvernante revint avec le nourrisson, tout était prêt pour la cérémonie. Giso et quelques autres étaient allés chercher à la chapelle non seulement le crucifix doré, mais aussi les fonts baptismaux, qui étaient si lourds qu'il fallut six hommes forts pour les porter.

Eberhard von Württemberg vint à la rencontre de Guda et prit l'enfant dans ses bras.

— Quel garçon splendide ! s'exclama-t-il en souriant.

Il constata avec plaisir que les joues de dame Mechthild s'empourprèrent de joie.

— Donnez-lui votre bénédiction, mon Père, exhorta-t-il l'abbé qui n'avait toujours pas bien compris de quoi il retournait.

Finalement, le vieil homme se leva et se dirigea vers les fonts baptismaux. Certes, il buta plusieurs fois sur un mot pendant les prières, mais il réussit à prononcer d'une traite la formule de baptême et conclut avec un amen de soulagement en esquissant une croix au-dessus du nourrisson.

— Amen, répéta en chœur l'assistance.

La plupart des convives pensaient qu'on allait maintenant se remettre à table, mais le comte von Württemberg leva alors la main pour réclamer une nouvelle fois l'attention.

— Puisque j'ai l'honneur d'avoir été choisi comme parrain de cet enfant, je veux dès à présent lui faire mon cadeau de baptême, annonça-t-il d'une voix puissante. Je donne en fief à mon filleul Grimald la seigneurie de Thalfingen-sur-le-Neckar pour renforcer les liens qui unissent sa famille et la mienne.

Il se retourna, le nourrisson dans les bras, pour observer l'effet produit par sa déclaration et sourit d'aise en lui-même.

Le chevalier Dietmar le fixait bouche bée et les yeux luisants. Peu lui importait que son fils devînt ainsi le vassal du comte ; cette alliance garantissait Arnstein de toute nouvelle exaction de Keilburg. Le comte Konrad y réfléchirait à deux fois avant de s'en prendre à un allié d'Eberhard von Württemberg.

Même dame Mechthild faisait penser à une petite fille qui vient de recevoir la plus belle poupée du monde. L'abbé Adalwig constata avec plaisir qu'à partir de maintenant l'hôte de marque tendait sa main protectrice au-dessus de son ami Dietmar et il en rendit grâce au ciel. Hartmut von Treilenburg expira l'air qu'il avait trop longtemps retenu et leva sa coupe à la santé du parrain et du filleul. Lui aussi profiterait de cette protection dont il avait tant besoin.

Marie sentit que la visite d'Eberhard von Württemberg insufflait un esprit nouveau au château d'Arnstein. Le comte ne semblait pas exclure un conflit ouvert avec Keilburg. Aussi reprit-elle espoir que Maître Ruppertus soit un jour puni comme il le méritait. Elle se demanda si elle devait tout raconter au comte et lui demander aide et protection. Mais comme ce n'était pas dans son fief qu'on lui avait causé tort, elle abandonna aussitôt cette idée. Le comte von Württemberg ne jouissait d'aucune influence à Constance et ne pourrait donc rien pour elle. En outre, il n'était guère probable qu'un grand seigneur s'intéresse au sort d'une fille perdue et lui prête foi.

Le comte séjourna deux semaines au château d'Arnstein. Nombreux furent ceux qui prétendirent qu'il n'y était resté si longtemps que pour les nuits qu'il passait en compagnie d'une jeune femme d'une remarquable beauté. Au moment du départ, il glissa dans le décolleté de Marie plusieurs pièces d'or frappées du cerf bondissant du duché du Wurtemberg et l'embrassa devant tous. Puis il s'élança dans le froid, qui n'avait toujours pas relâché son emprise, et laissa derrière lui des hôtes soulagés et heureux.

QUATRIÈME PARTIE

DANGEREUSES PÉRÉGRINATIONS

1

— Tu es sûre que tu ne veux pas ? demanda dame Mechthild sur un ton légèrement offensé.

Marie se mordit les lèvres et secoua la tête.

— Je souhaite seulement t'aider, espèce de têtue ! continua la châtelaine. Si tu épousais l'un de nos paysans, tu deviendrais une femme respectable. Et comme tu es née libre, je suis même prête à te certifier par lettre cachetée que tes enfants non plus ne seraient pas des serfs. J'en ai parlé à mon mari, qui accepte de te donner à titre universel un domaine dans la seigneurie de Thalfingen.

Marie sentit son cœur battre la chamade. Quelque chose en elle lui disait d'accepter ce don princier. Anne et Elsa, les deux servantes de son père à Constance, ne rêvaient que de cela : posséder un jour leur propre exploitation. Ce n'était pas une vie facile : la femme d'un paysan devait travailler aussi dur que son époux. De plus, Marie avait conscience qu'elle devrait commencer par apprendre tout ce que l'on enseignait dès l'enfance à une fille de la campagne. Mais avec l'aide d'un homme dévoué, elle était sûre d'y arriver.

Cependant, si elle acceptait, elle serait liée pour le restant de sa vie à un bout de terre qu'elle ne pourrait quitter que pendant quelques jours tout au plus, soit pour aller au marché dans la ville la plus proche, soit pour faire un pèlerinage. Elle vivrait quelque part sur les rives du Neckar, c'est-à-dire loin de Constance et de Ruppert, et renoncerait ainsi à tout espoir de vengeance. Pour le fourbe avocat, ce serait comme si elle avait succombé aux coups de verge ou qu'elle s'était jetée à l'eau de honte. Non, il ne fallait pas qu'elle faiblisse et accepte ce présent, sinon elle perdrait à jamais la paix intérieure.

Elle inspira profondément et répondit avec d'infinies précautions pour éviter de fâcher plus encore dame Mechthild.

— Je ne sais comment vous remercier. Cependant, je ne suis pas une paysanne et ne saurai jamais gérer un domaine. Je suis fille de marchand et je n'ai jamais vécu à la campagne.

La châtelaine éclata de rire.

— Sais-tu bien ce que tu dis ? Crois-tu que tu rencontreras un jour une autre occasion de sortir de la fange ? Que tu trouveras ailleurs un lieu pour travailler au salut de ton âme grâce à une existence honnête et chrétienne et à force de prières ? Non, ma fille, si tu pars d'ici, tu resteras à jamais dans le ruisseau où le demi-frère de notre ennemi t'a poussée et tu seras condamnée à errer sans patrie jusqu'à la fin de tes jours.

Par la fenêtre de la chambre, Marie regarda dans la cour où Hiltrude, avec l'aide de Thomas, attelait au petit chariot ses chèvres devenues rétives. Les trois petits, nés deux mois auparavant, refusaient de se laisser attacher. Elle pensa que son amie, une enfant de la campagne, aurait été heureuse de pouvoir vivre de la terre et elle songea à prier la châtelaine d'autoriser le mariage d'Hiltrude et de Thomas et de leur donner l'exploitation. Mais si dame Mechthild acceptait, Marie devrait reprendre la route seule, et cela lui faisait peur. C'est pourquoi elle s'abstint de poser la question tout en se reprochant son égoïsme, qui n'épargnait même pas l'amie à laquelle elle devait la vie. Elle lutta contre les larmes qui lui montaient aux yeux et rejeta la tête en arrière.

— J'ai bien conscience de ce que je refuse, ma Dame. Mais il n'y a aucun endroit au monde où je pourrai trouver la paix intérieure…

Elle voulait dire : « tant que Ruppertus Splendidus est encore en vie », mais elle se retint à temps. Son désir de vengeance ne regardait pas la châtelaine. C'est pourquoi elle s'éclaircit la gorge et fit une révérence sans la regarder dans les yeux.

— Il faut que je m'en aille, ma Dame.

— Comme tu veux, répondit celle-ci avec humeur. Tu as reçu ton salaire. Accepte en outre mes remerciements pour l'aide que tu m'as apportée et mes vœux de bonheur. Je prierai pour ton âme lors de mon pèlerinage à Einsiedeln.

Marie fit une nouvelle révérence, puis se retourna brusquement et traversa le logis à pas lents. Elle descendit dans la grande salle, passa la porte d'entrée et arriva sur le glacis intérieur où Hiltrude l'attendait. En même temps, elle prenait congé de cet endroit où elle avait vécu quelques mois riches en péripéties et où elle avait appris beaucoup de choses qu'elle espérait pouvoir mettre à profit dans un avenir proche.

La bourse accrochée à sa ceinture contenait le salaire que dame Mechthild lui avait versé pour prix de ses services. La châtelaine ne s'était pas montrée aussi généreuse que Marie se l'était imaginé. Cela tenait peut-être à l'offre qu'elle venait de lui faire ou au fait que le comte von Württemberg, dont elle avait partagé la couche pendant deux semaines, l'avait richement récompensée. Par prudence, elle avait mis les pièces d'or qu'il lui avait données dans une autre bourse, cachée sous ses vêtements. La somme qu'elle possédait maintenant ne suffisait pas encore pour engager un tueur contre Ruppertus Splendidus. En revanche, c'était assez pour les scélérats qui l'avaient violée. Mais si elle les faisait assassiner en premier, l'avocat serait sur ses gardes. Elle ne pouvait pas courir ce risque.

Elle vit Hiltrude qui se tenait près du chariot, dans sa nouvelle robe, et parlait à Thomas avec fougue. Contrairement à la fin des hivers précédents, elle avait bonne mine et était bien nourrie. Du point de vue économique, leur séjour avait valu la peine. Elles avaient de nouvelles robes, des manteaux et d'autres vêtements. Elles n'avaient rien dépensé pour se nourrir et se loger. Au contraire, elles avaient passé quelques mois très agréables et avaient en même temps bien gagné leur vie. Des femmes de leur condition ne pouvaient vraiment rien souhaiter de plus.

— On y va ?

La question de son amie arracha Marie à ses pensées.

— Je suis prête. Et toi ?

— Oui, j'ai dit au revoir à Thomas.

Hiltrude faisait semblant d'être sereine alors que ses yeux humides la trahissaient. Comme elles n'avaient de toute façon pas d'autre solution que de repartir sur les routes poussiéreuses, Marie préféra ne pas y prêter attention. Son amie devait s'arranger de son chagrin comme elle-même devait vivre avec son propre déchirement.

Lorsqu'elles eurent atteint les remparts, elle lui jeta un regard interrogateur.

— As-tu une idée de l'endroit où nous pouvons aller ? Il vaut mieux ne pas voyager seules trop longtemps.

— Pour commencer, nous n'avons qu'à nous rendre à Sankt-Marien-am-Stein. Ce n'est pas loin et d'après ce que m'a raconté Thomas, il y a un pèlerinage le dimanche des Psaumes. Avec tout le monde qu'il y aura, cela nous remettra tout de suite dans le bain.

— D'accord. En plus, nous y trouverons sans doute d'autres femmes avec lesquelles nous pourrons voyager sans crainte. Tu connais le chemin ? Je préfère ne pas passer sur les terres de Keilburg.

— Cela ne nous laisse pas beaucoup de choix, se moqua Hiltrude. Mais tu as raison !

Elle émit un rire forcé et fit avancer ses chèvres en claquant la langue. Les bêtes donnèrent un bon coup de collier et poussèrent des cris joyeux tandis que leurs trois petits tiraient sur les cordes fines et cabriolaient dans tous les sens comme s'ils se réjouissaient de passer le printemps hors des hautes murailles de la forteresse.

Lorsqu'elles franchirent la dernière porte, la sentinelle les salua et cria quelque plaisanterie. La réponse d'Hiltrude le fit rire. Pourtant, la voix de la prostituée était loin d'être aussi gaie que ses paroles. Son visage se contractait, comme si elle était sur le point de fondre en larmes. Maintenant qu'elles sortaient définitivement du château, elle semblait accablée par la douleur de la séparation. Toutefois, sur le chemin sinueux qui descendait dans la vallée, elle ne jeta pas un seul coup d'œil en arrière. Marie se demanda si elle devait lui signaler que Thomas la saluait derrière les créneaux de l'une des tours, mais elle s'en abstint. La mine renfrognée, son amie gardait les yeux rivés devant elle. On aurait dit qu'elle craignait de se transformer en statue de sel, comme la femme de Loth, si elle se retournait. C'est ainsi qu'elle quitta Arnstein sans adresser un seul coup d'œil à la forteresse. Thomas, lui, n'abandonna son poste d'observation que bien après que les deux femmes eurent disparu entre les arbres de l'autre côté de la vallée. Les épaules tombantes, il rentra alors dans son étable pour se plaindre de son sort auprès de ses animaux.

2

Tels deux bras protecteurs, le petit lac enserrait la presqu'île sur laquelle était construite l'église de Sankt-Marien-am-Stein. D'ordinaire, on n'y entendait que le gazouillis des oiseaux et le clapotis des flots que le tintement de la cloche couvrait tout au plus une fois par semaine, quand les moines du monastère voisin venaient s'occuper du vieil édifice en pierres presque blanches et y dire des prières. Les jours de pèlerinage comme en ce dimanche des Psaumes, en revanche, la bande de terre débordait de croyants.

Vêtus de leurs plus beaux habits, des hommes, des femmes et des enfants se pressaient vers le portail grand ouvert pour apercevoir la statue miraculeuse de la Sainte Vierge, en or et en cuivre, due à un artiste tombé depuis longtemps dans l'oubli, et prier la mère de Dieu de leur accorder sa grâce et la rémission de leurs péchés.

Hiltrude et Marie arrivèrent dans le flux lentement décroissant des derniers pèlerins auxquels elles s'étaient mêlées en chemin. Au début, cela les avait encore gênées de constater que les femmes les regardaient avec défiance et les évitaient comme si elles avaient la lèpre tandis que les hommes les méprisaient et leur lançaient des remarques grivoises. Mais bientôt, elles en eurent de nouveau pris leur parti et se réjouissaient même maintenant à l'idée qu'elles pourraient bien gagner leur vie. Un rapide coup d'œil leur apprit en effet qu'il n'y avait guère de concurrence : seules quelques modestes tentes étaient munies de rubans jaunes délavés.

Les prostituées auxquelles elles appartenaient étaient en pleine activité : les entrées étaient closes, quelques hommes tournaient avec impatience autour des installations mal arrimées et toutes bancales et semblaient n'en plus pouvoir d'attendre leur tour. Hiltrude et Marie perçurent quelques regards remplis de convoitise posés sur elles et se hâtèrent de monter leurs propres tentes.

Comme personne ne venait leur indiquer d'emplacement, elles choisirent un bout de prairie au sec, un peu en hauteur sur la rive, à l'ombre de saules pleureurs dont les branches qui tombaient dans l'eau les protégeraient des regards quand elles se baigneraient le lendemain matin. Tandis qu'elles étaient occupées à fixer les toiles aux piquets, l'une des autres femmes sortit de sa tente et regarda dans leur direction.

— Ce n'est pas possible ! Que le monde est petit !

— Gerlinde, que fais-tu ici ? s'exclama Hiltrude avec surprise. Je pensais que tu t'étais retirée des affaires.

La vieille prostituée éclata d'un rire amer et la dévisagea en plissant les yeux.

— J'ai bien essayé ! Mais j'avais trop de succès pour les maquereaux du coin. Du coup, ils m'ont envoyé les ratichons et les perdreaux. Tu ne peux pas t'imaginer combien de lois j'ai bafouées, je savais même pas qu'il y en avait autant. Ils m'ont piqué les deux tourterelles que j'avais élevées tant bien que mal et m'ont collée chez un tenancier, non sans me piquer au passage les sous que j'avais péniblement mis de côté. Après, ils m'ont renvoyée à coups de verge. Du coup, j'ai repris la route et en même temps je m'occupe d'une petite. Ce n'est pas la plus futée, mais avec les hommes, elle sait s'y prendre.

Toute contente, Hiltrude la serra dans ses bras. Elle ne semblait pas remarquer combien la vieille sans dents était sale.

— Cela me fait plaisir de te retrouver. Nous allons pouvoir à nouveau voyager ensemble !

— Bien sûr ! Bien sûr ! Notre bon vieux groupe sera à nouveau au complet. Marthe et moi, nous avons rencontré ici Berta et Fita. Elles cherchaient aussi quelqu'un.

À six, nous n'aurons plus besoin de supplier qui que ce soit de nous protéger.

Alors qu'Hiltrude approuvait avec enthousiasme, Marie faisait grise mine. Elle n'avait pas franchement envie de fréquenter Berta, même si c'était toujours mieux que de devoir suivre une troupe de saltimbanques ou un convoi de marchandises escorté par des valets en armes où il fallait tous les soirs se mettre à la disposition du chef. Elle se consola en se disant qu'elle pourrait toujours apprendre auprès de Gerlinde quelques petites choses sur les plantes et leurs vertus médicinales. Elle était aussi curieuse de voir quelle fille la vieille femme avait réussi à embaucher comme servante.

L'arrivée de deux nouvelles prostituées, surtout d'une aussi belle femme que Marie, attira les hommes comme la lumière les mites. Quelques moines accoururent même dans leur surplis pour la voir. Les désirs charnels comptaient manifestement plus pour eux que la vénération de Dieu ou l'âme des pèlerins. Ils avaient abandonné sans scrupule le chœur des pieux dont les cantiques latins retentissaient du fond de l'église. L'un d'eux s'adressa à Marie, occupée à fixer sa tente avec de grosses cordes.

— Bienvenue à Sankt-Marien-am-Stein, ma fille. Tu feras beaucoup pour le salut de ton âme et la rémission de tes péchés si tu me sers avec dévouement et me donnes satisfaction.

Elle s'arrêta et l'examina d'un air moqueur.

— « Avec dévouement », cela veut dire « pour rien », sans doute ? Il n'y a que la mort qui soit pour rien. Et encore, elle coûte la vie !

Le moine ne s'avoua pas si vite vaincu. Il prit une voix encore plus mielleuse.

— Ne sois pas si arrogante, ma fille. Le jour où tu te présenteras aux portes du paradis, le gardien céleste te rappellera tes péchés et te jettera au purgatoire. Mais si tu nous sers, nous autres frères pieux, les valets du diable auront les mains liées et ne pourront allumer qu'un petit feu qui te caressera tout au plus la peau comme un bain chaud.

Marie souffla une ou deux fois, puis éclata de rire.

— C'est toi qui aurais besoin d'un bon bain. Dieu m'a donné un nez bien trop sensible pour que je puisse te servir.

Le moine la fixa d'un air furieux.

— Tu te souviendras de moi quand tu te retrouveras aux portes de l'enfer et que tu seras accueillie par les démons du prince des ténèbres qui te déchireront tous les jours le bas-ventre de leur membre de fer pourvu de crochets !

Comme la jeune femme se retourna avec un haussement d'épaule, il cracha dans sa direction et s'adressa à Hiltrude. À la plus grande surprise de Marie, celle-ci hocha la tête et le laissa entrer dans sa tente, bien qu'elle n'eût encore planté que la moitié de ses piquets. Pourquoi elle, qui attachait tant d'importance à la propreté de ses clients, se laissait-elle approcher par ce moinillon à l'odeur insupportable ?

Marie n'eut guère le temps de réfléchir à ce mystère : la foule qui affluait devant sa tente grossissait à vue d'œil. Elle observa les clients et sentit son ventre se contracter. Après la naissance de son fils, le chevalier Dietmar avait refusé ne serait-ce que de la regarder. Depuis le départ du comte von Württemberg, elle ne s'était donc plus donnée à aucun homme. C'était seulement maintenant qu'elle prenait conscience du bonheur qu'elle avait eu d'être libre de ses gestes. Elle aurait pu se réfugier sous sa tente et la nouer de l'intérieur. Mais elle ne pourrait pas se permettre longtemps de refuser des clients et plus elle attendrait, plus elle aurait de mal à reprendre ses activités.

Un homme qui portait une tenue de paysan fortuné s'avança et la dévisagea.

— Dis-moi ton prix, fille.

— Cinq *schillings*, répondit Marie à qui sa mine suffisante ne plaisait pas.

Le paysan resta d'abord interloqué, puis fit un signe méprisant.

— Douze bons deniers le coup ? C'est de l'or que tu as en dessous de la ceinture pour demander autant ?

Marie lui indiqua la tente de Berta, qu'elle avait reconnue à ses taches.

— Si tu en veux une bon marché, tu n'as qu'à aller par-là. Moi, je n'accorde mes faveurs qu'à ceux qui peuvent se les payer.

De cette manière, elle eut les rieurs de son côté. Écumant de rage, le paysan se retira après avoir lâché une remarque désobligeante. Néanmoins, il n'alla pas chez Berta, mais se tourna vers Hiltrude qui avait pris congé du moine et s'approchait de lui en se dandinant. En quelques paroles, ils tombèrent d'accord et disparurent sous la tente.

— Tu demandes cinq *schillings ?* murmura quelqu'un à l'oreille de Marie. Je crois que je peux me le permettre.

Elle se retourna et aperçut un vieil homme vêtu d'un large manteau de pèlerin tout poussiéreux. Les coquilles qui ornaient les bords relevés de son chapeau indiquaient qu'il avait fait le voyage jusqu'à la ville de saint Jacques, au fin fond de l'Espagne. Quoique son manteau soit usé et passé par le soleil et que ses chaussures aient été reprisées plusieurs fois, il ne donnait pas l'impression d'être pauvre. Ses épaules larges et musclées ainsi que d'anciens durillons causés par le maniement de l'épée trahissaient qu'il appartenait à l'ordre des chevaliers. Marie supposa qu'il avait, comme beaucoup de ses pairs, légué son domaine à son fils pour se rendre en pèlerinage.

Puisqu'il était plus propre que la majorité des autres hommes, elle souleva le rideau pour le laisser entrer dans sa tente.

— Si vous voulez bien me suivre…

L'homme posa son bâton sur la toile et passa devant elle. Quand il eut ôté sa chemise, elle constata qu'elle avait affaire à un vieillard. Sur sa peau fripée, ses poils étaient tout blancs. Pourtant, son visage n'exprimait pas la sérénité de l'âge ou le détachement du pèlerin, mais le désir à l'état brut. Avant qu'elle n'ait eu le temps de bien s'installer, il se laissa choir sur elle et la transperça d'un coup brusque, comme s'il voulait la trancher de son membre viril. Plus jeune, il lui aurait assurément fait mal et l'aurait peut-être même blessée. Par chance, il n'en avait maintenant plus la force. Néanmoins, ce fut un moment très désagréable. Il haletait bruyamment et bavait sur son visage tout en lui serrant les épaules et en marmonnant des paroles obscènes.

Marie fut prise de nausée en pensant à cet homme, à elle-même et à ce qu'elle était devenue. Elle eut l'impression qu'une éternité se passa avant qu'il ne s'écroule sur elle dans un râle disgracieux. Comme il ne bougeait plus, elle craignit qu'il eût payé de sa vie cette démonstration de virilité. Mais bientôt, elle l'entendit à nouveau souffler et elle respira. Un décès dans sa tente eût été un incident fâcheux. Même si on ne l'avait pas tenue pour responsable, cela lui aurait valu une mauvaise réputation qui lui aurait collé à la peau comme de la poix. La plupart des hommes, et surtout ceux qui payaient bien, l'auraient évitée comme une maladie contagieuse. Soulagée, elle se tortilla en dessous du vieillard et rabaissa sa robe. Puis elle tendit la main.

— Cinq *schillings*, comme convenu.

Le pèlerin éclata de rire.

— Je te donne la bénédiction de saint Jacques que je porte en moi. Tu ne crois tout de même pas que je dépense de l'argent pour une catin ?

En son for intérieur, Marie se traita d'imbécile. Elle avait oublié l'une des règles fondamentales de la vie de prostituée : toujours se faire payer à l'avance. En même temps, elle sentit monter en elle une rage irrépressible. Elle n'était pas prête à le laisser partir sans rien faire.

— Ce n'est pas ce que nous avons conclu ! Ou bien tu paies ou bien…

— Ou bien quoi ? se moqua-t-il en sortant de la tente.

Marie fut plus rapide que lui. Elle s'empara de son bâton de pèlerin et fit chuter le vieillard dans un rire général. Avant qu'il n'eût eu le temps de se relever, elle saisit sa bourse et la lui arracha de la ceinture.

— Tu peux la garder, ta bénédiction de saint Jacques. Nous avions dit cinq *schillings* et tu vas me les verser.

Elle ouvrit la bourse, prit ladite somme et la compta de manière que chacun puisse voir les pièces. Le vieux la traita de voleuse et supplia les autres de le protéger contre cette impudente catin. Marie jeta alors à terre la bourse notablement allégée et fixa la foule d'un air provocateur.

— Ce vieux cochon a cru qu'il pouvait se régaler chez moi gratis. Mais je lui en ai fait passer l'envie.

Elle respira intérieurement en constatant que son client ne faisait pas mine de l'attaquer, mais qu'il se relevait et s'en allait en poussant des jurons. Avec un homme dans la force de l'âge, elle ne s'en serait pas sortie si facilement. Il l'aurait giflée et peut-être même battue sans que quiconque dans l'assistance ne vienne à son secours. Ici, en revanche, quelques jeunes gens qui ne pouvaient pas payer le prix demandé et en voulaient au vieux d'avoir pu entrer dans la tente d'une si belle fille le rudoyèrent et le chahutèrent sans ménagement. Et quand il commença à se plaindre tout haut à des moines, il ne récolta que rires et moqueries.

Un autre homme s'approcha de Marie et lui donna un par un cinq *schillings*. À en juger par son apparence extérieure, il s'agissait d'un riche marchand venu ici moins pour s'acquitter d'une promesse que pour faire des affaires. Marie jeta un dernier coup d'œil triomphal au vieil homme qui avait cherché à l'abuser et disparut dans sa tente avec le nouveau client.

Quand elle ressortit, elle comprit que le petit intermède avec le vieux pèlerin avait déjà fait le tour de la presqu'île, et plutôt à son avantage. Tout le monde semblait maintenant connaître son prix : le nombre de ceux qui attendaient devant sa tente avait fortement diminué, mais restait tout à fait satisfaisant. Bien entendu, l'un ou l'autre essayait de marchander, mais au bout du compte, tous payaient gentiment leurs cinq *schillings*. À la fin, elle constata avec satisfaction qu'elle avait bien gagné sa vie alors qu'elle avait accepté moins de clients que d'ordinaire.

Hiltrude, au contraire, semblait insatiable et contrevenait à toutes les règles qu'elle avait inculquées à Marie. Elle laissait entrer tous ceux qui lui adressaient la parole sans se soucier de leur allure ni de leur propreté. Elle n'avait pas l'air non plus de se demander s'ils pouvaient payer puisqu'elle accepta plusieurs moines qui ne possédaient à coup sûr pas la moindre pièce.

Quand les choses se calmèrent, Marie entraîna son amie au bord de l'eau et lui fit des remontrances sans néanmoins obtenir de réponse. Hiltrude regardait dans le vague et son visage exprimait le dégoût de la vie. Comme Marie insistait, elle secoua la tête avec force.

— Laisse-moi en paix ! Je sais ce que je fais.

Marie ne s'avoua pas si vite vaincue.

— Si tu continues ainsi, tu seras bientôt comme Berta qui couche avec des hommes atteints de la gale et qui n'a même plus le choix parce que les clients corrects se détournent d'elle. En tout cas, tu as intérêt à bien te laver et à regarder si tu n'as pas attrapé des poux ou des puces. Quelques-uns de tes clients devaient être bons amis avec ces bestioles.

Hiltrude sourit d'un air mélancolique.

— Ne te fais pas de souci pour moi. Je vais me ressaisir. Mais aujourd'hui, il fallait que j'agisse ainsi pour savoir où j'en suis. Le séjour à Arnstein ne m'a pas été bénéfique.

— Tu te fais du mal parce que tu n'as pas pu rester avec Thomas, dit Marie en prenant son amie dans ses bras et en la serrant contre elle. Je comprends que tu sois triste. Pourtant, il ne faut pas t'en prendre à toi-même, sinon tu vas vite avoir la réputation d'une catin de bas étage et les clients fortunés ne voudront plus de toi. Tu sais bien qu'ils n'aiment pas passer après un éleveur de poux.

Même Hiltrude fut obligée de rire. Mais quand Marie ajouta que c'était justement ceux qui fréquentaient rarement les prostituées qui, dans leur fougue, risquaient de la blesser, elle secoua la tête avec indignation.

— Dis donc, tu as oublié tout ce que je t'ai appris ? Je ne laisse pas n'importe qui me pénétrer ! La plupart des clients ne s'aperçoivent de rien quand leur verge n'est pas où ils croient, mais entre nos cuisses ou dans une main habile.

Marie avait en effet oublié cette ruse. Au château, elle n'avait pas eu à y recourir, et même auparavant, elle l'avait rarement employée puisque, contrairement aux prostituées bon marché, elle pouvait faire le tri. Tromper un client de cette manière n'était pas sans danger. Cela ne fonctionnait que s'il était soûl ou trop excité.

— À ta place, je ferais attention. Personne ne te viendra en aide si quelqu'un t'accuse de ne pas l'avoir bien servi. Tu te souviens de la jeune qui avait essayé de se ménager, l'an dernier, à la foire de Trossingen ? Le gars qu'elle avait roulé a appelé ses amis et l'a fait violer en public jusqu'à ce qu'elle ne puisse même plus crier.

Hiltrude eut alors une mine un peu songeuse.

— Il n'y avait pas que ses amis ! Un nombre incroyable d'hommes ont profité de l'occasion de posséder une fille sans rien débourser.

Marie n'en avait pas encore fini avec ses réprimandes.

— Il s'en est fallu de peu qu'ils ne s'en prennent à toutes les prostituées de la foire, tu te souviens ? Nous avons eu une peur du diable. Qui sait ce qui se serait passé si les gardes municipaux n'étaient pas intervenus à temps ?

Hiltrude fit un geste désolé des deux mains.

— Tu as raison ! Je suis stupide. Je te promets solennellement de ne plus me laisser aller de la sorte. Tu es contente, maintenant ?

Alors que Marie hochait la tête, elle se releva.

— Viens ! Déshabillons-nous et entrons dans l'eau. Ou plutôt, je vais d'abord accrocher ma couverture et ma robe au-dessus du feu, j'ai bien peur en effet d'avoir récupéré des puces.

Hiltrude partit dans sa tente pour se changer et chercher du savon, qu'elle fabriquait elle-même avec de la graisse et de la cendre. Comme il y avait à son goût trop de pèlerins installés à cet endroit, elle fit signe à Marie de la suivre et longea la rive jusqu'à une pointe rocheuse qui s'avançait dans le lac et derrière laquelle elle se dévêtit. Marie, elle, entra dans l'eau toute habillée et se savonna sans ôter sa robe. En même temps, elle observait Hiltrude qui se frottait avec énergie, comme pour se râper l'épiderme.

— Ça ne va pas suffire. Les poux et les puces sont des bestioles coriaces. Elles vont sans doute rester plus volontiers sur une peau appétissante comme la tienne que dans le pelage puant des gars que tu as laissé rentrer.

— Dans ma tente peut-être, mais pas en moi ! la rassura son amie. Tout à l'heure, tu n'as qu'à me traiter les cheveux avec des herbes à poux pilées. Deux précautions valent mieux qu'une.

Dans la lueur de la lune, Marie vit qu'elle lui souriait avec tristesse. Même si la douleur de la séparation continuait de l'accabler, Hiltrude lui était reconnaissante de l'avoir sermonnée. Il était grave qu'une femme se laisse aller, et dans le cas d'une prostituée, c'était le début de la fin. Pour sauver sa réputation, elle devrait se montrer bien plus difficile que d'habitude dans les jours suivants, même si cela lui faisait perdre de l'argent.

Lorsqu'elles retournèrent vers leurs tentes, les autres prostituées étaient assises autour de leur feu et mangeaient une espèce de soupe. Entre Gerlinde et Berta se trouvait une jeune fille à la face de lune et aux cheveux blonds. Ce devait être Marthe. Elle avait la poitrine forte et les hanches bien enrobées, mais d'après son visage, elle ne devait pas avoir plus de seize ans. Hiltrude tendit la main à Berta, Fita et à la nouvelle.

— Cela fait plaisir de vous revoir. Nous aurons beaucoup de choses à nous raconter pendant le voyage.

Berta et Fita approuvèrent et lui assurèrent qu'elles n'allaient pas s'ennuyer. Marthe, en revanche, leva à peine les yeux, ne lui adressa qu'un coup d'œil désagréable et continua d'avaler sa soupe comme si elle n'en avait rien à faire.

Marie, qui s'était changée et avait mis sa robe à sécher, arriva peu après et put de ce fait observer les femmes assises autour du feu. Ce spectacle la dégoûta. Elle ne savait pas pourquoi la nouvelle avait réagi avec tant d'impolitesse, mais cela ne l'étonnait guère. Elle correspondait bien aux autres. Toutes les quatre paraissaient mal soignées et négligées.

Auparavant, Gerlinde faisait très attention à la propreté et veillait à ce que Berta et Fita ne se laissent pas trop aller. Mais maintenant, la vieille prostituée dégageait la même puanteur que les autres et ses vêtements étaient crasseux et couverts de taches. On aurait dit qu'elle ne s'était pas nettoyé les mains et le visage depuis des semaines. Soudain, Marie fut prise de nausée à l'idée de manger quelque chose préparé par elle et constata qu'il n'en allait pas autrement d'Hiltrude. Son amie fixait en effet la marmite et fit un pas en arrière.

— Ce soir, nous ne mangerons pas avec vous, Gerlinde. Nous avons encore des provisions qu'il faut absolument finir.

— On peut vous aider ! s'exclama Berta.

Marie et Hiltrude repartirent vers leurs tentes et s'accroupirent devant leur petit feu, qui dégageait une forte fumée, pour se concerter. Si elles ne voulaient pas d'emblée se mettre mal avec les autres, elles devaient sacrifier une partie du jambon que Guda leur avait donné au château. Mais ce n'était pas le pire.

— J'espère que nous obtiendrons de Gerlinde qu'elle se lave au moins les mains. Sinon nous devrons insister pour manger à part.

Marie fit la moue.

— Je préférerais renoncer carrément à leur compagnie.

— Moi aussi, tu peux me croire. Mais c'est trop risqué de partir avec les pèlerins. Il y a trop d'hommes qui nous culbuteraient dans les buissons sans nous payer. Et si nous attendons qu'ils soient partis, nous aurons les moines aux trousses, qui oublieront toute piété en voyant deux femmes seules.

Marie rompit un morceau de pain qui provenait également d'Arnstein et se le mit dans la bouche.

— Pourquoi faut-il justement que nous tombions sur ces malpropres ? Nous n'aurions pas pu rencontrer quelques gentilles filles ?

— On ne parle pas la bouche pleine, la corrigea Hildrude, à moins de prendre exemple sur Berta.

3

Le lendemain matin, les premiers pèlerins partirent. Pourtant, il restait assez de travail pour les six prostituées. Comme Marie passait pour capricieuse, elle ne reçut que deux visites. Son premier client était un jeune chevalier envoyé par son père pour remettre une donation au cloître. Manifestement, il jugea que les moines pouvaient se passer des quelques *schillings* qu'il donnerait à la belle courtisane. Le second était le prieur du monastère dans les mains duquel les dons atterrissaient. Il apparut que ce dernier était le plus charmant des deux. Tandis que le chevalier s'agita de manière impétueuse, le saint homme prit une position qui reflétait peut-être l'humilité de sa charge, mais sûrement pas les leçons de l'Église : il s'allongea sur le dos et lui laissa faire la part du travail qui revient en général aux hommes.

Hiltrude tint parole et ne laissa entrer que des hommes dont l'allure et l'hygiène correspondaient aux principes qu'elle avait inculqués à Marie quelque quatre ans auparavant. Certains des clients refusés la couvrirent d'insultes acerbes avant d'aller prendre rang devant les tentes des quatre autres, qui acceptaient tous ceux qui pouvaient débourser trois deniers de Halle.

Au cours de la journée, des pèlerins toujours plus nombreux récitèrent une ultime prière avant de prendre la route. Lorsque les clients se firent plus rares devant les tentes de ses collègues et que l'église aussi commença visiblement à se vider, Marie ressentit soudain le besoin d'aller invoquer Dieu. Cela la surprit : depuis le jour horrible qu'elle avait vécu à Constance, elle n'était plus entrée dans aucun lieu de culte et n'avait plus trouvé aucune consolation dans la foi. Elle s'enveloppa dans un châle pour dissimuler au moins en partie les rubans jaunes et se dirigea vers l'édifice. Au moment où elle allait franchir le porche, un moine d'un certain âge lui barra le passage.

— C'est la maison de la Sainte Vierge. Les catins n'ont rien à faire ici.

Elle se demanda si elle devait le soudoyer. Ensuite, elle sentit de nouveau monter en elle toute la rage que lui inspirait le traitement infligé par le tribunal épiscopal. Elle serra le châle autour de ses épaules et fit demi-tour d'un mouvement brusque pour échapper à la main de l'homme qui s'était soudain tendue vers elle.

Malgré cela, elle perçut la déception qui se dessinait sur son visage et la convoitise qu'elle supposait. Il voulait qu'elle achète avec son corps le droit d'entrer. Mais elle ne lui ferait pas ce plaisir. Quelle valeur sa prière aurait-elle si elle s'était livrée au vice dans la maison même de Dieu ? Selon les lois de l'Église, c'était un crime pour lequel une femme devait au moins être flagellée.

Le moine ne s'avoua pas si vite vaincu et la poursuivit dans la prairie. Il dut à quelques pèlerins d'échapper aux paroles venimeuses que la jeune femme avait sur le bout de la langue, car ils l'arrêtèrent et lui demandèrent de bénir les objets de dévotion qu'ils venaient d'acheter aux marchands.

Marie respira de nouveau et adressa une prière muette à la sainte patronne de sa profession, que les prostituées appelaient Marie-Madeleine. Puis elle s'assit dans l'herbe à côté des chèvres d'Hiltrude et caressa les petits. Son amie vint la rejoindre.

— Tu avais raison, Marie. Certes, j'ai gagné aujourd'hui moins que d'habitude dans des occasions similaires, mais je me sens beaucoup mieux.

Marie posa la tête sur son épaule.

— Je suis heureuse pour toi. Même si nous sommes juste des catins que tous méprisent, y compris ceux qui, en ville, passent pour malhonnêtes, nous avons notre honneur nous aussi. Et si nous ne le respectons pas, nous finirons vraiment comme moins que rien.

Hiltrude regarda avec mélancolie les petites rides qui se formaient à la surface du lac.

— Nous n'aurions jamais dû aller à Arnstein. Le château m'a fait voir tout ce à quoi je dois renoncer parce que mon père a préféré l'argent d'un proxénète à sa propre enfant. Même le plus malheureux des serfs a une existence plus agréable que nous.

— Tu ne devrais pas méditer sur ce qui a été, pas plus que sur ce qui viendra, dit une voix derrière elles.

Hiltrude et Marie se retournèrent. Gerlinde ricanait de sa bouche sans dents, pareille à une grotte obscure, mais son ton était amer. Marie comprit ce qu'elle voulait dire. La vieille prostituée avait rêvé d'un lieu paisible où passer dans le calme et un modeste confort les dernières années de sa vie. Or, quand elle avait atteint son but, elle avait de nouveau été jetée à la rue. Marie voulait lui dire quelque chose pour la consoler quand Gerlinde leva son bâton.

— Je veux mettre tout de suite les choses au point, dit-elle d'une voix cinglante. C'est moi qui dirige le groupe.

Elle regardait moins Hiltrude que Marie.

— J'ai entendu dire par Berta que tu avais passé l'hiver à réchauffer le lit d'un grand seigneur. Ne t'avise pas pour autant de te croire supérieure à nous. Tu ne vaux pas plus que n'importe quelle autre catin et tu vas devoir t'adapter.

Marie comprit que la vieille femme était jalouse de son succès. Ce n'était plus la même Gerlinde qu'il y avait un peu moins de quatre ans, mais une vieille bique dévorée par la rancœur. Marie fut tentée de lui dire son fait, mais elle se rappela qu'elle devait, dans un premier temps, s'arranger pour éviter la discorde.

— Ni Hiltrude ni moi ne contestons ton autorité. Puisque nous allons voyager ensemble dans les prochains jours, nous ferions mieux de nous entendre.

Gerlinde sourit avec une telle béatitude que mille petites rides se dessinèrent sur son visage.

— Je suis heureuse que tu voies les choses sous cet angle. Mais avant de vous autoriser à nous accompagner, je dois encore vous apprendre quelque chose. Berta, Fita, Marthe et moi avons décidé qu'un quart de ce que nous gagnions allait dans une caisse commune. Si vous voulez vous joindre à nous, vous devrez faire pareil.

C'était du chantage. Gerlinde savait bien que deux prostituées ne pouvaient pas voyager seules très longtemps et elle exploitait la situation. Hiltrude allait l'insulter, mais se mordit finalement les lèvres en contemplant le lac. Marie s'abstint également de toute remarque acerbe. Comme elles gagnaient toutes les deux notablement plus que les autres, c'étaient elles qui feraient les frais de cet accord.

Gerlinde agita une nouvelle fois son bâton.

— Et ce n'est pas fini ! Nous sommes aussi convenues de rester ensemble jusqu'à l'automne. Ne pensez donc pas pouvoir tirer votre révérence à la première occasion. Nous raconterions à toutes les collègues que vous êtes des fourbes et des menteuses, de sorte que plus personne n'accepterait de voyager avec vous.

Marie jeta un regard interrogateur à Hiltrude. Les intentions de Gerlinde étaient limpides. Comme elle savait que ses compagnes et elle ne gagneraient qu'à grand-peine ce qu'il leur fallait pour passer le prochain hiver, elle voulait enchaîner les deux vaches à lait pour les traire à volonté.

— Nous sommes bien obligées d'accepter tes conditions, Gerlinde. Ne va pourtant pas croire que nous le faisons de bon cœur !

Hiltrude lança à la vieille un regard méprisant, puis lui tourna le dos et caressa ses chèvres.

Sans prêter attention à son ancienne camarade, Gerlinde s'approcha de Marie et l'attrapa par les épaules comme si elle voulait la secouer.

— Et comment c'était au château ? Tu as gagné beaucoup de sous ?

Marie repoussa les mains crochues comme des serres et remua la tête.

— Non. On nous a donné à manger et à boire, plus quelques *schillings* au moment du départ, c'est tout.

Cela n'était pas tout à fait exact. Le salaire qu'avait versé dame Mechthild leur permettrait quand même de louer une petite cabane toute simple et d'acheter de quoi passer le prochain hiver. De plus, elle avait des économies de l'année précédente ainsi que les florins marqués du cerf que lui avait donnés le comte von Württemberg. Mais elle ne voyait aucune raison de lui avouer la vérité. Dans l'intervalle, Marthe s'était approchée de leur petit groupe.

— Je viens d'aller à l'église, raconta-t-elle, le regard absent. Elle est magnifique. L'autel est décoré pour l'occasion et j'ai eu l'impression que la statue de la Madone pouvait à tout instant descendre de son socle pour prendre quelqu'un dans ses bras.

Marie l'observa avec étonnement.

— Tu es rentrée dans l'église ? Moi, j'ai été repoussée par le moine qui montait la garde au portail.

— Euh… oui. Le vénérable frère qui se trouvait là m'a dit également qu'il ne pouvait pas laisser pénétrer une prostituée dans un lieu saint. Mais il a eu la gentillesse de me faire passer par la sacristie.

— Et qu'est-ce que tu lui as donné en échange ?

La jeune fille sourit avec béatitude.

— Nous sommes restés seuls quelques instants pour qu'il assouvisse ses désirs. Ça aussi, c'est une œuvre pie.

Marie se demanda si elle était vraiment assez stupide pour le croire ou si, à sa manière, elle était aussi pieuse que Fita, qui aurait couché avec tout un monastère pour avoir le droit de prier devant la mère de Dieu.

Marthe lui donna alors un petit coup de pied.

— D'ailleurs, ce moine pieux m'a demandé de te saluer. Il te fait dire que tu peux venir le voir quand tu veux, du moment qu'il n'est pas pris par les pèlerins. Si tu es conciliante, il te laissera entrer dans l'église, toi aussi.

Marie secoua la tête pour refuser.

— Qu'est-ce que j'irais y faire ? Comme il a assouvi ses désirs avec toi, il n'a plus besoin de mes services.

— Il ira chercher un autre moine qui répandra sur toi son influence sacrée.

Marie serra les poings. Cette Marthe n'était pas seulement bête, elle était également aussi importune qu'une mouche bleue. Elle ravala quelques invectives qu'elle avait sur le bout de la langue et expliqua pour la seconde fois qu'elle n'avait pas l'intention de se rendre à l'église.

Marthe frappa alors du pied.

— Mais les vénérables frères vont être terriblement déçus !

J'imagine, pensa Marie, moqueuse. Sans doute que dans cet endroit retiré, ils souffraient de l'absence de femmes prêtes à se donner de plein gré. Une prostituée avenante qui gobait leurs fables était juste ce qu'il leur fallait.

4

Le lendemain matin, les six prostituées se mirent en route. Gerlinde et ses compagnes avaient moins de bagages à porter que d'ordinaire, car après une nouvelle discussion virulente, Hiltrude les avait autorisées à charger leurs affaires sur son chariot. Les bêtes, en revanche, avaient plus de mal, même si les chevreaux, qui portaient maintenant un collier, tiraient vaillamment. Quand le chemin montait, elles n'y arrivaient plus. Hildtrude devait s'atteler par-devant tandis que son amie poussait par-derrière. À la troisième côte, Marie proposa que Marthe ou Berta tirent le chariot. Hiltrude fit un geste dédaigneux.

— Elles obligeraient seulement la pauvre Fita à nous aider et la malheureuse s'effondrerait au bout de trois pas comme un canasson blessé.

Marie poussa un soupir qui faisait penser à un feulement.

— Il y a quatre ans, je n'aurais jamais pu imaginer qu'un jour mon vœu le plus cher serait de quitter Gerlinde.

Elle se rappela comme elle avait été gentille à l'époque et comme elle l'avait aidée, presque avec affection, à supporter les premiers temps si difficiles. Depuis, elle lui en avait été toujours reconnaissante. Même si la vieille harpie qui boitait devant elles dans sa robe crasseuse n'était plus celle qu'elle avait rencontrée et appréciée, Marie eut conscience de ne plus éprouver de gratitude envers elle. Elle lutta contre ce sentiment et tenta finalement de le chasser en s'ébrouant.

— Qu'as-tu ? lui demanda Hiltrude, soucieuse.

— Je réfléchissais simplement à Gerlinde et à moi. Dis donc, qui a le plus changé de nous deux ?

Hiltrude éclata de rire.

— Ce n'est pas compliqué. Vous avez toutes les deux changé, toi en mieux et elle en pire. Je dois avouer que j'espère être bientôt débarrassée d'elle. Rien que sa vue me répugne désormais.

Marie approuva en silence et poussa le chariot.

La suite du voyage se déroula presque sans incident, mais ne contribua pas non plus à améliorer leur humeur. C'était moins Gerlinde que Berta qui faisait tout pour leur compliquer l'existence. Le premier soir, elle refusa qu'elles s'assoient autour de leur feu de camp et insista pour qu'elles montent leurs tentes à l'écart, ce qui ne l'empêcha pas d'exiger qu'elles montent la garde pendant la moitié de la nuit et de se servir sur le tas de bois qu'elles avaient ramassé pour leur propre usage. Hiltrude ne s'opposa pas à la répartition des quarts dans la mesure où elle ne faisait pas confiance aux autres et qu'elle craignait de perdre ses chèvres à cause d'un ours ou d'un loup qui rôderait.

Marie pria le ciel que les animaux sauvages les épargnent, car elles n'avaient pas l'armement approprié. Même la canne de Gerlinde n'était plus ce qu'elle avait été la pointe en fer autrefois si coupante était maintenant usée et tordue. C'est pourquoi elle se félicitait qu'elles aient installé leur camp à proximité d'une ferme, même si les aboiements des chiens résonnaient si fort qu'ils les empêchaient presque de dormir.

Du moins le vacarme tiendrait-il les prédateurs à distance.

Le deuxième jour, Berta attrapa quatre grosses poules qui s'étaient aventurées sur la route et leur tordit le cou. Aussitôt, Marie eut l'eau à la bouche : elle avait toujours aimé la volaille, surtout celle que la vieille Wina cuisinait à Constance, farcie d'un délicieux hachis, avec la peau dorée qui craquait sous la dent. Mais les quatre autres se gardèrent bien de les inviter à partager leur repas.

Hiltrude leur tourna le dos et prépara une pâte à base de farine qu'elle fit cuire sur une pierre dans le feu et qu'elle garnit d'oignons et de fenouil sauvage. Marie observait ce qui se passait de l'autre côté et fut prise de frissons en constatant que leurs compagnes de voyage ne faisaient rôtir la viande qu'à moitié et mangeaient les viscères presque crus. Elle préférait encore les galettes croustillantes de son amie.

Le troisième jour, elles purent voir d'une hauteur le sommet boisé du Fürstkopf qui se dressait au sud. Dans la vallée suivante, leur sentier déboucha sur un chemin plus large qu'une file de lourds chariots avait dû emprunter peu de temps auparavant, à en juger par les empreintes de sabots, les ornières profondes et l'herbe piétinée au bord de la route.

Gerlinde et Berta furent saisies d'une excitation fébrile. Ces traces laissaient présager un grand convoi de marchandises et donc beaucoup d'hommes prêts à dépenser leurs salaires et leurs primes pour avoir une femme. C'est pourquoi, en fin d'après-midi, la meneuse de la bande ne les laissa pas monter leurs tentes et ramasser du bois pendant qu'il faisait encore jour, mais leur dit d'accélérer en grognant.

— Le convoi a tout au plus une heure d'avance. Si nous nous pressons, nous serons bientôt autour d'un grand feu, un gobelet de vin à la main…

— Et un braquemart entre les jambes ! avait ajouté Berta en riant.

L'heure qu'il restait à marcher selon les estimations de Gerlinde était passée depuis longtemps et la campagne était déjà plongée dans l'obscurité quand les hautes flammes d'un feu de camp leur indiquèrent le chemin. Gerlinde tendit le doigt vers la dépression qu'elle devinait plus qu'elle ne la voyait dans la timide lumière.

— Ils sont là ! Nous aurons bientôt les poches pleines de pièces en argent.

À la grande surprise de Marie, la vieille ne s'élança pas tout de suite dans cette direction, mais s'arrêta au bord d'un ruisseau qui coulait près de la route, se baissa et se lava le visage et les mains. Ensuite, elle plongea un chiffon dans l'eau, souleva sa robe et se nettoya l'entrecuisse. Dans un rire qui rappelait le cri des chèvres, elle ordonna à Berta et à Marthe d'en faire autant.

— Il faut soigner ses outils quand on veut bien gagner sa vie.

— Elles devraient y penser plus souvent, lâcha Hiltrude à l'oreille de son amie avant de s'avancer à son tour vers le ruisseau et de se déshabiller pour faire sa toilette.

Marie l'imita. Elle n'avait pas envie d'arriver près du feu couverte de poussière et trempée de sueur.

Quand elles quittèrent la route, un peu plus loin en bas, elles perçurent des voix et des bruits forts pareils à ceux d'un campement. Marie s'arrêta et tendit l'oreille avec suspicion. Au cours des dernières années, elle avait passé la nuit à proximité de nombreux convois. Cette fois, les sons étaient étranges. En outre, il était surprenant que les inconnus se soient installés en pleine forêt. Les marchands et les charretiers allaient d'ordinaire d'auberge en auberge, car en passant la nuit à la belle étoile, ils couraient le risque d'être attaqués par des bandes de brigands prêts à tout ou par les chevaliers pillards des forteresses environnantes. La nuit, quand la présence de témoins était exclue, les onéreux sauf-conduits ne servaient pas à grand-chose.

Marie essaya de retenir les autres, mais il était trop tard. Une voix rauque interpellait Gerlinde et Berta.

— Eh ! Que faites-vous encore sur les routes à la nuit tombée ?

Deux hommes s'approchèrent avec des torches et découvrirent alors le reste de la troupe.

— Ce sont des catins ! s'écria joyeusement le second en se retournant et en agitant la flamme en direction du feu de camp. Hé, les gars ! La soirée est sauvée. Sortez vos engins ! Voilà des catins !

Des cris d'allégresse lui répondirent et trois bonnes douzaines d'hommes s'agglutinèrent autour d'elles. Quelques-uns les éclairaient avec des torches, d'autres les attrapaient sans se gêner, les tripotaient et leur pinçaient les fesses et les seins.

— Ne me touche pas !

Marie frappa sur la main d'un des hommes qui allait trop loin. Il la saisit alors au menton en serrant très fort et l'obligea à tourner la tête vers la lumière.

— Voilà une sacrée belle gamine ! Je crois que je vais commencer par elle.

Il allait la renverser par terre quand un homme trapu lui posa la main sur l'épaule.

— Tu ne vas pas y arriver, avec cette petite mignonne. Quelque chose d'aussi délicat, c'est pour les seigneurs. Crois-tu qu'ils vont renoncer à une partie de plaisir ?

Lorsque l'autre l'eut lâchée avec un air de dépit, Marie glissa la main sous sa jupe et serra le manche de son couteau. Elle essaya de reculer discrètement vers les buissons dans l'espoir de s'enfuir à la faveur de la nuit. Gerlinde les avait entraînées droit dans un camp de soldats. Par le récit d'autres prostituées, Marie savait ce qui les attendait. Les individus auxquels elles avaient affaire étaient des guerriers de la pire espèce : des mercenaires suisses, des lansquenets souabes et des gens qui préféraient trancher la gorge à des hommes que de s'adonner à un travail honnête.

Même dans la lumière vacillante des torches, on pouvait voir que leurs armures étaient disparates. De plus, ils ne portaient pas d'insignes sur leurs tuniques. Ils ne faisaient donc pas partie d'une armée régulière. Sur la poitrine de certains d'entre eux, on pouvait néanmoins reconnaître une tache moins pâle que le reste de leur habit, ce qui laissait à penser qu'ils s'étaient débarrassés de l'emblème en même temps que de leur ancien maître.

Marie se concentrait sur sa tentative de fuite, mais au moment où elle sortit du halo de lumière, s'apprêtant à se retourner pour se glisser dans un buisson complètement noir, une espèce d'ours l'attrapa et la serra contre sa poitrine en riant.

— Hé, Lothar ! cria-t-il à l'homme trapu. Elle est là, la petite mignonne pour notre chevalier. Maintenant, tu me dois quelque chose.

Gerlinde, qui avait maintenant compris l'erreur fatale qu'elle avait commise, essayait encore de négocier.

— Ne soyez pas trop brutaux avec nous, les gars. Nous n'avons rien contre l'idée d'ouvrir un peu les jambes. Cela vous coûtera juste quelques deniers et nous ferons en sorte que tout le monde soit servi.

Bien qu'elle s'efforçât de prendre un ton guilleret, sa voix tremblait de peur.

L'un des mercenaires se mit à rire aux éclats.

— Si tu trouves un sou dans nos bourses, tu pourras t'estimer heureuse, la vieille. Ça fait longtemps qu'on a dépensé tout notre argent en boisson et en catins ! Mais on va quand même bien s'occuper de vous, pas vrai, les gars ?

Sans cesser de ricaner, il regarda autour de lui ses camarades qui hochaient la tête avec enthousiasme. Alors, en dépit de leurs cris, les soldats poussèrent les femmes vers le centre du campement où brûlait un grand feu qui répandait une lumière insuffisante. Marie, qu'on traînait comme un paquet, put voir malgré tout deux chariots couverts de hautes piles de tonneaux et de matériel de guerre qui les protégeaient du vent ainsi qu'un troisième sur lequel étaient chargés deux canons démontés. Juste devant celui-ci se dressait une tente sans doute destinée au chef de la bande ; les mercenaires, eux, s'étaient fait des couchages en plein air à l'aide de leurs couvertures et de leurs manteaux.

Elle avait souvent entendu dire que les prostituées se faisaient parfois violer en chemin. Jusque-là, elle avait eu de la chance, mais il semblait bien que ce temps était révolu. Maintenant, il s'agissait de se rappeler les leçons que Gerlinde lui avait apprises au tout début. Quand il n'y a pas d'issue, il est absurde de résister. Cela ne fait qu'accroître la rage des hommes qui, dans le pire des cas, sont capables de vous tailler la gorge.

Lorsque le rideau de la tente s'ouvrit et qu'un jeune homme aux habits de seigneur s'avança au-dehors, Marie se mit à espérer que les choses ne seraient pas aussi graves qu'elle l'avait craint.

— Qu'est-ce que ce vacarme ? demanda-t-il d'un ton sec.

— Nous avons de la visite, répondit l'un des mercenaires en ricanant. Des filles sont venues se perdre ici, sans coq pour nous demander si nous avons les moyens de nous payer leurs services pour la nuit.

— Nous ne voulons pas d'argent, mais ne soyez pas trop brutaux avec nous ! s'écria Marthe dont la voix dérailla parce que l'un des mercenaires lui avait glissé une main entre les jambes.

Le premier continua en riant de plus belle.

— Nous vous avons réservé une petite perle, seigneur Siegward. Une beauté de tout premier ordre qui devrait être à votre goût.

Marie frissonna. Elle savait maintenant dans les mains de qui elles étaient tombées. Les chevaliers von Riedburg étaient connus pour porter des prénoms commençant tous par cette syllabe. Le vieux Siegbald, un terrible coupe-jarret, était l'ennemi juré de la famille de dame Mechthild, au château de Büchenbruch. La réputation de ses fils n'était pas meilleure. Si le chef des mercenaires apprenait qu'elle avait passé l'hiver à Arnstein, il déverserait sur elle la colère accumulée contre dame Mechthild, venue plusieurs fois en aide à ses parents. Alors, elle pourrait s'estimer heureuse s'il la tuait rapidement et ne la défigurait pas, par exemple, avant de la donner en pâture aux loups et aux ours.

Siegward von Riedburg passa la langue sur ses lèvres et l'examina comme un veau d'abattoir. Grand et large d'épaules, il avait une stature que le chevalier Dietmar lui aurait à coup sûr enviée. Ses yeux bleu pâle et éteints trahissaient cependant un entendement assez borné, tandis que sa bouche lippue et brillante et son menton proéminent laissaient deviner un caractère sensuel et autoritaire. Il pinça la poitrine de Marie et fit un signe de tête à l'intention de ses hommes.

— Vous avez bien fait, les gars. Un beau brin de fille. C'était tout à fait ce qui me manquait ce soir. Pendant ce temps, prenez du plaisir avec les autres.

— C'est ce que nous allons faire, seigneur, répondit en hochant énergiquement la tête le sous-officier qui lui avait amené Marie. Mais avant cela, nous devrions avoir dans le ventre un peu plus que cette bouillie de céréales que nous avons eue à dîner. Hé, les gars ! Que diriez-vous de griller les chèvres ?

Il désigna le petit troupeau qui broutait au bord du chemin.

— Ne touche pas à mes bêtes ! hurla Hiltrude hors d'elle.

Les mercenaires éclatèrent de rire. L'un d'eux dégaina son épée et trancha la tête de l'une des chèvres. En voyant cela, Hiltrude fonça sur lui et lui griffa le visage avec les ongles. Aussitôt, plusieurs hommes s'emparèrent d'elle et la firent tomber à la renverse.

Le seigneur Siegward avait serré Marie contre lui et regardait le spectacle sans bouger : quelques-uns de ses soldats arrachèrent les vêtements d'Hiltrude, puis l'homme trapu se jeta sur elle sous les encouragements de ses camarades. Folle de rage, la malheureuse gigotait et se débattait. Il fallut six hommes pour la maintenir pendant qu'il la pénétrait.

Marie entendait le souffle bestial du mercenaire et aurait voulu se boucher les oreilles, mais le chevalier lui tenait les bras dans le dos et frottait contre elle son pubis. Soudain, au grand soulagement de Marie, le corps d'Hiltrude devint flasque. Malgré sa colère contre celui qui venait de tuer sa chèvre, elle n'avait pas oublié ce qu'il fallait faire pendant un viol.

À présent, Gerlinde et les autres étaient également allongées sous des hommes haletants pendant que des mercenaires qui savaient que leur tour ne viendrait que plus tard tuaient et dépeçaient les chèvres. Le chef sembla alors trouver le moment venu d'assouvir ses propres envies. Il souleva Marie d'un bras et la porta à l'intérieur de la tente, éclairée par une simple lampe à huile qui dégageait néanmoins une forte lumière. Deux hommes assis autour d'un jeu de cartes levèrent un regard rempli d'impatience.

La ressemblance entre le plus jeune et Siegward von Riedburg fit supposer à Marie qu'il s'agissait d'un de ses frères. L'autre était courtaud et large d'épaules. Il avait de longs bras et des jambes courtes et torses. Il faisait penser au singe qu'elle avait aperçu dans une troupe de saltimbanques. Sa barbe noire et ses cheveux raides renforçaient encore cette impression. Il portait un haut-de-chausse étroit en cuir et un pourpoint sans armoiries ni insignes, comme un valet. Cependant, il paraissait jouir d'une haute estime auprès des autres puisque Marie compta trois lits de camp, ce qui signifiait qu'il dormait dans la tente.

Leurs couches étaient aussi sales que s'ils s'étaient roulés dans la fange avant de s'y étendre. Partout – sur les lits et sur le sol –, des vêtements et des armes traînaient dans un terrible désordre. Sur la table pliante installée au centre, il y avait trois gobelets au milieu d'un tas de cartes. En dessous, un pichet vide était renversé. Cela devait faire un bon moment qu'ils buvaient ; l'haleine de Siegward, qui arracha de force un baiser à Marie, sentait le vin.

— Déshabille-toi, lui ordonna-t-il.

Comme elle n'obéissait pas assez vite à son goût, il arracha son décolleté et dégagea sa poitrine.

— Voilà ce que j'aime ! s'écria-t-il en riant à l'adresse de son jeune frère qui sautillait autour de lui et lui demanda timidement s'il avait lui aussi le droit de toucher.

— Tu sais bien que père ne me laisse pas profiter des servantes. Il n'y a qu'à toi qu'il le permette.

On aurait dit une excuse.

— Tu ne dois pas lui en vouloir, Siegerich. Tu sais bien que chez nous, les femmes sont d'abord pour le vieux bouc. Moi non plus, je ne peux pas prendre n'importe laquelle. Mais ici, tu ne dois pas te gêner. Cette catin est pour nous tous.

Siegerich von Riedburg ricana bêtement et poussa Marie sur l'un des lits. En levant le regard, elle le vit, debout devant elle, qui lui présentait son membre viril.

— Tu n'as encore jamais vu un calibre pareil, pas vrai, catin ?

Marie fut tentée de lui répondre qu'il était plutôt modeste, mais elle se força à jouer la surprise, comme il le souhaitait.

— Oh, seigneur ! Je vais avoir mal si vous faites ce qui vous tente !

Il eut l'air visiblement flatté, mais esquissa un signe impérieux de la main.

— Ha ! Une femme supporte beaucoup de choses – et une fille publique comme toi encore plus.

Sa mine ne laissait rien présager de bon. Il fondit sur elle et la pénétra avec maladresse. Marie ferma les yeux et son corps devint flasque comme un sac humide. Elle sentait l'homme en elle et sur elle, elle sentait la douleur que lui causait sa brutalité, mais en esprit, c'était une autre scène qu'elle avait devant les yeux, une scène qu'elle avait essayé autant que possible de refouler tout au long des dernières années. Tout à coup, ce ne fut plus Siegward qui haletait et gémissait sur elle, c'était Utz, le charretier. Involontairement, elle se raidit et ouvrit grands les yeux. Mais il n'y avait que le chevalier qui se dressait au-dessus d'elle, le visage rougi, tandis que son jeune frère tenait sa verge au-dessus de sa tête comme s'il avait du mal à attendre son tour.

— Après toi, c'est à moi, supplia-t-il son aîné comme un enfant qui réclame une pomme.

Siegward von Riedburg répondit sans interrompre ses mouvements violents.

— Seulement si l'artilleur est d'accord, gamin. Tu sais bien que nous devons le choyer. C'est quand même lui qui doit abattre la forteresse de Büchenbruch avec ses canons.

— Je vais commencer par aller chercher un peu de plaisir ailleurs, déclara celui-ci. Je vous laisse volontiers passer en premier.

L'artilleur souleva le rideau qui fermait la tente et sortit à l'air libre. Alors, Siegward cessa enfin de bramer et céda la place à son frère. Siegerich von Riedburg essaya de compenser son manque d'expérience par une impétuosité exagérée et s'effondra sur elle au bout de quelques minutes à peine.

L'artilleur revint, la mine satisfaite.

— Les gars ont mis un tonneau en perce et se soûlent. Si tu ne fais rien, ils seront incapables de bouger demain.

Siegward agita la main en riant.

— Nous ne sommes pas non plus à une journée près. Laisse-les donc prendre un peu de bon temps.

Son regard tomba sur le pichet vide. De la pointe du pied, il le poussa vers son frère.

— Tiens, va nous chercher du vin. Une petite poule ne se goûte pas la gorge sèche.

Siegerich ramassa la cruche et sortit en courant.

À la fin, quand l'artilleur s'effondra à son tour et se mit à ronfler, épuisé par le vin et l'effort, Marie ne savait plus combien de fois les hommes s'étaient servis d'elle. Il lui semblait avoir les os brisés tellement ils l'avaient maltraitée et elle avait du mal à respirer sous le poids de l'homme qui l'écrasait. Elle eut l'impression qu'il lui fallait une éternité pour se dégager.

Lorsqu'elle se leva, ses genoux cédèrent sous le poids de la fatigue. Pourtant, elle voulait suivre sa première idée et s'enfuir. Mais les rires et les hurlements presque bestiaux qui pénétraient de tous côtés dans la tente lui firent comprendre que les mercenaires à l'extérieur n'avaient toujours pas fini. Comme elle ne voulait pas en plus leur tomber dans les mains, elle s'assit sur un tabouret et réfléchit à la suite des événements.

Elle se sentait affreusement sale, mais ne vit pas de gourde. Elle trempa donc le bas de sa robe dans le vin au fond des gobelets et du pichet pour désinfecter son pubis déchiré même si l'alcool brûlait comme du feu. Cela lui faisait moins mal que d'entendre les cris stridents de ses compagnes qui couvraient tous les autres. Parfois, elle s'imaginait reconnaître la voix d'Hiltrude, mais le plus souvent, c'était Fita qui hurlait à la mort.

Sans quitter des yeux les trois hommes soûls qui se retournaient dans leur sommeil en poussant des ronflements particulièrement forts et qui commençaient à marmonner, elle calcula combien cela faisait de mercenaires par femme. Le résultat lui donna la nausée, d'autant que beaucoup d'hommes ne se satisferaient sans doute pas d'une seule fois, mais continueraient jusqu'à ce que le vin ait raison d'eux et qu'ils s'écroulent dans un coin. Dans l'intérêt de ses camarades, elle espéra que tout cela ne durerait plus trop longtemps.

Tandis qu'elle nouait sa robe avec des bandes de tissu qu'elle avait déchirées dans la chemise du chevalier et se frottait tant bien que mal avec d'autres chiffons, elle sentit monter en elle une haine à peine supportable. Elle aurait pu leur trancher la gorge et chercha son couteau, que Siegward lui avait enlevé. Après l'avoir trouvé, elle le prit dans une main et passa l'extrémité de son index sur le fil acéré. Mais en s'approchant de l'artilleur, elle aperçut la grosse bourse pleine d'argent qui pendait sur sa braguette ouverte.

Comme elle commençait à reprendre ses esprits, elle hésita à les tuer. C'est pourquoi elle se contenta de lui dérober sa bourse. Ensuite, elle s'empara également de celle, nettement moins remplie, de Siegerich. Et pour finir, elle passa un peu plus de temps sur celle de Siegward von Riedburg qui était attachée à sa ceinture par d'épais lacets en cuir bouilli. Lorsqu'elle en eut dénoué les cordons, elle faillit en oublier son malheur. Si les deux premières contenaient de bonnes pièces d'argent et même quelques petites pièces d'or, la troisième était remplie de ducats et de florins d'une valeur considérable. Il y en avait assez pour engager un tueur contre un gentilhomme, donc *a fortiori* contre un bâtard tel que Ruppert.

Elle serra triomphalement les poings. Si cette fortune lui permettait de se venger, l'infamie, l'angoisse et la souffrance endurées ce soir-là se verraient compensées de manière tout à fait inattendue. Elle releva sa jupe et noua autour de sa taille un morceau de tissu auquel elle accrocha la bourse de Siegward et le petit sac contenant les florins du comte von Württemberg. Elle les attacha contre ses cuisses pour éviter qu'elles ne balancent et que le bruit des pièces ne la trahisse. Plus tard, elle ferait des poches dans les pans de sa robe de manière à pouvoir accepter des clients sans devoir les défaire et les cacher au préalable. Une fois qu'elle eut fini, elle fixa à sa ceinture les bourses de Siegerich et de l'artilleur, ainsi que la sienne qui ne contenait que des deniers. Elle en partagerait le contenu avec les autres, car les malheureuses avaient bien mérité, elles aussi, un dédommagement pour cette nuit atroce.

5

Plusieurs heures s'écoulèrent encore jusqu'à ce que le vin et les excès viennent à bout du dernier mercenaire. Marie craignait en permanence que ses propres bourreaux ne se réveillent et ne découvrent qu'elle les avait volés. Elle préférait ne pas savoir ce qu'il adviendrait dans ce cas-là. Mais la chance resta de son côté. Siegward von Riedburg, son frère et l'artilleur qu'ils avaient engagé ronflaient plus fort les uns que les autres. Quand le silence se fit au-dehors, interrompu seulement par les sanglots étouffés d'une femme, Marie éteignit la mèche de la lampe à huile et quitta la tente avec prudence.

Il ne restait du feu de camp que quelques braises rougeoyantes et seul un croissant de lune brillait dans le ciel étoilé si bien que Marie avait du mal à voir où elle mettait les pieds. Partout, des dormeurs gisaient sens dessus dessous, comme fauchés par une créature surhumaine. Peu à peu, ses yeux s'habituèrent à l'obscurité et elle aperçut une femme qui errait, nue, sur ce champ de bataille.

— Hiltrude ? C'est toi ? appela Marie tout bas.

— Marie ?

Le ton de sa voix était aussi surpris que soulagé. Hiltrude s'approcha et lui passa les bras autour du cou.

— Ce n'étaient plus des hommes, mais des bêtes. Je suis tellement blessée que je ne peux presque plus marcher. Et toi, comment vas-tu ?

— C'est comme si j'avais été attaquée par une meute de chiens enragés. Où sont les autres ? Nous devons déguerpir au plus vite.

— Pas avant que j'aie eu la peau de ceux qui m'ont tué mes chèvres !

Hiltrude tremblait de tous ses membres. Marie lui serra le bras si fort que son amie gémit de douleur.

— Ce n'est pas cela qui va leur rendre la vie ! Sois raisonnable et suis-moi. D'ici l'aube, nous devons être loin : j'ai dérobé la bourse des chefs. Il y a assez d'argent pour nous dédommager de tes chèvres et de tout ce qu'ils nous ont fait.

Hiltrude serra les poings, puis rouvrit aussitôt les mains.

— Tu as bien fait ! Mais il faut en effet disparaître en vitesse. S'ils nous attrapent, ils nous découperont en petits morceaux.

D'un mouvement las, elle enfila ce qui restait de sa robe, qu'elle avait traînée derrière elle.

— Allez, Marie. Va chercher les autres. Pendant ce temps-là, je vais trier quelques-unes de nos affaires que nous pourrons prendre sur le dos. Par malheur, nous allons devoir laisser ici la plus grande partie de ce que nous possédons.

— D'accord.

Marie partit dans la direction des sanglots qu'elle avait perçus sans discontinuité. Derrière l'une des grandes roues de chariot, elle découvrit Marthe. Comme celle-ci se mit à pleurer encore plus fort en la voyant arriver, Marie la secoua et lui dit de se retenir. Mais il fallut que Gerlinde approche, tel un fantôme livide, pour que la jeune fille se calme, se lève et rassemble les lambeaux de ce qui avait été sa robe.

Gerlinde ne dit rien, mais les coups de pied rageurs qu'elle distribuait à quelques-uns des mercenaires endormis montraient que sa colère était plus grande que sa prudence. Sa robe était si déchirée qu'elle n'était même plus bonne à servir d'épouvantail. Comme elle n'en avait pas d'autre, elle y fit des nœuds en grognant. Ses jurons attirèrent Berta qui était toute nue et éclairait les hommes à l'aide d'un tison. Dès qu'elle en eut trouvé un aussi large qu'elle, elle lui ôta sa chemise et l'enfila.

— Même quand je suivais l'armée, je n'ai jamais été arrangée de la sorte ! brailla-t-elle en se plantant devant Gerlinde. Quelle idée grandiose de nous entraîner dans un campement de mercenaires ! Tu es une sacrée meneuse ! À partir de maintenant, c'est moi qui commande, compris ?

Gerlinde fit une grimace de rage. Mais loin de protester contre les accusations qu'on lui lançait, elle proposa sur un ton presque humble de fouiller les hommes pour s'emparer de leurs objets de valeur. Marie tourna le dos aux trois femmes qui hurlaient à tue-tête et rejoignit Hiltrude qui avait étalé ses affaires et triait, à la lueur d'une branche en feu, celles qu'elle pensait emporter. Marie prit également le strict nécessaire, puis elles poussèrent le chariot avec tout le reste dans une mare située derrière le campement.

Elles découvrirent Fita qui avait dû essayer de ramper au bord de l'eau et qui était restée coincée dans les roseaux sans pouvoir en sortir. Elle n'était plus capable que de gémir et resta sans réaction quand Hiltrude lui ordonna de faire un effort et de se lever. Comme Marie se penchait sur elle et la caressait, elle redressa un peu la tête.

— Laissez-moi mourir.

— Tu ne vas pas capituler maintenant, Fita ! répondit Marie d'une voix faussement guillerette.

Elle lui tendit la main pour l'aider à se lever, mais la pauvre, exténuée, ne réussit qu'à se mettre en boule. Hiltrude chercha sa robe, en vain. Elle ramassa alors un bâton sur lequel elle avait trébuché, alla le plonger dans la braise du feu de camp qui était en train de mourir et souffla sur la pointe pour qu'elle prenne feu. Puis elle revint vers Fita et, à la lumière de la flamme, Marie et elle purent constater l'ampleur de ses blessures. Tout son pubis était couvert de sang, et quand elles la relevèrent, un mince filet rouge coula le long de sa cuisse. Hiltrude agita le poing en direction des mercenaires.

— Je te l'ai dit, ce n'étaient plus des hommes, mais des bêtes sauvages. Que le diable les emporte !

Elles la portèrent au bord du ruisseau qui se déversait dans la mare et la lavèrent.

— Dommage que nous ayons coulé notre chariot, remarqua Hiltrude. Nous aurions pu lui mettre la blouse que nous avons sacrifiée.

— Je peux lui donner ma blouse de rechange, suggéra Marie.

— Vu son état, elle n'a plus besoin de blouse. De toute façon, elle va bientôt crever, lança la voix de Berta dans leur dos.

Gerlinde, Marthe et elle s'étaient également approchées de l'eau et se lavaient toutes les trois comme Marie et Hiltrude ne les avaient encore jamais vues faire. Elles utilisaient même un galet pour frotter la crasse et le sperme qui collaient à leur peau. Pour finir, elles se rincèrent la bouche avec soin.

— Je n'ai rien contre sucer quand c'est bien payé. Mais là, c'était l'enfer, reprit Berta.

Elle jeta un regard méchant à Marie qui levait justement la torche pour qu'Hiltrude puisse mieux voir.

— Une fois de plus, poursuivit-elle, tu t'en es mieux sortie que nous. Rien que quelques hommes dans une tente, et des nobles en plus ! Nous, dès qu'il y en avait un qui avait fini, il y en avait un autre qui prenait la relève.

— Les nobles aussi peuvent se comporter comme des bêtes. Mais je me suis débrouillée pour nous trouver une petite compensation. Je leur ai volé leurs bourses. C'est pour cela que si nous ne disparaissons pas bientôt d'ici, ils vont nous écorcher vives. Par bonheur, on dirait qu'ils n'ont pas prévu de sentinelles. Sinon, nous aurions déjà un tas d'ennuis.

— Parce que tu crois que les sentinelles se sont privées ? Ils ont bu et joui exactement comme les autres, et maintenant ils dorment je ne sais où.

Berta éclata de rire et s'approcha de Marie.

— Et toi, tu as intérêt à répartir ton butin de manière équitable.

C'était un ordre. Marie hocha vivement la tête et frappa sur les deux bourses accrochées à sa ceinture.

— Je vais le faire, mais pas ici. Nous devons nous en aller avant qu'ils ne se réveillent.

Avec l'aide d'Hiltrude, elle passa sa blouse à Fita. Puis elles mirent toutes les deux leurs paquets sur le dos et prirent la malheureuse entre elles. Berta s'insurgea contre le temps perdu et dit tout de go à Marie que c'était une sottise d'emmener une fille à moitié morte. Cette fois, Hiltrude ne put se retenir.

— Vas-tu enfin fermer ton sale clapet ? Qu'est-ce que tu crois qu'ils vont lui faire quand ils sauront que nous sommes parties avec leur argent ?

Berta haussa les épaules.

— Qu'est-ce que ça peut me faire ? On peut l'aider à ne plus souffrir. C'est vous qui avez voulu l'emmener.

Marie releva la tête.

— Encore une remarque de ce genre et je ne te donne rien du tout.

L'effet de la menace fut immédiat. Berta pinça les lèvres et garda dès lors obstinément le silence en se tenant à l'écart. Gerlinde non plus n'échangea pas une parole avec elles et ne fit rien pour leur camarade souffrante, sinon les éclairer avec la branche qui brûlait lentement. Marthe, elle, les suivait cahin-caha sans cesser de geindre bien qu'elle parût être la plus vaillante de toutes.

Fatiguées et blessées, les femmes se traînaient dans la nuit qui commençait à pâlir sans desserrer les dents. Par peur d'être poursuivies, elles évitaient les chemins et les routes et, en dépit des obstacles, s'enfonçaient toujours plus profondément dans la forêt. Elles ne s'arrêtèrent que lorsque les broussailles autour d'elles parurent proprement impénétrables. Alors, elles tombèrent d'épuisement.

— Ici, ils ne risquent pas de nous trouver, décréta Berta.

Elle massa ses pieds en soupirant. Elle avait l'habitude de marcher sans chaussures, mais cette fois les aiguilles et les épines lui avaient tellement abîmé la plante des pieds qu'elle affirma ne plus pouvoir marcher pendant trois jours. Comme aucune des cinq autres n'était mieux lotie, personne ne fit attention à ses jérémiades. Gerlinde releva une dernière fois la tête et l'exhorta à se taire et à dormir. L'autre grommela quelque chose, puis s'allongea et posa la tête sur ses bras.

Bientôt, cependant, les gémissements de Fita la réveillèrent. Elle se redressa et donna un petit coup à Hiltrude.

— Tu aurais mieux fait de prendre quelque chose à manger plutôt qu'une demi-morte !

Marie s'emporta.

— Berta, tu es vraiment l'être le plus insensible que j'aie jamais rencontré. Mais n'oublie pas : c'est moi qui répartis le butin !

Hiltrude soupira.

— Ne nous disputons pas. Surtout que j'ai en effet emporté de quoi manger.

Manifestement, elle avait comme toujours gardé la tête froide. Elle sortit de son balluchon un paquet dont elle étala le contenu sur ses cuisses. Berta, Gerlinde et Marthe se jetèrent dessus. Elle dut se défendre afin d'en garder un peu pour Marie, Fita et elle.

Une fois qu'elle eut mangé sa part, elle tenta en vain de faire ingérer quelque chose à leur camarade blessée. Pendant ce temps, Marie alla remplir sa gourde en cuir au ruisseau tout proche. La malheureuse la vida presque entièrement avant de reposer la tête en murmurant un merci à peine compréhensible. Avec le reste d'eau, Hiltrude humecta un morceau de tissu qu'elle appliqua, en guise de compresse, sur le pubis de Fita qui saignait encore

Le ciel avait maintenant pâli et, au levant, il se teintait de jaune et de rouge. Une belle journée commençait. Gerlinde et Berta jetèrent autour d'elles des coups d'œil angoissés en constatant que les broussailles qui les avaient arrêtées dans l'obscurité n'avaient pas encore de feuilles et ne les protégeraient donc pas contre des regards scrutateurs. Derrière les fourrés, elles aperçurent une forêt aérée de chênes et de hêtres qu'on pouvait sans peine parcourir à cheval. Berta crut même reconnaître un chemin qui la traversait. Peu après, en entendant des bruits de clochettes et des tintements métalliques, elles furent prises de panique.

— On dirait un troupeau de cochons qui s'avance dans notre direction ! s'exclama Gerlinde en ramassant son ballot et en s'apprêtant à s'enfuir. Si le gardien nous vend aux gens de Riedburg, nous sommes perdues.

Mais Hiltrude la retint.

— Marie et moi avons porté Fita pendant la moitié de la nuit. Maintenant, c'est votre tour.

— Nous n'avons qu'à la cacher dans un buisson un peu plus loin, dit Berta. Personne ne l'y trouvera et nous en serons débarrassées. Moi, en tout cas, je ne me la traîne pas.

Elle mit le menton en galoche et posa les mains sur les hanches dans un geste de défi. Gerlinde lui adressa un coup d'œil méprisant et ordonna à Marthe de l'aider. Hiltrude la soutint également, tandis que Marie les précédait pour leur ouvrir la voie avec un bâton. Berta, elle, les suivait d'un pas lourd en faisant la tête. Après quelques invectives de Gerlinde, elle finit quand même par effacer les traces les plus grossières avec des branches de bouleau. Elles marchèrent ainsi pendant des heures. À la fin, elles ne savaient plus de quelle direction elles étaient venues.

Quand le jour déclina, Marie aperçut un chablis qui leur parut à toutes suffisamment sûr. C'était un endroit où une tempête avait dû détruire les arbres de nombreuses années auparavant. À la place, un nouveau bois avait poussé. Les broussailles étaient si denses qu'aucun homme raisonnable n'aurait eu l'idée d'y pénétrer. Hiltrude et Gerlinde en examinèrent les abords pour voir si elles repéraient des traces d'ours. À leur grand soulagement, elles ne remarquèrent qu'une passée de cerfs qui conduisait à l'intérieur du bosquet. Elles prirent donc toutes les six ce sentier à peine visible et découvrirent sous deux énormes troncs tombés l'un sur l'autre un emplacement au sec parfaitement adapté pour servir de campement.

Marie et Gerlinde préparèrent un matelas de branches et de mousse et s'occupèrent de Fita. Son pubis était toujours dans un état alarmant, même s'il ne saignait plus. Son ventre était brûlant et dur comme la pierre. Avec un geste d'impuissance, Marie fit signe à Hiltrude d'approcher.

— Tu crois qu'on peut encore faire quelque chose pour elle ?

— Ça m'a l'air mal parti. Mais enfin, j'ai ma pommade et mes teintures avec moi. Peut-être qu'elles feront encore effet ?

Hiltrude sortit ses remèdes et commença à la soigner.

Pendant ce temps, Berta parlait à Gerlinde et Marthe, tout bas, mais de manière animée. Finalement, elle se dirigea vers Marie, en tendant la main ouverte.

— Bon. Maintenant, nous allons partager le butin. Donne-nous les bourses !

Marie plaqua ses mains sur les deux pochettes en cuir. Elle faillit l'envoyer au diable et regrettait désormais de ne pas avoir également caché l'existence de cet argent. Maintenant, il ne lui restait plus qu'à faire contre mauvaise fortune bon cœur : Gerlinde et Berta ne la laisseraient pas en paix tant qu'elles ne l'auraient pas détroussée.

— Nous pouvons partager, mais à une condition : que nous restions dans cette cachette pendant quelques jours, ou du moins jusqu'à ce que nous soyons sûres que les mercenaires sont repartis.

Gerlinde fit un signe d'agacement et s'assit juste devant elle.

— Oui, oui, c'est promis. Mais maintenant, sors les sous !

Marie secoua la tête si énergiquement que ses cheveux volèrent dans son dos.

— D'abord, je vais compter combien je leur ai pris. Ensuite, je calculerai la part qui nous revient à chacune.

Berta souffla comme un serpent, s'approcha également de Marie et essaya d'attraper l'une des bourses.

— Chacune de nous reçoit bien entendu la même chose !

Marie la repoussa.

— Hiltrude a perdu ses chèvres et son chariot. Il est donc légitime qu'elle ait plus que nous.

— Et toi, tu as le droit à un supplément parce que tu nous as procuré l'argent.

D'habitude, Hiltrude était plutôt généreuse, mais là, la cupidité de ses anciennes camarades la rebutait.

Berta se recula un peu en faisant la moue, mais sans quitter des yeux la ceinture de Marie.

— Bon, si vous voulez. De toute façon, ce n'est pas la peine de compter Fita, qui n'en a plus pour longtemps. Si ça tombe, elle est même capable d'aller mettre ses sous dans le tronc d'une église avant de crever une fois pour toutes !

— Fita recevra la part qui lui revient et en fera ce qu'elle voudra, rétorqua Marie.

Elle dut se retenir de ne pas insulter l'ignoble bonne femme car il ne lui avait pas échappé que la blessée avait tressailli en entendant les paroles méchantes de sa vieille amie. Au lieu de cela, elle renversa sur son giron le contenu des deux bourses et se mit à compter l'argent. C'était plus que ce à quoi elle s'était attendue : il n'y avait là aucune monnaie de faible valeur. Sous le regard attentif de Gerlinde et de Berta, elle fit le total, répartit une première moitié en quatre tas, destinés aux autres, et partagea équitablement l'autre moitié entre Hiltrude et elle.

Berta était visiblement insatisfaite, même si la somme que lui remettait Marie représentait au moins cinq fois ce qu'elle gagnait les bonnes années. Elle enveloppa les pièces dans un morceau de tissu qu'elle avait déchiré dans sa chemise et rangea le petit paquet sans dire un mot. Ensuite, elle fit mine de prendre le tas de Fita pour l'emballer à son tour.

— C'est quand même mon amie depuis des années…

Marie repoussa sa main.

— C'est moi qui vais m'occuper de son argent jusqu'à ce qu'elle soit de nouveau sur pied. Comme ça, je suis sûre qu'elle l'aura.

— Tu sais que tu es une abominable garce ? Si tu crois que je vais te laisser nous rouler…

Berta bondit et se jeta sur Marie. Hiltrude l'attrapa par le dos pour la retenir, mais avant qu'elles se frappent, Gerlinde s'interposa.

— Nous n'allons quand même pas nous disputer pour quelques deniers !

Hiltrude, qui ne perdait jamais son calme d'ordinaire, bouillonnait de rage.

— Vous en avez eu bien assez et je ne vous laisserai pas flouer une camarade en mauvaise santé ! Berta devrait avoir honte. Elle n'a sans doute jamais eu autant d'argent, et pourtant elle veut encore voler Fita, qu'elle a de toute façon toujours exploitée.

Gerlinde lui posa la main gauche sur l'épaule et, de l'autre, lui tapota la joue.

— Tu as raison, ma chérie. Berta n'a aucune raison de se plaindre, et moi non plus.

Tout en disant cela, elle contemplait l'argent qui s'empilait devant Marie comme si elle pouvait dévorer les pièces des yeux. Finalement, elle détourna le regard avec un sourire qui sonnait faux.

— Vous savez quoi ? Je vais nous faire une bonne petite tisane pour que nous reprenions des forces. Moi aussi, j'ai pu sauver quelques-unes de mes affaires.

Discrètement, elle adressa un clin d'œil à Berta. La grosse bonne femme fit la lippe, mais sur ses instructions, elle sortit les gobelets en étain qu'elles avaient ramassés dans le camp de mercenaires. Ensuite, elle suivit Gerlinde et Marthe parties ramasser du bois pour faire un petit feu.

Peu de temps après, la tisane chauffait dans la bouilloire toute cabossée de Gerlinde. La vieille prostituée sentit plusieurs fois sa préparation, y ajouta un peu de poudre contenue dans un petit sachet et laissa infuser. Ensuite, elle remplit six gobelets et en donna un à Hiltrude et un à Marie.

— Tenez, buvez ! Cela vous fera du bien. Mon petit remède est assez fort pour remettre même Fita d'aplomb.

— Ce serait bien ! Merci, Gerlinde.

Hiltrude lui adressa un sourire de soulagement et regarda Marthe, qui s'était jusque-là tenue en retrait, se pencher au-dessus de la blessée pour lui donner à boire. Elle fit un signe de tête à Gerlinde.

— Je suis heureuse que nous fassions à nouveau bon ménage. Nous devrions maintenant chercher une pierre pour cuire un pain dans la cendre. J'ai encore un reste de farine qui nous fera un repas.

Elle allait se lever, mais Gerlinde lui posa une main sur l'épaule et la força à se rasseoir.

— Pas tout de suite ! Attendons que la tisane fasse effet, sinon elle ne va pas marcher. Nous devrions nous allonger et dormir un peu. Le pain ne va pas se sauver.

Hiltrude approuva d'un mouvement de la tête et se détendit à nouveau. Elle savait combien Gerlinde s'y connaissait en plantes et avait confiance en ses conseils. Lentement, elle but la tisane amère qui laissait un arrière-goût désagréable sur la langue. Marie but également la sienne à petites gorgées, quoiqu'elle fût spontanément tentée de la jeter, ce dont elle s'abstint pour éviter une nouvelle dispute.

Elle appuya sa tête contre le tronc pourri et friable derrière elle, regarda les pièces qu'elle avait encore sous les yeux et, d'un air songeur, observa Berta qui s'était retirée dans un coin pour bouder et à laquelle Gerlinde était en train de parler. Alors, Marie mit de côté les pièces destinées à Fita, rangea l'argent d'Hiltrude dans une bourse et le sien dans une autre, puis tendit à son amie celle qui lui revenait. Après avoir attaché la sienne à sa ceinture, elle s'étira et bâilla longuement.

— Cela fait du bien d'avoir quelque chose de chaud dans l'estomac. Je me sens déjà beaucoup mieux. Tu devras me donner ta recette, Gerlinde. Ton remède apaise même mes douleurs au bas-ventre.

— Il va t'apaiser encore bien plus, se moqua la vieille.

Hiltrude eut conscience que Gerlinde lui donnait un coup et voulut dire quelque chose, mais elle eut soudain la langue aussi lourde que les paupières. Elle vit encore Marie qui piquait du nez à côté d'elle, puis sombra dans un épais brouillard qui devint rapidement de plus en plus noir. La dernière chose qu'elle perçut fut le rire de Berta.

— Ça, c'était de la tisane ! Elles dorment déjà comme des marmottes.

Gerlinde fixait les deux femmes qui s'étaient effondrées et cracha, comme si elle se dégoûtait elle-même.

— Maintenant, il faut déguerpir au plus vite. Je ne sais pas combien de temps ma potion fait effet. Allez, Berta, prends-leur les sous !

La grosse prostituée ne se le fit pas dire deux fois. Elle ramassa en hâte la part de Fita, coupa le cordon en cuir des bourses volées ainsi que le sac plus petit appartenant à Marie et donna une partie de l'argent à Gerlinde.

Celle-ci avait manifestement mauvaise conscience.

— Nous ne devrions pas tout emporter.

Berta repoussa l'objection en riant et mit tout dans sa poche.

— Arrête ! Aide-toi et le ciel t'aidera.

Ensuite, elle désigna les ballots de leurs victimes.

— Et ça ? On le prend aussi ?

Gerlinde fit non de la tête.

— Nous avons bien assez de choses à trimballer. Viens, partons !

Berta fit un abominable sourire.

— Mais avec plaisir ! Je me réjouirai jusqu'à la fin de ma vie d'avoir joué ce mauvais tour à ces deux espèces d'arrogantes. Maintenant qu'elles n'ont plus un rond, elles seront bien obligées d'ouvrir les cuisses pour le premier venu !

Elle se retourna sans accorder un seul regard à sa vieille amie Fita et se mit en route, l'air satisfait. Marthe lui emboîta le pas tandis que Gerlinde hésitait encore. Il fallut que les deux autres l'appellent pour qu'elle se ressaisisse et abandonne à leur sort les femmes endormies.

6

Quand Marie revint à elle, il était presque midi. Sur le coup, elle fut troublée : elle croyait se souvenir que c'était la fin de l'après-midi. Puis elle comprit qu'elle avait dormi pendant presque vingt-quatre heures et se rappela aussitôt la tisane de Gerlinde dont le goût amer lui brûlait encore la langue comme de la bile. Elle se redressa avec difficulté et regarda autour d'elle. Tout près, Hiltrude était plongée dans un profond sommeil. Marie dut la secouer plusieurs fois pour qu'elle se réveille.

— Que se passe-t-il ? gémit-elle en portant la main à sa tête.

— Gerlinde nous a droguées.

Hiltrude jeta un coup d'œil apathique aux alentours. En dehors de Fita qui gisait toute raide sur son matelas de mousse, il n'y avait personne. Gerlinde, Berta et Marthe avaient disparu, et avec elles, les bourses accrochées à leurs ceintures. Hiltrude poussa un juron qui aurait fait se dresser les cheveux sur la tête du prêtre le plus endurci.

— Ces espèces de vipères nous ont piqué nos sous !

Incrédule, Marie baissa les yeux et découvrit ce qui restait des lanières en cuir de sa bourse ainsi que de celles qu'elle avait dérobées. Un frisson lui parcourut le dos. Aussitôt, elle tâta les pans de sa jupe pour savoir si elles lui avaient également dérobé l'or de Siegward von Riedburg et le reste de ses économies. En sentant les bourses remplies de pièces, elle poussa un cri d'allégresse.

Hiltrude l'observa comme si elle avait perdu la tête.

— Qu'est-ce qui te prend ? Gerlinde et les autres nous volent notre argent et toi, tu es contente ?

— Ce n'est pas si grave que je pensais.

Elle releva sa jupe et montra à son amie ses trésors cachés.

— Ces pièces-ci ont au moins dix fois plus de valeur que ce qu'elles nous ont pris. Comme je suis contente qu'elles n'aient pas eu l'idée de nous fouiller !

Hiltrude respira, mais la rage qu'elle éprouvait contre les traîtresses dépassait la joie que lui procurait la petite fortune de Marie.

— Elles nous le paieront – et même en double ! Viens, Marie ! Nous allons suivre leurs traces et les rattraper. Je vais casser la figure à Berta !

— Nous devons d'abord penser à Fita, objecta Marie.

Sans attendre sa réponse, elle se releva et s'avança vers la blessée. En voyant son visage, elle comprit qu'elle ne pouvait plus rien pour elle. Elle détourna le regard et essuya les larmes qui lui coulaient des yeux.

— Elle est morte. La seule consolation, c'est de penser que grâce à la boisson de Gerlinde, elle n'a rien senti.

Hiltrude posa les mains sur ses hanches et regarda la défunte, hors d'elle-même.

— Tu parles ! C'est sa potion qui l'aura tuée !

— La tisane aura tout au plus précipité sa fin. Je ne crois pas qu'elle aurait survécu plus de quelques jours. Elle était trop grièvement blessée et n'avait plus envie de vivre.

Marie s'agenouilla et caressa le visage amaigri de la malheureuse.

— Adieu, Fita. Si Dieu est juste, il t'unira à l'enfant que tu as eu sans le vouloir et que tu as aussi perdu sans l'avoir voulu.

— Que Dieu lui accorde le repos éternel, ajouta Hiltrude en dansant d'un pied sur l'autre. Mais qu'allons-nous faire de son corps ? Nous ne pouvons quand même pas le laisser ici !

— Nous devons l'enterrer, répondit Marie.

Sans lui laisser le temps de répliquer, elle s'empara du poignard de Fita et commença à retourner la terre.

Hiltrude marmonna quelques jurons parce qu'elle ne voulait pas que Berta leur échappe, mais elle lui prêta main-forte. Avec leurs moyens de fortune, elles mirent l'après-midi à creuser un trou assez grand. Quand elles déposèrent les dernières pierres sur la tombe de Fita, le soleil déclinait déjà.

Hiltrude étira ses muscles raides et soupira.

— Nous devons dire une prière, mais je ne connais pas les paroles.

Marie essaya de se souvenir de celles qu'elle avait entendues dans la cathédrale de Constance ou à l'église Saint-Étienne. Dans son enfance, elle allait presque tous les jours à la messe pour entendre les chants des enfants de chœur. Mais comme Hiltrude était visiblement nerveuse et voulait encore trouver un autre campement avant la tombée de la nuit, elle décida d'abréger.

— Accorde-lui ta grâce, Seigneur. Son cœur était trop bon pour ce monde. Amen.

Ayant dit ces paroles, elle jeta une poignée de terre sur la tombe. Son amie cueillit quelques fleurs et les répandit sur les pierres. Avant de se mettre en marche une fois pour toutes, elles revinrent sur leurs pas, fabriquèrent une croix avec deux branches et un morceau de tissu et la plantèrent dans le sol. Alors seulement, elles quittèrent l'endroit aussi vite que si elles étaient en fuite.

À leur grand soulagement, Gerlinde et les autres leur avaient laissé leurs ballots, de sorte qu'elles disposaient du strict minimum. Hiltrude possédait encore une robe et Marie une chemise de rechange. En outre, elles avaient deux couvertures, une gamelle, deux gobelets en bois et quelques petites choses indispensables comme des mèches, du silex et les pommades qui seraient fort utiles après la nuit terrible.

Une bonne heure plus tard, Hiltrude déposa son ballot à l'ombre de sapins dont les branches touchaient presque le sol, pour y installer un camp de fortune. Un petit sac en cuir tomba par terre. Au départ, elle ne voulut y croire, mais après l'avoir ouvert, elle se mit à rire.

— Ces pies voleuses n'ont pas vu mes économies non plus ! Certes, ça n'est pas beaucoup, mais au moins nous ne serons pas obligées de dépenser tout de suite une de tes pièces d'or pour acheter un quignon de pain. C'est bien, car cela mettrait la puce à l'oreille des gardes municipaux, qui ne sont en général que des brigands plus malins que les autres. Ils auraient tôt fait de prétendre que nous avons volé cet argent et de nous le confisquer.

Épuisée, Marie s'allongea sur sa couverture et appuya sa tête sur son bras replié pour regarder son amie.

— Il faut absolument changer l'or chez un juif. Toute autre solution serait bien trop risquée : Siegward von Riedburg pourrait nous retrouver.

Hiltrude n'était pas d'humeur à recevoir de leçons. Elle ne put contenir un léger agacement.

— Et de quoi allons-nous vivre d'ici là si nous n'avons pas de petites pièces ?

Marie se redressa et lui posa la main sur le bras pour la calmer.

— Tout d'abord, il n'y a pas que des pièces en or dans la bourse, mais aussi quelques *schillings* et des deniers de Ratisbonne. Ensuite, nous pouvons très bien faire comme Gerlinde autrefois, qui n'hésitait pas à offrir son corps pour un morceau de pain, un pichet de vin ou un peu de beurre et de miel sur ses crêpes.

— Merci bien. Je préfère les pièces en argent !

Hiltrude lui souhaita bonne nuit sur un ton grincheux, s'allongea et lui tourna le dos.

Marie savait bien qu'elle ne songeait qu'à retrouver la trace des voleuses et à les rattraper le plus tôt possible. Elle n'était, quant à elle, pas pressée : elle croyait Berta capable de lancer les mercenaires à leurs trousses. C'est pourquoi elle avait d'ailleurs approuvé l'idée de quitter le précédent campement et qu'elle était d'accord avec son amie pour dire qu'elles devaient dans un premier temps s'abstenir d'allumer un feu, même si les flammes auraient effrayé les bêtes sauvages.

Comme elle s'y était attendue, Hiltrude se réveilla dès les premières lueurs rouges à l'horizon et lui laissa peu de temps pour sa toilette. Alors qu'elle se lavait encore dans le ruisseau tout proche et appliquait de la pommade sur son pubis, son amie était si loin qu'elle avait peur de la perdre de vue. Soudain, elle l'entendit pourtant crier.

— Marie, viens ! Vite ! Dépêche-toi !

Marie mit tant bien que mal son balluchon sur son épaule et s'élança dans sa direction.

Hiltrude s'était arrêtée sur un sentier dont on ne pouvait dire s'il était d'origine humaine ou animale et montrait, tout excitée, une flaque fangeuse presque desséchée. Entre les traces de cerfs et de sangliers, on distinguait l'empreinte d'un pied nu. Hiltrude posa le sien à côté et l'enfonça dans la boue. Lorsqu'elle le retira, il laissa une marque un peu plus longue et nettement plus étroite que l'autre.

— Si ce n'est pas le gros paturon de Berta, déclara-t-elle sur un ton triomphal, je veux bien me donner pour rien à tous les curaillons qui passent.

Marie approuva d'un mouvement de la tête, mais fit ensuite un geste réticent de la main.

— Cette trace provient sans aucun doute de Berta, mais je ne sais pas si c'est une bonne idée de les suivre sur un terrain aussi découvert. Je trouve que les mercenaires sont encore trop près.

Hiltrude secoua la tête avec colère.

— Je ne vais pas laisser ces sales voleuses me filer entre les doigts ! Je n'ai jamais rien attendu de bon de la part de Berta, mais Gerlinde m'a profondément déçue. J'ai voyagé avec elle pendant de longues années et jamais je n'aurais cru qu'elle puisse un jour me droguer sans scrupule pour me piquer mon argent. Je vais lui faire payer cette trahison !

— Nous devrions quand même être prudentes. Siegward von Riedburg non plus ne va pas être content d'avoir perdu son argent.

— Si tu as si peur de lui, il ne fallait pas le voler. Qu'est-ce que tu veux qu'il fasse, mis à part écumer de rage ?

Quand elle se remit en marche, Marie comprit qu'elle était trop fâchée pour entendre raison. Il ne lui restait donc plus qu'à l'accompagner et à garder tous ses sens en éveil. Il s'avéra bientôt qu'elle avait bien fait. Le sentier qui semblait ne jamais devoir cesser serpentait entre des arbres très rapprochés : il était assez humide pour conserver les traces des trois femmes qui l'avaient emprunté la veille. Mais alors qu'il débouchait sur un chemin plus large, elle perçut un cliquetis et arrêta son amie.

— Vite, cachons-nous dans le buisson devant lequel nous venons de passer !

Comme Hiltrude hésitait, elle la tira derrière elle.

— Que se passe-t-il ? demanda-t-elle avec stupéfaction, tout en se laissant faire.

Elle entendit, elle aussi, le bruit sourd de sabots qui frappaient le sol boueux et des voix fortes. Elle suivit alors Marie dans le buisson sans demander son reste. Là, elles se jetèrent par terre, se roulèrent en boule et n'osèrent presque plus respirer tant elles avaient peur. Lorsque non loin d'elles les hommes prirent le sentier qu'elles venaient de quitter, les deux femmes relevèrent la tête avec prudence.

Comme Marie s'en doutait, il s'agissait de Siegward von Riedburg, qui précédait quatre cavaliers et une douzaine de mercenaires marchant au pas de course. Ils semblaient suivre un but précis ; ils passèrent devant Hiltrude et Marie sans quitter le chemin des yeux. Ils disparurent dans la forêt aussi vite qu'ils avaient surgi. C'est alors seulement que les deux amies osèrent à nouveau reprendre leur souffle et se regardèrent avec effroi.

— Il s'en est fallu de peu ! Si tu n'avais pas d'aussi bonnes oreilles…

Hiltrude laissa sa phrase en suspens et porta la main à son cœur palpitant. Toutes deux avaient aperçu le visage furieux du chevalier von Riedburg.

— Vaut-il mieux s'enfoncer dans la forêt, continua-t-elle, ou prendre le chemin d'où ils venaient ? Avec les arbres, nous n'avancerons pas aussi vite que je le souhaiterais. J'aimerais mieux être séparée d'eux par une journée de marche.

Marie serra ses bras autour de son corps comme si elle était transie de froid.

— Et que ferons-nous s'il y a des retardataires ?

— Nous les entendrons aussi suffisamment tôt !

Hiltrude faisait semblant d'être plus courageuse qu'elle ne l'était en réalité. Il lui paraissait plus sûr de savoir le chevalier Siegward loin derrière elles que dans un périmètre où il pouvait à tout moment les surprendre. Marie n'avait rien à objecter à cet argument. C'est pourquoi elles sortirent du buisson et reprirent leur chemin en silence, tressaillant de peur au moindre bruit.

Elles eurent pourtant de la chance. L'obscurité commença à gagner l'est sans qu'elles aient rencontré un seul voyageur et surtout un seul mercenaire de Riedburg. Elles atteignirent enfin un croisement où elles s'arrêtèrent pour réfléchir à la direction qu'elles devaient maintenant prendre. Tout à coup, Marie poussa un cri. Aussitôt, Hiltrude lui colla la main sur la bouche.

— Tais-toi ! lui ordonna-t-elle.

Marie, qui ne pouvait plus respirer, fit oui de la tête. Quand Hiltrude eut retiré sa main, elle tendit le bras en direction du ballot informe et sanglant qui, un jour, avait été Gerlinde et se pencha pour vomir. Recroquevillée sur elle-même, elle rendit tout ce qu'elle avait dans l'estomac jusqu'à ce qu'elle ne crache plus que de la bile. Hiltrude ne pouvait lui être d'aucune aide : pétrifiée d'effroi, elle ne parvenait pas à détacher son regard du cadavre couvert de mouches dont les orbites vides semblaient lui adresser un regard de reproche.

— Gerlinde était une voleuse et elle nous a trahies, déclara-t-elle lorsque Marie se fut relevée et approchée d'elle. Mais elle n'a pas mérité une fin pareille.

— Aucun être humain ne mérite cela, gémit son amie en s'éloignant d'un pas chancelant, pliée en deux par la douleur tant son estomac était vide.

Hiltrude se hâta de la suivre et découvrit, à peine dix pas plus loin, la dépouille de Berta. La grosse prostituée était tellement mutilée qu'on ne pouvait la reconnaître qu'à ses cheveux et à la chemise lacérée qui avait été la sienne dans les derniers jours. Selon toute vraisemblance, Siegward et ses hommes s'étaient acharnés sur le corps des femmes jusqu'à ce qu'il ne reste plus que des lambeaux de chair et des os à nu.

Comme l'estomac de Marie se calmait un peu, des larmes coulèrent sur ses joues.

— Comment cela a-t-il pu arriver ?

— Elles ont dû se jeter dans leurs bras et n'avaient aucune chance.

Hiltrude se détourna en frissonnant. Elle espérait que Marthe, au moins, ait pu échapper aux tortionnaires. Mais elle fut aussitôt détrompée. La jeune fille gisait au bord du chemin, aussi dévêtue et éventrée que les deux autres.

Marie secoua la tête avec désespoir.

— Comment des êtres humains peuvent-ils être aussi cruels ?

Hiltrude, qui avait jusque-là réussi à rester droite, se mit à pleurer en apercevant le corps de la malheureuse.

— Riedburg a sans doute cru qu'elles avaient avalé son or, expliqua-t-elle à travers ses sanglots.

— Dieu du Ciel ! Tout cela est de ma faute, murmura Marie. Si je n'avais pas dérobé l'argent, nos amies vivraient encore et seraient avec nous.

À ces mots, Hiltrude se redressa, se frotta le visage du revers de la manche et posa les mains sur les épaules de Marie.

— Écoute-moi bien ! Si ces trois infidèles ne nous avaient pas droguées et détroussées, elles ne seraient pas mortes et nous serions en sécurité. Où crois-tu que Siegward von Riedburg et ses meurtriers se rendaient ? À l'endroit où elles nous ont laissées ! L'une d'elles a dû leur indiquer le chemin. S'ils les avaient trouvées plus vite ou si la potion de Gerlinde avait fait plus longtemps effet, les monstres nous auraient maintenant étripées, nous aussi. Et Riedburg aurait sans doute fait durer le plaisir encore plus longtemps parce qu'il aurait retrouvé sa bourse sur toi.

À cette idée, Marie tressaillit, mais elle n'arrivait pas vraiment à en vouloir à ses trois anciennes compagnes. Elle pouvait concevoir que l'une d'elles ait révélé leur cachette aux mercenaires par peur de la mort et elle essaya de faire comprendre cela à Hiltrude.

— C'est bien possible, l'interrompit sèchement celle-ci. Mais la seule chose qui m'intéresse à l'heure actuelle, c'est de sauver ma peau. Partons d'ici. Marchons aussi longtemps que nos pieds nous portent. Et n'essaie pas de me convaincre d'enterrer ces trois traîtresses.

— Non, nous n'avons pas le temps. Si Riedburg repère nos empreintes, il fera demi-tour dès qu'il aura découvert notre campement dans le chablis et qu'il aura constaté que nous ne sommes plus là.

Marie contracta les muscles de son dos, appuya de la main sur son estomac douloureux et suivit son amie dans la nuit qui tombait. Elle avait honte d'être aussi fragile et, en même temps, luttait contre ses remords. Dans quelque sens qu'elle tourne et retourne la question, elle se sentait responsable de la mort de ses trois camarades. Pour finir, elle se raccrocha aux paroles d'Hiltrude qui estimait qu'elles avaient elles-mêmes scellé leur destin à force de cupidité. Mais elle pressentait que les images affreuses du croisement hanteraient encore longtemps ses rêves.

7

Après coup, Marie n'aurait pu dire combien de temps elles avaient marché cette nuit-là. Et ce n'est que le lendemain matin qu'elle parvint à savoir dans quelle direction elles étaient allées. À l'aube, quand elles purent enfin voir à plus d'une demi-douzaine de pas, elles quittèrent la route pour trouver refuge dans le sous-bois. Le paysage environnant était plus sévère et plus sauvage que la région qu'elles avaient quittée. Au sud, des forêts sombres aux arbres moussus s'étendaient à perte de vue. En atteignant une hauteur dégagée, elles constatèrent qu'elles étaient cernées par la végétation. Il n'y avait apparemment ni essarts ni villages. Hiltrude fit un tour d'horizon et fronça les sourcils.

— Nous devons être en Forêt-Noire. C'est à la fois bien et mal.

Marie hocha la tête, oppressée. À Constance, elle avait beaucoup entendu parler de cette contrée. On disait qu'on pouvait y errer pendant des jours sans rencontrer âme qui vive. Ses chênes, hêtres et sapins séculaires étaient censés abriter plus d'ours et de loups que Constance n'avait d'habitants. Hiltrude voyait les choses sous un meilleur jour.

— Ici, Riedburg ne risque pas de nous trouver. Allez, viens ! Cherchons un endroit où nous serons à l'abri des bêtes sauvages. Je suis si fatiguée que je pourrais dormir debout.

Marie ôta ses sabots – une semelle de bois et une large lanière de cuir –, et examina ses pieds meurtris.

— Je suis incapable de rester debout, mais je n'aurais rien contre un refuge au sec et un ruisseau pour boire et me rafraîchir les pieds.

Son amie marmonna quelque chose comme « enfant gâtée » et se mit à descendre la pente devant elles, qui menait à un torrent profondément encaissé où elles purent assouvir leur soif et remplir leurs gourdes en cuir. Après avoir gravi la paroi de l'autre côté du cours d'eau, elles découvrirent un buisson idéal pour servir de campement. Leur estomac gargouillait, mais elles étaient trop fatiguées pour chercher du petit bois, et de plus, elles craignaient qu'un feu ne trahît leur présence. C'est pourquoi elles partagèrent leur ultime morceau de pain et se rincèrent le gosier avec de l'eau. Leurs yeux se fermaient de fatigue, mais elles trouvèrent encore la force de disposer autour d'elles un lacis de branches afin qu'aucun homme ni aucun animal ne puisse approcher sans faire de bruit. Ensuite, elles s'enveloppèrent dans leurs couvertures et s'allongèrent sur la roche.

Elles étaient si épuisées qu'elles dormirent jusqu'en fin d'après-midi. Transies d'être restées si longtemps allongées sur le sol dur et froid, elles descendirent vers le ruisseau pour y boire à nouveau. Par malheur, il n'y avait pas encore de baies mûres ni de champignons en cette période de l'année. Pour finir, Hiltrude découvrit du céleri sauvage et en arracha les racines. Bien qu'il sentît très fort, elles le dévorèrent à belles dents. Seulement, s'il remplissait l'estomac, il ne rassasiait pas. Elles ne survivraient pas longtemps de cette manière.

De plus, elles étaient encore trop proches de l'endroit où Siegward von Riedburg et ses mercenaires avaient assassiné leurs trois compagnes. C'est pourquoi elles attendirent que la lune se lève et que le gravier luise sur le sentier qu'elles avaient repéré pour s'engager dans la pénombre argentée d'une gorge aux parois d'un noir proprement impénétrable. Les bruits qui traversaient la nuit n'étaient pas faits pour calmer leur peur.

Dans les jours suivants, elles se nourrirent de racines crues et de langues-de-bœuf ou mâchonnèrent de la résine quand elles ne trouvaient rien d'autre, car elles n'osaient toujours pas faire de feu pour utiliser leur restant de farine. À la fin, quand elles furent toutes les deux si éreintées que leurs jambes refusaient de les porter, elles se réfugièrent dans une gorge à la végétation dense.

À l'ombre d'une paroi en surplomb, elles se construisirent une cabane avec des branches et en recouvrirent le toit avec de grandes plaques de mousse et des touffes d'herbe pour se protéger de la pluie, car le soleil des derniers jours avait cédé la place à des nuages bas. Dans un premier temps, leur humeur fut aussi sombre que le ciel, mais quand elles eurent allumé un petit feu dans leur gîte et qu'elles eurent goûté à leurs premières galettes brûlantes, leur moral s'améliora. Une soupe à base de plantes sauvages et de langues-de-bœuf hachées en petits morceaux vint compléter le premier repas chaud qu'elles prenaient depuis plus d'une semaine et qui leur parut un festin.

Hiltrude était satisfaite de leur cachette : pour autant qu'elle ait pu voir du sommet dégarni qui dominait la gorge, les habitations les plus proches devaient se trouver de l'autre côté des montagnes, à plusieurs heures de marche en direction du Rhin. Elle pensait savoir quel était le hameau dont elle avait aperçu les colonnes de fumée. Ce devait être celui où vivaient les hommes qui abattaient les grands arbres de la Forêt-Noire et descendaient les troncs jusqu'à Cologne. Quant au torrent qui traversait leur gorge, il devait se jeter dans l'Alb, lequel affluait dans le Rhin à Mühlheim.

Elles aussi devaient descendre vers le fleuve, expliqua-t-elle à Marie, mais elles ne quitteraient pas la forêt avant que l'affaire avec Riedburg ne soit retombée. Elles resteraient ensuite quelque temps dans le Sud pour ne pas courir le risque de s'arrêter au bord du Rhin à moins de deux journées de cheval de leurs poursuivants. Marie approuva sans discuter tout ce qu'elle proposait, car elle était encore bien trop préoccupée. La rencontre des mercenaires et les conséquences abominables que celle-ci avait eues sur leur existence la torturaient.

Quelques jours plus tard, après avoir entendu le cor d'un gardien de cochons, elles abandonnèrent leur refuge et s'enfoncèrent encore dans la forêt toujours plus sombre et toujours moins praticable. De temps à autre, elles apercevaient l'abri d'un berger ou d'un résinier, mais n'osaient pas l'utiliser de peur qu'on ne retrouve leurs traces. Le soir, elles se construisaient donc des brise-vent de fortune avec des broussailles et des branches de bouleau.

Au cours de leurs pérégrinations, Hiltrude était parvenue à améliorer leur ordinaire grâce à un collet qu'elle posait sur des passées. Elle attrapait des lapins et, une fois, prit même un jeune chevreuil avec les os duquel elle fit un bouillon nourrissant. Elles avaient beau mettre toujours mieux à profit ce que la forêt leur offrait et trouver assez de racines, de bulbes et de langues-de-bœuf pour manger à leur faim tous les jours, les deux femmes eurent bientôt la nostalgie d'un morceau de pain. Ce désir prit une telle ampleur qu'Hiltrude rêva de miches fraîches et, au matin, déclara qu'elle pourrait se donner pour une tranche. Marie se moqua d'elle, mais dut reconnaître qu'elle la comprenait.

Bien que la peur du chevalier de Riedburg et de ses mercenaires les tînt à distance de tout être humain, Hiltrude insistait pour qu'elles portent leurs rubans jaunes. Elle ne voulait pas courir le risque d'être surprise sans les insignes de sa profession, car les gardes municipaux avaient coutume d'accuser d'adultère les femmes qui voyageaient sans le symbole des prostituées et, grâce à une procédure expéditive, de les faire condamner par un juge complaisant à être fouettées en public pour la plus grande joie des badauds.

Contrairement à elle, Marie ne faisait pas grand cas de cette excessive prudence. À son avis, les rubans jaunes les empêchaient juste d'aller discrètement dans un hameau perdu au milieu de la forêt pour y acheter des vivres. Elle était désormais convaincue qu'elles n'avaient plus rien à craindre : ni Siegward von Riedburg ni ses hommes ne les reconnaîtraient au premier coup d'œil. Elles avaient teint leurs cheveux avec une décoction de plantes et de langues-de-bœuf et, à force de les enduire de sucs végétaux, leurs visages étaient aussi foncés que celui des femmes du Sud.

Lorsqu'elles eurent gravi les pentes de la vallée de Schönmünztal, au nord de la Forêt-Noire, et que du haut du Hornisgrinde, leur regard s'étendit jusqu'au Rhin, Marie décida qu'il était temps de se mêler à nouveau aux hommes. Cela faisait plusieurs jours qu'elles suivaient un chemin qui, à en juger par les marques sur le sol, était assez souvent emprunté. Elle espérait qu'il les mènerait à un village et peut-être même à un lieu de pèlerinage. Elle se sentait prête à s'y hasarder et à donner un *schilling* à la sentinelle rien que pour faire quelques emplettes.

En voyant surgir devant elles les toits d'une assez grande bourgade, Hiltrude finit par céder. Mais comme elle craignait qu'à deux elles n'attirent l'attention, elle préféra attendre son amie dans la forêt aux portes de la ville. En dépit de ses protestations, Marie recouvrit ses rubans jaunes avec le châle usé jusqu'à la trame dans lequel elle transportait d'habitude ses affaires et prit une poignée de pièces, juste assez pour acheter du pain et des vivres. Pendant ce temps, Hiltrude lui tournait autour comme une poule.

— Cette histoire ne me plaît pas. Que feras-tu si on t'importune ou que tu tombes pile sur des hommes de Riedburg ?

Marie exclut cette hypothèse en riant.

— Jamais il n'aura l'idée de chercher une bonne femme toute sale aux cheveux châtains. Tu dois bien reconnaître que nous devons manger autre chose que des plantes sauvages et des langues-de-bœuf. Et si nous ne nous cousons pas une nouvelle robe, nous serons bientôt obligées de nous promener toutes nues : les lambeaux que nous portons ne tiennent presque plus. Si nous approchons du Rhin dans cette tenue, pas un homme riche ne nous accordera un seul regard.

— Tu as raison, mais…

— Il n'y a pas de « mais », Hiltrude, l'interrompit son amie. Installe-toi confortablement. Je vais y aller toute seule.

Hiltrude s'avoua vaincue.

— Bien, si tu ne veux pas de mes conseils, vas-y avec la grâce de Dieu.

La bourgade était plus grande que Marie ne s'y était attendue. Des maisons en bois sombre dont les toits en roseaux touchaient le sol dépassaient le rempart peu élevé, construit sur le flanc ouest d'une montagne aux pentes douces. Le bâtiment principal était une auberge dont l'enseigne saluait les voyageurs de loin. La taille de l'établissement révélait l'importance de cette voie commerciale qui devait mener du Rhin aux dernières hauteurs de la Forêt-Noire, puis à Stuttgart en passant par Nagold. Devant l'auberge, on apercevait les toits de baraques qui protégeaient les marchandises du soleil et de la pluie. Marie respira. De toute évidence, c'était jour de marché.

En s'approchant de la porte de la ville, elle sentit son cœur battre la chamade. Pourtant, les sentinelles ne la repoussèrent pas tout de suite. L'un des hommes se pencha et attrapa un ruban jaune qui avait eu l'audace de sortir du châle en réclamant une taxe de quatre deniers. Comme Marie lui adressa un coup d'œil scandalisé, il désigna le poste et fit un geste sans équivoque. Elle savait quels problèmes l'attendaient si elle achetait en nature le droit de franchir les remparts et refusa de manière catégorique.

— Je veux juste aller au marché pour acheter du pain.

La mine du gardien lui fit comprendre que sa proposition n'était pas sérieuse, mais qu'il était quand même déçu qu'elle n'eût pas accepté. Au grand soulagement de Marie, il ne la renvoya pas, il se contenta de trois bons deniers et lui souhaita même une bonne journée avec la grâce de Dieu.

Elle cacha sous son châle le ruban jaune qui dépassait et se dirigea vers la grand-place aussi vite qu'elle le pouvait dans la rue bondée. Elle ne ralentit le pas qu'une fois arrivée dans les allées entre les stands et les charrettes, où elle voyait toutes ces belles choses dont elle avait été si longtemps privée. Du moins pouvait-on acheter ici tout ce que la forêt offrait aux hommes, depuis les coffrets ronds en bois peint et les cuillères et gobelets sculptés jusqu'au jambon fumé des cochons qu'on emmenait paître dans les coins les plus reculés de la région. L'une des baraques vendait des couteaux, des haches et des récipients en fer ou en cuivre, quelques autres des étoffes.

Après avoir vécu si longtemps dans la solitude, Marie avait du mal à circuler parmi les gens. Chaque fois que quelqu'un élevait la voix près d'elle, elle tressaillait, car elle se croyait visée. Il lui fallut un moment pour admettre que personne ne lui prêtait attention. Elle osa alors s'approcher d'une baraque et regarder les marchandises sur l'étal. Le vendeur jeta un coup d'œil méprisant sur la bourse qui pendait à sa ceinture et se tourna vers elle avec empressement.

— Vous voulez peut-être du drap des Flandres, jeune femme ? dit-il en lui mettant sous le nez un morceau de toile. On le dirait fait pour habiller un joli marié.

Le père de Marie avait pratiqué entre autres le commerce d'étoffes précieuses. C'est pourquoi elle se rendit aussitôt compte que les fils étaient bien trop fins et mal tissés. Le prix que le vendeur en demandait était éhonté. Elle fit non de la tête et s'éloigna rapidement. Il la suivit des yeux, fâché, puis aborda la première femme qui s'approchait de son stand.

Marie ne savait pas exactement combien de temps elles avaient vécu dans la forêt. Mais à en juger par les fruits et les légumes qu'on proposait sur une autre partie du marché, il devait s'agir de plusieurs semaines. Il y avait des cerises, des poires et même les premières prunes, qu'on avait cueillies dans la vallée du Rhin et transportées jusqu'ici. Elle en eut l'eau à la bouche.

Elle se retint, mais quand elle aperçut, à quelques pas de là, un stand où l'on vendait des saucisses, elle perdit le contrôle d'elle-même. Elle en acheta quatre d'un coup et chercha un coin tranquille pour les manger au calme, même si elle se faisait l'effet d'une traîtresse vis-à-vis d'Hiltrude. Après avoir terminé et s'être léché les doigts, elle se releva et commença par se procurer les biens de première nécessité. En peu de temps, elle eut acheté deux miches de pain, un morceau de jambon, des aiguilles et du fil, deux bouts de tissu pour faire deux nouvelles robes et enfin un grand châle dans lequel elle mit ses achats.

Au début, elle parlait fort peu, se bornant au strict minimum. Mais ensuite, lorsqu'un marchand de vin bavard la salua avec un sourire amène et sans ambiguïté, elle le pria de remplir le pichet qu'elle venait d'acheter et lia conversation.

— Pourriez-vous me dire s'il y a des nouvelles, brave homme ?

— Et comment ! répondit-il avec courtoisie. Que désires-tu savoir ?

— Qu'en est-il du concile à Constance ? Les nobles seigneurs sont-ils déjà arrivés ?

Le marchand secoua la tête.

— Que vas-tu t'imaginer là ? Avant que des princes et des évêques se déplacent, il y a une foule de précautions à prendre. Ils ne se mettent pas tout de suite en route comme nous, simples mortels, mais s'envoient des messages et passent toutes sortes d'accords, car ils se font rarement confiance. Ensuite, ils envoient leurs gens pour inspecter les auberges où ils vont descendre, donner des instructions et chercher sur place des appartements convenables. C'est une affaire très complexe, femme. Il ne faudrait pas que l'empereur soit plus mal logé que le pape et inversement, ni un évêque qu'un prince ou un comte. Avant que tout cela ne soit réglé, il faut plusieurs mois.

Manifestement, le marchand aimait s'écouter parler. Il énuméra un à un les hauts personnages qui devaient se rendre à Constance. Marie en eut bientôt la tête qui tournait. En plus des seigneurs et des dignitaires de l'empire, il y aurait aussi un grand nombre de nobles et d'hommes d'Église étrangers, venus de la lointaine Écosse, d'Espagne ou d'Italie. Il évoqua en outre les préparatifs qu'on faisait en prévision de ce grand événement. À vrai dire, il ne semblait pas vraiment connaître la ville natale de Marie. Du moins ne se souvenait-elle pas d'y avoir vu des toits dorés ou des rues aux pavés argentés et Constance ne se trouvait pas non plus sur une île au milieu d'un lac qui, à l'en croire, était aussi grand que l'océan.

— Le Saint-Père arrivera directement de Rome par bateau, expliqua-t-il, le ravissement dans les yeux, avant de commencer à dépeindre la barque somptueuse du souverain pontife.

Marie l'interrompit pour lui demander s'il n'avait pas entendu parler de luttes récentes entre quelques grandes familles. Il réfléchit.

— Si, bien sûr ! Au printemps, un terrible affrontement a eu lieu entre les seigneurs de Riedburg et la tribu des Büchenbruch. Ce fut une sacrée histoire, je te jure. Le vieux Siegbald avait envoyé en secret ses deux fils pour enrôler des mercenaires et se procurer ces engins diaboliques qu'ils appellent des canons. Ce sont d'abominables monstres en métal dont les rugissements font tomber les remparts et trembler les plus valeureux. Riedburg doit avoir dépensé une fortune pour les obtenir, mais ça ne lui a pas servi à grand-chose parce que avant que son fils ne soit revenu, Lothar von Büchenbruch l'a attaqué et a pris la forteresse grâce à une manœuvre audacieuse. Quand le seigneur Siegward est arrivé au château de son père avec ses hommes et ses monstres en métal, l'autre lui avait tendu une embuscade. Mais le jeune Riedburg n'a pas voulu se rendre et a lancé l'assaut dans l'impasse. Il n'y a pas survécu, pas plus que son frère Siegerich et la plupart de ses mercenaires.

Marie l'écoutait bouche bée. S'il disait la vérité, Hiltrude et elle s'étaient cachées au fond des bois pour rien. Mais comme elle tenait le marchand pour un hâbleur fini, elle ne prit pas tout ce bavardage pour argent comptant. Elle le remercia de ses informations et, le pichet dans la main gauche, le ballot avec ses autres achats sur le dos, elle continua son chemin. Quoique ce fût tout à fait inutile, elle acheta un morceau de liseré à un passementier importun pour pouvoir lui demander ce qu'il en était des Riedburg. Il lui rapporta ce qu'il savait sans se faire prier et sans en rajouter.

Sur ce point, le marchand de vin semblait ne pas avoir exagéré. Le château des Riedburg avait bel et bien été pris par les parents de dame Mechthild et les deux fils aînés du vieux chevalier étaient tombés au combat peu de temps après le meurtre de Gerlinde, Berta et Marthe. Le passementier savait même que le célèbre artilleur Gilbert Löfflein n'avait pas survécu non plus à cette bataille.

8

L'après-midi était très avancé quand Marie, des bourdonnements dans les oreilles, rejoignit Hiltrude qui se faisait beaucoup de souci et était très fâchée.

— Fallait-il vraiment que tu me fasses attendre si longtemps ? Je craignais que tu ne sois tombée aux mains des mercenaires de Riedburg ! J'étais morte de peur !

Marie rejeta les cheveux en arrière dans un éclat de rire.

— Je n'ai pas vu un seul mercenaire. Et quand bien même il y en aurait eu un, il ne se serait guère occupé de moi – à supposer qu'il m'ait reconnue. Tu sais que nous avons passé des semaines dans la forêt pour rien ? Que Siegward von Riedburg, son frère Siegerich, l'artilleur Gilbert et la plupart de ceux qui nous ont violées et qui ont tué nos camarades sont morts ? Ils sont tombés dans une embuscade tendue par les Büchenbruch et n'ont pas survécu au combat.

Hiltrude faisait des yeux comme si elle n'arrivait pas à comprendre ce que son amie avait dit.

— Tu peux répéter ?

Marie lui raconta ce qu'elle avait appris sur le marché et lui assura tenir cela de deux personnes différentes. Stupéfaite, Hiltrude secoua plusieurs fois la tête et se mit à rire à gorge déployée.

— Je t'avais bien dit que Dieu nous aime mieux que les curés ne le prétendent ! J'ai rarement vu des coupables être punis aussi vite et aussi fort que dans le cas présent.

— La seule chose qui m'agace, c'est de m'être cachée pendant des semaines, être morte de faim et avoir pu à peine dormir tellement j'avais peur des bêtes sauvages, tout cela pour rien.

Hiltrude la prit dans ses bras sans arrêter de rire.

— Petite sotte ! Ça n'est pas grand-chose en échange de la vie et de la liberté ! En plus, nous pouvons maintenant prendre du bon temps avec l'argent de Riedburg. Montre-moi ce que tu as acheté ! Ma bouche et mon estomac voudraient bien autre chose que des racines de céleri et des langues-de-bœuf cuites.

Marie se laissa gagner par son rire et déballa ses emplettes. Hiltrude eut les yeux qui lui sortirent presque de la tête quand elle aperçut les miches de pain et le jambon. Elle se réjouit encore plus à la vue du vin du Rhin aux reflets dorés. Lui laissant de bon cœur la plus grande partie de celui-ci, Marie dut se presser pour avoir un peu de jambon. Son amie le dévorait en effet sans pain et ne s'arrêta qu'après avoir avalé le dernier morceau. Alors, elle se frotta la bouche toute grasse et sourit avec délice.

— C'est bien vrai ? Nous n'avons vraiment plus rien à craindre de Siegward von Riedburg ?

— Tout au plus de son fantôme !

Hiltrude n'appréciait pas cet humour.

— On ne plaisante pas avec ce genre de choses. Il suffit bien que Gerlinde m'apparaisse en songe toutes les nuits pour me dire combien elle est désolée de nous avoir trahies.

— Après coup, ce n'est pas difficile d'être désolé, mais en général, c'est trop tard. Gerlinde a choisi sa voie elle-même et elle a bien failli causer notre perte.

Marie se servit du vin et regarda la boisson couleur de miel d'un air songeur. Bien qu'au départ elle ait été plus bouleversée qu'Hiltrude par le meurtre de leurs trois camarades, elle arrivait maintenant mieux à en faire abstraction. Toutes les nuits, son amie rêvait de leurs anciennes compagnes de route et revivait la scène comme si elle y était. Les seules personnes dont Marie, elle, se souvenait au réveil étaient Ruppert et les hommes qui l'avaient violée à Constance.

Hiltrude la connaissait si bien qu'elle pouvait lire certaines de ses pensées sur son visage.

— Tu repenses à nouveau à ton ancien fiancé ! Quand vas-tu arrêter ? Je crois qu'il aurait mieux valu pour toi de ne pas apprendre la mort de Siegward. Au moins, tu aurais eu tellement peur de lui que tu en aurais oublié cette vieille histoire.

Ce n'était pas très gentil de sa part, mais Marie ne pouvait pas lui en vouloir. Voilà longtemps qu'elle essayait de garder pour elle ses projets. Hiltrude estimait que la vengeance était réservée aux grands seigneurs et n'était pas faite pour les gens de leur espèce. Elle, de son côté, était incapable de partager cette opinion. Si Dieu était juste, il lui donnerait les moyens d'attaquer l'avocat. Cet espoir était sa seule raison de vivre. Et vu sous ce jour, l'or qu'elle avait dérobé lui apparaissait comme un don du ciel. En effet, elle était maintenant assez riche pour engager un tueur. Elle regrettait juste de ne pas pouvoir en parler à son amie.

Entre-temps, elles avaient vidé le pichet, et comme Hiltrude n'avait pas souvent eu l'occasion de boire un vin aussi fort, elle piqua du nez sur ses genoux. Marie n'allait pas beaucoup mieux. Elle se leva avec peine, chercha une cachette dans les broussailles épaisses et dormit jusqu'au petit matin.

Quand elles se réveillèrent enfin, Hiltrude se plaignit d'avoir mal à la tête. Elles commencèrent donc par chercher de la menthe sauvage, de la camomille et du pavot et se firent une tisane pour supprimer les retombées de l'alcool. Quand elles se sentirent un peu mieux, elles se concertèrent sur ce qu'elles devaient maintenant faire. Comme les gens de Riedburg ne représentaient plus de danger, elles pouvaient enfin descendre au bord du Rhin et reprendre leurs activités. Mais pour cela, elles devaient d'abord remettre de l'ordre dans leurs tenues.

Hiltrude félicita Marie d'avoir pensé à acheter du fil et des aiguilles, mais lui reprocha dans un même souffle de n'avoir pas essayé d'obtenir du tissu jaune ou des bandes blanches qu'elles auraient pu teindre elles-mêmes. Les vieux rubans usés feraient un drôle d'effet sur les robes neuves. Néanmoins elle les enleva, en rafraîchit la couleur avec une décoction de curcuma et de pissenlit et les mit à sécher sur des branches. Ensuite, faute de ciseaux, elles découpèrent avec le couteau le tissu que Marie avait acheté et se mirent à coudre avec zèle. Marie avait choisi le drap bleu et Hiltrude, le lainage ocre.

Bien qu'elles dussent travailler avec les moyens du bord, assises sur leurs couvertures, elles furent tout à fait satisfaites du résultat. Elles pouvaient de nouveau se montrer en public sans passer pour des prostituées de bas étage dans le genre de Berta. Hiltrude s'était même servie du liseré. Elle l'avait cousu sur le décolleté de Marie pour, selon ses propres termes, attirer le regard des hommes sur les deux monts d'albâtre qu'il mettait en valeur.

S'arrêtant de coudre, Marie regarda les cheveux de son amie qu'elles avaient teints quelque temps auparavant. Ils avaient poussé et on voyait désormais les racines blondes. Elle ramena alors devant son visage une de ses mèches d'un brun sale.

— Que faire ? Les reteindre ou essayer d'éliminer cette cochonnerie ?

— Je suis pour l'enlever, répondit Hiltrude qui était fière de ses cheveux blonds et ne les avait foncés que par peur des mercenaires.

— Dans ce cas, il faut commencer tout de suite. J'aimerais bien arriver au bord du Rhin sous les traits de la Marie qu'on y connaît.

Elle s'empara de la marmite et courut chercher de l'eau au ruisseau.

Comme le temps resta clément et qu'elles ne furent pas obligées de se construire un abri, elles ne mirent que trois jours à parfaire leurs préparatifs, les cheveux presque toujours enveloppés dans un chiffon imbibé de mixture acide.

Pour finir, Hiltrude cousit les rubans au bas de leurs robes, sous le regard attristé de Marie.

— Elles étaient plus belles sans, soupira-t-elle. Hiltrude lui donna une petite chiquenaude.

— Allez, ne fais pas semblant d'être fatiguée ! Range ton sac. J'aimerais bien partir dès ce soir.

Marie semblait n'avoir attendu que cela. Pour une fois, elle eut emballé ses affaires plus vite que son amie, qu'elle regarda avec impatience. Alors, Hiltrude se pressa et fredonna même une petite chanson lorsqu'elles prirent la route en direction du soleil couchant. Comme le beau temps se maintenait et qu'une pleine lune éclairait la nuit tombante, elles avancèrent à un bon rythme. Hiltrude espérait atteindre le Rhin à la hauteur de Diersheim deux jours plus tard. De là, il n'y avait qu'un pas jusqu'à Strasbourg, dont le port offrait de bonnes possibilités à des prostituées propres et courageuses. Elles espéraient pouvoir y acheter du matériel de tente afin d'avoir un toit sur la tête le jour où elles reprendraient leur vie itinérante.

Marie écoutait avec patience son amie énumérer tous les marchés qui devaient encore avoir lieu avant la fin de l'année et spéculer sur leurs chances d'amasser d'ici là assez d'argent pour passer l'hiver. En même temps, elle réfléchissait au moyen de chercher à Strasbourg un homme qui accepterait d'éliminer Ruppert en échange d'une certaine quantité de pièces d'or. Elle ne savait pas trop comment s'y prendre ; elle ne voulait pas de nouveau donner son argent à quelqu'un qui lui promettrait monts et merveilles et qui prendrait la poudre d'escampette avec la somme qu'elle lui aurait versée.

Les deux amies n'eurent pas à marcher jusqu'à Strasbourg, car à Diersheim elles rencontrèrent des bateliers honnêtes qu'Hiltrude connaissait et qui les invitèrent à monter à bord. Assises sur des ballots de marchandises, elles eurent alors tout loisir de regarder les chevaux sur le chemin de halage traîner l'embarcation au bout d'une longue corde. Des saules habilement taillés protégeaient les bêtes des rayons brûlants du soleil. Il faisait si chaud que la langue collait au palais. Marie félicita Hiltrude d'avoir eu l'idée, à Diersheim, de remplir le pichet d'un vin légèrement acide coupé d'eau.

Elles virent bientôt l'imposante tour de la cathédrale qui dominait les prés de la rive. À la Robertsau, les bateliers détachèrent les cordes, traversèrent le Rhin, s'engagèrent sur l'Ill et, à l'aide de leurs perches, arrivèrent à Strasbourg en moins d'une demi-heure. Le port se trouvait à l'extérieur des remparts, mais il était relié aux immenses entrepôts et aux comptoirs de commerce par de petits canaux. Comme l'embarcation contenait des marchandises destinées à un grand négociant de la ville, elle continua vers le centre une fois que le commis fut monté à bord.

Par conséquent, Hiltrude et Marie prirent congé des bateliers et sautèrent en marche sur le quai où quelques matelots les cueillirent au vol en poussant des cris de joie. L'un d'eux voulut aussitôt entraîner Marie dans un buisson, mais comme son envie était plus grosse que sa bourse, elle se détourna de lui en riant.

Elles déambulèrent dans le port en observant les multiples bateaux, les chalands de haut bord arrimés à quai et les innombrables radeaux tirés sur la rive boueuse. Il y avait là des marchandises venues des quatre coins du monde. Marie vit des Hollandais aux chausses amples et aux chemises à rayures qui maintenaient leurs cheveux rebelles sous des chapeaux en feutre noir, des marchands rhénans dont les collants soulignaient la virilité sans la moindre pudeur, des hommes venus de Forêt-Noire avec des blouses de couleur sombre et des chapeaux à larges bords, et des gens au costume caractéristique des régions du Haut-Rhin et du lac de Constance. Il y avait peu de femmes vertueuses, sinon quelques voyageuses distinguées, mais, en revanche, une foule de prostituées qui virent arriver la concurrence d'un mauvais œil.

Hiltrude ne se soucia pas de cette attitude de rejet dont elle avait l'habitude. Elle savait qu'au bout de quelques jours elles seraient acceptées par les filles du port. Et alors, elles jetteraient elles-mêmes des regards en coin aux nouvelles venues. D'un précédent séjour, elle se souvenait d'une auberge qu'évitaient les honnêtes citoyens, mais qui offrait un toit à tous ceux qui pouvaient payer à l'avance. Elle se situait un peu à l'écart du port, au bord d'un fossé rempli d'immondices qui dégageait une effroyable puanteur. Tandis qu'elles le longeaient, Marie dut se mettre un mouchoir sous le nez bien qu'Hiltrude se moquât d'elle et la traitât de délicate. Lorsqu'elles furent arrivées devant la bâtisse penchée, la jeune femme regretta d'avoir les sens aussi subtils et non l'insouciance de Berta, qui n'aurait sans doute pas été gênée de loger dans un établissement plus sale qu'une porcherie. Mais qu'y faire ? C'était la seule auberge qui acceptât les prostituées.

Hiltrude poussa la lourde porte en chêne, qu'on pouvait fermer du dedans au moyen de plusieurs barres transversales. Il aurait fallu un bélier pour pénétrer de force. De l'intérieur, le mur paraissait massif et les rares fenêtres étaient si petites qu'un enfant aurait tout juste pu y passer la tête. De ce fait, le couloir était tellement sombre qu'on voyait à peine sa propre main. Seul le froid révéla à Marie que le sol était en pierre. À peine étaient-elles entrées qu'une porte s'ouvrit brutalement. Un homme tendit d'abord une lampe, puis sortit la tête. Il les fixa comme s'il s'apprêtait à les déshabiller. Puis il rit, semblant compter les pièces qu'il pourrait leur soutirer.

— Nous avons besoin d'un gîte pour quelques jours, mais nous voulons une chambre rien que pour nous deux, expliqua Marie au patron qui n'avait pas changé sa chemise et son tablier depuis au moins l'automne précédent.

— Bien entendu ! répondit-il d'un ton moqueur. Mais comment voulez-vous payer ? Ce n'est pas la peine de soulever ta jupe. Mes chambres valent plus cher que deux trous. Des filles dans votre genre, je pourrais en avoir tellement qu'il me faudrait un gourdin en chêne pour les contenter toutes.

Hiltrude éclata de rire en rejetant la tête en arrière.

— Mon brave Martin, tu ne crois tout de même pas que je m'abaisserais à coucher avec un gars comme toi ? Je préférerais encore dormir à la belle étoile au bord du fossé. Mais je te rassure. Notre dernier client s'est montré très généreux.

Tout en disant cela, elle fit briller dans sa main un *groschen* de florin rhénan. À la vue de cette grande pièce en argent, les yeux de l'aubergiste prirent une expression d'avidité.

— Vous devez vraiment avoir été bien payées si vous pouvez débourser autant pour une chambre.

— C'est pour plusieurs semaines, Martin ! se reprit Hiltrude. Pour plusieurs semaines !

— Une semaine, et pas un jour de plus !

La prostituée fit la moue.

— Disons quinze jours, Martin. Comme ça, tu y gagnes et nous n'y perdons rien.

L'homme accepta avec hésitation.

— Bon, d'accord. Une chambre pour deux semaines, mais sans repas.

Avant qu'Hiltrude n'ait le temps de dire quoi que ce soit, Marie accepta le marché. Elle n'aurait de toute façon pas pu avaler une seule bouchée dans une maison aussi sale. Elle était bien assez dégoûtée de devoir loger ici pendant deux semaines. C'est pourquoi elle fut heureuse que son amie lui propose de retourner au port dès qu'elles eurent jeté un coup d'œil dans la chambre en pignon que l'aubergiste leur attribua.

— Et ne me ramenez pas de gars chez moi ! Sinon c'est un florin d'argent en plus, leur cria-t-il parderrière.

Hiltrude fit un geste dédaigneux et dit à Marie qu'elles ne pouvaient de toute façon pas faire venir leurs clients dans ce repère de punaises.

— Nous devons commencer par chercher un peu de ramilles pour balayer la chambre. Ensuite, nous jetterons les paillasses et achèterons des roseaux sur lesquels nous pourrons étaler nos couvertures. Au début, il faudra se contenter de cela pour dormir. Plus tard, nous irons en ville acheter sur le marché de la toile et tout ce qu'il faut pour fabriquer deux nouvelles tentes. En donnant quelques deniers à la sentinelle, nous devrions pouvoir rentrer.

Marie approuva sans prononcer un mot, car elle se bouchait toujours le nez avec un mouchoir imbibé de cette teinture à l'odeur âcre qu'elle appliquait d'ordinaire sur une autre partie de son corps. Cependant, alors qu'elle voulait éviter un homme qui faisait les cent pas devant l'auberge, celui-ci se retourna et la retint par le bras.

— Marie ! Comme je suis content de te retrouver ! Tout à l'heure, sur le quai, j'ai failli ne pas te reconnaître. C'est vrai, je n'en croyais pas mes yeux. Je n'aurais jamais espéré te revoir si vite, et surtout pas en ce jour si important pour moi !

Marie dévisagea l'homme sans comprendre. Elle avait craint qu'il ne s'agisse d'un mercenaire de Riedburg qui savait qu'elle avait dérobé l'argent et qui voulait le lui reprendre. Mais c'était une autre forme de convoitise que l'amour de l'or qui se reflétait dans ses yeux d'un bleu aqueux. Ce visage décharné au nez prononcé et aux lèvres minces lui rappelait quelqu'un, mais elle n'arrivait pas à savoir d'où elle le connaissait. Un mouvement du menton et le son qu'il émit à ce moment-là levèrent le voile qui couvrait ses yeux.

— Jodokus !

C'était bien le secrétaire du chevalier d'Arnstein, le moine qui s'était enfui après avoir détruit le parchemin. Il ne ressemblait pas du tout à celui qu'elle avait en mémoire. Un étroit collant vert foncé faisait ressortir ses parties génitales. Il avait dû généreusement rembourrer sa coquille brodée parce que, d'après les confidences d'Hiltrude, la nature ne l'avait pas particulièrement favorisé. Pour le reste, il n'avait pas non plus l'air d'un homme pauvre. Il portait un manteau de laine marron clair, en apparence tout neuf, qui lui descendait juste au niveau des fesses et dont le pli creux dans les manches était garni d'une doublure de couleur vive. Un chapeau rond muni d'une plume rouge laissait voir quelques mèches châtain déjà grisonnantes. Il y avait une telle différence entre le bourgeois qu'elle avait sous les yeux et le moine maigrelet dont elle avait fait la connaissance à Arnstein que les gens du chevalier Dietmar seraient passés à côté sans le remarquer.

Jodokus la tira si près de lui qu'elle respira sa mauvaise haleine et sentit sa coquille contre son pubis.

— Tu ne m'as donc pas oublié, ma belle ! Moi non plus ! Si tu savais comme l'ardeur me tourmente quand je pense à toi. Mon désir va enfin pouvoir être assouvi !

Il ne s'imagine quand même pas que je vais le suivre au lit ? se demanda Marie, outrée. Elle ne se souvenait que trop bien du mauvais tour qu'il avait joué au chevalier Dietmar et à dame Mechthild et elle était sur le point de lui cracher son mépris à la face. Mais il lui vint alors une idée qui lui parut sur le coup si ridicule qu'elle faillit éclater de rire.

Jodokus devait lui aussi faire partie des complices de Ruppert. Qui, en effet, mis à part l'avocat et son demi-frère distingué, aurait eu intérêt à détruire le parchemin conservé au château d'Arnstein et à dérober la copie du monastère de Sainte-Ottilie ? Peut-être qu'en se faisant bien voir de l'ancien moine et en se montrant complaisante, elle approcherait son ennemi juré. C'est pourquoi elle ne repoussa pas les avances de Jodokus, mais l'autorisa en riant à caresser sa poitrine.

— Tu ne peux pas savoir comme j'étais jaloux du chevalier Dietmar, qui pouvait jouir de ton corps et de ta beauté tandis que moi, je me languissais seul dans ma chambre.

Il poussa un soupir lubrique, mais sur ses lèvres flottait un sourire narquois, comme s'il pensait au tort qu'il avait causé à son ancien maître. Ce constat renforça le dessein qu'avait Marie de le séduire et de se donner à lui jusqu'au moment où elle aurait appris tout ce qu'il savait sur les manigances de Ruppert et de ses hommes de main. Certes, elle était prise de frissons rien qu'à l'idée d'être touchée par un client aussi sale, mais elle se jura de lui faire payer chacune de ses caresses, moins en argent que par des informations.

— Vous êtes si différent de celui que j'ai en mémoire, frère Jodokus, répondit-elle avec un sourire langoureux qui ne laissait rien deviner de l'effort qu'il lui coûtait.

Jodokus leva la main pour l'arrêter et lui effleura le visage.

— Je ne suis plus moine et j'ai jeté ce nom aux orties en même temps que le froc. Je m'appelle désormais Ewald von Marburg et je suis, comme je me plais à le souligner, un homme aisé. Bientôt, je serai même riche et pourrai assouvir tous tes désirs, qu'il s'agisse de beaux vêtements, de bijoux ou même d'une maison.

Avec n'importe quel autre client, Marie aurait pris de telles paroles pour pure vantardise. Lui, en revanche, disait la vérité. Cela se voyait à son attitude et à l'excessive fierté qui se dessinait sur son visage. La trahison du chevalier Dietmar et les autres services qu'il avait dû rendre à Ruppert avaient fait d'un pauvre moine qui ne possédait pas un denier de Halle un citoyen fortuné. Elle se demanda s'il était sur le point de commettre un nouveau délit pour l'avocat. Si c'était le cas, elle voulait être au courant. Peut-être Ruppert commettrait-il une erreur et se surestimerait-il, si bien que quelques confidences à la bonne personne suffiraient à le faire tomber ?

Tandis qu'elle nourrissait de nouveaux espoirs et se laissait toucher par Jodokus, Hiltrude, qui attendait derrière elle, s'étonnait du comportement de son amie. Marie avait suffisamment répété combien ce traître de moine lui faisait horreur. Or, voilà qu'elle se comportait de manière aussi dévergondée que s'il s'agissait d'un vieil ami très cher avec lequel elle avait l'intention de disparaître dans le premier buisson venu. Elle s'éclaircit la gorge à plusieurs reprises, jusqu'à ce que Marie lui accorde un peu d'attention et lui fasse signe de s'éloigner. Alors, elle fit demi-tour, fâchée, et s'en alla en se promettant de lui demander des comptes quand elles se reverraient le soir.

Dans un geste de conquête, Jodokus passa son bras autour de la taille de Marie et désigna la ville.

— J'ai encore quelques heures devant moi. Nous pourrions les occuper plus agréablement qu'au bord de ce fossé immonde. Ma patronne n'aura sans doute rien contre le fait que tu montes dans ma chambre.

— Je ne suis pas n'importe qui, et surtout, je ne suis pas bon marché.

Marie s'était efforcée de donner à sa voix un ton coquin, moitié prometteur, moitié provocant. Jodokus se laissa aussitôt abuser.

— Je vais te donner bien plus que les quelques *schillings* que tu gagnes d'habitude, mon petit trésor. Beaucoup plus ! Si tu restes avec moi, tu n'auras plus à ouvrir les cuisses pour aucun autre et tu porteras les bijoux les plus beaux…

— Au lit ? demanda-t-elle d'un air aguicheur. Cette idée sembla lui plaire.

— Oui, là aussi. Mais tu devras encore attendre un peu avant que les ducats en or ne pleuvent sur ton corps. Ce soir, j'ai une conversation importante qui va me rapporter énormément d'argent.

Il projette donc bien une nouvelle vilenie, se dit Marie qui le laissa prendre sa main et l'entraîner vers la porte de la ville.

La sentinelle leur jeta un rapide coup d'œil et n'exigea pas de taxe. Quant à la femme qui les accueillit dans sa petite maison adossée comme un nid au pied de la tour, elle la regarda certes de travers, mais s'abstint de toute remarque. Jodokus n'avait pas élu domicile dans un hôtel traditionnel, mais chez une veuve qui, à ce qu'il lui avait expliqué en chemin, louait ses chambres et parfois aussi ses charmes.

Sur les premières marches de l'étroit escalier attenant aux pierres rugueuses du rempart, Jodokus se retourna.

— Dame Grete, pouvez-vous monter dans ma chambre un pichet de vin et deux timbales ?

— Ainsi qu'une bassine d'eau ! se pressa d'ajouter Marie, car le moine, en dépit de ses nouveaux habits, sentait toujours aussi mauvais que par le passé.

La patronne hocha la tête d'un air grognon et disparut dans sa cuisine.

Jodokus monta l'escalier et ouvrit avec peine une porte équipée de deux serrures. La première était un mécanisme banal, que Marie s'étonna néanmoins de trouver dans une maison aussi modeste. L'autre était un cadenas qui fermait une chaîne passée dans les trous d'un verrou et dont la clé paraissait très élaborée.

Elle le regarda avec curiosité et secoua la tête. Il sourit et lui passa la main dans les cheveux comme à une enfant.

— Cela t'étonne ? C'est très simple à comprendre. La veuve Grete reçoit souvent les messagers ou les serviteurs de riches marchands, qui ont sur eux des sommes assez importantes ou des écrits précieux. Bien entendu, ils ne veulent courir aucun risque pendant leur séjour.

Marie approuva en faisant de grands yeux, avec une fausse naïveté qui le fit sourire. Cependant, en son for intérieur, elle était tout excitée. Elle était maintenant convaincue qu'il détenait des documents de valeur.

La chambre mesurait à peine la moitié de celle qu'elle avait louée avec Hiltrude dans l'auberge au bord du fossé. Un lit confortable occupait presque tout l'espace. Quelques solides patères permettaient d'accrocher les vêtements et les bagages. Au chevet du lit, un tabouret recouvert d'une large cape grise semblait cacher quelque chose. Marie fut tentée de la soulever pour voir ce qu'il y avait en dessous, mais Jodokus la poussa immédiatement sur le lit et lui passa la main entre les jambes, bien que la patronne entrât juste à ce moment-là. Madame Grete renifla d'un air vexé.

— Si j'avais su que vous étiez en manque, je serais montée vous voir la nuit dernière.

D'un ton brusque, il lui ordonna de déposer le vin et l'eau près du tabouret et de déguerpir. Tandis que la veuve se retirait, encore plus humiliée, il se déshabilla si vite qu'il faillit en déchirer ses vêtements et présenta à Marie son pénis en érection. Avant qu'il ne se jette sur elle, elle le retint et lui montra le pichet de vin.

— Du calme, mon ami. Buvons d'abord une gorgée. Aie confiance. Fais ce que je te dis.

— Je ne peux plus attendre, dit-il dans un soupir désespéré. Je vais exploser.

— Si tu es trop impétueux, tu ne prendras aucun plaisir.

Marie s'assit en tailleur sur le lit et l'attira vers elle. Sous ses regards implorants, elle remplit les timbales et l'invita à trinquer. Ensuite, elle versa un peu de vin dans l'eau, y plongea un tissu qui pendait à une patère et commença à laver le moine de la tête aux pieds. À l'endroit le plus délicat, elle fut obligée d'user de grandes précautions pour éviter une éjaculation précoce parce qu'il n'était pas loin d'exploser. Pour le succès de son entreprise, il ne fallait surtout pas qu'il s'imagine qu'elle l'avait fait volontairement jouir sans pénétration.

Enfin, alors qu'il se tordait de désir, elle se donna à lui. Il était tout sauf un amant doué et ne faisait preuve d'aucune délicatesse, mais elle dissimulait ses sentiments derrière un sourire. Alors qu'il s'effondrait, après avoir poussé un râle bruyant, elle le caressa et s'étira comme si elle était ravie.

— Tu… Vous avez tellement changé, Jo… seigneur Ewald. Vous ne le cédez maintenant en rien à un gentilhomme. Comment avez-vous fait ?

Elle se redressa légèrement et lui passa la main dans le dos, couvert de poils, tout en faisant des mouvements provocants du bassin.

Un sourire de satisfaction apparut sur le visage de Jodokus.

— Grâce à mon esprit, ma belle. Les grands seigneurs s'imaginent être d'une intelligence incroyable et veulent tout régenter comme bon leur semble. Du coup, ils ne nous considèrent que comme des instruments qu'ils peuvent utiliser à leur guise et jeter ensuite comme de vieilles chaussures. Mais je suis plus rusé qu'eux ! À présent, je vais plumer le comte von Keilburg et son suppôt, Ruppertus Splendidus, comme des dindes de Noël ! Ils vont regretter de m'avoir renvoyé avec deux fois rien. Quand j'aurai obtenu ce qui me revient, je vais disparaître à jamais en ta compagnie. Que dirais-tu de la Flandre ? Il paraît que c'est très beau. Ou peut-être pouvons-nous quitter l'empire et partir en France ou même en Angleterre ? Là-bas, tu pourrais enlever une fois pour toutes les rubans de ta robe et nous pourrions former un couple uni devant Dieu et les hommes.

Marie le regardait avec admiration et fit semblant d'être très surprise qu'il veuille s'en prendre à un seigneur aussi puissant que Keilburg. Néanmoins, elle espéra en vain en apprendre plus sur les relations de Jodokus avec son ancien fiancé. Le moine défroqué s'en tint à quelques allusions mystérieuses et la fit lanterner. Il lui confia seulement qu'il avait rendez-vous le soir même avec un émissaire du comte qui devait lui apporter une grosse somme d'argent. Il se mit à ricaner.

— C'est que je possède quelque chose d'extrêmement précieux aux yeux de Keilburg et de son bâtard de frère, quelque chose qui pourrait être dangereux s'il tombait en de mauvaises mains.

Par réflexe, Marie le serra dans ses bras pour cacher son visage au-dessus de son épaule. Et afin d'étouffer un petit cri, elle bafouilla quelques paroles élogieuses. Quoi que ce fût, elle voulait s'en emparer, même si elle devait pour cela lui administrer une drogue. Pendant qu'il caressait les poils de son pubis en jetant un regard désolé sur sa verge encore flasque, Marie se demandait avec énervement comment lui donner le change. Le sachet avec les herbes était à l'auberge de Martin. Peut-être l'accompagnerait-il jusque-là si elle lui expliquait qu'elle possédait un remède qui pouvait lui rendre sur-le-champ sa virilité ?

Soudain, il sembla cependant avoir perdu tout intérêt pour son corps. Il se leva, enfila son collant avec un rire de chèvre et remit sa chemise aussi vite qu'il l'avait enlevée précédemment. Ensuite, il leva les bras au plafond dans un geste triomphal.

— Maintenant, je sais comment m'y prendre ! Les gens avec qui j'ai rendez-vous ne sont pas nés de la dernière pluie, mais je peux les avoir. Marie, je vais te donner un petit paquet auquel tu dois faire très attention. Tu n'as pas le droit de l'ouvrir, tu m'entends ? Ma patronne est prête à tout pour de l'argent et je crains qu'un des hommes de Keilburg ne rentre dans ma chambre et ne me vole pendant que je négocie avec son émissaire. Il serait fâcheux pour nous deux qu'ils obtiennent ce qu'ils cherchent sans en payer le prix. Mais ni l'avocat ni la racaille à son service ne devineront jamais que j'ai confié mes précieux documents à une courtisane.

Marie, qui croyait connaître suffisamment bien son ancien fiancé, ne partageait pas cet avis. Les complices du fieffé juriste retourneraient tous les pavés de Strasbourg et des environs pour mettre la main sur les pièces compromettantes. Toutefois, comme elle avait elle-même l'intention de pigeonner le moine en fuite, cette perspective ne la dérangeait pas. Les filles publiques allaient et venaient comme le vent et laissaient rarement des traces.

Alors, Jodokus sortit de dessous la cape un paquet enveloppé dans une peau huilée et fermée par un sceau.

— Peux-tu dissimuler cela sous ta robe en partant ? Elle ouvrit grands les yeux et la bouche pour avoir l'air dévouée et pleine de bonne volonté.

— Oui, bien sûr. Je vais l'attacher sous mon jupon. Comme ça, personne ne verra que tu m'as confié quelque chose.

Il se pencha sur elle, frotta son nez contre sa poitrine et retira son collant.

— Comme tu es maligne ! Mais ouvre-moi d'abord les portes de ta cathédrale. L'envie me prend à nouveau d'y faire une petite prière.

9

Deux heures plus tard, Marie, assise sur un lit de roseaux frais dans leur chambre humide, fixait avec incrédulité les feuilles étalées devant elle. Soit Jodokus avait été depuis longtemps au service de Ruppert et avait pris part à de nombreuses malversations, soit il avait dérobé cette liasse de documents, ce qui lui paraissait peu probable, car il aurait dû pour cela être plus futé qu'elle ne l'estimait.

En dehors du testament du chevalier Otmar von Mühringen détourné à l'abbaye de Sainte-Ottilie, il y avait cinq actes authentiques, relatifs à des dispositions testamentaires et à la transmission de propriétés foncières. En outre, le moine avait enregistré sur des parchemins, de sa petite écriture appliquée, toutes les escroqueries et tous les mauvais coups que Maître Ruppertus avait commis, soit au service de son père, de son frère ou de quelque haut membre du clergé, soit dans son propre intérêt.

C'était la première fois de sa vie que Marie se réjouissait d'avoir dû, comme les filles des familles patriciennes de Constance, apprendre à lire et à écrire. Son père avait engagé un moine grisonnant qui, au départ, n'avait pas pris son élève au sérieux et lui avait fait recopier quelques mots et quelques phrases en échange d'une belle somme d'argent. Mais les bons repas et le vin ainsi que la surveillance attentive de Maître Matthis l'avaient finalement convaincu de se mettre à l'ouvrage avec plus de conscience professionnelle.

Dès lors, il lui avait appris à rédiger des lettres et des contrats en allemand et à tenir un livre de comptes. Puis comme il ne voulait pas renoncer si vite à une existence aussi confortable, il avait entrepris, à l'aide de son bréviaire, de lui inculquer des rudiments de latin, de sorte qu'elle sut traduire les prières qu'on disait à l'église et les inscriptions sur les murs de la cathédrale. Aujourd'hui, elle avait beaucoup oublié, mais du moins les leçons de l'époque lui permettaient-elles de déchiffrer en partie les notes de Jodokus.

Le moine avait dû être un des confidents de Ruppert, sinon son maître ; il semblait être au courant des moindres détails. Marie comprit qu'il avait consigné point par point la manière dont l'avocat s'y était pris pour dépouiller les voisins du chevalier Dietmar, Gottfried von Dreieichen et Walter vom Felde, au moyen de documents falsifiés. En survolant la suite, elle aperçut le nom de son père ainsi que le sien propre. Ce fut une sensation étrange que de lire le récit de son propre destin. La Marie du parchemin lui semblait étrangère. Jodokus supposait qu'elle n'avait pas pu survivre longtemps aux sévices et au bannissement. Par bonheur, malgré une description précise, il n'avait jusqu'alors pas fait le lien entre Marie la catin et Marie la fille de Matthis Schärer.

Le moine dépeignait en détail comment Ruppertus avait procédé pour s'approprier les biens du citoyen de Constance, riche mais dépourvu d'influence. D'après ses notes, il avait forgé son plan bien avant d'en avoir trouvé les victimes. C'était le charretier Utz qui s'était mis en quête d'un pigeon et lui avait recommandé de demander la main de Marie. Il savait que Linhard avait jeté son dévolu sur elle et qu'il avait été éconduit avec rudesse, de sorte qu'il avait réussi à le convaincre de témoigner devant le tribunal et de prendre part au viol. C'est Utz également qui avait fait de la veuve Euphémia son docile instrument avant de la tuer parce qu'elle essayait de faire chanter Ruppert.

Marie frissonna devant toute la dépravation que révélait la mauvaise encre de ce parchemin finement gratté, semblant remonter à des temps obscurs encore dominés par les démons. Le manque de clarté l'empêcha de continuer à déchiffrer les crimes infâmes de son ancien fiancé. Elle n'avait de toute façon que passé trop de temps sur ces documents ; elle devait s'enfuir avant que Jodokus ne vienne réclamer son bien. Elle songea à disparaître sur-le-champ, sans attendre Hiltrude qui était ressortie après avoir fait le ménage et n'était toujours pas revenue. Cependant, il lui vint à l'esprit que le moine ou les gens de Ruppert pourraient se venger sur elle et qu'ils la tueraient sans doute. Il fallait donc qu'elle prenne son mal en patience, même si elle avait l'impression d'être sur des charbons ardents.

La cloche de la cathédrale sonna huit heures. Dans trente minutes, Jodokus avait rendez-vous avec les émissaires de l'avocat. Marie fut tentée d'aller épier cet entretien. Pendant quelques instants, où elle eut du mal à respirer, elle lutta contre la curiosité qui déferlait sur elle comme une vague implacable, menaçant d'emporter sa raison. Puis elle céda à ce sentiment, ramassa les manuscrits et les rangea dans leur peau huilée. Comme elle ne voulait pas laisser le paquet ici, elle l'enveloppa dans son châle, dont elle noua les extrémités sur sa poitrine, comme si elle portait un enfant dans son dos, puis quitta discrètement l'auberge.

À la fin de leur entrevue, Jodokus s'était montré tellement loquace qu'il lui avait confié avoir rendez-vous près d'un énorme saule au bord de l'Ill, à une bonne centaine de pas de la porte du port. Elle eut bientôt reconnu l'arbre et chercha du regard une silhouette humaine. En même temps, elle s'approcha furtivement, pour éviter d'être vue. Tant de précautions n'étaient pas nécessaires : il n'y avait encore personne. Sans hésiter, elle descendit vers la rive en courant et se glissa sous un buisson.

Des heures parurent s'écouler avant qu'un homme ne vienne de la porte du port. À sa démarche, elle reconnut Jodokus, enveloppé dans sa cape, qui glissait dans le crépuscule comme une silhouette grise. Il avait l'air très nerveux, jetant sans cesse des regards autour de lui, comme s'il avait peur de son ombre. Elle craignait qu'il ne repère sa cachette lorsqu'elle aperçut, de l'autre côté, une autre silhouette qui s'approchait du grand saule d'un pas décidé. L'inconnu portait lui aussi une large cape et cachait son visage sous un chapeau à larges bords. Marie se fit toute petite quand il passa près d'elle et elle remercia Dieu de la nappe de brouillard qui s'avançait justement sur la rive et la protégeait des regards trop curieux.

— Bonsoir, Jodokus. Je ne savais pas qu'on se reverrait.

Cette voix renfermait une menace qui donna à Marie la chair de poule. Elle se mit la main sur la bouche pour retenir un cri d'effroi et de rage, car elle l'avait reconnue. C'était Utz.

La présence du charretier semblait incommoder Jodokus autant qu'elle. Il recula et leva les mains dans un geste défensif.

— Tu as l'argent ?

— Oui, je l'ai sur moi. Mais d'abord, je veux voir la marchandise.

Jodokus émit un rire nerveux.

— Crois-tu que je suis assez stupide pour apporter les documents ici ? Dès que tu m'auras donné l'argent, nous irons ensemble à l'endroit où je les conserve et je te les donnerai en présence de témoins.

— Non, mon cher moine défroqué, je n'en ferai rien. Tu nous as déjà bernés. Je ne te laisserai pas nous mener par le bout du nez une seconde fois. Penses-tu que je ne sais pas où tu as caché les papiers volés ? Maintenant, je n'ai plus besoin de toi.

— Quoi ?

Jodokus hurla de panique, se retourna et fit mine de s'enfuir. Mais Utz passa le bras autour de son cou, de sorte qu'il ne pouvait pas crier, et le traîna sous le grand saule. À moins de trois pas de Marie, il le jeta par terre et s'assit sur lui. Il y avait à présent un tel brouillard qu'elle n'apercevait plus que deux ombres. Ce furent ses oreilles qui lui apprirent ce qui se passait. Elle entendit les râles de Jodokus qui frappait des pieds sur le sol, comme pris de la danse de Saint-Guy, pendant que le charretier se moquait de lui.

— Tu es un imbécile d'avoir voulu faire chanter Maître Ruppertus. Maintenant, tu vas rejoindre en enfer la cupide veuve du cordonnier !

À ces mots, Marie perçut un craquement d'os qui se brisaient. Puis elle n'entendit plus que la respiration lourde du meurtrier. Enfin, quelque chose fut traîné sur le sol et un gros objet tomba dans le fleuve. Une fraction de seconde plus tard, elle vit passer devant elle, à la surface de l'eau, une forme sombre qui devait être le cadavre de Jodokus.

Sur la rive, Utz, qui semblait se sentir parfaitement en sécurité, lança d'une forte voix un dernier salut moqueur au moine mort.

— Tu as ce que tu mérites, espèce d'imbécile ! Et maintenant, je vais aller chercher ce qui nous appartient sans avoir à débourser un denier.

Marie avait affreusement peur et ne fut même pas soulagée quand le voiturier ajouta tout bas en riant :

— Mais d'abord, je vais m'accorder un peu de bon temps avec dame Grete. Elle est toujours prête à ça. Ensuite, je prendrai le paquet dans la chambre et je le rapporterai à Ruppertus. Cette fois, il va devoir me donner un peu plus que d'habitude.

Marie perçut un cliquetis. C'étaient sans doute les deux clés de Jodokus. Manifestement, Utz s'était douté qu'il les aurait sur lui et avait fouillé le corps avant de le jeter à l'eau. Tout en marmonnant, il était passé si près de sa cachette que Marie avait retenu sa respiration de crainte que le bruissement des feuilles ne la trahisse.

Si le charretier se rendait maintenant en ville pour aller chercher les documents dans la chambre, il ne constaterait pas seulement la disparition des parchemins, mais apprendrait aussi que le moine avait reçu la visite d'une femme. Marie essaya de calculer combien de temps il lui faudrait pour la trouver. Une heure, deux peut-être ? En tout cas, pas plus. Il fallait donc qu'elle quitte Strasbourg au plus vite. Tout en elle lui criait de ne pas rentrer à l'auberge. Mais elle se mordit les doigts pour vaincre son angoisse. Elle n'avait pas le droit d'abandonner Hiltrude.

Elle tourna le regard de l'autre côté du buisson et écouta le sifflement qui s'éloignait. Le meurtre de Jodokus semblait ne pas peser du tout sur la conscience de l'assassin. Elle songea à courir en ville pour le dénoncer. Mais la parole d'une femme, et surtout d'une prostituée, pesait moins qu'une plume devant un tribunal terrestre. Le charretier lui rirait au nez et se réjouirait qu'elle lui ait ainsi épargné toute recherche. De ce fait, elle attendit d'être certaine qu'il avait passé le rempart et courut jusqu'à l'auberge aussi vite que le permettait le brouillard auquel la lune qui se levait donnait un éclat surnaturel.

Elle eut de la chance : elle retrouva tout de suite l'adresse. La porte de l'établissement n'était pas encore fermée. Une multitude de voix sortaient de la salle à manger. Les hommes à l'intérieur se turent et elle put entendre les claquements de dés en os dans un gobelet en cuir, suivis d'un cri de joie et de jurons obscènes. Marie passa devant la porte à l'insu de tous et monta dans leur chambre à pas de loup. Assise sur son lit de roseaux, Hiltrude la regarda entrer dans la pâle lueur d'un petit morceau de bougie, à la fois soucieuse et soulagée.

— Te voilà enfin ! Je craignais que tu n'aies pris la clé des champs avec ton moine.

— Il n'a pas eu besoin de moi, répondit-elle. Mais trêve de plaisanterie. Nous devons partir immédiatement. C'est une question de vie ou de mort.

Hiltrude la regarda, interdite.

— Que s'est-il passé ?

— Jodokus voulait faire chanter Ruppert. C'est pourquoi Utz l'a tué.

— Le même Utz que celui qui t'a violée ?

Hiltrude lut une peur immense sur le visage de son amie qui essayait vainement de sourire pour l'apaiser.

— Oui, le même. En plus, il ne lui faudra pas longtemps pour découvrir que c'est moi qui possède ce qu'il recherche. Alors, ce sera notre tour.

Hiltrude contracta les épaules, comme prise de froid.

— Dans ce cas, partons ! Même si cela me fait mal au cœur d'avoir payé pour deux semaines et de n'avoir même pas passé une nuit dans cette chambre. Surtout que je me suis donné tellement de mal pour la rendre vivable. On aurait pu tranquillement coudre nos tentes ici.

Marie la contredit d'un geste.

— Moi, ça ne me fait pas mal au cœur ! J'aime mieux une nuit à la belle étoile que dans ce taudis.

— Je t'ai toujours dit que tu étais une délicate ! se moqua Hiltrude.

Elle n'en rassembla pas moins ses affaires en hâte et répartit ses derniers achats entre Marie et elle. Puis, elle noua son ballot et le mit sur son dos. Avant de quitter la pièce, elle souffla la bougie et mit le petit bout dans sa poche.

— On l'a quand même payée, dit-elle à son amie qui passa sans bruit devant elle et s'engagea dans l'escalier comme un fantôme.

À leur grand soulagement, elles sortirent de l'auberge sans être vues et, pour la deuxième fois de l'année, elles s'enfuirent vers l'inconnu.

CINQUIÈME PARTIE

LE CONCILE

1

Assise pieds nus sur un billot de bois, Marie dessinait avec ses orteils des lignes dans le sable mou. Elle s'ennuyait. Les autres partageaient ce sentiment. Devant sa tente, Hiltrude s'obstinait à coudre et les deux filles auxquelles elles s'étaient associées l'année précédente, après avoir fui Strasbourg, fixaient le champ de foire d'un air grincheux, comme s'il était responsable de leur désœuvrement.

Helma la Saxonne était une jolie jeune femme au visage rond, aux yeux marron qui pétillaient et aux cheveux châtains. Nina, une femme du Sud qui avait les cheveux noirs et bouclés et les yeux sombres, était la plus petite du groupe – elle leur arrivait à peine au menton –, mais son allure étrangère et sa silhouette svelte, arrondie juste là où il le fallait, attiraient les hommes autant que la beauté angélique de Marie. Pourtant, ici, à Frundeck-sur-le-Neckar, on aurait dit qu'il n'y avait pas de citoyens fortunés. Si par hasard un curieux s'avançait vers elles, il secouait la tête d'un air désolé en entendant leurs prix et partait voir les prostituées moins chères.

— Pas de gens de condition, pas de marchands, même pas un artisan aisé avec de la fourrure sur le manteau ! s'emporta Helma dans son dialecte aux sonorités singulières. Les hommes aisés n'ont quand même pas tous disparu du jour au lendemain !

Hiltrude hocha la tête avec irritation.

— L'automne dernier, à Kiebingen et Bempflingen, c'était autre chose ! Vous vous souvenez ? Nous avions une telle demande qu'il fallait refuser la plupart des clients ! Et là, alors que c'est le printemps, que nous devrions faire nos meilleures affaires, il n'y en a pas un qui ait les moyens de coucher avec nous ! Si j'avais su, nous serions restées deux ou trois semaines de plus dans notre confortable gîte…

Elle semblait avoir oublié combien elle avait pesté contre la cabane pleine de courants d'air, dont la cheminée tirait mal et le toit prenait l'eau.

— Nous devrions peut-être aller les voir et demander seulement la moitié ? proposa Nina avec son accent charmant. Sinon nous allons bientôt mourir de faim.

C'était exagéré : la bourse de l'Italienne était encore bien remplie de l'année précédente. Elle n'était cependant pas la seule à trouver la situation préoccupante. Marie aussi se faisait du souci. Bien entendu, elle possédait également quelques économies, sans compter la bourse de Siegward von Riedburg qui débordait de florins d'or. Mais comme elle entendait réserver cet argent pour un but bien précis, elle n'était pas prête à en dépenser ne serait-ce qu'une seule pièce pour ses besoins quotidiens.

Hiltrude connaissait l'existence de la fortune que son amie portait sur elle, mais avait renoncé à lui donner des conseils : sur ce point, Marie était imperméable à tout argument. Toutefois, en l'entendant abonder dans leur sens et craindre qu'elles ne puissent même pas se payer la cabane d'un gardien de cochons l'hiver suivant, Hiltrude ne put s'empêcher de lui jeter un coup d'œil moqueur. Ensuite, son regard se dirigea vers le coin des prostituées bon marché. Il y avait là plus d'une douzaine d'hommes qui attendaient leur tour.

— Ces malpropres qui d'habitude ne nous font pas concurrence, gagnent maintenant plus que nous ! constata-t-elle, vexée, comme s'il s'agissait d'un affront personnel.

Helma défit sa grosse tresse et entreprit de la refaire.

— C'est vrai. Je crois que je vais me donner au prochain venu pour un *schilling*. Ça relancera peut-être les affaires.

Marie leva la main pour la mettre en garde.

— À ta place, je ne le ferais pas. Si nous commençons, nous devrons continuer sur le prochain champ de foire. Et un jour, nous serons obligées de prendre autant de gens dans notre tente que les autres là-bas.

Helma soupira.

— Oui, mais que faire ? Hier, je n'ai eu qu'un client à quatre *schillings*, et aujourd'hui, pas un seul encore.

— Regardez celui-là, il a l'air d'avoir les moyens !

Nina désignait un homme de petite taille et d'âge moyen, qui portait des vêtements à la dernière mode : un collant rouge dont la coquille à rayures bleues et rouges mettait particulièrement en valeur ses attributs virils, un pourpoint orné d'une bordure vert et blanc qui descendait à peine jusqu'à la ceinture et un chapeau en feutre vert, surmonté d'une plume rouge. Son visage était vulgaire, comme celui d'un valet qui a fait fortune. Il se promenait entre les tentes des prostituées bon marché et dévisageait quelques-unes d'entre elles en fronçant les sourcils. Chaque fois, il faisait non de la tête, et, sous les invectives ordurières des dames qu'il avait toisées, il finit par se diriger vers Marie et ses camarades. Une fois devant elles, il les examina et son visage s'éclaira.

— Ah ! Vous quatre, vous pouvez m'intéresser. Que diriez-vous de bien gagner votre vie, de bien manger et de porter les plus belles robes ?

Hiltrude émit un petit rire.

— Cela nous dirait beaucoup. Mais nous aimerions bien connaître le revers de la médaille.

L'homme leva les mains d'un air faussement scandalisé.

— Il n'y a pas de revers de médaille, pour l'amour du ciel ! Mon offre est honnête. Si vous savez vous y prendre, vous gagnerez en une année suffisamment pour vous reposer pendant le restant de vos jours.

— Merci bien ! rétorqua Hiltrude. Mais nous n'avons pas envie de tomber aux mains d'un tenancier qui va nous prendre notre argent et nous obliger à monter avec n'importe quelle brute, même les hommes qu'une honnête femme ne toucherait pas avec des gants de mailles !

Elle fit un signe de refus et lui tourna le dos. Cependant, l'homme passa devant elle et lui prit le menton dans une main.

— Je ne peux pas te laisser dire cela, ma belle. Est-ce que j'ai l'air d'un tenancier ? Si vous m'accompagnez, vous travaillerez à votre compte. Et en plus, vous recevrez comme avance un vrai florin d'or de la part du vénérable conseil municipal de Constance.

Marie tressaillit en entendant le nom de sa ville natale. L'homme lâcha Hiltrude et bomba le torse.

— Je suis Jobst le racoleur et non le tenancier. J'ai été chargé de ramener d'un peu partout les plus belles courtisanes, pour qu'elles s'occupent du bien-être des hôtes de haut rang. Vous quatre correspondez à mes exigences. Il serait dommage que vous n'obteniez pas une part du gâteau.

Flattées, Helma et Nina prirent la pose. La petite Italienne lui demanda même en roucoulant s'il n'avait pas envie d'entrer dans sa tente.

— Si tu me suis à Constance, volontiers.

Jobst prit l'une de ses mèches d'un noir de jais et la frotta entre ses doigts, comme pour se convaincre que la couleur était naturelle.

— Tu es une jolie poupée et tu pourrais gagner beaucoup d'argent. Les autres aussi d'ailleurs…

Il effleura Hiltrude et Helma du regard et, pour finir, s'arrêta sur Marie.

— C'est mort ici, dit-il en faisant un large mouvement de la main. Tous ceux qui ont quelques florins en poche et une certaine opinion d'eux-mêmes sont partis à Constance. Le monde entier se retrouve là-bas. Il y a des chevaliers, des comtes, des rois, mais aussi de hauts membres du clergé, des érudits, des commerçants et des représentants des villes et des corporations. Vous pouvez me croire, une courtisane y trouvera son bonheur.

— Je préférerais de l'argent, plaisanta Helma. Le bonheur, c'est trop risqué.

— Tu veux dire de l'or, sans doute ? De l'argent, ce n'est pas assez pour une petite mignonne comme toi !

Jobst tira de sa poche un doublon de Bâle et le jeta à la jeune femme, qui l'attrapa au vol et regarda l'ours grossièrement estampé sur la monnaie.

— Vu comment les affaires marchent ici, je te prendrais sous ma tente même pour une petite pièce en argent.

L'offre était séduisante, mais il répondit en levant les mains :

— Peut-être plus tard. Les affaires avant tout ! Alors, mes jolies, voulez-vous me suivre en échange d'un vrai florin d'or ? Je vous garantis que vous allez bien gagner votre vie.

— Tu veux plutôt dire que nous aurons le droit de planter nos tentes sur le Brüel et d'ouvrir les jambes pour la racaille qui a débarqué dans le sillage des grands seigneurs, le tout pour quelques deniers sans valeur ? Non, Jobst, tes belles paroles, ça ne prend pas avec moi !

La voix tranchante de Marie stupéfia les deux compagnes, qui ne la connaissaient pas aussi bien qu'Hiltrude.

Le racoleur secoua la tête avec agacement.

— Mon Dieu, ma fille ! Tu es belle comme un ange. Là-bas, tu pourras te permettre de recevoir les plus grands seigneurs.

— J'ai du mal à croire qu'un comte ou un prélat s'aventure dans la tente d'une catin.

Marie fit une grimace et se leva pour partir. Mais Jobst lui barra le chemin.

— Je peux vous procurer une petite maison pour vous quatre, à un prix abordable bien entendu, et cela alors que les logements sont devenus très rares à Constance. Même des gentilshommes sont obligés de dormir sur la paille dans des écuries et beaucoup de gens doivent passer la nuit à Meersburg ou à Überlingen, de l'autre côté du lac.

Cela ne suffit toujours pas à la convaincre.

— C'est sans doute une maison de passe dont le patron te paie pour trouver des filles consentantes ?

Elle allait l'écarter quand il frappa du pied par terre et s'emporta contre elle.

— Enfin, ma fille ! Tu es vraiment si bête que ça ou tu fais juste semblant ? Je vais vous trouver une petite maison dans laquelle vous pourrez travailler toutes les quatre à votre compte. Vous ne me devrez rien, je touche une prime du conseil pour chaque prostituée que je ramène.

Helma s'approcha en se déhanchant et prit Marie par l'épaule.

— Moi, je trouve que nous devrions accepter. Même s'il n'y a que la moitié de vrai dans tout ce qu'il raconte, ce sera toujours mieux que maintenant.

— Moi aussi, je veux aller à Constance. Il y aura plein de gens de mon pays et je pourrai parler italien.

Nina avait manifestement pris sa décision.

Hiltrude s'avança à son tour vers Marie et la serra dans ses bras comme une petite enfant. Bien entendu, elle resterait avec elle, même si les deux autres les quittaient. Dans l'esprit de Marie, les idées tourbillonnaient comme les feuilles dans le vent d'automne. Comme elle aurait aimé retourner dans sa ville natale ! Par malheur, il y avait le verdict de l'impitoyable juge.

— Ton offre ne me plaît pas, expliqua Marie en faisant la tête. Une de mes amies a tellement souffert à Constance qu'elle a failli y rester. Et j'ai aussi de bonnes raisons d'éviter la ville.

Jobst éclata de rire.

— Ah, c'est donc cela ! Tu as fait des bêtises ! N'aie crainte, ma belle. Si tu voyages en ma compagnie, tu jouiras de la trêve impériale. Personne n'aura le droit de t'agresser et les gardes municipaux devront te laisser circuler en toute liberté.

Le racoleur lui fit un clin d'œil complice et lui tapota la joue.

— L'empereur doit accorder sa protection et des sauf-conduits à tous. Il a fallu qu'il ordonne une trêve générale pour toute la durée du concile et même quelques semaines supplémentaires, car beaucoup de grands seigneurs présents à Constance sont en guerre les uns contre les autres. Cette trêve ne vaut pas simplement pour ceux qui participent au concile, mais aussi pour tous ceux qui contribuent à sa réussite. Or, il me semble qu'une courtisane n'a pas moins de mérite qu'un moine qui prie ou un marchand qui procure le boire et le manger à ces messieurs.

Peut-être la trêve impériale pourrait-elle empêcher les autorités de la poursuivre une nouvelle fois, se dit Marie, mais Ruppert et ses complices, eux, ne s'en soucieraient guère : le Rhin ne rend pas facilement les corps qu'il emporte et on ne se demande pas longtemps où a bien pu passer une prostituée disparue. D'un autre côté, si la crainte la retenait toujours d'approcher l'avocat, elle ne pourrait jamais rien entreprendre contre lui et ses complices. Elle pensa au testament du chevalier Otmar, qui valait plus que de l'or aux yeux de Dietmar von Arnstein et de son épouse et qu'elle avait en sa possession, ainsi que d'autres documents.

Elle n'avait pu décoder qu'une infime partie des commentaires de Jodokus, car elle ne connaissait pas assez le latin et ne comprenait pas les nombreuses abréviations. Mais elle était convaincue que si elles tombaient en de bonnes mains, ces notices, jointes aux actes authentiques, représenteraient une arme susceptible d'abattre le comte von Keilburg et Maître Ruppertus.

Une fille perdue comme elle ne pouvait rien en faire. Alors, où se procurer de l'aide ? Le chevalier Dietmar s'était déjà laissé berner et sans doute ne s'en sortirait-il pas mieux une seconde fois. Néanmoins, grâce à lui, elle pouvait peut-être trouver quelqu'un de plus puissant qui s'en prendrait aux Keilburg. Ou peut-être réussirait-elle toute seule à repérer, parmi les seigneurs de haut rang, un adversaire des demi-frères qui saurait se servir de ses documents et vaincre ses ennemis au moyen de la loi ? Pour cela, elle devrait ouvrir grands les yeux et les oreilles et tenir également les jambes écartées pour le plus grand nombre possible de personnages importants.

Elle respira profondément et redressa la tête si brusquement que ses boucles virevoltèrent dans son dos.

— Bon, d'accord, Jobst. Nous te suivons à Constance.

Helma et Nina poussèrent un cri de joie et Hiltrude un profond soupir, qui ne semblait pourtant pas franchement de soulagement. Maintenant, c'était sans retour, quel que soit le destin qui attendait Marie à Constance.

2

Il était encore tôt. Le lac était plongé dans un épais brouillard ; on apercevait seulement l'ombre du cloître des dominicains sur son île. Quelques traînées de brume s'avançaient sur le quai et pénétraient, tels des monstres aux formes étranges, dans les ruelles désertes. Près de l'église Saint-Laurent, une jeune fille sortit d'une maison, vérifia qu'il n'y avait personne et s'engagea dans la rue dite Sous-les-Arcades. Arrivée sur le Marché d'en haut, elle emprunta la rue des Bœufs, qui menait à la porte du Paradis. Elle était vêtue d'une simple robe marron, comme celle que les servantes portent d'ordinaire, et avait enveloppé sa tête et le haut de son corps dans un grand châle élimé, mais elle avait aux pieds de solides chaussures en cuir de vache qu'une domestique n'aurait jamais pu se payer.

À nouveau, elle regarda autour d'elle d'un air soucieux, comme si elle craignait qu'on ne la découvre, et chaque fois qu'elle entendait des bruits de pas, elle prenait une rue adjacente. À la porte du Paradis, elle s'avança, en revanche, vers la sentinelle d'un pas confiant.

— Tu es bien matinale, Hedwige, dit l'homme en regardant le petit bouquet de fleurs printanières qu'elle tenait à la main. Tu te rends sans doute à nouveau au cimetière des pauvres, sur la tombe de ta famille ?

La jeune fille acquiesça.

— Tu as raison, Burkhard. C'est aujourd'hui l'Annonciation, le jour où Marie est née et a été baptisée. Je dois faire une prière pour elle et pour l'âme de son pauvre père.

La sentinelle dodelina de la tête.

— Il y en a qui n'apprécieront pas…

— Je sais, mais je m'en moque !

Par réflexe, elle jeta un coup d'œil au-dessus de son épaule, en direction de la demeure qui appartenait autrefois à Matthis Schärer et dans laquelle vivait aujourd'hui Maître Ruppertus Splendidus. Celui-ci n'appréciait guère, en effet, qu'elle honore la mémoire des deux disparus. La mère d'Hedwige lui reprochait sans cesse son obstination et la suppliait d'arrêter pour ne pas le fâcher. C'est d'ailleurs pourquoi sa fille ne lui avait pas confié qu'elle se rendait ce matin-là au cimetière. L'avocat ne pouvait pas lui interdire d'aller prier sur la tombe de son oncle ! Il avait beau affirmer, comme quelques autres personnes, qu'elle ne renfermait que le corps d'un mendiant lépreux, Hedwige et son père ne le croyaient pas.

Burkhard lui ouvrit la petite porte découpée dans le grand battant et lui souhaita une bonne journée. Comme elle entendit des pas, elle sortit sans répondre et s'éloigna en hâte.

Peu après, un homme d'âge mûr portant la robe des bénédictins s'approcha de la porte du Paradis et fit signe à la sentinelle de lui ouvrir, sans lui adresser la parole. Burkhard fit une grimace et mit beaucoup plus de temps que précédemment à tourner la clé et à tirer le battant Il n'aimait pas le gros abbé qui passait devant lui avec une mine suffisante, comme s'il n'était pas un être humain mais un insecte écœurant qui agitait les pattes sur un pavé au pied des remparts.

Burkhard voulait crier à Hedwige de faire attention, mais quand il passa la tête à l'extérieur, la jeune fille avait disparu dans la brume. Il était pourtant sûr que l'abbé Hugo, qui s'appelait « von Waldkron », du nom de son monastère, se rendait aussi sur le Brüel où se trouvait, en dehors du charnier et du lieu de supplice, le cimetière des pauvres.

Entre-temps, Hedwige Flühi, la fille de maître Mombert, avait atteint le carré à l'abandon où l'on enterrait les mendiants et les voyageurs apatrides qui décédaient à Constance. Marchant d'un bon pas entre les monticules sans ornement et, pour la plupart, recouverts de mauvaises herbes, elle atteignit un emplacement qui se distinguait nettement des autres. Lorsqu'elle avait appris qui reposait là, elle était allée chercher de la terre noire dans le marais de Wollmating, l'avait étalée sur la tombe et y avait planté toutes sortes de bulbes. À sa plus grande joie, des douzaines de perce-neige fleurissaient justement comme des étoiles d'un blanc brillant et les premiers crocus pointaient déjà leurs doigts verts hors du sol.

Elle se pencha et égalisa la terre à un endroit où un chien l'avait grattée. Ensuite, elle jeta un regard triste sur la stèle que son père avait fait ériger peu de temps auparavant. C'était la quatrième depuis les affreux événements qui s'étaient produits en l'an de grâce 1410. Si la première avait été en granit, Matthis Schärer avait dû ensuite se contenter d'une simple plaque en terre cuite. Son beau-frère ne pouvait pas faire mieux, car quelqu'un la volait ou la cassait au moins une fois par an. On ne savait pas qui, mais Maître Mombert et sa fille étaient convaincus que Ruppertus Splendidus se cachait là-derrière. L'avocat n'aimait pas qu'on lui rappelle par quels moyens il avait accédé à sa fortune. Cependant Hedwige, qui le détestait de tout cœur, se jurait en permanence de veiller à ce qu'il ne l'oublie jamais.

Elle caressa la brève inscription gravée dans la terre cuite, qui disait simplement : Ci-gît Matthis Schärer. Le nom de Marie figurait également sur la plaque. Bien que la malheureuse ne fût pas enterrée avec son père, les parents d'Hedwige pensaient comme beaucoup d'autres qu'elle ne pouvait pas avoir survécu longtemps au châtiment inhumain qu'on lui avait infligé. Hedwige, elle, faisait, aujourd'hui encore, des cauchemars affreux : elle s'était trouvée sur le marché le jour effroyable du supplice et, coincée dans la foule, avait assisté à la flagellation. Pourtant, elle n'arrivait toujours pas à admettre que sa cousine ait pu succomber aux suites des coups de verge. Dieu ne pouvait pas être aussi injuste. Elle imaginait plutôt Marie vivant pieusement retranchée dans un ermitage et les animaux sauvages s'approchant d'elle avec confiance, comme d'une sainte.

Lorsqu'elle perçut des pas rapides sur le chemin couvert de graviers qui menait de la porte du Paradis au cimetière des pauvres, elle se réfugia derrière un buisson et scruta le brouillard pour essayer de distinguer qui venait là. En apercevant le gros abbé qui, avec sa soutane blanche flottant au vent, faisait penser à un fantôme sanguinaire, elle chercha une voie de repli.

Hugo von Waldkron était reçu dans la maison de son ennemi juré, Ruppertus Splendidus. L'homme d'Église la poursuivait depuis plusieurs semaines, mais jusqu'à présent elle avait toujours réussi à lui échapper à temps grâce à Jula, la fille d'une voisine, qui travaillait comme servante chez l'avocat et qui l'avait mise en garde. Quand le moine voulait une femme, il ne tolérait pas de refus et, si nécessaire, l'obtenait par la force.

Hedwige fut prise de panique. On disait aussi que, malgré son gros ventre, il avait une force d'ours. S'il parvenait à l'attraper, il la violerait et alors elle serait dans la même situation que Marie. À cette heure matinale, personne sans doute n'entendrait ses appels au secours, et quand bien même quelqu'un surgirait, il était peu probable qu'il osât affronter la colère d'un personnage aussi influent.

— Excusez-moi, oncle Matthis et Marie, de ne pas pouvoir prier sur la tombe aujourd'hui.

Elle vit le religieux se retourner, comme s'il avait entendu quelque chose, se pressa de déposer son petit bouquet et s'enfuit, par l'arrière du cimetière des pauvres, vers la pâture aux abords de la ville. De ce côté, la haie était beaucoup plus épaisse que du côté des remparts, mais il y avait quand même des trous où une jeune fille aussi mince qu'elle pouvait se faufiler. Il lui suffirait alors d'y rester cachée un moment. Elle se glissa avec précaution derrière des buissons, se pencha très bas et observa l'abbé qui fonçait droit vers la tombe de Matthis Schärer. On avait dû lui dire qu'elle avait l'habitude d'y prier pour la fête de sa cousine, le jour de l'Annonciation, et lui décrire le chemin avec précision.

Le révérend père regarda autour de lui et, au bout de quelques instants, repartit vers l'entrée. Par prudence, Hedwige traversa très vite la haie et s'enfuit à toutes jambes. Elle supposait que von Waldkron surveillerait pendant un moment la porte du Paradis et descendit alors vers le Rhin de manière à rentrer chez elle par la porte des Écossais.

Elle avait si peur qu'il finisse par la découvrir et qu'il la poursuive qu'elle se retournait sans cesse. De ce fait, elle ne remarqua pas les quatre hommes aux uniformes bigarrés qui montaient de la rive. C'étaient des mercenaires qui, comme tant d'autres, traînaient à Constance et dans les environs sans rien d'autre à faire que d'attendre les ordres de leur capitaine. Ils avaient quitté leur campement établi près du couvent bénédictin de Saint-Jacques et se rendaient en ville. En apercevant une femme, ils se mirent à brailler et à lui faire signe. Avant qu'elle n'ait eu le temps de réagir, l'un d'eux l'avait tirée à lui et lui caressait la poitrine de l'autre main.

— Quelle petite mignonne nous avons là !

— Lâchez-moi tout de suite ! lui ordonna-t-elle. Je ne suis pas une catin !

Malgré l'air courageux qu'elle se donnait, elle était morte de peur. L'angoisse que lui avait inspirée l'abbé amoureux lui avait fait oublier les guerriers qui s'étaient abattus sur sa ville natale comme une nuée de criquets et qui rendaient la vie impossible aux gardes municipaux et aux hommes du comte palatin Ludwig, auquel l'empereur avait confié la mission de maintenir l'ordre public pendant toute la durée du concile. Elle aurait dû emmener une servante avec elle, se dit-elle, comme cela se faisait quand on était une honnête fille de bourgeois. Les hommes qui la cernaient ne semblaient pas du genre à s'en prendre à la vieille Mina, toute ridée, toute grise et tout édentée. Celui qui la tenait se retourna vers les autres.

— Alors, qu'en dites-vous, camarades ? La gamine est un peu plus appétissante que les filles que nous avons eues hier soir, non ?

L'un d'eux lui arracha le châle qui lui couvrait la tête et tira sur ses longues tresses blondes.

— Ça, tu l'as dit ! Je n'en peux plus d'impatience. Tu ne veux pas me laisser passer en premier, Krispin ?

L'autre se moqua de lui.

— Tu vas attendre ton tour. C'est moi qui la prends en premier.

Hedwige avait cru qu'ils voulaient juste la taquiner. Soudain, elle comprit ce qui la guettait et ouvrit la bouche pour crier. Peut-être les moines du couvent tout proche ou au moins la sentinelle de la porte des Écossais l'entendraient-ils ? Le mercenaire lui colla la main sur la bouche.

— Tu ne veux quand même pas nous priver de notre plaisir ?

Il tira Hedwige vers un bosquet situé au bord d'un pré couvert de tentes. La jeune fille aperçut soudain un officier, portant sur la poitrine l'insigne du comte palatin, qui remontait le sentier. Elle reprit espoir, donna un coup de pied à son tortionnaire et réussit à se libérer suffisamment pour pousser au moins un petit cri.

L'officier jeta un rapide coup d'œil vers le groupe et fit une grimace de dégoût en apercevant quatre hommes et une jeune fille. Il ne semblait toutefois pas disposé à s'en mêler et poursuivit son chemin. Alors, Hedwige laissa échapper un gémissement car l'homme qui la retenait lui plaqua la tête contre son épaule en lui pliant douloureusement la nuque. Impuissante, elle fixa le soleil qui perçait justement à travers la brume. Elle ne vit donc pas que l'officier, qui s'était quand même retourné, regardait d'un air incrédule ses cheveux splendides et son visage. Pour on ne sait quelle raison, cela lui fit changer d'avis. Il dégaina en poussant un juron de colère et se mit en travers du chemin.

— Lâchez-la, espèces de voyous !

— Qu'est-ce que tu veux ? riposta Krispin. Elle est à nous, cette catin. Alors, fiche-nous la paix.

— J'ai dit : lâche-la !

L'officier fit un pas en avant et le frappa sur la tête du plat de son épée.

Le mercenaire poussa Hedwige par terre et sortit son arme. À ce moment-là, il aperçut l'emblème sur la poitrine de son adversaire et s'arrêta dans son élan.

— Depuis quand les égorgeurs que vous êtes font-ils un esclandre pour une catin ?

— Je ne suis pas une catin ! protesta Hedwige. Je suis la fille d'un bon bourgeois de Constance.

Son sauveur lui jeta un regard troublé. Krispin, lui, fit un geste de mépris et se pencha pour rattraper la jeune fille qui s'éloignait à quatre pattes.

— Et même si c'était vrai ! Les filles et les femmes de bourgeois aussi sautent dans le lit de ceux qui peuvent payer.

L'officier lui planta la pointe de son épée sur la poitrine.

— Si elle le fait de son plein gré, cela ne me regarde pas. Mais cette jeune fille a clairement précisé qu'elle ne voulait pas.

Krispin jeta un coup d'œil courroucé à ses camarades qui avaient reculé de quelques pas, puis lança un regard de défi au Palatin.

— Ne me fais pas rire, espèce de malin ! L'autre jour, Württemberg a enlevé à cheval la fille d'un bourgeois en pleine ville et il ne l'a relâchée qu'après l'avoir bien sautée !

— Je ne peux pas dire que j'approuve ce que le comte a fait. Mais il y a une différence énorme entre un Eberhard von Württemberg et un nabot dans ton genre. D'après ce que j'ai entendu dire, il lui a donné un beau petit paquet d'argent pour l'avoir déflorée et il va même bientôt s'occuper de son mariage. En outre, il l'a gardée pour lui et ne l'a pas fait violer par d'autres.

Son épée s'enfonça dans le pourpoint en cuir du mercenaire. Il semblait prêt à se battre.

Krispin posa le pied sur la jupe d'Hedwige pour l'empêcher de s'enfuir et regarda ses camarades pour les encourager.

— Allons-nous nous laisser intimider à quatre par un nain tout seul ?

Deux d'entre eux secouèrent la tête et dégainèrent, mais le quatrième leva la main et s'interposa.

— Tu es fou, Krispin ? Si nous nous en prenons à un vassal du comte palatin de Rhénanie, nous risquons la pendaison.

Les deux autres remirent aussitôt leur épée dans leur fourreau. L'expression de leur visage montrait assez combien ils étaient fâchés de devoir se soumettre à un seul homme, mais l'attitude de l'officier les mettait mal à l'aise : il semblait résolu à les affronter tous les quatre en même temps. Alors, Krispin recula et libéra Hedwige.

— Bon sang ! On a bien le droit de faire une petite blague quand même ?

Le regard qu'il jeta à l'inconnu en passant près de lui laissait cependant voir qu'il n'avait pas intérêt à le rencontrer dans une ruelle sombre. Les trois autres suivirent le meneur en grommelant.

Hedwige se releva, frotta la poussière qui collait à sa jupe et leva les yeux vers son sauveur qui avait tout au plus vingt-cinq ans. Son visage était anguleux, mais sympathique. Il avait un nez prononcé et ses yeux bleu clair la dévisageaient toujours avec étonnement et incrédulité. La jeune fille remarqua qu'il la fixait et surveilla son comportement.

— Je vous remercie, Seigneur. Vous m'avez tirée d'une bien mauvaise situation.

Il tendit la main et toucha avec précaution l'une de ses lourdes nattes.

— Ce n'était pas très malin de ta part, jeune fille, de venir ici toute seule.

Hedwige baissa la tête et fixa le bout de ses pieds d'un air désemparé.

— Vous avez raison. Mais je ne pouvais pas rentrer en ville par le chemin principal parce que le gros abbé était à mes trousses. Cette fois, il m'a suivie jusqu'à la tombe de mon oncle et m'aurait sans doute fait violence si je ne m'étais pas enfuie assez vite.

Le soldat souffla avec mépris sans quitter des yeux le visage d'Hedwige.

— Il y a décidément trop de canailles dans cette ville. Un abbé, dis-tu ?

— Oui. Hugo von Waldkron, le supérieur du cloître de Waldkron…

Elle remarqua que son interlocuteur pensait à toute autre chose. Il tenait toujours sa tresse dans la main gauche, se frotta le front avec la droite et secoua la tête à plusieurs reprises.

— Non, tu es beaucoup trop jeune. Tu ne peux pas être Marie. Mais tu lui ressembles tellement…

Elle ne put cacher son étonnement.

— Vous connaissez ma cousine ?

L'étranger fit de grands yeux.

— Marie Schärer est ta cousine ? Mais alors, tu es la petite Hedwige de Maître Mombert ?

— Oui, je suis la fille de Mombert Flühi.

Elle n'était pas peu surprise qu'un officier dont elle n'avait jamais entendu parler sache son nom et connaisse sa famille. En même temps, elle eut honte : il devait la prendre pour une demoiselle bien légère.

— Je ne suis pas sortie par insouciance, mais je voulais prier sur la tombe de mon oncle et de Marie au cimetière des pauvres. C'est aujourd'hui son anniversaire et le jour de son baptême.

Le visage de l'homme s'assombrit.

— Marie est morte ? Oh, mon Dieu !

Hedwige leva les mains dans un geste d'ignorance.

— Nous ne savons pas exactement. En fait, il s'agit de la tombe de mon oncle, qui a été enterré en secret par notre ennemi. Mon père a appris bien après que son beau-frère reposait ici. Depuis, nous venons également prier ici pour le salut de ma cousine disparue.

Le regard de l'officier devint si méchant qu'elle prit peur.

— Maître Matthis est mort ? C'est sans doute la faute de cette ordure de... Quand est-il décédé ?

— Nous ne le savons pas. Il a disparu juste après le bannissement de Marie.

— Il n'a donc pas survécu au malheur et à la honte de sa fille. J'espère pour son âme qu'il ne s'est pas donné la mort.

On aurait dit une question.

— Non, certainement pas. Mon père pense qu'on l'y a aidé. Nous ne devons certes pas le dire trop fort. Néanmoins...

Hedwige s'interrompit. Elle ne connaissait pas l'officier et savait qu'il y avait certaines choses qu'elle ne pouvait pas confier à un étranger. Peut-être était-ce un intime de Maître Ruppertus ? Si celui-ci apprenait ce qu'elle racontait, il se vengerait sur son père.

— Mais je parle trop, dit-elle. Veuillez me laisser partir, mon Seigneur. On doit se faire du souci chez moi.

Il la prit par le bras.

— Je vais te raccompagner jusqu'à ta porte. Sinon les autres peuvent chercher à profiter de la situation.

— Et comment être sûre que je peux vous faire confiance ? s'inquiéta-t-elle.

Il rit.

— Avec moi, tu ne risques rien ! Je te mouchais déjà quand tu n'étais encore qu'une enfant !

Hedwige posa ses poings frêles sur ses hanches et le houspilla.

— Tu prétends depuis tout à l'heure que tu nous connais, mon père et moi, mais tu ne me dis pas qui tu es !

— Je suis Michel, le fils de l'aubergiste Guntram Adler, dans la rue du Chat.

Elle fit la moue.

— Tu mens. L'aubergiste dans la rue du Chat s'appelle Bruno.

— C'est mon frère aîné. Donc, mon père aussi est mort.

Michel soupira et écouta ses sentiments, mais il ne perçut aucune tristesse.

La jeune fille plissa les yeux et chercha une ressemblance entre le guerrier fort et mince et l'aubergiste de la rue du Chat qui avait commencé à prendre bien du volume. Tout ce qu'elle put constater, c'était que l'officier avait bien meilleure allure que son frère. Elle s'agrippa à son bras et se laissa mener à la porte des Écossais.

Il régnait maintenant une grande animation dans les rues de la ville et plus d'un regard indiscret s'arrêta sur eux. Quelques bonnes femmes froncèrent le nez et firent des messes basses.

— Cette Hedwige n'est pas mieux que sa cousine ! dit tout haut l'une d'entre elles d'une voix qui trahissait une bonne dose de jalousie. Voilà qu'elle se promène en plein jour au bras de son amoureux !

— Au moins, elle a meilleur goût que Marie, qui soulevait ses jupes pour un charretier malpropre, continua une autre sans se gêner. Moi aussi, ça me plairait bien, un beau militaire.

Les femmes discutèrent brièvement des événements qui s'étaient produits cinq ans auparavant. Mais dès qu'un jeune noble passa devant elles dans un costume orné de bijoux et un pourpoint incroyablement court, elles oublièrent Hedwige et son chevalier servant.

3

— Votre épouse demande si vous avez vu Hedwige, Maître.

Mombert Flühi secoua la tête avec indulgence : son compagnon avait parlé d'une voix aussi soucieuse que s'il s'agissait de sa sœur ou même de sa femme.

— Non, Wilmar, je n'ai pas encore vu ma fille aujourd'hui. J'espère qu'elle n'est pas sortie seule…

Le jeune homme courut à la petite fenêtre, dont les vitres en cul-de-bouteille laissaient passer une telle lumière que dans cette partie de l'atelier on pouvait se passer de copeaux résineux pour travailler, et il regarda à l'extérieur.

— En tout cas, elle n'est pas partie avec une servante, car elles sont toutes les trois à la cuisine. Mon Dieu, comment peut-elle être aussi imprudente ?

L'artisan vit que Wilmar tremblait pour sa fille et leva les mains dans un geste d'impuissance. Il avait envie de lui dire qu'on ne pouvait pas enfermer nuit et jour une jeune fille de dix-sept ans dans sa chambre. Wilmar lui avait raconté que le supérieur du cloître de Waldkron avait jeté son dévolu sur elle et qu'il la poursuivait comme un jeune amoureux. Mais qu'aurait-il pu entreprendre contre un abbé de haute naissance ?

Wilmar jeta un regard lourd de reproches à son maître.

— Vous n'auriez pas dû laisser sortir Hedwige.

Mombert s'emporta.

— Tu voulais que je l'enchaîne ? Sans doute s'est-elle rendue de très bonne heure au cimetière des pauvres afin de prier pour Marie. C'est aujourd'hui sa fête. Si j'y avais pensé plus tôt, j'y serais allé avec elle.

Il se frotta les yeux et repoussa le tonneau qu'il était en train de fabriquer.

— Tiens, continue. Il faut que je me dégourdisse un peu les jambes.

Il allait s'engager dans la rue qui menait à la porte du Paradis quand il entendit derrière lui la voix de sa fille.

— Père, où vas-tu ?

Malgré son ventre imposant, il fit demi-tour sur place et, en voyant Hedwige remonter la rue qui venait de l'église Saint-Étienne au bras d'un officier, il faillit s'étouffer de colère. Il n'aurait jamais pensé qu'elle offrirait à toutes les commères de la ville une si belle occasion de médire d'elle. Une fois qu'elle aurait la réputation d'une fille à soldats, elle pourrait renoncer à jamais à un bon mariage.

— Où étais-tu ? la gronda-t-il. Et tu n'as pas honte de te promener en compagnie d'un étranger ? D'un militaire en plus ?

Hedwige tressaillit sous l'effet de ces paroles acerbes. Son cavalier, en revanche, leva la main pour apaiser l'artisan.

— Dieu vous salue, Maître Mombert. Je me réjouis de vous revoir.

Le père d'Hedwige fixa l'inconnu en se grattant la tempe.

— Je suis censé te connaître ?

Le jeune homme lui posa les mains sur les épaules en riant.

— Enfin, Maître Mombert, avez-vous si mauvaise mémoire ? Je suis Michel, de l'auberge Adler, dans la rue du Chat.

— Un des frères de l'actuel patron ? demanda Mombert Flühi d'une voix qui n'était en rien plus aimable.

Pourtant, il fit ensuite de grands yeux et prit le visage du soldat entre ses mains.

— Mais c'est vrai ! Tu es le petit Michel, qui a disparu il y a cinq ans. Alors, ça, c'est une surprise !

— Oui, je suis le petit Michel qui a suivi votre nièce et qui l'a cherchée en vain.

Une ombre passa sur son visage.

L'artisan lui prit alors les mains dans les siennes et les serra très fort.

— Dis-moi, mon garçon, où étais-tu passé pendant tout ce temps ? Et qu'est-ce que tu fais chez les soldats ? Ce n'est pas un métier pour un brave gamin comme toi !

Michel se calma un peu.

— Je crois que je ferais mieux de vous raconter tout cela chez vous, devant un gobelet de vin, et non en pleine rue avec tous ces gens qui nous bousculent.

Mombert se frappa le front du plat de la main.

— Tu as raison ! Viens. Je suis impatient d'apprendre ce que tu as fait au cours de ces dernières années.

Il ne leur fallut pas longtemps pour atteindre la ruelle au Chien dans laquelle se trouvait l'atelier de Maître Mombert. Michel se souvenait de la demeure où il avait souvent livré des tonneaux de bière dans sa jeunesse. À l'époque, la maison du tonnelier lui paraissait presque aussi splendide que celle de Matthis Schärer. Maintenant, il remarqua les traces que le temps avait laissées sur le bâtiment.

L'artisan ouvrit la porte, appela sa femme Frieda et lui présenta l'hôte inattendu. La maîtresse de maison fit tout d'abord une grimace de dégoût en voyant devant elle un jeune homme portant l'uniforme des officiers du Palatin, mais sa mine s'éclaira tout à coup lorsque sa fille lui eut rapporté que Michel l'avait tirée d'un bien mauvais pas. Cependant, avant de s'occuper de lui, elle commença par réprimander violemment sa fille.

— J'espère que cela te servira de leçon ! conclut-elle. Ton père peut bien se réjouir autant qu'il veut des commandes de tonneaux. Moi, je préférerais que tous ces grands seigneurs aillent tenir leur concile ailleurs.

Mombert fit un geste de la main pour se défendre.

— Tu n'as pas le droit de dire cela, femme. C'est un grand honneur pour nous que l'empereur Sigismond ait choisi Constance.

Son épouse souffla avec dédain.

— Tu parles d'un honneur si toutes les servantes se promènent bientôt avec un gros ventre parce qu'elles auront vendu leur vertu pour un *demi-groschen* à un soldat ou à un prélat !

— Ce n'est pas si grave que tu le dis ! objecta son mari en essayant de l'apaiser. On a fait venir bien assez de filles publiques pour que tout le monde soit servi. Pour les grands seigneurs, on a même racolé les plus belles courtisanes de tout l'empire. Donc, les jeunes filles et les femmes de Constance n'ont pas à trembler pour leur vertu.

— Ah oui ? répliqua-t-elle. Et qu'est-ce qui est arrivé à Hedwige, alors ?

— Des crapules, il y en a partout, même à Constance. Souviens-toi de ce qui est arrivé à la pauvre Marie.

— Vous n'avez jamais eu de nouvelles de votre nièce ?

La question de Michel les rappela tous deux aux devoirs de l'hospitalité et coupa court à la dispute. Frieda se pressa de retourner en cuisine pour y chercher du vin, de la charcuterie et du pain. Hedwige la suivit pour ne pas lui donner de nouvelles raisons de la gronder. Mombert conduisit Michel dans la salle et lui indiqua la place en bout de table, qui était normalement la sienne.

Quand les timbales furent remplies, il pria Michel de lui raconter ce qu'il avait vécu.

Le jeune homme haussa les épaules.

— Ma vie n'a pas été très excitante. J'ai suivi Marie jusqu'au Rhin, mais je ne l'ai pas trouvée. Comme je ne voulais pas rentrer chez mon père, je me suis engagé sur un chaland qui descendait le fleuve. À l'endroit où le Neckar s'y jette, deux bateaux – l'un qui remontait le Rhin et l'autre qui sortait de l'affluent – se sont percutés derrière nous. Aucun des deux ne sombra. La seule victime fut un garçon qui se tenait sur le rebord de l'embarcation descendant le Neckar. Le courant l'entraîna vers nous. Je parvins à l'attraper et à le sortir de l'eau, sans me douter que je venais de pêcher un petit poisson d'or.

Michel but une gorgée de vin et secoua la tête en riant, comme s'il n'arrivait toujours pas à croire ce qui lui était arrivé.

— Ce gamin était le neveu du comte palatin de Rhénanie. Le seigneur Ludwig von der Pfalz m'a récompensé grassement : il m'a donné plus d'or que je n'en avais jamais vu d'un coup jusque-là. Dans le port où nous avons accosté après l'accident, le capitaine de ses gardes m'a invité à boire du vin et a écouté mon histoire. Bien sûr, je lui ai parlé de Marie et il m'a proposé de devenir soldat. Il m'a dit que je verrais plus de pays en étant vassal du comte palatin qu'en travaillant sur un chaland qui ne faisait que descendre et remonter le Rhin.

— Et tu as accepté ? voulut savoir Mombert, curieux.

— J'étais tellement soûl que je ne sais plus ce que je lui ai répondu ! avoua Michel. Le lendemain, en me réveillant sur le bateau du comte, je fus fort surpris. Mais bon, l'affaire s'est bien terminée.

— Tu as été fait chevalier ? demanda l'artisan tout excité.

Être élevé au rang de chevalier était le plus grand rêve de bien des hommes, mais rares étaient ceux qui avaient cet honneur.

— Non, pas encore. Mais je suis quand même capitaine d'un peloton de fantassins. Si la chance reste de mon côté et que mon seigneur continue d'être bien disposé à mon égard, je peux arriver à être intendant ou même capitaine d'une forteresse.

Michel dit cela avec tant de confiance en soi et de fierté que Mombert l'envia un peu. Le frêle gamin d'autrefois avait saisi la chance au passage et, de petit dernier d'un modeste aubergiste, il s'était hissé au grade d'officier d'un des hommes les plus en vue de l'empire.

— Je suis heureux que tu fasses partie des chefs de l'armée qui encadre le concile, conclut-il. Avec tous ces étrangers, c'est bien qu'un gars du pays assure le maintien de l'ordre.

4

Lorsque du haut du Lichtenberg, près de Meersburg, Marie aperçut pour la première fois depuis des années les eaux bleues du lac, son dos se mit à la démanger terriblement. C'était une magnifique journée de printemps. Comme l'air était pur, elle crut apercevoir au sud la tour massive de la cathédrale de Constance et se souvint du coq doré qui se dressait au-dessus de l'abside – la dernière chose dont elle avait eu conscience avant de quitter la ville. Elle imagina qu'il saluerait son retour comme un véritable chef de basse-cour. Son cri retentirait par-dessus les toits et annoncerait qu'elle était revenue pour exercer sa vengeance.

Aussitôt, elle s'ôta cette idée de la tête. Si elle voulait survivre et préparer son attaque sans être importunée, elle ne devait pas se comporter comme un grand seigneur qui demande justice à grands cris, mais devait se faire aussi discrète et silencieuse qu'une petite souris. Elle n'avait de chance de réussir que si personne ne la reconnaissait et qu'on ne commençait pas à parler d'elle. En dehors d'Hiltrude, aucune des prostituées avec lesquelles elle arrivait dans sa patrie n'était au courant de son passé. Même le racoleur ne savait pas qu'elle avait un jour été la fille d'un bourgeois de Constance.

Elles étaient seize courtisanes, comme Jobst les appelait de manière flatteuse. Seules quelques-unes d'entre elles étaient véritablement belles, mais toutes avaient des traits agréables et une silhouette avantageuse. Il n'y avait pas une seule fille bon marché. Celles-là, se moquait le racoleur, on n'avait pas besoin d'aller les chercher. La foule de soldats, de domestiques et de moines les attirait comme des mouches. Lui amenait du renfort pour les bordels prestigieux de la ville, dans lesquels les membres du concile venaient se détendre après des négociations longues et délicates, et à l'occasion quelques femmes qui, telles Marie et Hiltrude, préféraient travailler à leur compte.

Jobst avait loué un chariot qui pouvait être entièrement bâché en cas d'intempéries pour éviter qu'aucune d'elles ne se fatigue et surtout ne tombe malade. Mais en ce moment, le prélart était grand ouvert, afin qu'elles puissent admirer le paysage et, se disait Marie en souriant intérieurement, pour permettre aux voyageurs de se faire une première idée. Jobst était assis sur une planche fixée aux parois latérales à l'avant de la voiture et les distrayait en leur racontant des histoires sur les contrées qu'ils traversaient. Soudain, il baissa le regard sur la bande de prostituées fatiguées et désigna le lac.

— Le bon temps, c'est bientôt fini. Ce soir, nous serons à Constance, et là, vous allez pouvoir sacrément travailler.

Les femmes se regardèrent avec soulagement. Elles se sentaient rompues et avaient hâte de pouvoir enfin descendre du véhicule bringuebalant. Cordula, la plus âgée de toutes, lui répondit en termes crus.

— Il est temps. J'ai le cul tout défoncé !

— Mais pas comme d'habitude ! la railla Helma, qui avait fait un coussin avec tout ce qu'elle possédait de mou pour amortir les secousses.

Les autres avaient posé leurs couvertures à même le bois, mais cela n'y faisait pas grand-chose. Le chariot stable était prévu pour des tonneaux et des marchandises lourdes, et non pour le postérieur délicat d'une femme. À nouveau, toutes se plaignirent amèrement. Vexé, le racoleur plissa le front et ordonna au cocher qui marchait à côté des deux chevaux d'arrêter.

— Si vous avez tellement envie de faire de l'exercice, descendez ! Nous allons aller jusqu'à la rive à pied.

Il sauta par-dessus le bord du chariot et atterrit sur le sol, puis esquissa une courbette. Alors, il tendit la main à Marie qui s'était levée la première. Elle posa sa couverture sur ses épaules, prit son baluchon et accepta son aide. Hiltrude l'imita aussitôt. Dès qu'elle eut repris son équilibre, elle posa la main sur l'épaule de son amie et la tira à l'écart pour lui parler en aparté. À ce contact, les démangeaisons dans le dos de Marie s'intensifièrent et la jeune femme se mit à se gratter très fort.

— Qu'est-ce que tu as ? lui demanda Hiltrude, inquiète. Tu n'as pas attrapé de maladie, j'espère ?

Marie remua les épaules pour les décrisper.

— Ça me chatouille comme si les plaies dans mon dos n'étaient pas refermées.

— Nous n'aurions jamais dû venir ici, déclara Hiltrude d'une voix si étouffée que les femmes derrière elles ne pouvaient pas comprendre.

Marie secoua vivement la tête.

— Si, c'était la bonne décision ! Je dois enfin affronter mon passé.

Hiltrude balaya l'air de la main droite.

— Oublie ce qu'on t'a fait ! Essaie de gagner autant que tu peux à Constance et vois si tu ne peux pas commencer ailleurs une nouvelle vie avec cet argent et les économies que tu as en poche.

— Tu veux dire qu'après le concile nous devrions changer d'existence ? Volontiers. Mais aucune ville n'accordera le droit de cité à deux femmes d'origine douteuse, à moins que nous ne soyons assez riches pour nous payer les fils du bourgmestre comme maris !

Hiltrude savait qu'elle avait raison et que tout cela n'était qu'un rêve. Pourtant, elle se mit à rire.

— Qui sait ? Peut-être gagnerons-nous en effet assez d'argent ? Jobst prétend que les seigneurs du concile sont très généreux.

— Espérons ! intervint Cordula qui s'était approchée d'elles et avait entendu leurs dernières paroles.

Elle examina alors Hiltrude d'un air sceptique.

— Pour ce qui nous concerne, toutes les deux, ce ne serait pas mal si nous pouvions nous retirer des affaires après le concile. Finalement, nous avons encore l'âge de mettre au monde un ou deux marmots. Dans quelques années, nous ne serons plus que de vieilles mégères sans dents.

En entendant cela, Marie fit une grimace. Qui épouserait une prostituée en dehors, peut-être, d'un équarrisseur, d'un fossoyeur ou d'un bourreau, des hommes donc que l'on considérait comme malhonnêtes dans leur propre ville et que même une servante n'épouserait jamais ? Et même eux avaient des exigences, sinon en termes de beauté, du moins pour ce qui était de l'argent. Elle chassa cette idée et s'engagea sur le chemin que leur indiquait Jobst.

Hiltrude et Cordula lui emboîtèrent le pas tandis qu'Helma et Nina se pressaient autour du racoleur en minaudant. Il les avait convaincues toutes les deux d'entrer dans un des bordels de la ville. À Hiltrude et Marie également il avait dépeint la vie qu'on y menait sous le jour le plus beau, mais il n'avait eu aucun succès : elles voulaient, de même que Cordula, travailler à leur propre compte. Elles n'avaient aucune envie de verser à un tenancier une grande partie de l'argent qu'elles auraient péniblement gagné, en échange d'un toit qui prenait l'eau et d'une mauvaise pitance. Jobst avait fini par capituler et leur avait promis, à vrai dire pour un prix exorbitant, une maisonnette au bord du fossé de la briqueterie, pour laquelle il leur avait tout de suite extorqué les trois premiers mois de loyer.

Marie connaissait ce quartier. Cinq ans auparavant, il n'y avait que des terres en friche et des prairies au bord du Rhin où les citoyens les plus pauvres venaient faucher de l'herbe pour leurs chèvres. C'est pourquoi elle supposait que leur logement ne serait guère plus qu'une étable. Cela ne l'effrayait pourtant pas : chaque fois, Hiltrude et elle avaient réussi à faire de leurs quartiers d'hiver un nid douillet. Cordula leur avait proposé de partager l'entretien et les frais. Elles n'avaient certes pas accepté définitivement, mais Marie était favorable à l'idée de s'associer à la prostituée plus âgée. Elle lui rappelait la Gerlinde du début, même si la femme aux hanches pleines était plus jeune que Gerlinde à l'époque où elles avaient fait connaissance.

Elle évita pour l'heure de penser à ce qui l'attendait et se concentra sur le sentier pierreux et plein de racines qui serpentait en direction du lac entre d'énormes arbres séculaires. Bien qu'on ne fût qu'au mois de mars, il n'y avait pas un nuage et le soleil brillait. Les femmes se réjouirent donc de pouvoir marcher à l'ombre. Le matin, il avait fait un froid de gueux et la plupart d'entre elles portaient leurs capes en laine ou avaient mis deux robes l'une sur l'autre si bien qu'elles étaient maintenant en nage. Des filets de sueur coulaient également dans le dos de Marie et accroissaient les démangeaisons de ses cicatrices.

Hiltrude remarqua qu'elle remuait les épaules avec gêne et lui frotta le dos du bout des doigts. Son amie tourna alors la tête vers elle pour la remercier et aperçut, par-derrière, le charretier qui faisait demi-tour avant de repartir. De loin, il avait une certaine ressemblance avec Utz, peut-être à cause du costume de leur profession. Marie prit ainsi conscience de la chance qu'elle avait eue que Jobst ne rencontre pas son tortionnaire en cherchant une voiture. Elle espéra que, pendant le concile, le charretier serait très occupé et n'aurait pas l'occasion de la reconnaître.

Lorsque la végétation laissa de nouveau voir le lac, les femmes constatèrent qu'elles n'étaient pas les seules à descendre vers les bateaux. Devant elles, un groupe d'hommes qui portaient des robes de moine ou des toques d'érudit marchait avec nonchalance. Lorsque les prostituées les doublèrent en papotant et en ricanant, ils interrompirent leurs conversations savantes et perdirent toute componction. Ils dévisagèrent les filles avec des regards remplis de convoitise, quelques-uns allèrent même jusqu'à esquisser des gestes obscènes. Néanmoins, leurs habits élimés et leurs chaussures éculées indiquaient qu'aucun n'avait assez d'argent dans la bourse pour se payer leurs services. L'un d'eux s'adressa toutefois à Nina, qui lui jeta un coup d'œil coquet et lui annonça son prix.

Marie ne prêta pas attention à sa réponse, mais lança un regard vers le bas du coteau. Une grande barque chargée de sacs et de caisses, à bord de laquelle les premiers passagers commençaient à monter, était amarrée à un ponton d'apparence fragile qui s'avançait dans le lac. Il n'y aurait jamais assez de place pour leur groupe et celui des érudits, d'autant que sur la berge, un cavalier s'approchait à dos de mulet sur le chemin qui venait d'Uhldingen. De loin, on pouvait voir qu'il faisait partie du clergé. Bientôt, il s'avéra que c'était un bénédictin. Lorsque sa bête passa près des prostituées, l'expression suffisante de son visage bouffi et la manière dont il releva son froc et sa pèlerine pour ne pas entrer en contact avec les femmes démentirent toute humilité chrétienne.

L'abbé s'engagea sur le ponton et, une fois près de la barque, se fit aider par les deux matelots pour descendre de selle. Puis l'un des garçons lui tendit le bras pour qu'il monte à bord tandis que l'autre emmenait le mulet vers des bâtiments qui se dressaient sur la berge boisée à quelque distance de l'embarcadère.

— Hé, vous ! hurla le capitaine autant à l'attention des prostituées que des érudits. Dépêchez-vous de monter ! Je veux être à Constance avant la tombée de la nuit.

Les hommes se pressèrent, sans hésiter à bousculer grossièrement Helma et Nina.

Cordula, qui se trouvait à nouveau près d'Hiltrude et de Marie, se frappa du doigt sur le front.

— Ces messieurs commencent par nous harceler dans l'espoir de nous avoir pour rien, et ensuite ils se comportent comme des goujats de la pire espèce !

Elles l'approuvèrent en riant et se hâtèrent d'obéir aux injonctions des matelots par crainte qu'ils ne les tripotent sous prétexte de les aider.

L'embarcation était tellement bondée qu'elles durent s'asseoir sur les marchandises. Le hasard fit que Marie se retrouva à côté de l'abbé qui souffla avec dédain et se détourna comme si son odeur l'importunait. Mais la jeune fille remarqua qu'il l'observait du coin de l'œil. Tout à coup, il se passa la langue sur les lèvres et fit un mouvement, comme pour plonger la main dans son décolleté. Elle se recula autant qu'elle put, lui tourna le dos et mit son châle sur sa tête pour éviter qu'il ne lui touche les cheveux.

Cordula, qui était assise entre Hiltrude et elle, lui donna un petit coup dans les côtes en faisant un sourire un peu méchant.

— Je le connais. C'est Hugo, l'abbé du cloître de Waldkron. Ça m'étonne qu'il te regarde. Il est connu pour n'aimer que les jeunes filles innocentes. Même que des fois, il se paie des prostituées qui ont l'air de gamines.

— Alors que moi, je n'ai l'air ni d'une gamine ni d'une innocente ? répondit Marie sur le ton de la plaisanterie.

— Ce n'est pas ce que je veux dire ! Je me demande seulement pourquoi il s'intéresse soudain à une femme adulte…

Elle posa l'index de la main droite contre son nez, comme si cela l'aidait à réfléchir.

— La dernière fois que je l'ai vu, il était avec une jeune fille qui te ressemblait beaucoup. Du moins, elle était blonde comme toi et avait aussi un visage de madone. Peut-être as-tu pêché un client fidèle ?

Marie haussa les épaules.

— S'il paie bien, il peut m'avoir !

Cordula se pencha vers elle et parla à voix encore plus basse.

— Fais attention à toi ! L'abbé fait partie de ces vicieux qui aiment frapper les femmes et leur faire mal. C'est la gamine dont je viens de te parler qui me l'a confié en pleurant et qui m'a raconté des choses que je…

Elle n'alla pas plus loin dans le récit de ce qu'elle savait sur l'abbé, car l'un des deux matelots défit les amarres et l'embarcation se mit à tanguer dangereusement. Cordula poussa un cri et s'agrippa à la caisse sur laquelle elle était assise.

À l'aide d'une longue perche, le capitaine écarta le bateau du ponton et le manœuvra vers le large, tandis que les matelots hissaient la voile. Quand celle-ci se bomba sous l'effet du vent, il posa la perche et prit le gouvernail en main. Une brise venant du nord poussa la lourde barque sur le lac.

Marie connaissait depuis toujours ce genre de voyage ; elle était souvent allée à Meersburg avec son père. C'est pourquoi le roulis ne lui faisait rien. Hiltrude aussi prenait la chose avec détachement. Cordula, en revanche, resta un moment à fixer avec angoisse la rive qui s'éloignait. Lorsqu'elle se fut calmée et que la conversation reprit, elle avait oublié l'abbé et ne s'intéressait plus qu'à ce qui pouvait l'attendre à Constance.

Marie était tellement tendue qu'elle ne lui répondait que par oui ou par non. Quoique pendant des années, elle eût tressailli chaque fois qu'elle entendait le nom de sa ville natale, elle brûlait maintenant d'y être. Elle voyait la crête du Taborberg s'éloigner lentement sur leur droite et reconnaissait déjà le faubourg de Petershausen. Pourtant, le bateau ne s'arrêta pas sur cette rive, mais fit le tour de la presqu'île et se dirigea vers l'embarcadère où se dressait l'entrepôt des commerçants romans.

Devant l'imposant bâtiment, le quai grouillait de monde. Alors, Marie fut prise de panique. Elle était sûre qu'on la reconnaîtrait tout de suite et qu'on la livrerait aux gardes municipaux. Pour vaincre sa peur, elle se répétait sans cesse ce que Jobst avait certifié :

que les gens convoqués pour le concile jouissaient de la trêve impériale et ne pouvaient pas être interpellés, que cela valait aussi pour les prostituées.

Lorsqu'on eut rabattu la voile et que le capitaine s'approcha du quai à l'aide de sa perche, des douzaines de bras se tendirent vers l'embarcation. Les uns attrapèrent les amarres que les deux matelots avaient lancées et les nouèrent autour des bittes prévues à cet effet. Les autres posèrent des planches sur le rebord du bateau pour que les passagers puissent descendre sans mal, ce qui n'empêcha pas les matelots de se poster de chaque côté pour les aider à sortir et encaisser leur pourboire.

L'abbé bouscula les autres afin de passer en premier. Il tendit les bras vers les deux garçons, qui le soulevèrent en haletant, le tirèrent au-dessus du rebord et ne le lâchèrent que lorsqu'il eut les deux pieds sur la terre ferme. Pourtant, ils attendirent en vain leur argent : le religieux ne regarda même pas leurs mains tendues, mais ramassa sa pèlerine et, profitant de sa forte carrure, traversa la cohue sans ménagement.

En le suivant des yeux, Marie constata qu'il se dirigeait vers un homme vêtu d'une robe. Même à cette distance, elle reconnut que, contrairement aux habits de ceux avec lesquels elles avaient voyagé, la tenue de l'inconnu était de bonne qualité et bordée de fourrure. Sa toque également, conforme au goût du jour, indiquait qu'à l'inverse de la plupart de ses confrères, il devait vivre dans l'aisance. Bien que la toge dissimulât sa silhouette, Marie eut aussitôt l'impression de le reconnaître. Quand il se tourna vers l'abbé, elle aperçut son visage et crut tout d'abord que son cœur s'arrêtait de battre. C'était bien Maître Ruppertus qui saluait le religieux avec une joie évidente et lui passait le bras autour des épaules.

Marie se mit à trembler d'énervement, transpirant et frissonnant à la fois quoique l'air fût étonnamment chaud. Elle aurait voulu se glisser sous les marchandises et ne quitter le bateau que lorsque tout le monde en serait descendu. Mais vu que le capitaine chassait ses passagers comme un troupeau de moutons, elle s'accrocha aux jupes d'Hiltrude telle une petite fille et veilla à rester dans l'ombre de son amie plus grande.

Celle-ci lui jeta un regard interrogateur par-dessus son épaule et remarqua la panique dans ses yeux. Elle ne comprit pas tout de suite ce qui avait pu l'effrayer de la sorte. Mais après, elle se douta de ce que cela pouvait être.

— Le grand mince aux yeux de vautour là-bas, c'est ton ancien fiancé ?

Marie approuva d'un signe de tête ; elle était sans voix. Puis la peur céda la place à un formidable sentiment de haine qui s'abattit sur elle comme autrefois les verges d'Hunold. Elle faillit s'élancer vers l'auteur de tous ses maux et lui hurler sa rage en pleine figure. Personne ne devait ignorer quelle crapule c'était. Néanmoins, elle revint bientôt à la raison. Personne ne croirait une catin.

Lorsque Ruppertus et l'abbé eurent disparu en direction du marché aux poissons sans jeter un seul coup d'œil derrière eux, elle respira, soulagée, et suivit Hiltrude qui sautait justement au-dessus du rebord et atterrissait sur le quai d'un pied léger.

Jobst avait rassemblé sa troupe autour de lui et faisait signe aux deux retardataires de s'approcher. Les femmes étaient encerclées par une multitude d'hommes qui commentaient leur apparence extérieure et leur lançaient des propos licencieux. Cinq ans auparavant, un tel comportement aurait fait scandale à Constance et les fauteurs de trouble auraient peut-être été condamnés au pilori. De toute évidence, les mœurs s'étaient beaucoup relâchées depuis le début du concile. L'un des individus invita même Nina à montrer sa poitrine et à soulever ses jupes pour qu'on voie s'il valait la peine de lui rendre visite. Les autres rirent comme s'il s'agissait d'une bonne blague, mais le repoussèrent toutefois quand il fit mine de lui toucher les seins.

Marie essaya d'oublier la frayeur que lui avait inspirée la vue de Ruppert en examinant les badauds qui les cernaient et en essayant de découvrir parmi eux des clients potentiels. Le seul dont l'apparence extérieure pouvait laisser penser qu'il avait plus de six *schillings* en poche la dégoûtait. Pourtant, il ne semblait même pas sale. C'était un homme fort, d'âge moyen, avec un visage de paysan, mais des habits de courtisan. Il portait un collant vert à la mode, un pourpoint richement brodé et bordé de fourrure ainsi qu'une toque ronde en loutre. Sa paupière droite était close, mais de l'œil gauche il examinait chacune des nouvelles venues comme s'il s'agissait de juments sur un marché aux bestiaux.

En voyant Nina, il se lécha les babines avec convoitise, mais lorsqu'il aperçut Marie, son visage exprima tout simplement le besoin de la posséder. Elle lui tourna le dos pour lui signifier qu'elle n'était pas intéressée, mais du coin de l'œil elle percevait qu'il la jaugeait comme si elle avait été toute nue. Elle le retrouverait à coup sûr parmi ses premiers clients : il ne restait plus qu'à espérer que son prix serait trop élevé pour lui ou qu'en dépit de son physique disgracieux et de son comportement arrogant, il serait agréable.

Apparemment, il voulait s'entendre avec elle sans plus tarder : il repoussa avec rudesse les deux jeunes gens qui s'étaient glissés entre eux et s'avança dans sa direction. Au même moment, une femme fort maquillée, dont la chevelure noire était dominée par un chapeau extravagant, lui tapota l'épaule. Il se retourna et lui céda la place avec un geste à la fois poli et un peu railleur, mais sur son visage se peignit la colère d'avoir été dérangé. Elle rit tellement que Marie craignit de voir sa poitrine jaillir de son indécent décolleté. Quand l'inconnue eut salué Jobst d'un mouvement nonchalant de la main et eut pris place près de lui, Marie remarqua qu'elle portait à la ceinture un petit mouchoir d'un jaune criard.

— Je suis Madeleine d'Angers, mes chéries, se présenta-t-elle, et je vous souhaite la bienvenue à Constance. Mes amies et moi vous attendions avec grande impatience. Il y a tellement d'hommes forts ici que nous n'y arrivons plus. Toutefois, même si nous nous réjouissons de voir arriver du renfort, nous ne voudrions pas que vous nous cassiez les prix. Certes, quelques-uns pensent que nous sommes trop chères – à ces mots, elle jeta un regard moqueur à l'homme à la paupière close –, mais tant que la demande est là… À côté d'une foule de seigneurs du siècle, cette ville hospitalière accueille en effet aussi une ribambelle de moines et de prélats, et tous semblent avoir beaucoup de temps perdu à rattraper.

Marie et ses compagnes étaient surprises d'être reçues de manière aussi cordiale par la porte-parole des prostituées. Néanmoins, les cernes sous les yeux de Madeleine trahissaient que depuis des jours, voire des semaines, elle n'avait pas dû souvent utiliser son lit pour dormir – ce qui n'était guère surprenant vu les prix qu'on pratiquait. Quelques-unes des nouvelles venues poussèrent des cris enthousiastes en entendant combien elles pouvaient exiger et d'autres se frottèrent les mains de joie.

— Je me demande bien combien coûtent un bout de pain ou un pichet de vin ici, marmonna Hiltrude à côté de Marie qui l'approuva d'un hochement de tête.

Compte tenu de l'affluence, il fallait faire venir la nourriture de loin, ce qui faisait monter les prix. Néanmoins, si les clients payaient vraiment aussi grassement que Madeleine l'affirmait, il devait quand même y avoir moyen de bien gagner sa vie.

Ce qui étonna le plus Marie, c'était que la Française ne portait pas de rubans. Seuls le fin liseré jaune qui ornait le décolleté de sa robe rouge et un minuscule foulard accroché à sa ceinture renseignaient sur la nature de son commerce. Il faut dire que ce n'était pas nécessaire. Marie détourna la tête. Il faisait partie du métier de se déshabiller devant un client qui payait bien. Mais de là à se promener la poitrine à l'air…

Jobst ne se souciait pas de Madeleine, mais répartissait ses protégées entre les différents tenanciers du lieu. Il faisait tout son possible pour calmer les hommes qui s'insultaient comme des poissardes et pour empêcher qu'ils n'en viennent aux mains à cause de quelques femmes. Nina et Helma furent confiées à un homme que Marie connaissait de vue. Elle ne savait pas son nom, car il ne faisait pas partie des gens qui venaient chez eux, mais dans la rue, il avait plusieurs fois salué son père de manière presque obséquieuse. À ce moment-là, il attrapa Marie par le bras, comme s'il voulait se la réserver, et attaqua le racoleur.

— Et les trois autres alors ?

Jobst fit une amère grimace.

— Elles veulent travailler à leur compte.

Il ne restait plus en effet qu'Hiltrude, Cordula et Marie. Celle-ci dégagea son bras d'un air indigné et tapa sur l'épaule du racoleur, qui semblait toujours se demander comment les convaincre d'entrer dans un bordel pour toucher, en plus de l'argent que lui versait la municipalité, un dessous-de-table du tenancier. Marie avait entendu dire plusieurs fois par des collègues qui avaient travaillé dans ces conditions que les filles devaient payer pour leur rachat et ne pouvaient pas partir avant d'avoir remboursé leur lit et toutes sortes d'autres choses.

— Qu'en est-il de notre petite maison ? demanda-t-elle pour la seconde fois.

— Ça, il ne faut pas compter dessus ! lui lança le tenancier d'Helma et de Nina. Ici, à Constance, il n'y a plus de quoi loger un chat. Alors trois filles, vous pensez…

Cordula se mit les mains sur les hanches et regarda Jobst d'un air menaçant.

— Tu as intérêt à nous procurer la maison ! N'oublie pas que tu as déjà empoché une commission plus trois mois de loyer payables à l'avance.

— Il vous a raconté des histoires, les filles ! Faites-vous rendre l'argent et venez avec moi. Je vais…

Le tenancier parlait à Cordula et à Hiltrude avec insistance, mais celles-ci ne faisaient pas attention à lui. Elles jetaient un regard interrogateur à Marie, qui avait fourni la plus grande partie de l'argent et qui posa la main sur l'épaule du racoleur.

— La maison que tu nous as louée se trouve bien près de Saint-Pierre, au bord du fossé de la briqueterie, n'est-ce pas ?

Il prit un air gêné.

— Oui, mais je ne sais pas si elle est libre.

— Dans ce cas-là, tu vas aller mettre à la porte les gens qui s'y sont incrustés, lui répondit-elle avec un sourire qui ne promettait rien de bon.

Hiltrude lui saisit l'autre épaule.

— Et tu as intérêt à le faire tout de suite. Sinon tu vas avoir de sacrés problèmes.

À la plus grande surprise de Marie, le gentilhomme à la paupière close leur prêta main-forte.

— Si tu leur as promis et que tu as encaissé de l'argent, tu dois leur donner la maison.

Marie poussa un léger soupir. Maintenant, elle serait bien obligée de coucher avec lui, quelle que soit la somme qu'il verse. Comme Madeleine s'en mêla également, Jobst rentra la tête dans les épaules et céda.

— Bon, d'accord ! Venez avec moi, nom d'un chien !

Il fit demi-tour en bougonnant et s'en alla. Les trois compagnes, Madeleine et le gentilhomme lui emboîtèrent le pas.

Quand ils passèrent devant le pont des prêcheurs qui menait à l'île du cloître, Marie fut prise d'une crampe à l'estomac. C'était là, cinq ans auparavant, qu'elle avait fait face à son juge et qu'elle avait entendu son ancien fiancé l'accuser. Elle se demanda s'il ne vaudrait pas mieux, tout compte fait, engager un tueur pour éliminer Ruppert. De cette manière, elle n'aurait pas à s'en mêler et pourrait quitter la ville aussi discrètement qu'elle y était arrivée. Mais d'un autre côté, toute la peine qu'elle s'était donnée et les dangers qu'elle avait courus pour entrer en possession des parchemins de Jodokus n'auraient servi à rien.

Comme ils approchaient de la maisonnette qu'elles avaient louée, elle repoussa à plus tard sa décision quant à la meilleure façon d'abattre Ruppert. L'habitation n'était pas plus grande qu'une cabane de paysans, mais une ouverture sur le pignon laissait à penser qu'on pouvait loger sous les combles. Bien qu'elle eût moins de cinq ans, comme toutes les constructions voisines, elle produisait une impression de pauvreté et d'abandon. Les fenêtres étaient si petites qu'on pouvait à peine y passer la tête et les vessies de porc qui servaient de vitres étaient percées. Néanmoins, le toit de chaume paraissait étanche et la porte semblait assez solide pour garantir une certaine sécurité contre les visiteurs importuns.

Sur le seuil, elle se retourna pour jeter un coup d'œil sur l'ancien pré qui s'étendait de l'autre côté du fossé et qui était maintenant couvert de tentes, de cabanes rustiques et de maisons partiellement en construction. Alors, elle vit en aval la tour de la briqueterie et fut prise de palpitations. Chaque fois qu'elle sortirait, elle serait amenée à se souvenir du jour où l'on avait détruit son existence. Elle faillit se raviser et prier Jobst de lui trouver une chambre dans un bordel. Mais aussitôt, elle se traita d'imbécile. La vue de la tour massive n'était pas pire que les rubans jaunes qui lui rappelaient tous les jours le viol, les humiliations et les souffrances qui avaient suivi. Elle regarda vers Saint-Pierre, comme si l'église pouvait lui donner la force, la raison et la paix intérieure dont elle aurait besoin dans les temps à venir.

Il y avait tant de gens à l'intérieur de la maison que ceux-ci ne pouvaient sûrement pas tous y dormir en même temps – ou alors seulement debout. Marie dénombra quinze moines qui partageaient les deux pièces du rez-de-chaussée avec quelques autres, absents pour le moment, tandis que la chambre sous les combles était occupée par un chevalier et ses deux domestiques. Lorsque Jobst les invita à débarrasser le plancher, les moines se mirent à jurer et à protester et faillirent devenir violents.

Le chevalier, qui avait loué la maison, comprit vite que des prostituées voulaient emménager et essaya de tirer profit de la situation. Il leur proposa de mettre lui-même les frères à la porte et de leur céder les pièces du bas. Or, il s'avéra qu'il avait soutiré de l'argent aux religieux sans payer lui-même son loyer. C'est pourquoi Jobst insista pour qu'il déguerpisse également. Avant que les choses ne s'enveniment, le gentilhomme qui les avait accompagnés ordonna sans ménagement à l'importun de se trouver un nouveau logis, et à la stupéfaction de Marie, celui-ci céda sans discuter.

Pendant que les moines de rang inférieur et les domestiques du chevalier faisaient les bagages, ce dernier entreprit de courtiser Marie tandis que les frères supérieurs avaient manifestement l'intention de se faire consoler du déménagement par Hiltrude et Cordula. Hildtrude passa le nez dans l'une des pièces du rez-de-chaussée et fut prise de frissons à la vue de la crasse qui s'y était accumulée. Elle espéra que les religieux prenaient plus soin de leur âme que de leur environnement extérieur. En même temps, elle avait conscience que le saint père qui l'avait suivie ne la laisserait pas en paix tant qu'il n'aurait pas assouvi ses besoins charnels.

Le chevalier eut moins de chance : le gentilhomme passa le bras autour de la taille de Marie comme si elle lui appartenait, la tira contre lui et – de son seul œil ouvert – lança un regard de défi à son concurrent. L'autre haussa les épaules en soupirant et se tourna vers Cordula, que les moines lui abandonnèrent de mauvaise grâce. La prostituée jeta un coup d'œil interrogateur à Madeleine, car elle ne savait que faire. La porte-parole hocha la tête pour l'encourager.

— Comme ces messieurs se sont montrés très conciliants, vous devriez leur témoigner votre reconnaissance. Cela vaut aussi pour toi, Marie ! N'oublie pas que le seigneur von Wolkenstein a pris votre parti, à tes compagnes et à toi.

Le nom d'Oswald von Wolkenstein ne disait rien à Marie, mais le chevalier, qui crut que son regard surpris lui était destiné, expliqua quelle chance elle avait de rencontrer pareil homme. Du flux de paroles qui s'ensuivit, elle retint qu'il s'agissait d'un vassal très apprécié de l'empereur et d'un célèbre poète et chanteur dont elle pouvait rendre grâce à Dieu d'avoir fait la connaissance. Elle l'interrompit en termes aimables et se dit en elle-même qu'elle rendrait grâce à Dieu si le seigneur von Wolkenstein ne se comportait pas au lit comme un rustre.

Tandis qu'Hiltrude et Cordula s'éclipsaient avec leurs clients dans les pièces du rez-de-chaussée, dont l'une servait aussi de cuisine, Marie précéda son soupirant sur l'échelle qui menait sous les combles. La pièce était si petite que seule une personne à la fois pouvait s'y tenir debout et la fenêtre du pignon était si sale qu'elle laissait à peine passer la lumière. Toutefois, seuls l'odorat et le toucher révélèrent à Marie que des sacs de paille recouvraient le sol.

Tout cela ne sembla guère gêner Oswald von Wolkenstein dont les mains lui parcouraient le corps. Il lui ôta sa robe avec – apparemment – une grande pratique. Puis il arracha la vessie de porc qui bouchait la fenêtre et allongea Marie de sorte que les pâles rayons du soleil lui baignent le visage et la poitrine. Il ne se jeta pas tout de suite sur elle comme le faisaient la majorité des clients, mais s'assit à ses côtés et, de la main droite, releva sa paupière close pour pouvoir l'admirer pleinement.

— Tu es superbe, femme. Je ne crois pas qu'une seule des catins venues à Constance soit plus gracieuse. Si j'étais un homme riche, je te logerais sous mon toit et te prendrais comme maîtresse.

Marie toucha les broderies dorées de son pourpoint.

— Pour un homme pauvre, vous êtes joliment bien emballé.

— Si l'on veut passer pour quelque chose à la cour de l'empereur, répliqua-t-il en riant, il ne faut pas être avare sur les vêtements.

Il enleva son pourpoint, ouvrit sa chemise et se rapprocha d'elle pour la caresser. Du bout des doigts, il suivait les lignes de son corps tout en louant, par des vers courts et sensuels, la forme de ses hanches, la fermeté de sa poitrine aux pointes rosées et le petit triangle blond et bouclé de son entrecuisse. On aurait dit que ses propres paroles le grisaient plus que la joie de la posséder bientôt. Il se passa un bon moment avant qu'il ne se déshabille tout à fait et ne s'allonge sur

Marie, lentement et avec un plaisir manifeste. Enfin, la passion s'empara de lui, et, pendant un court instant, il se comporta comme tous les hommes. Cependant, quand il eut fini, il ne se releva pas immédiatement, mais continua de la serrer entre ses bras et lui murmura à l'oreille des vers délicats sur l'amour.

En général, les prostituées n'aimaient pas beaucoup les hommes qui les collaient comme des bardanes après avoir joui, car cela réduisait d'autant leurs revenus. Mais ce jour-là, Marie n'avait pas envie d'autres clients. Elle goûta les vers qui chantaient sa beauté en se demandant si les hommes mariés trouvaient de telles paroles pour remercier leur femme des douceurs de la nuit.

5

En deux jours, les trois femmes dynamiques transformèrent la misérable masure en une petite maison confortable. Elles enlevèrent des pelles de poussière et de vieux roseaux, brûlèrent les vieilles paillasses et firent briller les parquets avec du savon et de la pierre ponce. Comme il n'y avait rien qu'on ne pût acheter à Constance, elles acquirent également pour un prix exorbitant des montants de lit simples mais stables, dans lesquels elles déposèrent des sacs en lin remplis de paille. Trois coffres munis de serrure, une table et trois tabourets ainsi que des ustensiles de cuisine et de la vaisselle vinrent compléter leur équipement. Pour finir, elles décorèrent les murs avec des pièces de drap et recouvrirent le sol de roseaux frais, mêlés de pétales et d'herbes odorantes. Quand elles eurent fini, elles se regardèrent avec satisfaction et se félicitèrent de leur nouveau foyer.

Marie se laissa tomber sur le lit de Cordula.

— Les grands seigneurs vont se sentir si bien chez nous qu'ils aimeront y revenir.

Sa compagne prit un air abattu.

— Il faudra bien ça. Avec tout ce que je vous dois, je vais être obligée de doubler les prix de Madeleine.

— Nous n'allions quand même pas te laisser dormir par terre ! la rabroua Marie en riant.

Hiltrude fit preuve de plus de compréhension.

— Nous en avons déjà parlé ! Chez un tenancier, tu aurais dû payer un droit d'entrée assez élevé et tu n'aurais jamais pu obtenir autant qu'à ton propre compte. Tandis que là, tu vas bientôt pouvoir nous rembourser. Tu entends ? Quelqu'un frappe à la porte.

Au grand dam de Cordula, c'était Oswald von Wolkenstein, qui entraîna aussitôt Marie à l'étage et paya en soupirant le prix exigé. Il se rattraperait par une satire sur les prostituées de Constance et sur son hôtelier, qui n'était pas moins avide qu'elles et demandait pour un pichet de vin qu'il avait servi à l'empereur et à d'autres grands seigneurs plus qu'un vigneron pour tout un tonneau.

Cette fois encore, il resta à ses côtés après avoir fini, et composa des vers dans lesquels il se moquait autant de la bonne société de Constance que des membres du concile. On aurait dit qu'il était heureux d'avoir trouvé une oreille attentive à laquelle il pouvait confier ses railleries, un peu trop mordantes pour la cour où des piques moins osées lui avaient valu beaucoup d'ennuis. Elle l'écoutait en le laissant jouer avec son corps parce qu'elle avait l'intention de profiter de sa volubilité. Comme il semblait être au courant de tout, elle le questionnait de manière éhontée. Ainsi, elle sut bientôt comment s'appelaient beaucoup de membres du concile et quelles étaient leurs positions politiques. Elle apprit en passant qu'on attendait le chevalier Dietmar von Arnstein et son épouse, qui n'étaient pas encore arrivés.

Il manquait en effet beaucoup de grands personnages, en particulier ceux d'Espagne. Wolkenstein s'en donnait à cœur joie. Les seigneurs de la péninsule ibérique entendaient en effet contester au concile le droit de statuer sur le sort de Benoît XIII, qui avait leur faveur. Si Sigismond ne parvenait pas à se les mettre dans la manche, plaisantait-il, on en viendrait à une scission de la chrétienté. La réussite ou l'échec des manœuvres de l'empereur n'intéressait pas particulièrement Marie, mais elle faisait si bien semblant que le poète vint dès lors la voir tous les jours.

Ce n'est qu'à sa dernière visite qu'elle comprit pourquoi Oswald von Wolkenstein s'était tellement acharné contre les Espagnols. Il lui apprit d'une voix mélancolique que le lendemain il devait quitter Constance car l'empereur lui avait confié la mission flatteuse de se rendre en Aragon, en Castille et au Portugal pour y remettre des messages aux différents monarques. Il pleura leur séparation en des vers pleins d'amertume. Elle, au contraire, se réjouit de son départ : en tant que client, il lui ramenait trop peu, et en tant que rimailleur, il commençait à la fatiguer. Elle n'en laissa bien entendu rien paraître, mais prit congé de lui comme une maîtresse remplie d'amour tendre et ne respira que lorsqu'il fut sorti.

Le lendemain matin, elle décida d'aller visiter le quartier où se trouvait la maison de ses parents. Jusqu'alors, elle avait évité d'aller en ville, sinon pour les emplettes, par peur qu'un ancien voisin ne la reconnaisse. Mais sur le marché, elle avait quand même rencontré des gens qu'elle connaissait d'autrefois. Or, en dehors des hommes qui s'intéressaient à son corps, personne ne s'était jamais retourné sur elle. C'était comme si les rubans jaunes la rendaient invisible. Malgré tout, elle cacha ses cheveux sous un foulard avant d'emprunter la ruelle qui menait du fossé de la briqueterie à la cathédrale.

Bien qu'il fût encore tôt, une foule de mercenaires et d'autres individus oisifs traînaient déjà en ville. Quelques-uns lui crièrent des obscénités ; cependant, même les hommes soûls évitaient trop de familiarités. Ses insignes lui assuraient en effet une protection dont ne disposaient pas les femmes et demoiselles honnêtes. Un homme qui importunait une prostituée et s'en prenait à elle physiquement se voyait fermer la porte ou la tente de toutes les autres et se faisait recevoir vertement à chaque tentative d'approche. Même si les filles venaient de différents pays et se livraient souvent une concurrence acharnée, ici, à Constance, elles étaient solidaires.

En remontant la ruelle où elle habitait jadis, elle faillit passer devant la maison de ses parents sans la reconnaître. Ruppert avait fait des transformations et l'avait pourvue d'une façade ostentatoire. Là où se trouvait jadis la cour, fermée par des granges et des remises, il y avait désormais un bâtiment de plusieurs étages qui ne semblait pas tout à fait fini. Pourtant, des domestiques allaient et venaient et des sentinelles armées montaient la garde à l'entrée. Ce devait être la construction dont lui avait parlé Oswald von Wolkenstein, où Ruppert avait logé son frère Konrad von Keilburg ainsi que d'autres grands seigneurs avec toutes leurs suites.

L'un de ces gentilshommes était justement à sa fenêtre, d'où il criait quelque chose à un valet. Pour éviter qu'il ne la remarque, Marie poursuivit son chemin en hâte. Elle avait du mal à s'empêcher de pleurer, tant la vue de son ancienne demeure l'avait bouleversée. Jusqu'à présent, elle avait eu au moins en pensée une patrie où revenir dans ses rêves éveillés, un lieu auquel se raccrocher envers et contre tout. Maintenant, elle était même privée de cela. Elle se raidit et se moqua d'elle-même. Jamais elle n'aurait dû revenir ici.

Tout à coup, ce fut la maison de Mombert Flühi qui se dressa devant elle. Marie comprit que sans le vouloir, elle avait tourné dans la ruelle du Chien, comme tant de fois dans son enfance, quand elle allait rendre visite à son oncle et jouer avec la petite Hedwige. Elle se demanda comment ils pouvaient bien aller et fut tentée de frapper à leur porte pour s'enquérir de leur santé. Mais alors elle se trouva ridicule. Sans doute sa tante ou un domestique lui ouvrirait-il, fixerait les rubans jaunes et lui claquerait la porte au nez avant qu'elle n'ait pu prononcer un mot. À cette idée, les larmes lui montèrent de nouveau aux yeux et elle s'en voulut de commencer à se prendre en pitié.

Soudain, elle fit demi-tour et s'engagea dans la ruelle suivante, qui descendait vers le Rhin. Dans son trouble, elle ne faisait pas attention aux gens qui venaient en sens inverse, fonça sur un homme et trébucha. Elle serait tombée par terre s'il ne l'avait pas rattrapée et remise sur pied. En apercevant un uniforme du Palatin, elle fut prise de peur. Il valait mieux ne pas avoir affaire aux gardiens de l'ordre public.

— Excusez-moi, mon Seigneur, ce n'était pas volontaire, s'exclama-t-elle en tirant sur son front le foulard qui avait glissé.

Le soldat fit un geste aimable en souriant et s'apprêtait à continuer son chemin quand il lui saisit le bras, tira le foulard en arrière et la dévisagea. Il écarquilla les yeux de surprise.

— Marie ? Parbleu ! Moi qui croyais que tu étais morte !

Elle le regarda et ravala sa salive. Quoiqu'il eût bien changé en cinq ans, elle le reconnut tout de suite.

— Michel ? Oh, mon Dieu !

Elle aurait voulu se faire toute petite, tellement elle avait honte de se tenir devant son ami d'enfance dans la tenue d'une catin. Elle essaya de se dégager de son étreinte et de s'enfuir, mais il la prit alors à deux bras, la souleva et la fit tournoyer en riant.

— Marie ! Quelle joie de te voir ! J'ai eu si peur pour toi ! Mon Dieu, comme Mombert va être heureux ! Viens, nous allons tout de suite chez lui.

Il la reposa par terre et voulut l'entraîner, mais elle refusa d'avancer et secoua violemment la tête.

— Non ! Mon oncle n'a pas besoin d'apprendre que je vis encore. Et toi, tu ferais mieux de m'oublier tout de suite. La Marie que vous avez connue est morte.

Il la fixa sans comprendre.

— Qu'est-ce que cela veut dire ? Pourquoi toutes ces simagrées ?

— Regarde-moi ! le rabroua-t-elle en lui mettant un ruban jaune sous le nez. Pour ça, tu vois ?

— Ce n'est pas ce qui va gêner ton oncle. Il sera bien trop content d'apprendre que tu es encore en vie et il t'aidera sûrement.

— Non, merci ! Je n'ai pas besoin d'aide et je n'ai pas envie qu'on me remarque. N'oublie pas que j'ai été bannie de Constance et que je n'ai le droit d'être ici que parce que je suis une prostituée, invitée pour servir les grands seigneurs.

Marie poussa un profond soupir et lui jeta un regard de défi.

— Tu crois que ce serait agréable pour moi que des gens de mon enfance me montrent du doigt et me disent qu'ils ont toujours su que j'étais une traînée ?

Michel secoua la tête avec indulgence et lui caressa la joue pour la consoler.

— Ce n'est pas de ta faute, tout ça !

— Ce n'est pas ce qui est écrit dans les actes du tribunal de Constance. Pour les gens d'ici, je suis une roulure qui va au lit avec le premier venu – même avec un assassin comme Utz.

Elle regretta aussitôt cette dernière remarque, mais il était trop tard.

— Le charretier Utz, un assassin ?

Il y avait dans le ton de sa voix une certaine incrédulité et un peu de reproche. Sans doute supposait-il qu'elle disait juste le plus de mal possible de celui qui l'avait calomniée. Il la prit dans ses bras et, comme un passant les fixait, la poussa contre le mur d'une maison pour faire semblant de badiner avec elle.

— Tu n'as pas une petite chambre où nous pourrions discuter à l'aise ?

— Tu veux dire, où tu pourrais m'avoir ? répliqua-t-elle méchamment. Tu peux tout de suite t'ôter cette idée de la tête.

Michel recula un peu et laissa son regard errer sur elle.

— C'est vrai que ce ne serait pas une mauvaise idée. Tu es vraiment la plus jolie femme que j'aie jamais rencontrée.

— Je ne me laisse pas approcher par n'importe qui !

Elle essaya de lui échapper, en vain.

— Ne fais pas tant de manières ! Tu ne vois pas que les gens nous regardent ? dit-il en faisant un large sourire. Tu vas devoir m'amener chez toi si tu ne veux pas que j'aille de ce pas chez Mombert lui parler de notre rencontre.

Elle releva le nez et plia la nuque pour avoir l'air le plus méprisant possible.

— Pouah ! Quel affreux maître chanteur tu es devenu ! Et ça porte un uniforme du comte palatin ! Mais bon, tu n'as qu'à venir. Seulement, je te promets, un billot de bois y mettrait plus de passion que moi.

Michel lui donna une petite tape.

— Ça, ça m'étonnerait, plaisanta-t-il. En général, je suis plutôt bon au lit.

Comme il ne semblait pas disposé à lui lâcher le bras, Marie le conduisit chez elle au bord du fossé de la briqueterie. Michel regarda l'extérieur de la maison et jeta un coup d'œil dans les deux pièces du rez-de-chaussée avant de suivre Marie sous les combles. Après avoir passé en revue l'ameublement, il hocha la tête d'un air satisfait.

— Ça me plaît bien, ici. Je crois que je vais revenir assez souvent.

— Qu'est-ce que tu t'imagines ? Tu n'es pas le bienvenu.

Marie aurait voulu le mettre à la porte, mais la crainte qu'il n'aille prévenir son oncle la retenait. En son for intérieur, elle se débattait comme un ver sur lequel on a marché. Ne comprenait-il pas qu'elle avait laissé derrière elle son passé et que sa présence ne faisait que raviver les douleurs de son âme ? Ou était-il si important pour lui de montrer à son amie d'enfance qu'il était maintenant le mieux placé et qu'elle n'était qu'une marchandise qu'on pouvait acheter ? L'avait-elle tant blessé que cela dans leur jeunesse ?

Elle l'aimait bien à l'époque, le fils de l'aubergiste, et elle se souvenait de sa tristesse quand son père lui avait interdit de courir par monts et par vaux avec le petit Michel. Wina l'avait alors empêchée de sortir pendant des semaines en lui expliquant que la fréquentation d'un garçon tel que lui nuirait à sa réputation et réduirait ses perspectives de mariage. C'est pourquoi elle n'avait jamais pu lui dire pour quelle raison elle avait cessé de le voir. Maintenant, il était trop tard. Elle devrait même bientôt se débarrasser de lui, car ni Michel ni sa famille ne devaient nuire à ce qui avait été sa raison d'être pendant cinq ans : la vengeance. Elle se demanda s'il pourrait lui procurer un tueur à gages. Mais un coup d'œil sur son visage suffit à balayer cette idée : Michel était toujours le même brave gars qu'autrefois. Si elle le mettait au courant, il serait capable d'agir dans son dos et de chercher à la protéger contre ses propres démons. Sans hésiter, elle ôta sa robe et s'allongea sur le lit.

— Allez, fais vite ! Je n'ai pas que ça à faire.

À vrai dire, Michel avait simplement voulu s'entretenir avec elle pour apprendre ce qui lui était arrivé au cours des cinq dernières années. Mais en la voyant nue devant lui, il ne put résister à la tentation. Il se déshabilla à son tour et s'allongea à ses côtés. À sa plus grande déception, elle se retira en elle-même comme un escargot dans sa coquille et serra les poings bien qu'il la caressât avec une infinie tendresse. Il finit par lui en vouloir. Elle avait certainement couché avec plus d'hommes que n'en comptait l'armée du comte palatin. Alors pourquoi tout ce cirque ? Il se roula sur elle, sentit qu'elle ouvrait bravement les cuisses et caressa la pointe de ses seins avec la paume des mains. Les mamelons rosés se durcirent, mais le visage de Marie resta de pierre.

— Eh bien, morbleu ! Si tu veux te comporter comme une catin, je vais te traiter comme une catin.

Il attendit une seconde pour voir quel effet produisait sa menace. Adolescent, il rêvait d'elle la nuit et il aurait tout fait pour qu'elle devienne sa femme. Mais il n'avait pas la moindre chance de pouvoir demander en mariage la fille d'un marchand fortuné. Quand on l'avait chassée de Constance, il avait donc espéré voir se réaliser son rêve et l'avait cherchée partout où il allait. Au bout de trois ans, il avait cependant capitulé et n'avait plus songé à elle que de temps en temps. C'était la rencontre d'Hedwige qui lui avait de nouveau fait penser à Marie. Et voilà qu'elle était maintenant sous lui, aussi consentante qu'on pouvait le souhaiter. Pourtant – ou peut-être justement à cause de cela –, il ne prit aucun plaisir à la posséder.

Comme elle ne lui accordait pas la moindre attention, il déchargea sa colère sur elle et roula sur le côté dès qu'il eut terminé. Elle semblait s'attendre à ce qu'il se lève, s'habille et s'en aille, mais il ne voulait pas lui faire ce plaisir. Il resta près d'elle et l'attira à lui pour sentir son corps chaud contre le sien.

— Ce n'était pas très gentil de ta part, Marie. Nous sommes de vieux amis, quand même.

— Je n'ai pas bougé, comme une vraie catin que je suis. Qu'est-ce que tu veux de plus ?

Il se dit qu'il s'y était mal pris. Il aurait d'abord dû gagner sa confiance et attendre que leurs liens se renouent pour partager sa couche. Au lieu de cela, il l'avait juste traitée comme n'importe quel client qui s'intéressait à son corps, jusqu'à ce qu'il ait assouvi ses besoins. Il devait désormais tenter de corriger la mauvaise impression qu'il avait produite et il essaya de commencer par un compliment.

— Tu es encore plus belle que dans mon souvenir. Ta cousine Hedwige te ressemble, mais elle ne t'arrive pas à la cheville.

Marie haussa les épaules et roula des yeux, comme si elle trouvait ce bavardage ennuyeux.

— Tu ne peux pas comparer une catin à une fille de bourgeois ! La pureté et l'innocence d'une honnête pucelle sont la vraie source de l'amour.

Il se redressa, admira son visage, que les malheurs et son métier n'avaient en rien flétri, et pouffa de rire.

— Dis donc, depuis quand ne t'es-tu pas regardée dans un miroir ? La plupart des honnêtes filles envieraient ta beauté. Parbleu ! On dirait l'incarnation de la virginité. Tu devrais pourtant savoir que la majorité des hommes ne recherche pas des femmes vertueuses et – si tu me passes l'expression – ennuyeuses.

— Dans le lit conjugal, si, justement, parce que pour le plaisir, ils ont des filles dans mon genre.

Michel la prit par les épaules et la tourna vers lui.

— Allez, parlons comme des gens sensés. J'aimerais bien savoir ce qui s'est vraiment passé à l'époque. Mombert a laissé entendre que tu avais été victime d'une scandaleuse injustice, mais quand j'ai insisté, il s'est montré évasif et s'est contenté de dire qu'il fallait laisser les morts dormir en paix. Je crois qu'il avait peur que je parle, ce qui lui attirerait de nouveaux ennuis. À l'époque, j'ai seulement entendu dire qu'on t'avait flagellée sur la place du marché et qu'on t'avait bannie de la ville. Alors, je t'ai suivie le jour même pour te porter secours. Tu ne crois pas que j'aurais le droit d'apprendre la vérité ?

Marie se demanda si elle ne devait pas tout lui raconter. Comme il aurait été bon de se confier à un vieil ami ! Il l'aurait sans doute mieux comprise qu'Hiltrude, laquelle jugeait tout avec son fatalisme de fille vendue par son père dès le plus jeune âge. Mais ensuite, elle se rappela qu'il avait exercé du chantage pour pouvoir la posséder et elle secoua la tête.

— Qu'est-ce que j'y peux que tu te sois lancé à ma poursuite sans réfléchir et que tu ne m'aies pas trouvée ? Va au diable, mon gars, et fiche-moi la paix !

— Tu es toujours la sale gamine intraitable qui me faisait la tête parce que je ne voulais pas marauder de cerises pour elle ! Tu ne comprends donc pas que je te veux du bien ?

Alors, elle montra les crocs.

— Si tu me veux du bien, donne-moi huit *schillings* comme les autres clients !

Michel la lâcha, se leva et attrapa ses habits.

— J'avais espéré retrouver une vieille amie, mais j'ai juste suivi une catin qui ne pense qu'à ses sous !

Il n'avait pas fini de parler qu'il regrettait déjà ces paroles irréfléchies. Marie s'assit en tailleur sur son lit et tendit la main. Ses doigts le démangèrent, tellement il était blessé par sa mine méprisante. En même temps, il aurait pu se mettre à genoux devant elle pour la supplier de lui pardonner. Déchiré entre ces deux sentiments contradictoires, il ne fit pas, une fois de plus, ce qu'il aurait voulu. Il ouvrit sa bourse, en sortit des pièces pour un montant de huit *schillings* et les jeta sur le matelas.

— Tiens, voilà ton salaire… même si ça ne valait pas autant.

Marie saisit le premier objet qui lui tomba sous la main et le projeta dans sa direction. C'était son casque, un bassinet léger, muni d'une visière, comme en portaient les chevaliers qui trouvaient les anciens heaumes trop lourds et trop inconfortables. Michel l'attrapa au vol avant qu'il ne le blesse ou ne soit endommagé et s'empara du reste de son armure. Pour échapper aux griffes de la furie, il fut obligé de descendre l'échelle tout nu, empêtré dans ses affaires.

Par bonheur, Marie resta assise en haut, mais elle le couvrit de jurons jusqu'à ce qu'il se fût rhabillé et eût quitté son logis. Elle connaissait un paquet d'insultes qu'elle avait pour la plupart entendues dans la bouche de Berta et qu'elle n'aurait jamais pensé employer un jour. Pourtant, aujourd'hui, elles jaillissaient toutes seules, comme une cascade. Elle se sentait aussi sale et rabaissée qu'après la nuit où Siegward von Riedburg et ses deux acolytes l'avaient avilie. Elle n'éprouvait plus que mépris pour ce Michel qui s'était enfui comme un lapin apeuré. Et en même temps, son cœur pleurait la perte d'un ami qui l'avait autrefois consolée quand elle était triste, et qui, lors de leurs expéditions d'enfants, l'avait protégée de tous les dangers comme un chevalier.

6

Les deux jours suivants, Marie donna l'impression d'être absente. À diverses reprises, ses compagnes durent répéter plusieurs fois ce qu'elles disaient avant d'obtenir une réponse. En revanche, elle se montrait plus aimable que d'habitude envers ses clients, alors même qu'elle en avait trop, ce qui – comme on pouvait s'y attendre – profitait également à ses amies. Hiltrude remarqua enfin que même la perspective de saucisses ne suffisait pas à l'attirer en ville. Elle se demanda ce qui avait pu se passer. Jusqu'alors, Marie n'avait jamais refusé d'aller au marché ni de dépenser de l'argent pour de bonnes choses. Mais Hiltrude connaissait cette expression butée dans ses yeux et se garda de poser la moindre question. Elle espéra simplement que son humeur s'améliorerait bientôt. Même la visite d'autres prostituées ne semblait pas la distraire de ses soucis secrets.

C'était Madeleine qui venait le plus souvent discuter le bout de gras et échanger les derniers potins. Nina et

Helma faisaient aussi une apparition de temps en temps, surtout pour se plaindre de leur tenancier. Dans le bordel où elles logeaient, elles gagnaient certes de grosses sommes d'argent, mais elles devaient en reverser la plus grande partie pour le gîte et le couvert. Maintenant, elles regrettaient de ne pas avoir emménagé dans la petite maison avec les trois autres. Le loyer était bien entendu exorbitant, mais cela revenait pourtant moins cher qu'une chambre chez un maquereau de plus en plus impudent, qui allait – malgré toutes ses autres exigences – jusqu'à leur soutirer trois *schillings* quand elles refusaient un client.

Marie tenait une bonne part de ce que racontaient leurs anciennes compagnes de voyage pour de l'exagération. Mais Madeleine confirma leurs dires. La Française était la maîtresse officielle d'un grand seigneur qui lui avait loué une chambre chez de bons bourgeois de Constance. Loin d'elle pourtant l'idée d'être fidèle à son protecteur ! C'est pourquoi elle complétait ses revenus en travaillant à l'heure dans un bordel, où elle partageait une chambre avec deux autres prostituées qui avaient elles aussi un amoureux en titre.

Marie ne faisait pas grand cas de ce genre de double vie qui pouvait, selon le caractère du soupirant auquel on mettait des cornes, très mal finir. Mais Madeleine se moquait de ses réserves.

— Bah ! Pourquoi devrais-je passer ma vie à attendre qu'il ait la bonté de me rendre visite ? Je vaux bien trop pour ça. Surtout que mon seigneur ne se contente pas de la méthode usuelle…

En disant cela, elle retroussa les lèvres comme pour faire un baiser sur la bouche et adressa un clin d'œil complice aux autres prostituées. Elle remarqua la mine que fit Marie, la traita de prude et lui raconta en long et en large ses expériences avec d'autres personnes de condition qu'elle avait servies avec abnégation. Son actuel client semblait toutefois l'entretenir moins parce qu'elle était prête à satisfaire tous ses désirs que parce qu'il pouvait parler avec elle sa langue maternelle. En tout état de cause, il était très généreux. Il lui payait des tissus que seules pouvaient porter les filles de riches bourgeois et les gentes dames, et la couvrait de bijoux.

Nina admirait la Française et ne cachait pas qu'elle l'enviait.

— Moi aussi, je serais volontiers *l'amante* de grands seigneurs de Toscane, ma patrie, avoua-t-elle avec un brin de nostalgie.

— Tu ne nous avais pas dit que tu étais de Naples ? demanda Helma en se grattant la tête.

— Pour mes clients, je suis de Florence, répondit Nina en riant, comme s'il s'agissait d'une bonne blague. Parce que les courtisanes de Toscane peuvent demander plus.

— Ce qui est dur, intervint Cordula en soupirant, ce n'est pas de rouler les hommes, mais de les garder. Moi, je serais déjà contente si parmi mes clients il y en avait un qui accepte de passer une soirée avec moi. Ce serait moins fatigant et peut-être que je recevrais un ou deux petits cadeaux.

Helma approuva en secouant vivement la tête.

— Oui ! Moi aussi, ça me plairait. Mais enfin, nous pouvons nous estimer heureuses d'avoir assez de clients. Beaucoup de seigneurs, surtout dans le clergé, ne montrent plus le bout de leur nez chez nous parce qu'ils courent les filles de bonne famille.

— Justement les moines et les curés ! lança méchamment Madeleine. Il faut que ce soient ceux qui n'arrêtent pas de parler des dangers de la luxure et de la débauche qui traquent l'innocence !

Les deux femmes assises dans le fond qui avaient jusque-là gardé le silence, donnèrent alors libre cours à leur indignation.

— Il n'y a pas que les filles de bonne famille qui nous piquent des hommes ! s'exclama la plus âgée. Beaucoup de servantes de Constance préfèrent se faire monter par des mâles en rut plutôt que de s'occuper de leur propre travail. En plus, elles ouvrent les jambes pour deux ou trois deniers de Halle et nous cassent les prix.

— Qu'est-ce que tu veux qu'on y fasse ? répondit Hiltrude, également soucieuse, en haussant les épaules avec mépris. Les hommes n'ont tout simplement plus autant d'argent que dans les premières semaines ! Mais tu as raison. Ces derniers temps, les femmes soi-disant honnêtes sont encore plus effrontées que les catins bon marché. Si ça continue, Constance ne sera plus qu'un immense bordel à la fin du concile, et nous dont c'est la source de revenus, nous mourrons de faim parce que les femmes et les gamines de la ville nous piqueront nos clients.

La plus jeune acquiesça avec force.

— Je me demande d'ailleurs ce qui va se passer quand le concile sera fini ! Si toutes les servantes qui ont vendu leur corps sont bannies de la ville et vont de foire en foire, il y aura bientôt plus de prostituées que de clients.

Cordula se leva et cracha dans le feu avec rage.

— Que le diable les emporte, toutes ces femmes honnêtes qui, d'habitude, passent leur temps à s'insurger contre nous et qui n'en peuvent plus d'attendre qu'un gars vienne leur aérer le jupon ! Mais bon, mes chéries, il est temps de retourner au travail.

Dès que les autres furent parties, elle accueillit son premier client. Marie, elle, resta pensive sur le pas de la porte, pour le plus grand plaisir des badauds. Les visites fréquentes de leurs collègues commençaient vraiment à lui peser, mais d'un autre côté, c'était un moyen d'apprendre ce qui se passait en ville. En effet, dans les bordels, il n'était pas possible de discuter sans être entendu. Or elles n'avaient pas d'autre endroit pour parler tranquillement. Dans le petit nid de Marie, comme elles avaient pris l'habitude d'appeler la maisonnette, elles pouvaient confronter leurs expériences avec les tenanciers cupides et les marchands qui forçaient les prix, voire se concerter sur de possibles représailles.

Au cours de ces conversations, Marie était souvent amenée à se rappeler la vieille formule d'Hiltrude, qui lui avait dit que les courtisanes n'étaient pas sans défense. De fait, bien des tenanciers s'étonnaient aujourd'hui de voir des filles partir sans rien dire dans d'autres établissements et certains commerçants de voir d'anciennes clientes faire leurs achats chez leurs pires concurrents. Quoique Marie n'eût pas cherché à se mettre en avant, le fait qu'elle connaisse la ville et ses habitants rendait ses conseils précieux. Petit à petit, elle était devenue si populaire que ses collègues la prenaient littéralement d'assaut. Elle avait dû refuser des clients pour les écouter. La baisse de ses revenus était néanmoins minime dans la mesure où les prostituées la remerciaient par de petits cadeaux qui faisaient dire à Hiltrude, moqueuse, qu'elle toucherait bientôt plus des femmes que des hommes. Cela la faisait rire, mais lui donna bientôt à réfléchir.

Comme elle s'intéressait à tout ce qui concernait Maître Ruppertus et ses relations, elle avait entre-temps appris que le gros abbé qui s'était montré si désagréable lors de la traversée du lac importunait une fille de bonne famille qui lui ressemblait beaucoup. Elle eut vite deviné qu'il s'agissait de sa cousine. Depuis, elle se demandait si elle n'aurait pas dû quand même aller rendre visite à son oncle pour le supplier d'éloigner Hedwige, car il ne pourrait pas la protéger indéfiniment. Pourtant, elle se dit qu'elle se mettrait ainsi elle-même en danger. On saurait bientôt qu'elle était toujours en vie et Ruppert serait parmi les premiers à l'apprendre parce qu'il semblait avoir tissé sa toile à travers toute la ville. Il ne faisait aucun doute que dans ce cas, Utz ou lui comprendrait vite que c'était elle, la prostituée qui avait détourné les documents de Jodokus, et alors son destin serait scellé.

Arrivée à ce point de son raisonnement, Marie se reprochait à chaque fois sa lâcheté et son manque de résolution : jusqu'à présent, elle n'avait toujours rien entrepris contre son ennemi. Au cours de ses pérégrinations, loin de sa ville natale, elle avait échafaudé une multitude de projets. Mais une fois revenue ici, à Constance, il lui semblait qu'aucun d'entre eux n'était réalisable. C'est ainsi qu'elle vaquait à ses occupations quotidiennes en attendant que le sort lui mette dans la main un fil avec lequel elle pourrait tendre un piège à son ancien prétendant.

Le lendemain matin, la journée commença paisiblement dans la maisonnette au bord du fossé de la briqueterie. Cordula dormait encore et Hiltrude nettoyait sa chambre, qui servait en même temps de cuisine. Marie venait de terminer une conversation avec deux jeunes prostituées peu expérimentées qui étaient venues la consulter sur des problèmes de femme. De mauvaise humeur, elle était maintenant assise sur le pas de la porte et dévisageait les passants. Personne ne valait la peine qu'elle lui adresse la parole. Soudain, elle fut saisie d'effroi.

Un homme portant un harnais et un casque, comme s'il se rendait à une parade, avait tourné au coin de la rue. Marie n'eut pas besoin de voir le lion palatin sur sa poitrine pour reconnaître Michel. Il l'aperçut presque au même instant et lui adressa de loin un gentil signe de la main. Quand il s'arrêta devant elle, il était un peu hors d'haleine, comme s'il venait de traverser la ville en courant.

— Bonjour, Marie. Je suis heureux de te voir. J'aurais besoin de m'ébattre un peu. Tu m'as bien parlé de huit *schillings ?* Tiens, les voilà avec deux de plus pour que cette fois tu fasses un effort.

Il avait dit cela sur un ton si guilleret que Marie aurait pu le gifler. Elle croisa les bras sur sa poitrine et tendit le menton en avant.

— Tu te donnes du mal pour rien. Je ne laisse pas monter n'importe qui.

Hiltrude passa la tête à la porte de sa chambre.

— Marie, qu'est-ce que cela veut dire ? Ce seigneur est capitaine de la garde ! Ce n'est pas très malin de se mettre mal avec ces gens-là.

— Tu entends, ma fille ! dit Michel en riant. En plus, tu ne vas pas perdre au change parce que je paie bien. Le bord de mes *schillings* est intact.

Il y avait en effet beaucoup de pièces en circulation dont le pourtour avait été rogné à l'aide de pinces par des gens cupides qui en réduisaient ainsi la valeur. Les prostituées devaient tout particulièrement veiller à ce détail : bien des clients essayaient de se débarrasser chez elles de leur argent déprécié. Marie elle-même avait déjà eu des *schillings* qu'un marchand n'acceptait que pour dix deniers.

Néanmoins, elle trouvait de très mauvais goût que Michel mît en avant son honnêteté et lui rappelât en même temps qu'elle n'était qu'une fille vénale – surtout qu'il attendait manifestement d'elle qu'elle montre de la reconnaissance parce qu'il se rabaissait à la fréquenter. Elle aurait pu le griffer et le couvrir d'insultes et de quolibets. Mais elle devait penser à Hiltrude et à Cordula. Si Michel était trop fâché, il pourrait leur envoyer ses hommes et personne ne les aiderait si les soldats se comportaient comme des sauvages.

— Bon, d'accord. Monte ! l'invita-t-elle sur un ton peu aimable.

Il la serrait de si près qu'elle sentit sa poitrine contre ses fesses. Une fois en haut, il mit beaucoup de temps à se déshabiller, posant ses affaires hors de portée de Marie avec un sourire provocateur. Nue sur le lit, les jambes écartées, elle faisait comme si elle se moquait complètement de lui.

Il se pencha au-dessus d'elle et voulut la contraindre à le regarder, mais elle se détourna avec une expression de telle indifférence qu'il s'en voulut d'être revenu. Il aurait dû s'en douter : elle lui avait déjà montré assez clairement la première fois combien elle l'exécrait. En sortant, trois jours auparavant, il s'était juré de ne plus jamais la revoir. Mais les visites qu'il avait rendues à Mombert Flühi avaient anéanti ses bonnes résolutions.

Pendant deux jours, il avait déjeuné chez le tonnelier et badiné à table avec Hedwige dans l'espoir qu'elle lui fasse oublier Marie. Au lieu de cela, chaque mouvement, chaque expression du visage, chaque parole de la jeune fille lui avaient révélé combien sa cousine était plus belle, plus intelligente et plus désirable. Le matin du troisième jour, il n'avait plus réussi à se contenir et s'était rendu au fossé de la briqueterie. Il avait mis ses plus beaux atours dans l'espoir de lui en imposer. « Regarde un peu ce que je suis devenu, avait-il voulu lui dire : un chevalier ne vaut guère mieux. » Mais visiblement, cela n'avait pas marché.

Il contempla son corps sans défaut, les yeux remplis d'admiration, et soupira d'un air chagriné. Il devait bien y avoir un moyen de faire qu'ils se réconcilient. S'il parvenait au moins à lui arracher un murmure de plaisir, ce serait déjà beaucoup. Aussitôt, il rejeta cette pensée : l'amour physique était son métier, elle pouvait simuler tout ce qui lui traversait l'esprit. Non, il devait trouver une autre solution pour obtenir ses bonnes grâces. Il fixa le plafond de la chambre sous les combles, petite mais charmante, et soudain il eut une idée.

— Que dirais-tu de devenir ma maîtresse ? Je te louerais une plus grande chambre, dans laquelle nous pourrions habiter tous les deux. Et tu serais enfin débarrassée de tous ces malpropres qui t'obligent à les laisser entrer.

— Je doute que tu aies assez d'argent pour m'entretenir. Je suis une catin très chère.

La repartie se voulait ironique, mais il y avait trop de colère dans sa voix. Elle supposait qu'il cherchait à se venger de son rejet et à l'humilier en l'achetant tout entière et en la contraignant à ne plus appartenir qu'à lui.

— Je ne suis pas pauvre ! s'exclama Michel avec une naïve fierté.

— J'exigerai le double de ce que je gagne d'habitude et, en plus, tu devras m'acheter mes habits et mes sous-vêtements. Même un chevalier qui possède une centaine de serfs ne peut pas se payer ça.

Il s'allongea à côté d'elle et lui posa délicatement la main droite sur le ventre.

— Tu n'as pas l'air de savoir combien gagne un capitaine de la garde. Je possède déjà une petite fortune, parce que jusqu'à présent, j'ai vécu très chichement.

— Comme on voit à ton uniforme et à tes vêtements clinquants ! se moqua-t-elle.

— Donc, je te plais ? releva-t-il en ricanant, ce qui la fâcha encore plus.

Elle essaya de garder la tête froide. Il était tentant de ne plus devoir servir qu'un seul client, même si cela supposait la plupart du temps quelques petits travaux domestiques en dehors des obligations du lit. Mais hormis le fait qu'elle n'avait pas du tout l'intention de tomber aux mains d'un homme, elle ne voulait surtout pas donner à ce fils d'aubergiste importun la moindre chance de se pavaner devant elle tous les jours et d'opposer son ascension sociale à sa propre déchéance. « Tu es le dernier au monde à qui je me soumettrais », aurait-elle voulu lui lancer à la face avant de l'envoyer au diable. Mais elle ne pouvait pas s'en faire un ennemi. De ce fait, elle se contenta d'incliner la tête et de le regarder en soulevant un sourcil.

— Me plaire… c'est vite dit ! Tous les coqs ont fière allure avec leur plumage. Mais ce n'est qu'une fois qu'on les a tués qu'on sait s'il faut les rôtir ou les cuire au bouillon.

Michel éclata de rire.

— Où est la petite fille timide qui s'appelait Marie Schärer ? Ta langue est maintenant aussi aiguisée qu'une épée.

— Je n'y peux rien !

Ces quelques mots lui révélèrent beaucoup sur ce qui se passait dans l'esprit de Marie. Il comprit qu'il lui faudrait une grande patience pour la convaincre qu'il n'était pas n'importe quel client, mais son confident et son ami. Seulement, comment lui démontrer, se demanda-t-il, qu'il ne voyait pas en elle un morceau de viande qu'on achetait, utilisait, puis oubliait, mais une femme qui valait la peine d'être choyée ?

7

Ce soir-là, la discussion des commères dans la maison du fossé de la briqueterie tourna autour du chevalier von Arnstein, arrivé l'avant-veille. Les prostituées se moquaient de lui parce qu'il avait emmené son épouse, alors qu'il y avait tant de filles à Constance qu'un homme pouvait en choisir une nouvelle tous les jours pendant trois ans sans avoir deux fois la même.

En entendant cela, Marie secoua la tête avec mécontentement.

— Ce sont de stupides ragots. Dietmar von Arnstein sait ce que vaut sa femme et je suis heureuse que dame Mechthild l'accompagne.

La châtelaine ne se laisserait sans doute pas aussi facilement duper par Ruppert que son époux, pensa-t-elle avec satisfaction, et elle résolut d'aller lui rendre visite le lendemain matin.

S'il n'avait tenu qu'à elle, elle se serait rendue dès l'aube à la maison au poisson, où le comte von Württemberg avait logé le seigneur von Arnstein en même temps que d'autres vassaux et alliés. Heureusement, Hiltrude la retint.

Quand elle se trouva enfin devant ladite maison, elle hésita et se demanda si elle faisait bien. Peut-être aurait-elle dû emporter tout de suite le testament d'Otrnar von Mühringen ? Non, la prudence qui était devenue la sienne au cours des difficiles années de vie itinérante lui dictait le contraire : Constance grouillait de voleurs et de détrousseurs qui s'attaquaient à tout objet paraissant avoir quelque valeur. C'est pourquoi il valait mieux que le chevalier Dietmar envoie l'intendant Giso avec quelques-uns de ses cavaliers en armes pour chercher le document et le transporter en toute sécurité.

Elle se ressaisit, fit un pas vers la porte de la bâtisse dont le pignon en saillie était orné d'un grand poisson en fer forgé finement travaillé et souleva le marteau. Une servante vint ouvrir et voulut aussitôt claquer la porte en apercevant une prostituée. Mais Marie glissa son pied dans l'entrebâillement.

— Je voudrais voir le chevalier Dietmar von Arnstein ou dame Mechthild.

La servante fit une moue dédaigneuse.

— Ils ne vont sûrement pas recevoir une personne dans ton genre.

— Ce n'est pas à toi de décider. Alors, laisse-moi entrer.

Comme la domestique ne semblait pas disposée à libérer le passage, Marie poursuivit sa tentative.

— Je resterai sur le pas de la porte jusqu'à ce que tu m'aies annoncée. Dis-leur que la Marie qui a passé l'hiver au château souhaite leur parler.

Le calme et la résolution dans sa voix semèrent le trouble dans l'esprit de la servante.

— Bon, d'accord. Je vais aller demander à la gouvernante si je peux te laisser entrer. Mais commence par enlever ton pied de la porte.

— C'est toujours Guda, la gouvernante ?

Quand la servante fit un signe de tête approbatif, Marie poussa involontairement un soupir de soulagement et recula.

La domestique referma la porte, mais ne tira le pêne qu'à moitié et partit en courant. Moins d'une minute après, la porte s'ouvrit à nouveau.

— Ah, Marie ! C'est donc vraiment toi !

— Guda ! Comme je me réjouis de te voir !

Marie était si contente qu'elle aurait pu prendre la gouvernante de Mechthild von Arnstein dans ses bras, mais elle se contenta d'esquisser une révérence.

— Entre ! Et fais-moi voir à quoi tu ressembles ! Tu es magnifique ! On dirait que ça ne s'est pas trop mal passé depuis que tu as quitté le château ?

Ces paroles volubiles firent sourire Marie. Guda semblait incapable d'imaginer à quoi ressemblait la vie de prostituée. En tout cas, la jeune femme était heureuse de cet accueil chaleureux et demanda comment allait la maîtresse. La gouvernante répondit, débordante de joie :

— Dame Mechthild va très bien. Et notre rayon de soleil également ! Le petit grandit à merveille et ne sera plus longtemps fils unique.

Marie releva la tête.

— Dame Mechthild est de nouveau enceinte ?

— Oui, même si cela ne se voit pas. Mais cette fois, elle n'aura pas besoin de tes services. Le seigneur Dietmar ne veut plus entendre parler de femme de rechange.

On aurait dit un avertissement. En son for intérieur, Marie sourit. Elle soupçonnait que c'était plutôt son épouse qui trouvait dangereux, à la longue, d'habituer le chevalier à la compagnie de belles courtisanes. Maintenant qu'elle avait mis au monde l'héritier qu'on attendait, elle devait avoir suffisamment consolidé sa position au château pour tenir les servantes éloignées du lit de son mari.

Guda la conduisit dans une petite pièce richement aménagée. Le parquet était en chêne tandis que les murs et le plafond étaient recouverts de lambris en pin. Le lit, la table et les chaises étaient taillés dans du merisier aux reflets rougeâtres. Le coffre de voyage était posé contre un mur, à côté du berceau dans lequel l'héritier d'Arnstein dormait sous le regard d'une servante. Les carreaux en cul-de-bouteille jaune laissaient filtrer une lumière tendre et en même temps si vive que dame Mechthild, assise près de la cheminée, pouvait sans difficulté passer un fil dans le trou de son aiguille. Le chevalier Dietmar avait pris place à ses côtés et accordait toute son attention tantôt à son fils, tantôt à sa femme.

Lorsque la jeune femme entra, celle-ci releva la tête.

— Mon Dieu, Marie ! Quelle surprise !

Quoique ces paroles fussent affables, Marie y perçut une certaine réticence. Le comportement du chevalier montrait aussi clairement que sa présence le mettait mal à l'aise. Manifestement, il préférait ne pas se souvenir de ce qu'il avait vécu avec elle. La froideur de cet accueil l'agaça. Elle ne voulait, en fin de compte, que les aider à récupérer leur héritage perdu. Elle se garda pourtant de mettre les pieds dans le plat et se contenta de quelques formules de politesse avant d'admirer longuement le petit Grimald pour flatter la fierté des parents.

— Finalement, le vent t'a donc amenée à Constance toi aussi ? s'enquit dame Mechthild au bout d'un moment.

Elle voulut savoir pour quelle raison la jeune femme avait couru le risque de revenir dans sa patrie en dépit de tout ce qui s'y était passé. Contrairement à ce qui était l'habitude au château, où Marie comptait parmi ses domestiques les plus intimes, elle lui faisait maintenant beaucoup sentir la différence entre une dame noble et une vile catin.

Cette dernière répondit en ouvrant les mains :

— Comme tous les grands seigneurs se sont rassemblés ici, je ne pouvais plus gagner ma vie ailleurs. Donc, j'ai bien été obligée de venir à Constance. Et pour être honnête, j'espérais aussi pouvoir vous y rencontrer.

Dame Mechthild souleva le sourcil gauche.

— Tu voulais venir nous voir ? Sans doute as-tu entendu dire que j'étais de nouveau enceinte et tu veux nous proposer tes services ? Merci. Cette fois, nous n'aurons pas besoin de toi.

Son visage exprima un tel rejet qu'on eût dit qu'elle aurait aimé mettre l'intruse à la porte sur-le-champ.

— Non. Il s'agit d'autre chose, répondit Marie très vite. Je sais qui est en possession du testament disparu de votre oncle Otmar von Mühringen et je peux vous le procurer.

Dame Mechthild ne cacha pas qu'elle avait du mal à la croire. Le chevalier, au contraire, releva la tête d'un air intéressé et sonda Marie.

— Cela serait possible ?

Comme elle ne voulait pas jouer son atout avant d'être assurée du soutien qu'elle se promettait, elle réfléchit de manière fébrile à ce qu'elle devait répondre. Alors, elle eut une idée.

— Je ne sais pas si vous aviez remarqué qu'au château le frère Jodokus était très épris de moi.

— Je sais qu'il t'a fait des propositions malhonnêtes, répondit Mechthild sur un ton qui révélait que ce sujet ne lui plaisait pas.

Si elle voulait avancer, Marie ne pouvait toutefois pas s'arrêter aux sentiments de la gente dame.

— J'ai entendu dire par d'autres prostituées qu'il me cherchait toujours. Il porte maintenant un autre nom et on dit qu'il est assez fortuné. Mais la description ne laisse aucun doute. De plus, il a confié à l'une de mes amies qu'il possédait quelques documents qui allaient bientôt le rendre encore plus riche. Il ne peut s'agir que du testament volé, avec lequel il veut faire chanter Maître Ruppertus. Si vous m'aidez, j'irai le voir et le lui déroberai.

Le chevalier frottait son menton rasé de près en regardant sa femme d'un air songeur.

— Peut-être devrions-nous accepter ce marché, ma chère ? Si nous avions le testament, Konrad von Keilburg serait contraint de nous céder Mühringen et l'héritage de notre fils en serait presque doublé.

Son épouse balaya l'air de la main, comme pour chasser une mouche.

— Ah, ce ne sont que des élucubrations de fille perdue ! Le testament du chevalier Otmar a disparu depuis bien longtemps. Et même si nous mettions la main sur Jodokus par l'entremise de Marie, la parole d'un moine défroqué ne vaudrait guère plus devant un tribunal que celui d'une catin.

La jeune femme eut l'impression que le sol s'effondrait sous ses pieds. Si les seigneurs d'Arnstein ne l'aidaient pas, elle ne trouverait nulle part un accueil favorable. En même temps, elle sentit la colère monter en elle comme une lave incandescente.

— Ce ne sont pas des élucubrations, dame Mechthild ! Je peux et je vais vous procurer le testament !

— Les promesses sont moins difficiles à faire qu'à tenir, répliqua celle-ci. Tu ferais mieux de partir avant que je ne regrette de t'avoir reçue.

Ce renvoi était tellement sans appel que Marie n'essaya même pas de lui faire changer d'avis. Elle jeta un regard interrogateur au chevalier, mais celui-ci secoua la tête d'un air désolé, faisant en apparence définitivement son deuil du beau domaine de Mühringen. Pour la première fois depuis qu'elle les connaissait, la jeune femme déplora que ce fût la châtelaine qui portât les chausses à Arnstein et que son mari ne lui fît pas confiance. Elle prit donc congé de Dietmar et de son épouse sur un ton qui n'était pas de mise avec d'aussi grands seigneurs et sortit de la pièce comme une furie. Guda, qui voulait l'entraîner dans la chambre des servantes pour bavarder un peu, recula à la vue de son visage déformé par la colère.

Marie avait fermement compté sur leur soutien et se retrouvait maintenant devant un tas de ruines. Des larmes de rage et de désespoir lui montaient aux yeux et l'aveuglaient. Alors, elle se cogna contre un passant qui la repoussa violemment et la projeta contre le paleron d'un cheval. La bête se cabra en hennissant et en agitant dans sa direction les sabots de ses antérieurs. Elle essaya de les éviter, mais reçut quand même un coup sur l'épaule et tomba à la renverse sous les rires de quelques badauds. Elle craignit que l'animal ne la piétine, mais le cavalier reprit bientôt le contrôle de sa monture.

Elle se releva et vit au-dessus d'elle un visage rieur, entouré d'une barbe blonde et soignée. Le pourpoint de l'homme qui tenait les yeux baissés sur elle et lui tendait justement la main droite était recouvert de broderies en fils dorés et argentés représentant le cerf du Wurtemberg.

— Que le diable m'emporte si tu n'es pas la belle catin du château d'Arnstein !

Le regard du comte suivit les courbes de son corps. Il pinça les lèvres, comme s'il avait envie de la prendre dans ses bras et de l'embrasser sur place.

— Tu m'accompagnes, n'est-ce pas ? demanda-t-il sur un ton qui n'admettait pas de repartie.

Troublée, elle hocha la tête tandis que ses pensées faisaient des culbutes. Eberhard n'était pas un ami de Keilburg et avait beaucoup plus de poids qu'Arnstein. Elle se promit de s'en faire un protecteur, quand bien même elle devrait pour cela le servir de toutes les façons que l'imagination d'un homme pouvait concevoir.

SIXIÈME PARTIE

LA RÉVOLTE DES COURTISANES

1

La maison au bord du fossé de la briqueterie était si comble qu'une souris n'aurait pas pu y pointer le bout de son nez. Dans les deux pièces du rez-de-chaussée, les prostituées étaient serrées les unes contre les autres tandis que plusieurs femmes étaient montées dans la chambre de Marie et passaient la tête pour entendre ce qui se disait en bas. Pourtant, plus de la moitié des personnes présentes étaient restées dehors. Madeleine avait fait démonter portes et fenêtres pour que tout le monde puisse entendre. Elle-même trônait sur le fourneau couvert de roseaux dans la pièce qui servait de cuisine et de chambre à Hiltrude. Afin que toutes suivent la conversation, les femmes près du mur répétaient ce qui se disait à l'intention de celles du fond.

Marie estimait qu'elles devaient être une centaine. Compte tenu du nombre de prostituées présentes à Constance, cela ne faisait pas beaucoup, mais la plupart étaient venues pour épancher leur bile au nom d'un groupe d'amies. Madeleine écoutait les griefs de chacune et interrogeait à chaque fois les autres pour savoir si elles confirmaient tel ou tel point. Lorsque plus personne ne demanda la parole, elle leva la main.

— Nous sommes donc bien d'accord pour dire que les choses ne peuvent pas continuer ainsi.

Une prostituée arrivée à Constance depuis peu et venue là plus par curiosité que pour se plaindre protesta.

— D'accord, c'est vite dit ! Moi, je n'ai rien remarqué. Qu'est-ce qu'il y a de si grave qu'une poignée de servantes se fassent quelques *groschens* à l'occasion ? Hier, ma chambre n'est pas restée vide, et avant-hier non plus. Ces jérémiades sont de la pure perte de temps. Si je n'étais pas venue, j'aurais pu faire monter au moins une demi-douzaine de clients.

Les autres réagirent avec agacement et l'insultèrent. Madeleine les pria de se taire et regarda la nouvelle en secouant la tête.

— Manifestement, tu n'as pas bien écouté. Il ne s'agit pas de deux ou trois filles. C'est la majorité des servantes et, en plus, un certain nombre de femmes parmi les plus pauvres qui se donnent pour quelques deniers aux soldats et aux moines déchaux. Il y a même quantité de bourgeoises et de filles de bonne famille qui n'hésitent plus à écarter les jambes pour les chevaliers et les prélats en échange de simples *schillings*. Bien sûr, ce sont les prostituées bon marché, dans les pâtures aux abords de la ville, qui souffrent le plus de la concurrence déloyale. Mais même nous, nous perdons une partie de nos revenus à cause des femmes soi-disant honnêtes qui, en plus, nous cassent les prix ! Quel homme serait prêt à verser à une fille le salaire qu'elle mérite quand il peut avoir moins cher dans un petit coin sombre ? Réfléchis un peu : une prostituée doit payer un loyer excessif pour sa chambre même si elle ne gagne presque rien, et si elle travaille pour un tenancier, elle se prend des coups quand elle ne ramène pas assez.

Cordula se fraya un passage et se planta devant la nouvelle.

— Surtout, je ne vois pas pourquoi nous devons nous promener avec des rubans jaunes et quitter la ville dès que le concile sera fini, alors que les femmes d'ici vont ensuite pouvoir de nouveau jouer les prudes. Ou alors si la foudre devait s'abattre sur elles et que toutes les femmes cupides devaient connaître notre sort, il y aurait tellement de catins que la plupart d'entre nous mourraient de faim.

Helma frappa dans les mains pour réclamer l'attention.

— Il ne s'agit pas que de la débauche des bourgeoises et des servantes. Désormais, la plupart des hommes croient que n'importe quelle femme ou jeune fille à Constance est une proie facile, qui refuse simplement pour faire monter le prix. Hier, une pucelle a de nouveau été entraînée dans les buissons et violée par une bande de brigands qui, évidemment, étaient déjà loin quand la garde est arrivée.

— Vous vous souvenez, il y a trois jours ? cria une vieille par la fenêtre. Un seigneur a enlevé la fille d'un bourgeois sur le chemin de l'église et l'a emmenée à Überlingen, où il l'a retenue prisonnière. Et ce n'est pas la première fois que ça arrive.

Soudain, la voix d'une femme à l'accent des Grisons retentit si fort à l'oreille de Marie qu'elle en tressaillit.

— Je trouve que nous devrions envoyer une délégation au bailli pour lui exposer la situation et lui demander de l'aide. Il devra bien reconnaître que les bourgeoises n'ont pas le droit de nous faire concurrence.

Madeleine fit un signe négatif.

— J'ai parlé au bailli, un jour qu'il était invité chez mon seigneur. Il ne m'a pas vraiment écoutée, et après, ils se sont même moqués de moi.

— Eh bien, dans ce cas, nous devons le contraindre à nous prendre au sérieux, hurla une femme dans la chambre de Cordula.

Hiltrude, qui n'avait rien dit jusqu'à présent, rejeta la tête en arrière et se mit à rire amèrement.

— Contraindre le bailli ? Il n'y a que l'empereur qui le pourrait. Et pour des gens comme nous, l'empereur est aussi loin que la lune !

— Nous devons trouver quelque chose, déclara Madeleine en posant la main droite sur sa joue et en prenant un air d'intense réflexion.

Ses collègues la regardèrent, pleines d'espoir. Même Marie se demandait ce que la Française allait bien pouvoir inventer. Pour attirer l'attention du bailli sur les problèmes des prostituées, il fallait que ce soit quelque chose de spectaculaire.

À ce moment-là, Hiltrude lui tapota le bras.

— La cloche de Saint-Pierre vient de sonner la troisième heure de l'après-midi. Tu n'avais pas rendez-vous avec Württemberg ?

Marie regarda son amie avec effroi.

— Mon Dieu ! Je l'ai complètement oublié !

Elle se faufila dans le couloir, chassa deux filles debout sur l'échelle et grimpa dans sa chambre. Elle avait promis au comte de lui apporter aujourd'hui les derniers documents de Jodokus. Elle lui en avait déjà remis la plupart en les dissimulant un à un sous sa robe. Maintenant, elle était curieuse de voir comment il s'y prendrait pour faire tomber Keilburg et son intrigant de demi-frère.

Une fois qu'elle fut dans sa chambre, les femmes lui firent assez de place pour qu'elle puisse ouvrir son coffre et en sortir le petit paquet destiné au comte. Elles tendirent le cou avec indiscrétion, mais se détournèrent, déçues, en n'apercevant que des vêtements et quelques ustensiles de ménage. Si elles s'étaient attendues à ce que Marie y garde ses économies, elles s'étaient bien trompées. Celle-ci les avait cachées ailleurs parce que le concile avait attiré beaucoup de voleurs et de cambrioleurs qui rendaient la vie difficile aux habitants. Pour ne pas courir le risque d'être dupée par un étranger, voire d'être accusée de vol comme cela était arrivé à d'autres prostituées, elle avait prié Michel de déposer son argent chez un banquier digne de confiance. Cela ne lui avait plu qu'à moitié parce que, de cette manière, elle s'était soumise à son ami d'enfance. Mais c'était le seul homme auquel elle pouvait un tant soit peu faire confiance.

Tandis qu'elle redescendait l'échelle, l'une de ses collègues lui demanda sur un ton de jalousie :

— Te voilà repartie chez ton joli cavalier ?

Comme elle n'avait aucune envie de lui dire la vérité, elle fit oui de la tête. En bas, les femmes se poussèrent de mauvais gré et lui reprochèrent en marmonnant de vouloir quitter l'assemblée avant la fin, alors qu'elle jouissait d'un aussi grand prestige que Madeleine et qu'elle était considérée par beaucoup d'entre elles comme leur confidente et leur conseillère. Marie répondit aux questions et aux apostrophes par un sourire gêné et se hâta de partir.

Au coin de la rue, Michel la rejoignit, l'air fâché. Une fois de plus, elle fut agacée de le voir surgir. Elle se sentait surveillée.

— Quelle mouche t'a piqué ? demanda-t-elle.

Il la regarda, scandalisé.

— Comment veux-tu que je sois de bonne humeur alors que je tremble en permanence pour toi ? Tu te promènes ici avec insouciance, comme si cette ville était le lieu le plus sûr du monde !

À force d'insistance, Maître Mombert avait en effet fini par lui raconter ce qui s'était passé dans la tour de la briqueterie. Témoin dans le procès de sa nièce, il l'avait entendue accuser trois hommes de l'avoir violée et déflorée. Pourtant, le juge ne l'avait pas crue et avait même augmenté le nombre de coups de verge pour calomnie. Cette confidence avait comme foudroyé Michel. Il avait demandé qui étaient ces trois monstres et appris qu'il s'agissait du garde municipal Hunold, du charretier Utz et de l'ancien secrétaire de Matthis Schärer. Il savait qu'Hunold n'était qu'une ordure qui prenait plaisir à torturer les femmes et Utz un vrai rat qui fouinait partout et vendait les secrets des gens pour un salaire de misère. Quant à Linhard, il ne le connaissait pas, mais ce devait être une crapule aussi répugnante que les deux autres. Depuis, il avait peur pour la vie de Marie.

Elle, qui ignorait qu'il était au courant, lui jeta un coup d'œil abasourdi et sourit pour s'excuser. Avait-elle été si imprudente que quelqu'un l'avait reconnue ou Michel avait-il des visions ? En fait, même si elle n'osait pas se l'avouer, cette sollicitude lui faisait du bien. Elle se promit d'être un peu plus gentille au lit la prochaine fois. Mais aujourd'hui, elle n'avait vraiment pas de temps à lui consacrer. Eberhard von Württemberg était un amant très attentionné et il ne la laisserait sans doute pas repartir avant le soir. Pour la peine, il la rémunérait avec une telle générosité à chacune de ses visites que grâce à cet argent elle serait très à l'aise l'hiver prochain.

À cette pensée, elle frissonna. Manifestement, elle avait tellement intériorisé la vie de catin itinérante qu'elle ne pouvait plus penser qu'en termes de quartiers d'hiver. Pourtant, cette année, elle n'avait pas à s'en préoccuper. Le concile durerait au moins jusqu'au printemps et lui offrirait la possibilité de bien gagner sa vie également pendant les autres mois. Et même, la saison froide serait cette fois plus rentable que les autres, puisque la neige et le gel attireraient les hommes dans le lit des prostituées – et des bourgeoises qui le voulaient bien.

Marie aussi était offusquée par la situation qui régnait à Constance, moins parce qu'elle craignait pour ses revenus qu'en raison de la facilité avec laquelle les femmes avaient oublié toute décence et obtenu l'assentiment de leur époux. Elle n'était pas la seule à avoir été jugée, fouettée et bannie pour débauche. Même les prostituées punies pour des actes condamnés par la loi ne s'étaient, le plus souvent, pas livrées à la luxure de manière aussi débridée que les honnêtes citoyennes de cette ville, qui continuaient pourtant de retrousser leurs jupes quand elles croisaient une catin.

Michel la secoua par la manche.

— Tu n'as pas vraiment l'air de très bonne humeur non plus.

Elle rentra la tête dans les épaules, comme si elle avait froid

— Je dois réfléchir à certaines choses, et ce n'est pas toujours très agréable.

Ils atteignirent bien trop vite, au goût de Michel, le bâtiment que le comte avait loué pour son entourage et lui-même. On rapportait qu'Eberhard von Württemberg avait obtenu par des menaces que les habitants renoncent à leur demeure pour toute la durée du concile et se retirent chez des parents à Radolfzell. Comme son soupirant n'était pas vraiment pauvre, Marie supposait que le propriétaire de la maison avait plutôt cédé à la tentation de gagner une bourse pleine de florins marqués du cerf. Cependant, cette rumeur plaisait au comte et il laissait même son personnel la colporter.

C'était un bâtiment imposant pour Constance. Le grand rez-de-chaussée en pierre de taille supportait deux étages en saillie, aux colombages richement sculptés, eux-mêmes dominés par un grenier immense. Contrairement aux culs-de-bouteille en usage dans la région, les vitres que le propriétaire avait fait venir de Murano étaient si transparentes qu'on les voyait à peine. Ainsi, on n'avait pas besoin d'ouvrir la fenêtre pour regarder ce qui se passait dans la rue. Celui qui vivait ici ne comptait pas ses florins à l'unité, mais par sacs de trois douzaines, pensa de nouveau Marie en s'approchant de la porte en chêne sculptée et en faisant retomber le heurtoir.

Un laquais lui ouvrit et la laissa entrer tandis que Michel achetait à un marchand ambulant, qui passait par là avec son petit tonneau sur le dos, un gobelet de vin qui provenait prétendument du versant le mieux exposé de l'autre côté du lac, à Meersburg. L'officier palatin ne remarqua même pas combien la piquette était amère : il l'avala d'un trait sans quitter des yeux la maison dans laquelle Marie s'était engouffrée. Quoiqu'il sût que, dans le temps qu'elle passait là, elle aurait reçu au moins une demi-douzaine de clients si elle était restée chez elle, cela le dérangeait qu'elle accepte d'être la maîtresse de ce débauché notoire. Il s'appuya contre un mur et garda les yeux rivés sur les pierres de la résidence du comte.

Eberhard von Württemberg reçut Marie dans sa chambre à coucher. Les rideaux du ciel de lit étaient ouverts et permettaient de voir les montants arrondis en merisier. La couverture en tissu de soie portait les armoiries du comte, le cerf bondissant qui ornait également toutes les tentures et les rideaux de la pièce. La plus grande tapisserie représentait un puissant seize-cors renversant un chasseur imprudent – une scène symbolique. Württemberg n'était pas un prédateur qui menaçait les autres, mais il savait se défendre contre tous ceux qui l'agressaient.

Marie fit une révérence devant le comte qui, vêtu d'une simple chemise ouverte, n'avait pas vraiment une allure majestueuse. Puis elle lui tendit la liasse de parchemins.

— Je vous ai apporté le reste des documents, mon Seigneur.

Le comte Eberhard prit le petit paquet, y jeta un rapide coup d'œil et le posa avec détachement sur une table dont le plateau en marqueterie était orné du cerf wurtembergeois. Son regard caressa le visage tendu de la jeune femme, s'arrêta sur la poitrine ronde qui se dessinait sous sa blouse et se perdit dans le tissu de sa jupe.

Marie vit quelque chose bouger sous sa chemise et savait qu'il ne pensait pour l'heure qu'à prendre un peu de plaisir. C'est pourquoi elle ouvrit son col et enleva sa blouse par-dessus sa tête. La forme qui se dessinait sous la chemise du comte grandit encore, il respira plus vite en se passant la langue sur les lèvres.

Au cours de ses discussions avec Madeleine, Marie avait appris comment exaspérer le désir d'un homme jusqu'à le rendre presque intolérable. Elle refusait certes beaucoup de moyens auxquels la Française recourait, mais son savoir-faire suffisait déjà à rendre le comte à moitié fou. Comme en se déshabillant, elle esquissait une danse mystérieuse et en apparence inconsciente, il ne parvint plus à se contenir. Il bondit, s'empara d'elle et la poussa vers le lit. Avant même qu'elle n'eût le temps de reprendre sa respiration, il se jeta sur elle et la pénétra avec fougue.

2

Peu de temps après, Eberhard von Württemberg s'assit sur le rebord du lit, nu et visiblement éreinté, pour feuilleter les documents de Marie. Sa posture révélait qu'il attendait simplement d'être à nouveau en possession de tous ses moyens, mais ses yeux trahissaient l'intérêt qu'il portait au contenu des parchemins.

— Ces pièces n'ont pas moins de valeur que celles que tu m'as apportées précédemment. Au regard du droit et de la loi, elles suffisent largement à faire condamner Keilburg à mort et à envoyer au gibet son bâtard de demi-frère.

Marie perçut dans ces paroles une certaine résignation et s'exclama avec déception :

— Est-ce à dire que vous ne voulez pas les accuser ?

— Patience, ma belle ! J'ai dit que si tout se déroulait conformément au droit et à la loi, ce serait facile. Mais Keilburg et l'avocat ont suffisamment fait passer des mensonges pour la vérité et renversé en leur faveur des actes déposés sous serment.

D'un geste, il lui fit signe de prendre le pichet posé sur un buffet près de la porte et de lui servir un gobelet de vin, puis il se replongea dans la lecture des documents.

— Ces pièces sont trop précieuses pour être confiées à un tribunal. Chez moi, elles seront en sécurité, mais si elles tombent en d'autres mains, je ne sais pas ce qui peut en advenir. Tu sais toi-même comme il serait facile de les faire disparaître ou de les rendre inutilisables. Tous les juges ne refusent pas qu'on leur graisse la patte. Nos preuves auraient vite fait d'atterrir au feu ou même entre les mains de nos ennemis.

— Mais que voulez-vous faire des pièces, alors ?

Marie ne cherchait même pas à cacher qu'elle avait peur et qu'elle était déçue.

Eberhard von Württemberg jeta la pile de parchemins sur la table et se retourna vers elle.

— Je m'en servirai seulement lorsque Konrad von Keilburg sera à terre et qu'on aura démasqué son demi-frère. Pour commencer, je vais me préparer au combat et envahir ses terres. Quand l'empereur et les autres princes me demanderont des comptes, je leur présenterai tes documents. Cela l'achèvera…

« … et t'apportera de riches domaines ainsi que de solides forteresses », pensa Marie, qui pouvait lire ses pensées sur son front.

Le comte leva les bras dans un geste de feint désespoir.

— Ma fille, toi aussi, tu devras finir par admettre que le monde n'est pas aussi simple que tu l'imagines. Il n'est pas facile de cohabiter avec Sigismond. Les princes électeurs l'ont choisi comme empereur du Saint Empire et comme roi des Allemands, faisant ainsi de lui l'homme le plus puissant de toute la chrétienté. Mais ce qu'ils ne pouvaient pas faire, c'était accroître son entendement, qui est dépassé par cette charge. Il est mesquin quand il devrait se montrer clément, se vexe vite et rudoie sans nécessité. Une fois qu'il s'est mis quelque chose en tête, il est prêt à tout pour l'obtenir et ne tolère aucune objection. Souviens-toi de Friedrich von Tirol, qu'il a mis au ban de l'empire parce qu'il a aidé le pape Jean à s'enfuir de Constance.

— Pourtant, il lui a pardonné !

— Parce qu'il n'avait pas le choix. Friedrich a beaucoup d'amis que Sigismond ne peut pas écarter si aisément. On a écroué le pape et, dès lors, il n'avait plus de raison de se disputer avec le Habsbourg. Il ne s'occupe jamais que d'une chose à la fois et en oublie presque tout le reste.

Marie se rappelait le procès de Jean XXIII, qui avait été accusé devant l'ensemble du concile d'occuper indûment le siège apostolique. Le pape désavoué qui avait été reçu en grande pompe lors de son arrivée à Constance au mois d'octobre précédent avait bu la coupe de la défaite jusqu'à la lie et, les fers aux mains et aux pieds, avait été emmené à Gottlieben, où il était désormais retenu prisonnier. Si l'empereur traitait de cette manière un homme de haute naissance, comment se comporterait-il avec un simple citoyen ?

Il fallut un moment pour remarquer que le comte avait changé de sujet.

— Est-ce que tu m'écoutes, ma fille ? Je disais qu'à l'avenir, tu ferais bien d'éviter de parler du recteur de l'université de Prague, Jan Hus, et surtout d'en dire du bien. Ses prêches ont fâché Sigismond et, en général, les foudres de l'empereur ne touchent pas seulement celui qui l'a défié, mais tous ceux qui sont dans le mauvais camp.

— Qu'est-ce qui peut bien lui arriver ? Maître Hus est venu à Constance sur invitation de l'empereur et avec un sauf-conduit !

— Les sauf-conduits impériaux ne sont plus ce qu'ils étaient ! ironisa le comte.

Marie prit aussitôt cela pour elle. Si les laissez-passer ne valaient plus rien, elle était en danger, puisqu'il était écrit dans les actes du tribunal épiscopal de Constance quel traitement on lui réserverait si elle remettait les pieds en ville. Alors, elle se sentit aussi impuissante qu'une feuille emportée par la tempête. Elle n'avait pas plus de droits qu'une lépreuse et le projet qu'elle avait nourri d'abattre Ruppert par des moyens légaux lui parut soudain fou à elle aussi. Même le comte, qui faisait pourtant partie des hommes les plus puissants de l'empire, n'était pas assez influent pour lui arracher le masque de fausseté qu'il portait sur le visage : lui aussi courait le risque de se prendre dans les fines mailles des filets que le bâtard de Keilburg était si habile à tisser.

De désespoir, elle songea à reprendre ses documents et à essayer de les porter à l'empereur en personne. Pourtant, elle repoussa aussitôt cette idée. Une femme de sa condition ne pourrait jamais approcher le souverain à plus de dix pas, et quand bien même elle y parviendrait, il remettrait aussitôt les pièces à l'un des juges que fréquentait son ancien fiancé. Or, le comte venait de lui dépeindre ce qui arriverait dans ce cas aux notices de Jodokus et aux preuves que le moine avait rassemblées. Autant reprendre son ancien projet d'engager un tueur contre Ruppert.

Le comte observait ce qui se passait sur son visage et soupira. D'une part, il espérait toujours pouvoir au moins l'aider à se venger de l'avocat ; de l'autre, il voulait la garder aussi longtemps que possible. On ne trouvait pas tous les jours une jeune femme aussi belle et aussi docile. Il constata avec une certaine consternation que Marie était devenue pour lui plus qu'une simple maîtresse. Cela tenait peut-être au fait qu'elle lui avait fourni une arme précieuse contre Keilburg. Mais elle avait aussi réussi à l'impressionner, parce qu'aucune femme avant elle n'avait osé lui parler avec autant de franchise et qu'aucune ne lui avait jamais fait autant confiance.

Tout en réfléchissant aux aspects agréables de leur relation, il s'était avancé à la fenêtre. Alors qu'il s'apprêtait à faire demi-tour, il remarqua un jeune officier portant les couleurs du Palatin, qu'il avait aperçu plusieurs fois non loin de lui. L'inconnu était appuyé contre un mur de l'autre côté de la rue et fixait sa demeure d'un air sombre, comme prêt à y mettre le feu. Le comte von Württemberg se tourna vers Marie et lui fit signe d'approcher.

— Tu vois le soldat là-bas ? Ne pourrait-ce pas être un espion de Keilburg ?

Marie éclata de rire.

— Lui, un espion ? Non, mon Seigneur, vous faites fausse route. Il s'agit tout simplement de ce Michel Adler dont je vous ai parlé, un ami d'enfance entré au service du comte palatin.

— Ah, c'est lui ? Vu la tête qu'il fait, je n'ai pas intérêt à le rencontrer en pleine nuit.

Eberhard regarda Marie d'un œil incrédule et se mit à rire.

— Un ami d'enfance, dis-tu ? À mon avis, c'est un peu plus que cela. On dirait tout bonnement un amoureux fou de jalousie.

Elle aussi éclata à nouveau de rire.

— Lui, jaloux ? Il sait bien que je suis ici pour des raisons professionnelles. Il n'a rien contre mes clients.

— Alors, on dirait qu'il fait une exception pour moi. Je ne sais pas si je dois prendre cela pour un compliment ?

Le comte la dévisagea et se dit qu'une femme comme elle était capable d'éveiller chez un homme des sentiments très forts. En même temps, son désir se réveilla. Il ouvrit les bras dans sa direction et la tira à lui.

— Viens sur le lit, ma belle ! Je dois bientôt partir et j'aimerais emporter un agréable souvenir.

Elle se plia à sa volonté de la manière la plus charmante possible. Mais une fois sous lui, alors qu'elle lui donnait à nouveau l'impression qu'il était unique, elle réfléchissait au moyen de l'amener à défendre sa cause.

3

— Ah ! Te voilà enfin !

Michel quitta le mur sur lequel il était resté appuyé pendant plus de trois heures et s'approcha d'elle. Il avait le visage crispé. Marie se rappela les paroles du comte von Württemberg et hérissa ses piquants. Qu'est-ce qu'il s'imaginait ? Elle n'appartenait à personne ! S'il voulait jouer les jaloux, leurs chemins devraient se séparer. De toute façon, sa présence ne faisait que rouvrir les vieilles plaies de son âme et la mettait de mauvaise humeur, comme une vieille acariâtre. Avec les étrangers, elle pouvait oublier qui elle avait été jadis, tandis que la simple vue de l'officier était la preuve criante de son ascension et de sa propre déchéance. D'un autre côté, cette issue la chagrinerait, car il l'aidait dans tous les domaines, et ses visites régulières garantissaient une certaine sécurité à leur maison et à ses habitantes. La ville regorgeait de clients insatisfaits et de tenanciers envieux, mais jusqu'à présent, personne n'avait osé leur envoyer une bande de vauriens.

Tout en marchant, elle lui adressa donc un sourire qui faisait partie de son répertoire professionnel.

— Le comte von Württemberg est quelqu'un d'exigeant et je dois, presque à tout prix, conserver ses faveurs pour qu'il m'aide à me venger et, dans le pire des cas, me protège contre mes ennemis. La trêve impériale vaut certes pour les prostituées, mais ce n'est pas ce qui empêchera Ruppert de me clouer au pilori ou de me noyer dans le lac.

Elle dit cela sur un ton querelleur. Toutefois, Michel ne voulait pas d'affrontement.

— Je sais bien, et je te comprends. Pourtant, cela ne me plaît pas que tu t'en remettes sans condition à Württemberg. Il n'est pas mieux que les autres seigneurs. S'il voit un intérêt à te soutenir, il le fera, mais s'il change d'avis, il te laissera tomber comme une crotte.

— Merci de me rappeler une fois de plus ce que je vaux ! répliqua-t-elle en fondant aussitôt en larmes.

Elle n'avait pas envie de se disputer avec lui et savait bien qu'il ne voulait pas parler d'elle en employant le mot de crotte. Pourtant, il n'arrêtait pas de lui faire sentir qu'elle appartenait à la lie de la société. Il ne faisait pas bon vivre à Constance, même si l'on y traitait les prostituées presque comme d'honnêtes femmes : on ne crachait pas dans leur direction quand elles passaient dans la rue, on les laissait circuler même quand elles ne portaient pas de rubans et les portes des églises ne leur étaient pas fermées comme dans les autres villes.

Hormis sur l'île de Sankt-Marien-am-Stein, elle n'avait de toute façon plus jamais eu envie de prier avec un véritable recueillement, mais avait au contraire souvent douté de sa foi. Or, soudain, elle éprouva le besoin d'exposer ses peines à la Sainte Vierge et de l'appeler au secours. Elle leva les yeux et aperçut la tour de Saint-Étienne qui dépassait des toits voisins. Enfant, elle y avait souvent assisté à la messe. Elle accéléra donc le pas et prit la ruelle qui menait à l'église. Michel la suivit avec agacement.

— Où est-ce que tu es repartie ? Ça ne mène pas chez toi par là !

— Je veux aller faire une prière à Saint-Étienne.

Elle continua sa route sans se soucier de lui, qui la suivait comme une ombre. Arrivée sur le parvis, elle inspira profondément et scruta les alentours. Comme il n'y avait personne pour lui barrer le passage, elle entra sans hésiter. Une fraîche pénombre l'accueillit. Les hauts vitraux faisaient penser à des lanternes éclairées de l'extérieur et ne laissaient filtrer que très peu de lumière. On apercevait juste les colonnes massives et les murs de la nef. Seuls les cierges allumés devant les trois autels constituaient des refuges où resplendissaient les couleurs des statues et des retables.

Marie évita l'autel principal, consacré à saint Étienne, et s'avança vers la pietà, qui représentait la Vierge et le Christ après la descente de croix. Une statue de Marie-Madeleine, assez discrète, toute petite, se dressait dans l'ombre de la Vierge. Elle se demanda pour quelle raison une prostituée avait joué un rôle si important dans la vie de Jésus. Sans doute parce que le fils de Dieu s'était toujours occupé des proscrits et des opprimés, ce dont les hommes d'Eglise comme l'abbé von Waldkron n'avaient aucune idée. Elle essaya d'imposer le silence à ses pensées rebelles et de se rappeler une prière.

Michel se tenait un peu à l'écart, appuyé contre une colonne, et surveillait la nef. En dehors de quelques vieilles femmes usées par l'existence, assises sur les bancs de l'église, il n'y avait personne. Il observa alors Marie, agenouillée devant l'autel. La lueur des cierges faisait briller ses cheveux blonds et entourait sa tête comme une aura. Il se demanda s'il ne pouvait pas la prendre pour maîtresse et l'emmener en campagne. Ici, dans cette ville bondée, il se faisait l'effet d'un chien en laisse : c'est pourquoi il réagissait de manière si susceptible aux humeurs de Marie.

Le bruit d'une porte latérale l'arracha à ses pensées. Michel guetta celui qui entrait et, rassuré, s'appuya de nouveau contre la colonne. C'était un moine mince, vêtu d'une robe de franciscain élimée, qui venait sans doute du cloître des déchaux voisin. La tête baissée, il esquissa une génuflexion et se dirigea ensuite d'un pas traînant, comme un vieillard, vers l'autel de la Vierge. Michel aperçut son visage creusé par les jeûnes et sentit une légère odeur de sang. Sans doute avait-il mortifié sa chair peu de temps auparavant. Devant la pietà, il se jeta par terre, dérangeant ainsi Marie dans son dialogue à voix basse avec la mère de Dieu et la sainte patronne des prostituées.

Elle se redressa, fit deux pas sur le côté et s'apprêtait à réciter une dernière prière quand le moine leva la tête vers elle et tendit les mains pour se défendre. Son visage se déforma, comme s'il souffrait tous les tourments de l'enfer.

— Recule, esprit malin. Épargne-moi en ce lieu saint !

Troublée, Marie le fixa. Bien qu'il n'eût pas été familier envers elle, elle se sentait à la fois rejetée et importunée. Il se releva et fit le signe par lequel on chasse les démons.

C'est alors qu'elle le reconnut à ses yeux pâles.

— Linhard ! Misérable traître !

Il y avait tant de haine dans sa voix que l'homme s'effondra et rampa vers l'autel. Il semblait maintenant comprendre qu'il ne s'agissait pas d'un spectre, mais d'un être de chair et de sang.

— Qui m'appelle par ce nom que j'ai enterré et oublié depuis longtemps ?

Il blêmit comme Marie n'avait jamais vu personne blêmir.

— C'est toi ? C'est toi, Marie Schärer, la fille de Maître Matthis ?

Les yeux baissés sur cet homme qu'elle aurait voulu piétiner comme un ver répugnant, elle s'apprêtait à lui cracher tout son mépris à la face. Mais à la dernière seconde, elle prit conscience du danger dans lequel elle se trouvait. Si Linhard racontait à certaines personnes qu'il l'avait rencontrée, sa vie ne vaudrait plus un denier de Halle. Avec tout le sang-froid que lui avait inculqué son existence de catin, elle se força donc à prendre une mine indifférente.

— Je ne sais pas ce que vous me voulez, mon frère. Je m'appelle Berta et je ne vous ai jamais vu.

Elle se signa en murmurant un rapide amen, fit à nouveau une génuflexion devant la mère de Dieu et s'éloigna en direction du portail. Il lui coûtait beaucoup de ne pas se retourner : elle avait l'impression que les regards de Linhard la brûlaient comme des charbons ardents. Arrivée à la porte, elle fit brièvement demi-tour, comme si elle voulait juste faire un signe à Michel. Debout dos à l'autel, le moine tendait la main droite à moitié levée vers elle. Quand il comprit qu'elle cherchait un homme, il la bénit et se jeta de nouveau par terre devant la pietà.

Michel la rejoignit à l'extérieur et lui jeta un coup d'œil interrogateur. En remarquant comme elle tremblait, il la prit dans ses bras et la serra très fort.

— Que se passe-t-il ?

Elle claquait tellement des dents qu'elle ne parvenait pas à parler.

— Le moine ! C'est… C'était Linhard ! Il m'a reconnue.

Michel perçut l'effroi dans ses yeux et comprit que toutes les souffrances et les humiliations qu'elle avait endurées à l'époque étaient remontées à la surface et la torturaient. Cependant, il ne pouvait rien faire d'autre que la soutenir et la guider à travers les rues comme une malade. Il envisagea de l'emmener hors de la ville où elle n'était vraiment plus en sécurité. Il songea aussi à attendre le moine dans une ruelle sombre et à lui tordre le cou pour qu'il ne la mette pas en danger. Au bout du compte, aucune de ces deux solutions ne le convainquit. S'il la renvoyait, Marie devrait reprendre son existence de catin itinérante et ne pourrait compter que sur elle-même, car il ne pouvait pas quitter Constance. Et tuer un homme de sang-froid n'était pas son genre, même s'il s'agissait d'une crapule aussi méprisable que Linhard. Il se pencha sur elle et lui embrassa la nuque.

— Courage, ma petite. Je vais commencer par te mettre au lit. Ensuite, tu boiras une gorgée de vin et tu dormiras tout ton soûl pour te remettre de tes émotions. Cela m'étonnerait qu'il coure sur-le-champ chez Maître Ruppertus pour lui raconter qu'il t'a aperçue.

Par malheur, ses propos étaient contredits par les regards prudents qu'il jetait alentour et ses brusques virages chaque fois qu'il croyait apercevoir au loin une robe de moine.

Lorsqu'ils eurent enfin atteint la petite maison au bord du fossé de la briqueterie, Hiltrude et Cordula étaient en pleine discussion avec Helma et Nina. L'Italienne avait une ecchymose à un œil et une plaie ouverte au front qui saignait beaucoup en dépit des soins qu'Hiltrude lui prodiguait. Quoique encore sous le coup de la rencontre fortuite, Marie se soucia aussitôt de la blessée.

— Que t'est-il arrivé ? C'est un client qui t'a fait cela ?

— Non, répondit Helma à sa place en secouant la tête. C'est notre tenancier. Il n'a pas apprécié qu'elle vienne à notre assemblée cet après-midi et que, du coup, elle n'ait pas pu recevoir de clients. Au début, il a seulement crié, mais comme elle lui a tenu tête, il l'a frappée. En tout cas, nous ne retournerons pas chez cette brute. Nous ne pourrions pas rester chez vous ? Ce n'est pas grand, mais Nina et moi ne prenons pas beaucoup de place.

Marie et Hiltrude se regardèrent avec embarras. Michel se racla la gorge et tapa sur l'épaule d'Helma.

— C'est trop petit pour vous cinq ici. Mais je pense que je peux vous aider. Mon frère Bruno veut transformer en bordel une partie de son auberge. Vous pourriez loger chez lui. S'il sait que je vous protège, il vous traitera bien et ne vous roulera pas. En plus, j'ai de bons amis qui m'écouteront sans doute si je leur dis que je sais où ils peuvent trouver des filles propres et jolies. Alors, qu'en dites-vous ?

— Tu n'as qu'à t'inscrire toi-même tout de suite sur leur liste ! lança Marie sans savoir elle-même pourquoi elle réagissait avec autant d'agacement.

Nina et Helma se regardèrent, consternées. Michel, lui, éclata d'un rire sonore.

— Mais enfin, Marie, ça te ferait du tort ! Toute la ville sait bien que je ne vais que chez toi !

Le visage de la jeune femme se déforma de colère. Hiltrude, en revanche, commença par sourire, puis pouffa de rire. Nina et Helma essayèrent de se retenir, mais leurs épaules étaient secouées de spasmes. La fidélité de Michel envers Marie, qui le rudoyait tellement, était un des sujets de conversation préférés des prostituées de Constance. Helma expira profondément, leva les yeux vers Michel et joua avec les boucles de sa cuirasse.

— Ta proposition est alléchante, soldat. Mais si nous n'avons pas chacune notre chambre, nous ne rapporterons pas assez. Te portes-tu garant de ton frère ?

— Je crois que je peux, oui.

Michel se souvenait de l'époque où Bruno le giflait chaque fois qu'il le contredisait. C'était loin, tout ça. Maintenant, son aîné lui tournait servilement autour dès qu'il mettait un pied dans son établissement et il était aux petits soins.

— Je vous propose d'y aller tout de suite. Quant à toi, Nina, n'aie pas peur qu'il te refuse pour un œil au beurre noir. Au moins, il saura immédiatement pourquoi tu as quitté ton bordel. Si Rudi vient faire des réclamations, il lui répondra ce qu'il faut. Et si jamais il continue à vous importuner, je lui enverrai mes hommes. Ils s'arrangeront pour tout lui casser.

Son rire gâcha un peu l'effet de cette menace, mais les deux prostituées furent néanmoins soulagées : elles savaient par expérience combien un tenancier pouvait devenir désagréable quand il perdait une de ses sources de revenu. Elles prirent rapidement congé de leurs camarades et quittèrent la maison aussi vite que si elles craignaient de voir l'occasion leur filer entre les doigts.

— Dieu soit loué ! gémit Cordula. Je me disais déjà qu'elles ne s'en iraient jamais. Je n'ai pas encore eu un seul client aujourd'hui.

— Moi non plus, soupira Hiltrude.

Cordula allait ajouter quelque chose, quand elle aperçut dans la rue un homme portant la tenue des officiers de cavalerie bavarois et s'élança au-dehors.

Marie secoua alors la manche d'Hiltrude.

— Il se peut que nous devions bientôt déguerpir. On m'a reconnue.

— Qui ? s'exclama son amie en portant la main à sa gorge, comme si elle avait le souffle coupé d'effroi.

— Linhard, répondit Marie, l'ancien secrétaire de mon père. Il m'a vue à l'église et m'a appelée par mon nom. S'il en parle à Ruppert ou à Utz, nous sommes perdues.

Hiltrude la pria de dépeindre la rencontre dans le détail.

— Nous devons être prêtes à nous enfuir à tout moment, conclut-elle. Toutefois, s'il s'est fait moine, tu vois probablement un danger là où il n'y en a pas. Il t'a peut-être reconnue, mais il n'est pas sûr qu'il te trahisse. Sans doute est-il entré dans les ordres parce qu'il s'est repenti de son crime et qu'il veut faire pénitence jusqu'à la fin de ses jours.

Marie n'avait pas encore considéré la chose sous cet angle. Cela dit, même si la supposition d'Hiltrude était exacte, cela ne signifiait pas qu'elles fussent en sécurité. Linhard pouvait très bien mettre Ruppert sur la piste sans le vouloir. Peut-être l'avocat le faisait-il suivre et était-il déjà au courant ? Elle se rendit compte qu'elle exagérait. Mais quand il s'agissait de son ancien fiancé, elle préférait envisager le pire. Elle hésita entre fuir et rester, puis se dit que céder à la panique ne lui apporterait rien. Si elle voulait voir son ennemi à terre, elle devait mettre sa vie en jeu. Elle eut un sourire amer. Ruppert avait fait d'elle une catin, mais par là, il lui avait justement ouvert des portes qui pouvaient lui permettre de le vaincre. Si elle s'était enterrée dans un couvent, elle n'aurait jamais fait la connaissance du comte von Württemberg.

4

Les jours suivants, les humeurs de Marie se succédèrent plus vite que ses clients. Tantôt, elle avait peur de l'ombre que dessinaient des passants sur la façade de la maison et se sentait aussi désemparée qu'une mouche dans une toile d'araignée. Dans les moments de plus grand optimisme, elle se disait que Ruppert et Utz ne l'avaient pas reconnue jusqu'à présent alors qu'elle était devenue presque une célébrité. Sans doute n'étaient-ils pas en mesure de faire le lien entre la catin du fossé de la briqueterie et la fille de bourgeois dont ils avaient détruit l'existence cinq ans auparavant. Dans ces cas-là, elle nourrissait des projets de vengeance, comme auparavant, et se voyait vaincre l'avocat et ses complices. Malheureusement, cette confiance ne durait guère.

Elle dut s'avouer qu'elle avait peur de l'avenir. Quelle que soit l'issue de son combat, personne ne pouvait l'aider qu'elle-même. Elle n'était que de la boue sur la route, que les gens pouvaient piétiner, et cela ne changerait pas. Son seul espoir, avant de périr comme la plupart des filles de sa condition, était de voir le responsable de ses malheurs cloué au pilori.

Lorsqu'elle retourna voir le comte, elle le pressa donc d'entreprendre enfin quelque chose contre Konrad von Keilburg et son frère. Eberhard von Württemberg la regarda d'un air désolé.

— J'aimerais beaucoup, mon enfant, mais j'ai les mains liées. L'empereur est si préoccupé par ses propres projets qu'il m'en voudrait de faire des préparatifs de combat contre Keilburg et de rassembler mes troupes. Il voit partout résistance et trahison et condamne à tour de bras. Maintenant que Jean XXIII a été jugé indigne de figurer sur la liste des papes et qu'il est redevenu le simple cardinal Baldassare Cossa, Sigismond est le premier représentant de Dieu sur terre !

Eberhard von Württemberg rit et Marie se demanda s'il se moquait des papes qui s'affrontaient ou de l'empereur. La grande politique ne l'intéressait pas tant qu'elle ne courait pas elle-même le risque d'être broyée par ses meules. Mais elle poursuivit la conversation dans l'espoir de finir par convaincre le comte.

— Quels sont les projets de Sigismond maintenant ?

— Pour commencer, il veut démettre le pape Grégoire. En outre, il s'est alarmé des discours séditieux de Maître Jan Hus, en qui il voit un danger pour sa couronne. On rapporte que Maître Hus appelle ses compatriotes de Bohême à désobéir à la sainte Église et à son protecteur, l'empereur du Saint Empire romain germanique.

À nouveau, il n'était pas possible de savoir s'il partageait l'avis du souverain. Marie fronça les sourcils et le regarda en secouant la tête.

— D'après tout ce que j'ai entendu dire, Maître Hus ne prêche rien qui aille contre Dieu et l'ordre créé par lui. Ses invectives contre l'immoralité des prélats et l'amour du faste chez les abbés et les évêques devraient trouver l'approbation de tous les vrais croyants. Au bout du compte, les gens d'Église sont les pâtres, et non les geôliers de la chrétienté.

Eberhard sourit avec indulgence.

— Ne dis cela à personne, Marie ! Sinon toi aussi, tu passeras pour une hérétique. De telles vues ébranlent l'autorité du clergé et, par voie de conséquence, celle du pape et de l'empereur. Les grands de ce monde ne conçoivent pas leur rang et leur charge de la même façon que Jan Hus et toi, peut-être pas non plus de la même façon que le peuple. Moi aussi, j'ai prêté une oreille attentive à ses prêches et approuvé bien des choses qu'il disait. La sainte Église doit être réformée de fond en comble et il faut ramener ses représentants à la place qui est la leur. Seulement Maître Hus commet l'erreur de croire que ses sermons peuvent avoir cet effet et oublie que ceux qui sont au sommet n'acceptent pas facilement de redescendre. Sa plus grande erreur, pourtant, a été d'avoir confiance dans le sauf-conduit de l'empereur. Si celui-ci se convainc qu'il est devenu gênant, ce bout de parchemin sera tout juste bon à se torcher.

La verdeur de son langage et son rire amer révélaient comme il regrettait de devoir respecter un homme aussi peu fiable que Sigismond de Luxembourg.

— S'il était plus circonspect, je pourrais lui parler ouvertement. Mais Keilburg a sa faveur et Ruppertus Splendidus est parvenu à s'en faire apprécier. Cet ambitieux fait des courbettes devant le souverain et ses plus proches conseillers de manière répugnante.

Le comte s'interrompit tout à coup, comme s'il en avait trop dit. Marie comprit aussitôt ce qu'il pensait. Eberhard von Württemberg n'osait pas entreprendre un procès contre Konrad, car il ne savait pas dans quelle mesure il importait à l'empereur de faire régner la justice. Dans le pire des cas, le souverain pourrait même concéder à Keilburg les titres qu'il avait usurpés et anoblir Ruppert. Elle eut le sentiment que le sol se dérobait sous ses pieds.

Le lendemain matin, plusieurs nouvelles firent le tour de la ville à la vitesse de l'éclair. Par la voix de son mandataire Carlo Malatesa, le pape Grégoire XII fit savoir qu'il avait renoncé au Saint-Siège et se retirait à Recanati sous le nom de cardinal Angelo Correr. On disait que l'empereur, qui n'aurait pas été en mesure d'obtenir cette démission par les armes, l'avait achetée à force de concessions afin de se présenter au monde comme le plus grand monarque de la chrétienté. Celui auquel il s'en prendrait maintenant ne pourrait plus compter sur aucune concession ni aucune grâce.

Marie, qui n'avait jamais assisté à un prêche de Jan Hus, n'en admirait pas moins la foi inébranlable avec laquelle il défendait ses convictions. Bien des citoyens des classes inférieures et beaucoup de domestiques vénéraient le vaillant Maître de Prague et priaient pour lui. L'empereur et les cardinaux n'appréciaient pas, en revanche, qu'on les traite de sangsues et d'oppresseurs sur la place publique et, en secret, lui avaient déjà réglé son compte. Il y avait tant de rumeurs contradictoires au sujet de son procès que ceux qui avaient écouté ses sermons espéraient encore sa grâce, bien que le chevalier Bodman se fût déjà rendu sur le Brüel avec les employés municipaux afin d'y dresser le bûcher.

Pour humilier le condamné, le cardinal Pierre d'Ailly, qui avait présidé à son procès, avait décrété que les prostituées présentes à Constance lui tiendraient compagnie jusqu'au lieu du supplice. La plupart d'entre elles se contentaient de hausser les épaules : on les avait si souvent rabaissées dans leur vie qu'elles se réjouissaient presque de voir quelqu'un plus maltraité qu'elles. Marie, pour sa part, était tentée de désobéir. Mais elle ne voulait pas se faire remarquer et courir le risque que d'Ailly, sous le coup de la colère, la fasse arrêter et fouetter. Les gens aimaient trop ce genre de spectacle et Utz l'aurait à coup sûr reconnue. Hiltrude et Cordula, elles aussi, déplorèrent longuement la mort imminente du Maître de Prague et maudirent ses juges impitoyables, à commencer par ce traître d'empereur qui avait failli à sa parole. Pourtant, tout comme leur compagne, elles se rendirent sur le parvis de Saint-Pierre.

Lorsqu'elles arrivèrent, un grand nombre de prostituées s'étaient déjà rassemblées. Quelques-unes qui, comme Madeleine, étaient les maîtresses de grands seigneurs de l'Église portaient des atours si provocants que tous les hommes les regardaient. On aurait dit que leurs poitrines allaient jaillir de leurs étroits corsets au décolleté généreux et leurs jupes étaient si habilement cousues que le moindre souffle de vent permettait de voir leurs jambes. La Française également portait une robe en fine étoffe transparente, mais elle n'était pas d'humeur à affrioler les clients. Elle salua Marie et les autres en les prenant dans ses bras, les larmes aux yeux.

— Ce n'est pas le bon coq qui passe à la casserole aujourd'hui, gémit-elle tout bas. Les corbeaux noirs et les oiseaux au ramage pourpre peuvent bien croire que cela nous amuse. Seul Dieu connaît nos pensées et nous le rendra dans l'autre monde.

Elles n'eurent guère le temps de discuter, car les gardes municipaux firent leur apparition et leur ordonnèrent de se mettre en marche vers la porte des Écossais, où elles devraient former pour l'hérétique de Bohême une haie allant jusqu'au bûcher. Marie tressaillit en apercevant Hunold qui passa si près des premières prostituées que son coude leur frôla la poitrine. Elle se recula et se cacha derrière Helma et Cordula, mais le garde trapu ne lui prêtait aucune attention : il n'avait d'yeux que pour Madeleine.

— Alors, mignonne, qu'est-ce que tu dirais de prendre un peu de plaisir avec moi ce soir ? lui suggéra-t-il.

Elle le considéra d'un air moqueur.

— Si tu peux payer un écu d'or, volontiers. Sinon, va voir les catins bon marché. Elles se réjouiront sûrement de ta visite.

Madeleine avait touché le point sensible : il devint tout rouge, lui jeta un regard mauvais et lança des menaces virulentes. Quand une prostituée lui demanda s'il savait qu'il venait d'insulter la maîtresse d'un grand seigneur français, il rentra la tête dans les épaules et courut rejoindre ses collègues.

Dans le souvenir de Marie, c'était un homme brutal qui cherchait toujours la chicane et aimait faire peur aux autres. Tout à coup, elle constatait avec une certaine hargne que le garde municipal ne jouait les fiers-à-bras que devant les gens qui ne pouvaient pas se défendre, alors que devant les puissants, il rampait comme un ver. En d'autres circonstances, elle aurait réfléchi au profit qu'elle pouvait tirer de cette découverte. Mais pour l'heure, elle avait autre chose en tête. Comme toutes les prostituées, elle suivit les gardes jusqu'à la porte des Écossais et chercha une place où elle n'attirerait pas l'attention des gens qui accompagneraient Jan Hus.

Tant de simples citoyens passèrent la porte derrière leur groupe que les gardes municipaux ne furent bientôt plus en mesure d'en réguler le flux. Marie vit alors Michel dans son armure fourbie, qui s'avançait à la tête de son bataillon pour ouvrir la voie au condamné et à ceux qui l'escortaient. Les soldats avaient beau tenter de repousser les gens en croisant leurs lances, ils ne parvenaient pas à contenir la foule. Même le comte palatin Ludwig les rappela en vain à l'ordre. Lorsque son cheval fut pris en étau, il ordonna au chevalier Bodman, le chef des gardes municipaux, de fermer les portes de la ville et de ne plus laisser passer les curieux que par petits groupes. Le condamné et les grands seigneurs du tribunal durent quant à eux attendre, pour sortir des remparts, que la masse des spectateurs se fût répartie sur le Brüel et les prairies attenantes du Paradis.

Il ne restait plus grand-chose de la haie de prostituées par laquelle les princes de l'Église avaient pensé tourner en ridicule l'hérétique de Bohême. Comme une grande partie de ses collègues, Marie avait été repoussée par la foule aux tout premiers rangs, juste devant le bûcher, et avant qu'elle ne réalise combien elle était exposée, elle vit Maître Ruppertus Splendidus passer devant elle en compagnie de l'évêque de Constance, Friedrich von Zollern. Par bonheur, l'avocat avait les yeux rivés sur quelques hauts personnages et ignorait le petit peuple. Elle le fixa donc jusqu'à ce qu'il ait pris place, avec un air infatué, sur l'un des bancs qu'on avait installés pour les membres importants du concile. Alors, elle tenta de se cacher derrière un garçon d'écurie de grande taille.

À vrai dire, il accordait aux gens plus d'attention qu'elle ne croyait. Son regard effleura quelques-uns des conseillers municipaux et maîtres artisans qui se retrouvaient, du fait de la cohue générale, entre des vendeuses de marché en pleine discussion et des journaliers aux tabliers tout sales. Les coups d'œil envieux qu'on lui jetait le rendaient fou de joie. Maintenant, ces bourgeois prétentieux étaient bien obligés de constater que l'évêque Friedrich et les autres personnalités le traitaient comme un des leurs. Il ne faudrait plus longtemps pour qu'il ait ses entrées chez l'empereur et peut-être même qu'il intègre le cercle de ses conseillers. On lui avait rapporté que maints évêques et comtes le considéraient, lui le cadet d'Heinrich von Keilburg, comme un gentilhomme courtois et agréable qui se distinguait avantageusement de sa brute épaisse de frère.

Marie ne pouvait pas s'empêcher de regarder dans la direction de son ancien fiancé alors qu'elle étouffait de rage. C'est pourquoi elle fut presque soulagée en entendant les tambours qui annonçaient l'arrivée du condamné et qui l'arrachèrent à ses pensées. Tous les yeux se tournèrent vers la porte des Écossais et ceux qui voyaient quelque chose le décrivaient pour les autres.

Derrière quelques moines qui portaient une croix et agitaient des encensoirs comme pour chasser les démons, des fantassins dans leur armure menaient Jan Hus hors des murs de la ville. Quand leur convoi eut atteint l'espace vide qui entourait le bûcher, Marie put observer plus précisément le prédicateur. Il marchait droit, son visage grave ne laissait percevoir aucune peur. On lui avait passé la robe d'infamie noire, qui symbolisait l'enfer où il partirait bientôt. Il portait en outre un grand bonnet jaune, sur lequel étaient représentés deux diables qui se chamaillaient et où figurait l'inscription « hérétique ». Marie se rappela son propre châtiment et son dos se mit à brûler et à la démanger de manière insoutenable. Involontairement, ses yeux passèrent du condamné à Ruppert. Contrairement au condamné, l'avocat avait commis tant de crimes que la terre aurait dû ouvrir ses entrailles et l'avaler.

On conduisit la victime au bûcher où les gardes municipaux s'occupèrent de lui. Tandis qu'on l'attachait au poteau qui se dressait au-dessus du tas de bois, Jan Hus se tourna vers Ludwig von der Pfalz, qui surveillait la scène en levant symboliquement son épée.

— M'est-il permis de parler une dernière fois aux hommes ?

— Pour que tu puisses les envoûter avec tes pouvoirs diaboliques ? Si tu dis un seul mot, je te fais bâillonner !

— Ce qui sera sans doute difficile quand les flammes auront commencé à s'élever autour de moi…

La raillerie du prédicateur était plus subtile, mais plus percutante que le braillement du comte palatin.

Dans l'intervalle, les gardes avaient fini. Hunold vérifia une dernière fois les liens, cracha devant le supplicié et sauta au bas du tas de bois. En compagnie des autres, il apporta alors des fagots qu'ils entassèrent autour des bûches.

— Va en enfer ! fut le souhait combien peu charitable qu'il adressa ensuite à Jan Hus.

Il s'avança vers le bassin en métal dans lequel brûlaient plusieurs torches et en choisit une. Puis il chercha le comte du regard. Celui-ci lui fit signe de patienter.

Dans le silence général, on entendit alors le bruit de sabots sur les pavés de la ville. Peu après, le maréchal d'empire Pappenheim descendit en compagnie de trois cavaliers l'allée que les fantassins du Palatin arrivaient péniblement à maintenir ouverte. Arrivé devant le bûcher, il tira sur la bride, attendit que son cheval nerveux cesse de s'agiter et s'adressa au condamné.

— Sa majesté Sigismond, empereur du Saint Empire romain germanique, margrave de Brandebourg et roi de Hongrie, t'accorde la grâce de pouvoir renier tes erreurs et de rentrer dans le giron de l'Église. Rétracte-toi et tu pourras vivre.

Un murmure parcourut l'immense assemblée. Une partie des gens commença même à applaudir. Marie, elle, avait suffisamment discuté de Jan Hus avec le comte von Württemberg pour comprendre ce qui se tramait. Ni l'empereur ni les princes de l'Eglise n'avaient intérêt à faire un martyre. Ils avaient montré au rebelle ce dont ils étaient capables et lui tendaient maintenant un fétu de paille auquel il pouvait se raccrocher pour échapper au malheur qui le guettait.

S'il se rétractait, les abbés et évêques avides de pouvoir auraient de toute façon gagné la partie. Le prédicateur resterait certes en vie, mais ses adeptes se détourneraient de lui ou se soumettraient également à l'Église romaine. S'il s'obstinait, en revanche, son châtiment servirait d'avertissement à tous ceux qui répandaient de semblables doctrines. Marie partageait les opinions de Jan Hus, mais se demandait si elles valaient la peine de mourir. Le sourire qui flottait sur les lèvres du recteur de Prague lui fit comprendre que lui n'en doutait pas.

Jan Hus baissa le regard vers Pappenheim et éclata de rire.

— Non ! Je ne me rétracte pas. Si je le faisais, je devrais reconnaître que la vérité est mensonge et le mensonge, vérité. De plus, j'absoudrais l'empereur de n'avoir pas tenu son serment !

Il rappelait ainsi à haute voix, pour que tous l'entendent, le sauf-conduit que lui avait accordé le roi Sigismond et qu'il n'avait pas respecté.

— Sonde ton cœur et fais pénitence ! l'adjura une nouvelle foi Pappenheim.

Au lieu de répondre, le supplicié leva les yeux au ciel et se mit à chanter un cantique.

On eût dit que les responsables ne savaient que faire. Le comte palatin arrêta son cheval à côté de celui du maréchal d'empire et lui parla à voix basse. Finalement, Pappenheim hocha la tête, la mine renfrognée, et adressa un signe à Hunold, qui attendait près du bûcher d'un air impatient et tenait démonstrativement la torche à la main.

— Bourreau, fais ton devoir ! cria le Palatin en faisant reculer sa monture pour s'écarter des flammes.

Hunold avait déjà exécuté les peines de nombreux condamnés, mais il ne s'agissait que de la flagellation de prostituées et de petits voleurs. Il n'avait jamais eu l'occasion de brûler quelqu'un. Quand la torche toucha les brindilles, il eut le sentiment d'avoir atteint le sommet de son existence. Maintenant, il était quelqu'un d'important, que même les gentilshommes et les grands marchands respecteraient.

Alors que les flammes s'élevaient toujours plus haut, Jan Hus continuait de chanter imperturbablement. Quelques-unes des personnes sur le Brüel entonnèrent le cantique sans se soucier des cardinaux et des évêques assis sur leur banc, qui regardaient autour d'eux avec inquiétude en ayant l'air de se demander s'ils devaient faire chasser le peuple par les soldats ou tolérer la chose.

Marie détourna les yeux pour éviter de voir l'horrible spectacle. Elle aurait voulu s'enfuir, mais coincée dans la foule, elle pouvait à peine respirer. Il ne servait à rien de chercher à en sortir. Non loin d'elle, une femme perdit connaissance. Ils étaient tellement serrés qu'elle ne tomba même pas par terre. Avant qu'il n'arrive malheur, l'homme qui l'accompagnait passa le bras autour de sa taille pour la maintenir debout.

Finalement, la voix de Jan Hus se tut. On n'entendait plus que le crépitement du feu et le malaise dans la foule silencieuse. Marie observa alors le banc du clergé : tous ne partageaient pas la satisfaction générale. Jusque dans la mort, le supplicié avait dénoncé le sommet de l'Église et marqué l'empereur parjure du signe de Caïn.

Les spectateurs immobiles fixèrent le bûcher jusqu'à ce que les dernières flammes fussent éteintes. Alors, sur l'ordre du Palatin, les gardes municipaux déversèrent de l'eau sur les braises et mirent la cendre dans une grande cuve en métal. Un homme qui se tenait près de Marie expliqua aux autres que les restes de l'hérétique devaient être jetés dans le Rhin.

— Les évêques craignent sans doute qu'un oiseau transporte dans son bec les cendres de Jan Hus pour les remettre à ses adeptes en Bohême ! conclut-il méchamment avant de se retourner pour partir.

La plupart des gens se débarrassèrent vite de leur sentiment de malaise et purent de nouveau rire dès qu'ils furent en ville. Marie, au contraire, resta assez longtemps près de la tache noire, la seule trace de l'exécution, et nourrit de sombres pensées. Hiltrude, qui avait quitté les lieux comme tout le monde, se fit du souci et, arrivée à la porte des Écossais, rebroussa chemin. En voyant le visage impassible de son amie, elle la secoua par la manche.

— Réveille-toi, Marie ! Tu ne peux pas rester ici : tous les passants te dévisagent en se demandant ce que tu as. Viens, rentrons vite à la maison !

Marie frissonna et hocha la tête. La mort du prédicateur de Prague lui avait fait oublier sa propre sécurité. Heureusement, Hiltrude la tira derrière elle et veilla à ce qu'elles se mêlent au flot des autres personnes pour franchir les remparts. La sentinelle ne fit pas attention aux deux prostituées et les laissa entrer sans difficulté. Pendant qu'elles se hâtaient de regagner le fossé de la briqueterie, le châtiment du rebelle occupa de plus en plus l'esprit de Marie. Jusqu'à présent, elle n'avait jamais pris à ce point conscience du fait que la justice terrestre était la justice des puissants ou, comme disait dame Mechthild, le droit du plus fort. Un profond abattement l'envahit. N'était-ce pas une terrible prétention de croire qu'un être aussi faible et insignifiant qu'elle, une créature tombée dans le ruisseau, pourrait se venger d'un homme tel que Maître. Ruppertus Splendidus ?

Quand elles eurent atteint la porte de leur petite maison, elle sentit pourtant que son découragement cédait la place à une exaltation qui la troubla elle-même. La mort de Jan Hus ne devait pas avoir d'incidence sur ses faits et gestes ou sur sa vie. Maintenant que l'empereur n'était plus accaparé par le procès du réformateur de Prague, il prêterait peut-être une oreille aux requêtes du comte von Württemberg.

Comme il faisait déjà frais, Marie posa son châle sur ses épaules et s'élança vers la résidence de son protecteur. Par malheur, il ne s'y trouvait pas. Sur un ton aimable, le portier lui apprit que l'empereur avait convoqué les grands seigneurs pour discuter de la suite des événements et la pria de revenir le lendemain matin. Marie eut l'impression d'avoir foncé contre un mur. Toute la force qu'elle avait réunie pour persuader le comte d'agir s'échappa d'un seul coup et la laissa démoralisée. C'est pourquoi elle repartit chez elle, la tête basse, en ne souhaitant rien d'autre que de se blottir dans son lit et dormir.

Le lendemain matin, elle n'avait pas encore atteint le logis du comte que le portier ouvrit tout grand la porte. Il avait l'air fou de joie de la voir arriver de si bonne heure.

— Dieu merci ! Te voilà, Marie ! Le comte est irascible aujourd'hui.

Marie n'eut pas à demander plus de précisions. De la rue, on entendait la voix tonitruante d'Eberhard von Württemberg. À l'instant où elle passait le seuil, des pas rapides descendirent l'escalier, suivis d'un bruit de vaisselle cassée. Un laquais sauta en bas des dernières marches et évita de justesse une chaise que son maître avait jetée derrière lui dans un accès de rage. La jeune femme se demanda ce qui avait pu provoquer sa colère et fut tentée de faire demi-tour pour revenir une autre fois. Mais finalement, elle serra les dents et monta à l'étage.

Eberhard von Württemberg se dressait dans l'encadrement de la porte de sa chambre et tenait à la main un nouvel objet qu'il s'apprêtait visiblement à lancer sur la prochaine personne qui lui adresserait la parole. En voyant approcher Marie, il lâcha la coupe en argent, s'avança vers elle et la prit avec fougue dans ses bras. Son haleine aigre et son œil trouble prouvaient qu'il avait bien bu. Sa chemise était ouverte et il manquait un bouton à sa braguette. Marie comprit que quelque chose d'imprévu avait dû se produire et lui jeta un regard interrogateur.

— Que le diable emporte l'empereur ! hurla-t-il en guise de salutation.

— Vous seriez-vous disputé avec lui ?

— Disputé ? Si j'avais osé dire ne serait-ce qu'un mot contre lui, il m'aurait mis au ban, obtus comme il est. Maintenant qu'il a envoyé le Pragois sur le bûcher, plus rien ne le retient dans cette ville. Il veut partir aussi vite que possible en Espagne pour s'entendre avec les rois de la région au sujet de Pedro Martinez de Luna – ou plus exactement de Sa Sainteté le pape Benoît XIII. Pour le moment, cela lui importe plus que tout le reste. Quand je lui ai parlé de quelques décisions en suspens qu'il aurait dû prendre depuis longtemps, il m'a rabroué avec humeur. Au cours de notre discussion, il a appelé ton sale bâtard, que le diable aurait bien fait d'emporter depuis des lustres, Ruppert von Keilburg ! Il ne manque plus qu'il nomme Konrad duc de Souabe ! Cette crapule est bien assez puissante sans cela.

Marie serra les poings de rage impuissante.

— Je commence à me dire que le diable aide les gens comme Ruppert et son frère à réussir grâce à leurs crimes.

Eberhard lâcha Marie et se dirigea vers la fenêtre, comme il en avait l'habitude quand il ne savait que faire. Marie s'approcha de lui, le serra dans ses bras comme s'il était la seule personne à laquelle elle pouvait se raccrocher dans un monde où tous ses désirs et tous ses espoirs se brisaient, et observa par la fenêtre le flot des passants. Elle suivit du regard un groupe de prostituées de sa connaissance qui discutaient avec verve et tournèrent dans la ruelle menant au fossé de la briqueterie. Elle se demanda s'il allait encore y avoir une assemblée chez elle, car elle commençait à en avoir assez de leurs absurdes jérémiades.

Mais soudain, elle eut une vision. Elle reprit profondément sa respiration et essaya de rattraper ses pensées. Lorsque le comte dégagea son bras, qu'elle serrait entre ses doigts, et se mit à embrasser ses mains avec espièglerie, elle se rendit enfin compte qu'elle était restée figée pendant un moment et qu'elle avait enfoncé ses ongles dans la peau du grand seigneur.

Elle lui caressa le bras en s'excusant et eut un sourire retors.

— L'empereur n'est pas encore parti ! Allez demain à la cathédrale avec quelques-uns de vos gens pour assister à la première messe. Je m'occupe du reste.

Le comte plissa les yeux, la dévisagea et parut en arriver à la conclusion qu'elle était sérieuse.

— Eh bien, ma fille, si tu arrives à obtenir l'attention de l'empereur et à faire qu'il s'intéresse à notre cause, je te le revaudrai en or.

— Je ferai tout mon possible.

Marie esquissa une révérence. Elle voulait prendre congé, mais en voyant sa mine déçue, elle ôta sa robe et se laissa tomber sur le lit. Il valait mieux que le jour suivant il soit détendu et satisfait.

5

Le lendemain matin, à l'heure où l'empereur se rendit à la première messe en compagnie de sa suite, une foule de prostituées se mirent en route vers la cathédrale et se rassemblèrent sur le parvis. Au début, personne ne leur prêta attention, mais comme leur nombre ne cessait d'augmenter et qu'elles bloquaient la sortie, les gardes municipaux commencèrent à devenir nerveux. Leur commandant, le chevalier Bodman, envoya quelques hommes pour leur ordonner sans ménagement de dégager l'accès au portail principal. Madeleine s'avança au-devant d'eux et posa ses mains sur ses hanches.

— Nous voulons parler à l'empereur.

Les gardes tentèrent de les faire obtempérer en les insultant avec des gestes de colère, mais les prostituées ne firent que resserrer encore plus leurs rangs et prirent une mine si résolue que l'un des hommes retourna voir son commandant.

Pendant qu'il lui rapportait les propos de Madeleine et lui demandait de nouvelles instructions, Bodman devint tout rouge. Le supérieur à cheval tenta d'atteindre les marches du portail, mais dut bientôt reculer : la vague de femmes qui continuaient d'arriver menaçait de le prendre en étau. Il se mit alors à hurler. Cependant, elles savaient aussi bien que lui qu'ils n'étaient pas assez nombreux pour venir à bout de leur résistance. Quelqu'un suggéra d'appeler les fantassins du comte palatin à la rescousse. Seulement, il n'y avait pas la moindre trace de ceux-ci aux alentours et les messagers qu'on envoya pour les chercher revinrent bredouilles.

L'une des prostituées tapa sur l'épaule de Marie en ricanant.

— Tout à l'heure, j'ai vu ton adorateur s'éloigner avec toute sa compagnie. C'est vraiment gentil de sa part de ne pas s'en mêler.

Marie approuva d'un mouvement satisfait de la tête. Michel avait donc pu tenir promesse. Il interviendrait le moment venu, sauf que ce ne serait pas comme le chevalier Bodman l'imaginait. Elle savait que son ami d'enfance prenait un très grand risque. Si leur projet échouait et que Ruppert triomphait, cette audace lui coûterait la tête.

Lorsqu'un assez grand groupe de catins bon marché remonta la rue qui conduisait à la cathédrale, le chevalier Bodman ordonna à ses hommes de leur barrer le chemin. Alors, quelques-unes des prostituées qui se tenaient sur les marches s'élancèrent dans leur direction, bloquèrent les gardes municipaux et les couvrirent d'insultes ordurières. Plusieurs d'entre elles soulevèrent même leurs jupes et se retournèrent pour leur montrer leurs derrières.

Sous les yeux du commandant stupéfait, les arrivantes se faufilèrent à travers la rangée de gardes municipaux et rejoignirent leurs camarades. Le chevalier Bodman commençait à devenir visiblement nerveux. À en juger par les cantiques, la messe tirait à sa fin. Il dirigea une nouvelle fois son cheval vers les prostituées, se cala dans les étriers pour se mettre debout et leva les bras pour attirer leur attention.

— Qu'est-ce que signifie cette insurrection ? L'empereur va sortir d'un instant à l'autre. Voulez-vous qu'il vous prenne pour une horde d'abominables harpies et qu'il vous chasse de la ville ?

Madeleine battit les paupières de manière sensuelle et lui adressa un sourire cajoleur. Mais dès qu'elle parla, son visage prit une mine railleuse.

— Nous restons ici jusqu'à ce que l'empereur nous ait écoutées.

Le chevalier ravala sa salive.

— Mais vous ne pouvez pas barrer le chemin à l'empereur ! Soyez raisonnables. Déguerpissez ou je lance les gardes à vos trousses.

Elle lui rit à la face.

— S'il n'y avait plus de catins, ce serait mauvais pour le petit moineau que tes hommes et toi avez entre les jambes. En plus, tu peux dire à tes gars que celui qui frappe ou qui blesse l'une d'entre nous se passera à l'avenir de nos services.

— Tu fais du chantage, femme ?

Bodman leva le poing comme pour la corriger, mais le laissa retomber dans un geste d'impuissance.

S'il avait pu, il aurait ordonné qu'on les mette en fuite par la force des armes. Cependant, s'il lançait ses hommes avec des javelots et des hallebardes contre des prostituées, il serait à jamais la risée de ses pairs. En outre, après les menaces de la Française, il ne pouvait plus se reposer sur tous ses hommes.

— Je vous préviens, l'empereur sera furieux ! les conjura-t-il.

Il ne reçut pour toute réponse que des rires moqueurs.

Le dernier amen retentit dans la cathédrale. Quelques instants après, les énormes battants du portail s'ouvrirent. Des pages en tenue blanche s'avancèrent, suivis par six soldats de la garde impériale dans leur armure luisante. Ils réussirent à descendre les marches, mais alors, les prostituées qui se tenaient serrées les unes contre les autres les empêchèrent d'avancer. Ils se retournèrent et regardèrent l'empereur qui sortait justement à la tête de ses vassaux et des notables de Constance.

Sigismond prit d'abord une mine surprise, puis une expression boudeuse. Il avait l'habitude de voir beaucoup de gens sur les parvis. Seulement jusqu'à présent, on s'était toujours incliné devant lui avec déférence et on lui avait ouvert une allée que sa suite et lui pouvaient emprunter comme lors d'une procession. Cette fois, il découvrait une foule de bonnes femmes à moitié sauvages qui, à ce qui lui semblait, ne le saluaient pas et ne se reculaient pas non plus pour le laisser passer. Son regard erra sur cet océan de têtes qui ondulait et s'arrêta sur Bodman avec l'air de l'accuser.

Le chevalier montra ses hommes avec un geste d'impuissance et hurla qu'on ne pouvait chasser cette racaille que par les armes.

Entre-temps, Madeleine s'était faufilée à travers le rempart de prostituées et se trouvait nez à nez avec le souverain. Elle fit une gracieuse révérence et lui adressa un sourire mi-gêné, mi-provocateur.

— Nous devons parler, Majesté.

L'empereur jeta un coup d'œil de dégoût sur son généreux décolleté et, troublé, frotta son manteau d'apparat pourpre brodé de fils d'or. Puis il se redressa avec détermination et baissa les yeux sur elle, comme si elle n'était qu'un écœurant vermisseau qui avait osé s'aventurer sur son chemin.

— Que veux-tu, femme ?

La question trahissait qu'il était prêt à obtenir son droit de passage par de petites concessions. Madeleine en prit bonne note avec un léger sourire.

— Nous, courtisanes, avons de nombreux sujets de mécontentement. Votre bailli a refusé de prendre connaissance de nos griefs et c'est pourquoi nous sommes contraintes d'importuner Votre Majesté.

— Vous avez des sujets de mécontentement ? Alors que vous demandez tellement pour vos services que même mes fidèles vassaux ont l'impression d'être détroussés !

L'empereur avait entendu trop de vers satiriques d'Oswald von Wolkenstein pour prendre Madeleine au sérieux.

Elle releva la tête et sonda le souverain du regard.

— Oui, nous avons des raisons de nous plaindre. Vous pensez sans doute que nous demandons autant par pure cupidité. Mais ce n'est pas le cas…

— Ah oui ? J'ai entendu dire que vous vous comportiez comme des harpies et que vous vous contentiez à peine du double des prix fixés par la municipalité.

Le conseiller Alban Pfefferhart s'avança entre Madeleine et le souverain et intervint d'une voix pleine d'excitation. Manifestement, il voulait épargner au maître du Saint Empire romain germanique de devoir discuter plus longtemps avec une catin. La porte-parole toisa le bourgeois qui avait revêtu ses plus beaux atours et faisait pourtant, au milieu des gentilshommes aux vêtements somptueux, l'effet d'un perdreau égaré dans une volée de faisans dorés.

— Vos boulangers et vos bouchers non plus ne respectent pas les prix convenus quand ils voient arriver l'une d'entre nous. Ils demandent quatre fois le prix pour un petit pain ou une saucisse. Les mesures que vous avez prises préservent simplement les grands seigneurs de la ruine. Mais nous, nous sommes bien obligées de payer le prix qu'on nous demande si nous ne voulons pas mourir de faim !

— Je vais veiller à ce qu'on ne vous exploite plus, déclara Pfefferhart en pinçant les lèvres.

Il croyait ainsi avoir calmé Madeleine. Mais la prostituée s'adressa de nouveau à l'empereur.

— Ce n'était que le premier de nos griefs, et le moindre. Le plus important est la concurrence déloyale que nous font les femmes de Constance, qui soulèvent leurs jupes pour les membres du concile et leur suite et qui nous cassent les prix. La plupart d'entre nous sont devenues ce que nous sommes parce qu'elles ont été accusées d'immoralité pour des vétilles et réduites à cette extrémité. D'autres, à peine enfants, ont été vendues à un tenancier comme des sacs de farine et endureront toute leur vie le mépris de leurs concitoyens. Alors, nous nous demandons pourquoi les servantes d'ici ont le droit de se constituer une dot et les bonnes bourgeoises de se faire de l'argent de poche en vendant leurs charmes tout en continuant à passer pour d'honnêtes femmes.

L'empereur regarda Pfefferhart comme s'il le tenait pour responsable de cette situation gênante.

— Est-ce la vérité ?

Le conseiller municipal blêmit autant qu'il avait précédemment rougi.

— Euh… C'est-à-dire qu'il y a sûrement l'une ou l'autre fille de cuisine qui se donne pour quelques deniers à un moine ou à un soldat. Mais qu'y faire ?

Madeleine lui rit au visage.

— L'une ou l'autre fille de cuisine, dites-vous ? Il y a plus de femmes à Constance qui se livrent à la débauche que de prostituées dans les bordels ! Et en plus, la plupart d'entre elles le font au vu et au su de leur mari et de leur père ! Comme elles ont déjà de quoi vivre, elles peuvent baisser les prix et attirer nos clients.

Une vieille catin bon marché qui s'était faufilée près de Madeleine souleva sa robe par-dessus sa tête et se retourna pour montrer au souverain son dos couvert de cicatrices blanches.

— Voilà ce qu'on m'a fait, s'écria-t-elle, lorsqu'on m'a surprise au lit avec un autre que mon époux. Ensuite, on m'a chassée de la ville sans un denier et j'ai failli crever dans le fossé. Si les soi-disant honnêtes femmes de Constance m'empêchent de gagner ma vie, je ne vais pas passer l'hiver.

L'empereur fixa le postérieur de la vieille, qui n'était pas particulièrement beau, et dit au conseiller sur un ton qui laissait entendre qu'il le tenait également pour responsable de cela :

— Est-il vrai que d'honnêtes bourgeoises et pucelles se livrent ici à la débauche ?

Pfefferhart leva les mains avec désarroi.

— Pardonnez-moi, Majesté. Je ne suis pas au courant.

— Dans ce cas, vous feriez bien d'ouvrir vos oreilles, conseiller ! lui lança Madeleine. Allez voir un peu ce qui se passe à la maison de l'épi, dans la ruelle de Ringwil. On s'en donne à cœur joie là-bas.

Il souffla.

— Le citoyen Balthasar Rübli y a ouvert un bordel de manière tout à fait officielle.

— Peut-être, mais il y fait travailler sa femme, sa fille et ses servantes ! cria une prostituée par-derrière.

— Celle qui se prostitue n'a plus le droit de passer pour une honnête femme, décréta l'empereur d'une voix qui exprimait son mépris pour la lie de la société. J'ai pris acte de votre plainte et ordonne que toutes les femmes de Constance qui seront convaincues de luxure, bourgeoises ou servantes, devront être traitées, elles aussi, comme des catins : elles recevront des coups de verge et seront bannies à jamais de la ville.

Sigismond n'avait pas fini de parler que les prostituées se mirent à hurler de joie et à louer sa sagesse. Comme les bourgeoises et les pucelles de la ville avaient désormais plus à perdre que leur simple réputation, elles n'ouvriraient plus les cuisses aussi facilement. Si l'argent vite gagné avait pu les attirer, la vie misérable de catin itinérante les effrayerait sans doute.

Dans l'intervalle, d'autres personnes étaient sorties de la cathédrale pour savoir ce qui retenait l'empereur. Marie reconnut alors Lützfried Muntprat, le citoyen le plus riche de la ville, à côté de Ruppertus Splendidus et de Hugo von Waldkron. Tandis que l'avocat était amusé de voir le souverain satisfaire aux requêtes des prostituées, il était clair que l'abbé aurait souhaité ordonner aux soldats de les déshabiller sur-le-champ pour les fouetter toutes. Elle frissonna et comprit qu'il était temps d'agir si elle voulait que la rébellion qu'elle avait organisée aboutisse.

Tandis que les autres s'apprêtaient à ouvrir un passage à l'empereur, elle s'avança près de Madeleine et leva la main. Elle sentit de nombreux regards intrigués et impatients se tourner vers elle, se raidit et monta les marches de la cathédrale. En effleurant des yeux son ancien fiancé, elle remarqua qu'il l'avait aussitôt reconnue. On aurait dit que la terre s'était ouverte à ses pieds et qu'il voyait surgir un démon. Alors, elle pointa le doigt vers lui et déclara :

— J'accuse cet homme d'avoir assassiné mon père, de m'avoir déshonorée et d'avoir détourné mon héritage.

— Mais enfin, c'est ridicule !

Ruppert s'apprêta à la frapper, mais quelques hommes d'Eberhard von Württemberg le retinrent aussitôt.

Alors, le comte s'inclina devant l'empereur avec humilité et désigna à son tour l'avocat.

— Et moi, j'accuse Maître Ruppertus Splendidus de parjure, de contrefaçon, de calomnie et d'incitation au meurtre. Je possède suffisamment de preuves pour lui intenter un procès. Il, a par exemple, détourné le véritable testament du chevalier Otmar et commis un faux pour assurer à Konrad von Keilburg la possession de Mühringen. Il a également obtenu par des testaments apocryphes que les domaines de Dreieichen, Zenggen, Felde et quelques autres tombent aux mains de son père ou de son demi-frère.

Ruppert fixait les lèvres de Marie sur lesquelles flottait un sourire méchant. Il se gratta la tête, puis partit d'un rire qui sonnait faux.

— Vous avez dû trop boire hier soir, comte Eberhard, et par conséquent faire de mauvais rêves ! Sinon vous ne prendriez pas de telles fables pour argent comptant.

Eberhard ne lui accorda pas un regard.

— J'ai des preuves irréfutables de ces crimes et d'autres vilenies de ce bâtard.

Marie était heureuse d'avoir le comte de son côté. Si elle avait été seule à accuser Ruppert, elle ne serait sans doute pas allée très loin. Il aurait pu facilement réfuter ce qu'elle avançait et la ridiculiser. Mais il n'avait rien à opposer à la parole d'un Eberhard von Württemberg, qui avait plus de pouvoir et d'influence que le comte von Keilburg.

L'empereur jeta un regard sur la foule toujours compacte, qui avait même doublé avec l'arrivée de bourgeois curieux de savoir ce qui se passait. D'un geste brusque de la main, il ordonna à sa suite de rentrer dans la cathédrale. Le comte von Württemberg veilla à ce que ses hommes entraînent l'avocat et l'abbé malgré leur résistance acharnée. Il invita Marie, qui les suivait des yeux en se demandant ce qu'elle devait faire, à le rejoindre.

À l'intérieur, les gens se regardaient d'un air déconcerté. Seule la présence de l'empereur, assis sur son fauteuil, muet et la mine renfrognée, les retenait d'entamer de vives discussions. Ils jetaient des coups d'œil à la fois intrigués et agacés au comte von Württemberg, qu'ils tenaient pour l'instigateur de cette rébellion. Beaucoup observaient aussi Marie, dont la robe simple et les rubans jaunes juraient dans cette assemblée de grands seigneurs et de notables. Quelques-uns les montrèrent du doigt et murmurèrent quelque chose à l'oreille de leurs voisins, sans doute pour leur apprendre qu'elle réchauffait régulièrement son lit.

Pourtant, le silence ne dura pas longtemps. Soudain, plusieurs fantassins du Palatin arrivèrent, sous la conduite de Michel, avec un secrétaire dont les précieuses sculptures et marqueteries avaient beaucoup souffert du voyage. Ruppert poussa un cri d'effroi et tenta d'échapper à ses gardes. Michel ordonna à ses soldats de déposer le meuble devant l'autel et prit la parole.

— Comme Maître Ruppertus Splendidus est accusé de contrefaçon, il m'a paru souhaitable de fouiller sa maison. Sur les lieux, j'ai été frappé par ce petit scriban. Nous y avons décelé plusieurs espaces creux qui servent de tiroirs secrets et en avons ouvert un. Voilà ce qu'il contenait.

Michel tendit à Eberhard von Württemberg un parchemin pourvu de plusieurs sceaux. Le comte y jeta un rapide coup d'œil et sourit, comme quelqu'un qui se voit conforté dans son opinion.

— C'est le testament authentique du chevalier Kuno, l'oncle de Gottfried von Dreieichen, qui a prétendument légué son bien à Heinrich von Keilburg.

Marie fut sans doute la seule à percevoir le soulagement dans la voix du comte. Après cette découverte, Ruppert était confondu une fois pour toutes. Elle aussi était soulagée, même si elle se demandait pourquoi ce monstre n'avait pas détruit depuis longtemps le document compromettant. Sans doute constituait-il une arme pour le cas où son frère aurait voulu se passer de ses services.

Le testament de Kuno von Dreieichen n'était pas la seule trouvaille que contenait le secrétaire. Lorsque, sur l'ordre de l'empereur, les soldats eurent mis en pièces le meuble précieux, d'autres documents authentiques apparurent au grand jour, ainsi qu'un livre en papier à la cuve dont plus de la moitié des pages portaient la belle écriture de l'avocat. Sigismond y jeta un œil et le tendit à l'évêque Friedrich.

— On dirait du latin, mais cela n'a aucun sens.

Le religieux fronça les sourcils et fixa la première page en murmurant quelque chose, puis continua de feuilleter le livre. Comme le souverain toussotait pour manifester son impatience, il leva les yeux d'un air effrayé et referma bruyamment le volume.

— Ce texte est rédigé à l'aide d'un code que les hommes d'Église utilisent pour leurs annotations secrètes. Ruppertus Splendidus tenait un journal où il a inscrit tous ses faits et gestes. Ce document contient donc la liste complète de ses méfaits. Oui, cet homme est coupable de ce dont on l'accuse. Et l'abbé von Waldkron également a bien des crimes à se reprocher.

— Dans ces conditions, nous allons nous réunir pour faire leur procès ainsi que celui de leurs complices !

Pour donner plus de poids à sa décision, le souverain tapa sur le banc d'église. Il ordonna aux gardes palatins d'enchaîner Ruppert et l'abbé et de les conduire à sa résidence.

6

Les jours suivants furent pour Marie un calvaire. On l'avait également conduite dans le monastère de Petershausen où logeait l'empereur et enfermée dans une cellule. Elle recevait deux repas par jour et un peu d'eau pour sa toilette, mais elle n'eut pas le droit de quitter une seule fois la pièce. Après des années de vie itinérante, elle avait l'impression d'étouffer dans ces quatre murs, d'autant plus que personne ne pouvait lui dire ce qu'on avait l'intention de faire d'elle. En rêve, elle se voyait déjà clouée au pilori, mourant lentement sous les coups de verge, tandis que Ruppert, dans ses habits de gentilhomme, la fixait d'un air triomphal.

Si elle avait eu le droit de recevoir des visites, sa détention n'aurait pas été aussi insupportable. À force d'interroger l'une des nonnes avares en paroles qui s'occupaient d'elle, elle apprit qu'on avait refusé l'accès plusieurs fois à une prostituée dont la description correspondait à Hiltrude. Le troisième jour, alors qu'elle croyait devenir bientôt folle, Michel réussit à s'introduire à l'intérieur du cloître et lui apprit à travers la porte des nouvelles réconfortantes. En quelques paroles concises, il lui rapporta que l'empereur avait repoussé son départ de plusieurs jours afin de présider lui-même le procès d'Hugo von Waldkron et de Ruppertus Splendidus.

On avait arrêté le comte Konrad von Keilburg et quelques-uns de leurs complices, en particulier Utz, Hunold et Linhard. Michel put lui dire qu'à la vue des instruments de torture, le bourreau s'était effondré et avait avoué le viol de Marie ainsi que d'autres crimes qu'il avait commis sur l'ordre de l'avocat. Le moine aussi avait confessé avec résipiscence, tandis qu'Utz et Ruppert niaient tout en bloc, en dépit des présomptions accablantes. Les grands seigneurs dans l'entourage de l'empereur semblaient, quant à eux, moins s'intéresser au juste châtiment des coupables qu'à la répartition des riches domaines sur lesquels le comte von Keilburg avait mis la main.

Ce dernier point n'avait guère surpris Marie : le bruit de leurs disputes avait pénétré jusque dans sa cellule. Elle commençait à éprouver de la haine pour tous ces gens qui ne pensaient qu'à bien vivre et à accroître leur pouvoir, mais traitaient les personnes de condition inférieure comme des pions. Il en allait finalement de son destin et elle était révoltée qu'on la tienne à l'écart du procès. Parfois, quand sa colère retombait, elle se demandait ce qui allait advenir d'elle. Le but qu'elle avait fixé à son existence serait atteint à l'instant même où l'on jugerait et punirait les hommes qui l'avaient souillée et jetée au ruisseau. Ce qui viendrait après n'était encore qu'un nuage noir et menaçant. En aucun cas, elle ne poursuivrait sa vie de catin itinérante, mais pour une femme apatride et déshonorée, il n'y avait qu'une seule issue : la mort.

Le quatrième jour commença comme les trois premiers. L'une des religieuses ouvrit la porte et lui apporta sa bouillie sur un plateau. Elle posa celui-ci sur la table sans dire un mot, prit le pot de chambre et sortit en silence, comme une ombre. Marie mangea sans grand appétit. En entendant qu'on frappait à la porte, elle supposa qu'on venait rechercher la jatte à moitié pleine et rapporter son pot de chambre. Elle poussa la bouillie devant elle et se leva. Alors, surprise, elle vit entrer quatre nonnes du deuxième ordre de saint François. Leurs visages étaient graves, voire un peu solennels, mais pas désagréables.

— Marie Schärer, on nous a confié la tâche de te vêtir et de te conduire devant tes juges.

La supérieure hocha la tête en esquissant un gentil sourire. Pourtant, à ces paroles, un frisson parcourut le dos de Marie.

Lui reprochait-on d'avoir osé revenir à Constance ? Ou voulait-on la punir d'avoir été à l'origine de la révolte des courtisanes ? Elle redressa les épaules et se dit qu'on n'en voulait sans doute pas à sa vie, sinon on ne lui aurait pas envoyé les femmes pieuses, mais des gardes municipaux. Elle ôta la blouse qu'on l'avait obligée à porter ici et prit le panier que lui tendait la nonne et qui contenait une robe. C'était l'une des siennes, et même la plus belle, mais on y avait cousu de nouveaux rubans fraîchement teints. Elle la passa, mit les boutons et fit signe aux religieuses qu'elle était prête en soulevant le menton de manière provocante. Les quatre femmes l'encadrèrent comme des gardiens de prison et la conduisirent, à travers des couloirs sans fin où elles ne rencontrèrent personne, dans le cloître du monastère où les attendait une voiture fermée.

Comme Marie hésitait, la supérieure lui posa la main droite sur l'épaule et la poussa à l'intérieur du véhicule, qui était assez grand pour elles cinq et qui, à sa plus grande surprise, était équipé de sièges rembourrés. Les seigneurs qui utilisaient ce genre de voiture avaient manifestement le derrière fragile. Marie se demanda avec angoisse où elles partaient. Pourtant, elle repoussa ses craintes et regarda au-dehors par une fente du rideau en cuir. Elle fut à nouveau surprise de constater qu'elles traversaient le pont sur le Rhin en direction de la ville. Peu après, quand les chevaux s'arrêtèrent, elle aperçut le lieu qu'elle aurait souhaité ne plus jamais revoir – le cloître sur l'île des dominicains dans lequel elle avait naguère été condamnée.

De toute évidence, on ne se souciait plus de la séparation des sexes dans les monastères de Constance : les nonnes l'accompagnèrent dans l'enceinte du vaste bâtiment et la conduisirent dans la salle où l'on avait prononcé son jugement, cinq ans auparavant. La pièce était exactement telle qu'elle l'avait gardée en mémoire – à ceci près que les moindres tabourets étaient aujourd'hui occupés et que les huissiers et les domestiques d'assez grands seigneurs se tenaient tout autour, debout contre les murs.

L'empereur avait pris place sur un trône à baldaquin aux accoudoirs élevés, qui portait les symboles du Saint Empire. Sa longue robe rouge et le blason doré orné de l'aigle noir qui recouvrait sa poitrine soulignaient l'importance que Sigismond accordait à ce procès. Pourtant, son visage exprimait l'ennui et l'envie d'en finir, ce qu'on ne pouvait pas dire des seigneurs qui l'entouraient.

Juste à côté de lui se trouvaient Ludwig von der Pfalz et l'évêque de Constance, qui regarda entrer la prisonnière, la tête appuyée dans sa main droite, avec un sourire étrangement absent et en même temps assez satisfait. À côté du Palatin, Marie reconnut Eberhard von Württemberg, qui se redressa dès qu'il l'aperçut et lui adressa un clin d'œil en faisant presque un sourire de gamin. Nous avons réussi, semblait-il vouloir lui dire. D'un mouvement de la tête, il désigna le banc des accusés où étaient assis – à côté de Ruppert – Utz, Hunold, Linhard et quelques autres complices qu'elle ne connaissait pas. À l'exception du moine, vêtu de l'habit de son ordre, la tête inclinée et les mains jointes dans un geste de profond recueillement, tous portaient les fers et la robe d'infamie.

En voyant le regard haineux de Ruppert rivé sur elle, Marie détourna la tête et chercha la table du juge dans le fond de la salle. Elle crut que son cœur allait s'arrêter de battre en y apercevant Honorius von Rottlingen, celui qui l'avait condamnée. Les assesseurs aussi étaient les mêmes, ainsi que le greffier, qui avait visiblement beaucoup vieilli. Pourtant, cette fois, la mine de père Honorius n'était pas arrogante et pleine de dégoût, mais aussi crispée que s'il devait rendre un verdict sur lui-même. Il fit un signe et les religieuses conduisirent Marie vers un tabouret placé près de la table du juge. Pouvant dès lors voir les spectateurs assis à l'autre extrémité de la salle, elle découvrit le chevalier Dietmar, son épouse et l'abbé Adalwig de Sainte-Ottilie. Michel aussi était là : debout près de la porte, dans son plus bel uniforme, il lui fit un signe mystérieusement songeur.

Lorsque les quatre nonnes se furent retirées contre le mur, Honorius von Rottlingen leva la main pour réclamer le silence. Il jeta à Ruppert un regard qui semblait lui dire qu'il le tenait pour responsable des pires difficultés qu'il ait jamais connues et connaîtrait jamais, puis il s'inclina devant l'empereur et esquissa un mouvement de la tête à l'attention de l'évêque de Constance, qui ne semblait pas faire partie de ses amis.

— Au nom du Père, du Fils et du Saint-Esprit, nous voici rassemblés pour faire œuvre de justice.

On aurait dit qu'il allait s'étouffer en prononçant ces paroles.

— Les accusés Ruppertus Splendidus et Utz Käffli ont été jugés coupables de nombreux crimes et seront exécutés demain matin sur le Brüel. Ruppertus Splendidus est condamné au bûcher. Ses cendres seront ensuite jetées dans le Rhin afin que plus rien n'en subsiste au jour de la résurrection. Utz Kâffli est condamné à la roue.

Alors que le charretier avait écouté le verdict sans réagir, l'avocat se leva et maudit le juge. Mais avant qu'il ne puisse en dire plus, deux huissiers le bâillonnèrent. Hunold et les autres relevèrent la tête, comme s'ils espéraient obtenir des peines moins lourdes, mais s'effondrèrent à nouveau dès les premiers mots de père Honorius.

— Le bourreau Hunold est jugé coupable de viol d'une pucelle, de fausses déclarations devant les tribunaux et de divers crimes révélés au cours des débats. Par conséquent, il est condamné à la mort par étranglement, de même que l'apprenti tonnelier Melcher pour complicité de meurtre, le voiturier Hein pour vol et complicité de meurtre, le garçon d'épicerie Adalbert et l'ancien moine Festus pour falsification de documents, complicité d'escroquerie et vol. Le dernier accusé, Linhard Merk, aujourd'hui frère Joseph, qui a avoué ses péchés et s'est repenti, est condamné à la réclusion à vie dans son monastère. Tous sont reconnus associés de l'accusé principal Ruppertus Splendidus, qu'ils ont assisté dans l'exécution de ses crimes monstrueux.

Honorius von Rottlingen se tut, puis se tourna vers Marie, avec l'air de souffrir.

— Telle est la volonté de Sa Majesté l'empereur et de tous les grands seigneurs de l'empire ici présents de te rendre justice, à toi, Marie Schärer, fille de Matthis Schärer, citoyen de Constance. Mère Théodosia, faites votre devoir.

La supérieure qui avait accompagné Marie se fit donner des ciseaux par l'une des sœurs tandis que les deux autres apportaient une bassine remplie de charbons ardents. Alors, elle s'avança vers Marie, prit l'un des rubans jaunes entre ses doigts fins et le coupa à ras avant de le jeter, avec un geste de dégoût, dans le récipient où il se consuma aussitôt. Elle avait le visage ulcéré, comme si elle était en train d'enlever des chenilles particulièrement répugnantes d'un pied de vigne, mais ne s'arrêta pas avant d'avoir jeté le dernier ruban jaune dans la braise. Enfin, visiblement soulagée, elle fit signe aux trois nonnes d'emporter le tout. Les religieuses déplièrent ensuite une chemise blanche, la passèrent au-dessus de la robe de Marie et conduisirent la jeune femme devant le juge.

Père Honorius fit le signe de croix, trempa sa main droite dans une coupe que lui tendait un moine et fit couler de l'eau bénite sur la tête de Marie.

— Au nom de la Sainte-Trinité, je te lave, toi Marie Schärer, de tous tes péchés et je te déclare aussi pure et innocente que si tu sortais du sein maternel.

— Ainsi soit-il, dit l'évêque avec un sourire.

Friedrich von Zollern avait insisté pour que ce soit Honorius von Rottlingen en personne qui prononce l'acquittement. Les abbés et moines du cloître sur l'île, jaloux de leurs prérogatives, avaient trop souvent donné du mal à ses prédécesseurs sur le siège épiscopal et l'avaient lui-même provoqué à plusieurs reprises. Cette fois, il était parvenu à humilier le plus présomptueux de tous, en la personne d'Honorius, et avec lui, l'ensemble des moines de ce monastère.

Marie ne comprit pas immédiatement ce que cela signifiait. Elle, innocente ? Même les paroles d'un moine ne pourraient jamais lui rendre son innocence. Pourtant, si les citoyens de Constance acceptaient cette sentence et lui rendaient ses droits de bourgeoisie, elle pourrait s'acheter une petite maison avec l'argent qu'elle possédait et vivre ici comme une femme honnête. Un rire méchant la fit alors tressaillir.

— Tu peux bien laver la catin de ses péchés, espèce de corbeau ! hurla Utz. Mais elle n'est pas prête d'oublier toutes les queues qu'elle a eues entre les jambes. Et c'est la mienne qui a été la première !

Il allait poursuivre, mais un huissier lui enfonça un bâillon entre les dents, de sorte qu'il put seulement bredouiller des choses incompréhensibles. Ses paroles avaient néanmoins fait sur Marie l'effet d'un seau d'eau froide. Pendant un court instant, elle avait espéré que les cinq dernières années étaient effacées et qu'elle pourrait vivre à Constance. Elle comprenait maintenant que ses concitoyens n'oublieraient jamais son passé. Les hommes verraient en elle une proie facile et les femmes lui fermeraient leur porte.

Elle songea brièvement qu'Utz avait menti. Ce n'était pas lui qui avait commencé, mais Hunold, qui était là, tremblant et gémissant, sur le banc des accusés. Elle n'éprouvait aucune pitié pour lui, mais ne ressentait pas non plus de joie à la condamnation de ses ennemis, dont elle avait rêvé pendant tant d'années. Elle avait plutôt l'impression de se retrouver au bord d'un gouffre et de chercher en vain une passerelle.

La seule chose qui pouvait lui assurer un avenir était son argent. Pour une catin itinérante, elle était riche. Cependant, son or ne suffirait pas pour acheter le droit de bourgeoisie d'une petite ville loin de Constance, acquérir une maison, deux chèvres et y mener une vie modeste jusqu'à la fin de ses jours. Elle pensa en soupirant à la fortune qui avait été celle de son père. Si on ne lui en rendait ne serait-ce qu'un tiers, elle pourrait subvenir à ses propres besoins ainsi qu'à ceux d'Hiltrude.

Elle cogitait sur la suite des événements quand Père Honorius la bénit à nouveau. Elle crut alors que tout était fini, mais les quatre nonnes s'approchèrent à nouveau d'elle et lui passèrent cette fois, au-dessus de sa chemise blanche, une robe bleu marine ornée de riches broderies et bordée de fourrure. Marie reconnut au toucher qu'il s'agissait de drap flamand d'excellente qualité, comme les bourgeoises de Constance les plus riches et les plus estimées n'en portaient que pour la messe du dimanche. Elle commençait lentement à trouver toute cette mise en scène pénible. Il faisait chaud, surtout qu'elle avait maintenant trois vêtements l'un sur l'autre. Elle était trempée de sueur et ses cicatrices la démangeaient affreusement. Elle aurait pu demander à Mechthild von Arnstein, qui s'avançait justement vers elle, de lui gratter le dos. Mais la gente dame lui prit la main, la conduisit vers l'abbé Adalwig et s'arrêta devant lui sans la lâcher.

Un chevalier de la suite du comte palatin prit à son tour la main de Michel et l'invita à s'approcher de Marie. L'abbé leur adressa un sourire apaisant. Lorsqu'il se mit à parler, Marie crut d'abord qu'il ne savait plus trop ce qu'il faisait. Il leur donnait la bénédiction nuptiale sans leur avoir demandé leur avis. Elle se tourna vers son ami d'enfance, mais comme celui-ci ne protestait pas, elle n'osa rien dire non plus.

— Je vous déclare mari et femme, amen.

L'abbé Adalwig était visiblement content de lui : il n'avait pas fait une seule faute et n'avait pas bégayé une seule fois.

Pendant la très courte cérémonie, Michel avait observé la stupeur croissante qui se dessinait sur le visage de Marie. Elle avait l'air aussi abasourdie que si elle avait de nouveau été condamnée au pilori. Il ne put s'empêcher de lui en vouloir : l'épouser n'avait quand même rien de comparable avec des coups de verge sur la place publique ! Puis il se rappela qu'il n'en était pas allé autrement de lui vingt-quatre heures auparavant. Son seigneur, le comte Ludwig von der Pfalz, l'avait emmené à une réunion chez le comte von Württemberg, à laquelle assistaient aussi l'évêque de Constance Friedrich von Zollern, le conseiller Alban Pfefferhart, dame Mechthild et le chevalier Dietmar von Arnstein. Leur hôte n'avait pas fait de long préambule, il en était venu au fait après de brèves paroles de bienvenue.

— Que va-t-il advenir de Marie ?

Alban Pfefferhart avait levé les mains comme pour s'excuser.

— Elle peut difficilement rester ici. Nous pouvons bien sûr lui rendre ses droits de bourgeoisie et lui donner une maison dans laquelle elle pourrait s'installer. Mais tous les soirs, les sales crapules de Constance se rassembleraient dans sa cour dans l'espoir qu'elle serait restée assez frivole pour leur procurer une nuit de plaisir. C'est pourquoi le conseil municipal, dont je fais également partie, propose de l'envoyer dans une ville éloignée où elle pourrait vivre en paix.

— Cela arrangerait vos affaires, espèces de maquignons ! s'était moqué le comte von Württemberg. Mais je voudrais bien savoir dans quelle ville de l'empire une femme seule peut vivre sans être importunée.

Michel avait jugé que le moment était venu pour lui de prendre la parole.

— Marie a besoin de la protection d'un homme. C'est pourquoi je vais lui demander si elle ne veut pas rester avec moi.

— Comme maîtresse ? l'avait interrogé von Württemberg d'une voix mordante.

Puis un large sourire s'était dessiné sur ses lèvres.

— Non, avait-il poursuivi, je n'accepterai pas. Tu dois l'épouser.

Dame Mechthild avait secoué la tête d'un air scandalisé.

— Michel Adler est officier du comte palatin et il fait partie de ses conseillers. Il ne peut pas épouser une catin !

L'évêque avait levé le bras pour la calmer et avait souri, comme si une idée plaisante lui avait traversé l'esprit.

— Il y a une solution à ce problème, dame Mechthild. Laissez-moi apporter ma pierre à l'heureux dénouement.

— Dans ce cas, nous sommes d'accord.

Le comte avait clairement signifié qu'il ne souhaitait plus entendre d'objection, s'était approché de Michel et lui avait tapé sur l'épaule.

— Tu ne vas pas y perdre, mon garçon ! Si tu épouses Marie, je te nomme capitaine de forteresse dans l'une de mes villes. Dans ces conditions, si jamais quiconque dit quoi que ce soit sur ta femme, tu pourras tranquillement le mettre au trou – avec ma bénédiction.

Michel avait fixé Württemberg, bouche bée. Puis son regard s'était tourné vers le comte palatin, qui avait l'air de ne pas savoir s'il devait éclater de rire ou taper du poing sur la table. Finalement, il s'était planté à côté de Michel.

— On sait que vous aimez arranger des mariages, Comte. Surtout quand il s'agit de vos anciennes maîtresses. Mais Michel est mon vassal, et il le restera.

Le jeune homme s'efforça d'oublier cette scène et chercha à comprendre pour quelle raison Marie lui appartenait maintenant devant Dieu et les hommes. À en juger par son visage, elle ne lui appartenait d'ailleurs pas tant que cela. Elle semblait plus loin de lui qu'elle ne l'avait jamais été au cours des cinq années où elle avait battu la campagne et lui gravi les échelons dans l'armée du Palatin. Avant qu'il pût échanger le moindre mot avec son épouse, Eberhard von Württemberg et Ludwig von der Pfalz se dirigèrent vers elle et lui serrèrent la main.

À voir le sourire du comte von Württemberg, Marie devina qu'elle lui devait ce bon tour. Elle était sur le point de lui dire haut et fort ce qu'elle en pensait :

qu'elle n'était pas une poupée dont on pouvait faire ce qu'on voulait et que Michel avait assurément mérité mieux qu'une catin itinérante. Mais elle n'eut pas le loisir de lui faire de reproches car d'autres s'approchaient pour la féliciter.

Le chevalier Dietmar était si gêné qu'il n'osait pas la regarder en face. Alban Pfefferhart, au contraire, paraissait extrêmement soulagé, comme si cette union les lavait d'une souillure, la ville et lui. Même l'empereur se rabaissa à poser une main sur leurs épaules et à leur souhaiter une vie heureuse et beaucoup d'enfants.

Marie non plus n'osait pas regarder Michel et respira quand dame Mechthild lui prit le bras pour l'emmener vers la sortie. En jetant du couloir un dernier regard dans la salle, elle vit que le comte palatin tendait un gobelin de vin au jeune marié pour trinquer avec lui. La porte se referma et elle eut le sentiment d'être une nouvelle fois entraînée vers un destin incertain. Elle se tourna vers dame Mechthild et dit :

— Tout cela est ridicule. Je ne peux pas épouser Michel.

La châtelaine lui montra l'allée qui conduisait au portail et répondit :

— Viens. Tu es attendue avec impatience, pressons-nous. Pour ce qui est de ton mariage, tu es déjà la femme de Michel Adler devant Dieu et les hommes. Je peux comprendre ta perplexité, mais cela nous a paru la meilleure solution. Tu n'es plus vierge et tu n'es pas veuve. Tu aurais eu du mal à trouver un homme qui accepte de te conduire à l'autel sans lui révéler ton passé. C'est pour éviter une situation aussi embarrassante et pour étouffer toute médisance que le comte von Württemberg t'a unie à ton ami d'enfance, qui te suit comme une ombre depuis maintenant de nombreuses semaines. Le conseil de la ville de Constance était très heureux de cette issue : les sieurs Muntprat et Pfefferhart t'ont même accordé une dot considérable. Michel n'épouse pas une fille pauvre. Avec tout ce que tu vas obtenir en guise de dédommagement pour l'héritage que tu as perdu, tu es même très riche.

Il y avait dans la voix de dame Mechthild une pointe d'envie. Elle lui adressa pourtant un sourire apaisant qui compensait cette impression. Une fois assise à côté de la jeune femme dans la voiture, elle lui prit la main.

— Je voudrais m'excuser, Marie. J'ai été injuste avec toi. Quand tu es venue nous rendre visite, il y a quelques semaines, j'étais persuadée que tu voulais à nouveau prendre ma place dans le lit de mon époux, et soudain, j'ai éprouvé de la jalousie. Ensuite, j'ai cru que tu voulais nous gagner à ta cause par je ne sais quelles histoires. Le comte von Württemberg nous a rapporté que tu as en effet récupéré le testament pour nous. Grâce à toi, nous avons non seulement hérité du domaine de Mühringen, mais aussi d'une partie des fonds qui appartenaient autrefois à la forteresse de Felde et qui complètent nos terres à merveille. Le chevalier et moi t'en sommes à jamais reconnaissants et nous aimerions te récompenser. S'il y a quelque chose qui te ferait plaisir – ferme, forêt, vignes –, dis-le-moi, je t'en prie.

La voiture se mit en branle. Cette fois, Marie se moquait de savoir où on l'emmenait. Elle pensait à Hiltrude, qui l'avait sauvée à l'époque et qui l'avait toujours soutenue, quelles que soient ses réticences vis-à-vis de ses projets de vengeance. Elle lui devait bien de l'aider à accéder, elle aussi, à une vie meilleure et à un peu de bonheur. Elle ne savait pas s'il était possible de ranimer l'amour entre son amie et le gardien de chèvres, mais il valait la peine d'essayer.

— Si vous voulez vraiment vous montrer reconnaissante, dame Mechthild, offrez une ferme à ma fidèle compagne Hiltrude et laissez-la épouser Thomas.

Cette idée parut lui plaire.

— Volontiers. Souhaites-tu une ferme à Arnstein ou préfères-tu garder ton amie près de toi ?

Marie poussa un petit rire.

— J'aimerais beaucoup qu'elle reste près de moi, mais je ne sais même pas où le vent m'emmène !

Dame Mechthild lui posa la main sur la cuisse et cligna des yeux d'un air complice.

— Ludwig von der Pfalz a nommé ton Michel capitaine de la forteresse de Rheinsobern. C'est l'un des deux domaines de Konrad von Keilburg que le comte palatin a obtenus.

— Tant mieux pour lui ! répliqua Marie en haussant les épaules. Mais n'y a-t-il pas d'héritiers qui peuvent réclamer ces propriétés ?

— Le comte avait acquis beaucoup de terres par la force ; lui-même ou son demi-frère et ses complices ont veillé à ce qu'il ne reste plus d'héritiers pour contester leurs biens. Nous, pour notre part avons eu de la chance, mais sans la protection d'Eberhard von Württemberg, nous aurions un jour ou l'autre été victimes de la convoitise de Konrad. C'est d'ailleurs le comte Eberhard qui s'est vu accorder la forteresse de Keilburg avec l'ensemble de ses biens-fonds. Bernhard von Baden, lui, a reçu trois villages en Forêt-Noire et une petite ville au bord du Rhin, tandis que l'empereur s'est réservé trois seigneuries pour pouvoir les donner en fief à de fidèles vassaux.

Dame Mechthild fit entendre un rire sarcastique.

— Le seul qui soit Gros-Jean comme devant, c'est Friedrich von Tirol, qui s'est opposé à l'empereur. Eberhard von Württemberg et Bernhard von Baden ont réussi à le persuader que l'influence des Habsbourg dans le Sud aurait été trop grande s'il leur accordait de nouvelles terres. Il n'aurait plus été possible de leur refuser le titre de duc de Souabe. Et comme ils sont devenus trop puissants à son goût, Sigismond a pris comme prétexte l'insoumission de Friedrich pour l'exclure de la répartition des biens de Keilburg.

Dame Mechthild rapporta à Marie que Konrad avait été jugé et décapité, de même que l'abbé von Waldkron, dont plusieurs princes de l'Église auraient volontiers vu la condamnation à mort commuée en réclusion à perpétuité. Mais l'empereur s'était montré intransigeant en raison de ses relations avec les Keilburg. Ensuite, la châtelaine énuméra tous ceux qui avaient profité du démembrement des biens de Konrad et expliqua comment on avait réparti les terres que l'abbé avait détournées au profit de son cloître.

Marie n'eut bientôt plus aucune envie de savoir quelle forteresse ou quelle commune avait été promise à qui. Elle regardait par la fenêtre, songeuse, et se demandait à quoi ressemblerait sa vie aux côtés de Michel. Elle interrompit pourtant bientôt ses réflexions, car la voiture passait justement sur le marché et tournait dans la rue dite Sous-les-Arcades qui menait au Marché d'en haut.

— Où me conduisez-vous, dame Mechthild ?

La châtelaine d'Arnstein lui sourit pour la rassurer.

— Je pense que tu seras heureuse de revoir ta famille.

Marie se rendit compte que l'exécution de son plan et la colère qu'elle avait éprouvée de se voir emprisonnée et tenue à l'écart du procès lui avaient fait complètement oublier son oncle. Tout à coup, elle brûlait d'impatience. Dès que le véhicule s'arrêta au croisement de la ruelle du Chien, elle bondit de la voiture, dévala la chaussée et ouvrit la porte qui donnait dans la cour de Mombert Flühi. Quelques instants plus tard, elle pénétrait, hors d'haleine, dans la salle où sa famille était rassemblée.

Mombert se leva et s'avança vers elle. Il essaya de parler, mais fut pris d'un sanglot qui, vu qu'il avait les yeux tout rouges, ne devait pas être le premier de la journée. Finalement, il s'agrippa à sa nièce et enfouit son visage dans le creux de son épaule.

— Quelle joie de te revoir ! murmura-t-il de manière peu compréhensible.

Jusque-là, Wina, l'ancienne intendante de son père, n'avait pas fait un geste. Dès que Marie lui eut souri pour l'encourager à s'approcher, elle la prit dans ses bras et lui assura, en pleurant à chaudes larmes, que c'était le plus beau jour de sa vie. Marie la caressa et la berça, comme une enfant. Comment c'était bon d'être aimée !

7

L'empereur prit la route dès le lendemain. À sa mine, on voyait bien qu'il estimait n'avoir passé que trop de temps à Constance. Pour Marie aussi, le moment du départ approchait. Si elle avait pu, elle aurait quitté la ville en secret, dès l'aube. Seulement, Pfefferhart lui avait signifié sans ambages qu'elle avait le devoir d'assister au châtiment des hommes auxquels elle devait cinq années d'infamie et la mort de son père.

L'exécution d'Hunold et des autres complices fut rapide. Le bourreau leur passait une corde autour du cou et tirait jusqu'à ce qu'ils ne bougent plus. Ensuite, il faisait un nœud pour éviter qu'ils ne reprennent leurs esprits et s'occupait du suivant. En revanche, il rompit un à un les membres d'Utz sans lui donner le coup de grâce dans la poitrine, puis l'attacha sur une roue. Le supplicié qui n'avait pas perdu connaissance ne criait pas et ne le suppliait pas d'abréger ses tortures, mais se moquait du tribunal et se vantait de ses crimes. Il paraissait fier de ses méfaits, qui lui donnaient le droit de revendiquer une place d'honneur en enfer. Il hurlait le nom des seigneurs qu'il avait assassinés, comme Otmar, l'oncle du chevalier Dietmar, et d'autres gentilshommes dont Marie avait entendu parler. À la fin, il affirma qu'il s'apprêtait à tuer Konrad von Keilburg sur l'ordre de son demi-frère, mais qu'il n'en avait pas eu le temps.

Tandis que le charretier vociférait toujours, on conduisit Ruppert au bûcher. Il geignait sans retenue, suppliait qu'on l'épargne, proposait ses services à l'évêque de Constance, au comte von Württemberg ou à tout autre seigneur qui le préserverait des flammes. Mais il ne récoltait que sarcasmes et mépris des citoyens de Constance. À la fin, les gamins des rues qui s'étaient faufilés au premier rang lui jetèrent de la boue. Les gardes municipaux durent le porter et le tenir pour l'attacher au poteau. Indifférents à ses lamentations, ils déposèrent autour de lui du bois et des fagots que le bourreau alluma sur l'ordre du juge. Quand les langues de feu s'élevèrent autour de lui, ses cris retentirent effroyablement sur tout le Brüel.

Marie ne resta que le temps nécessaire. Sitôt qu'elle put, elle courut sur la tombe de son père pour y faire sa première prière. Michel, qui la suivait depuis l'aube bien qu'elle ne lui accordât pas un regard et moins encore une parole, l'accompagna et s'agenouilla à ses côtés pour prier avec elle.

Alors qu'elle voulait rentrer en ville, il lui prit la main et, sans prêter attention à ses protestations, l'emmena au port où une grande barque semblait ne plus attendre qu'eux. Elle était fâchée de quitter Constance de manière aussi rapide, aussi peu spectaculaire. Elle s'était préparée à l'idée de passer quelques jours en famille après l'exécution de ses ennemis, même si ses proches la fatiguaient un peu avec leurs larmes de joie. À sa plus grande surprise, elle aperçut, assis à l'avant du bateau, Mombert et les siens qui observaient les matelots. Elle se dégagea de l'étreinte de son mari et s'élança comme pour aller rejoindre son oncle, mais s'arrêta à l'arrière de l'embarcation. Elle n'était pas encore en mesure de parler.

Elle aurait du mal à s'habituer à sa nouvelle existence, qui comporterait une foule d'obligations inconnues. Elle devrait tout d'abord se faire à l'idée qu'elle avait effectivement atteint le but qu'elle s'était assigné pour survivre. Pendant cinq ans, elle n'avait aspiré qu'à la mort de Ruppert. Maintenant qu'elle s'était vengée de l'ignominie, elle se sentait vide et épuisée.

Comme la barque emportée par le courant s'éloignait toujours plus vite des remparts de Constance, elle poussa un profond soupir. Elle ne déplorait pas ce départ précipité, mais Hiltrude lui manquait. Même si son amie l'avait grondée, une fois de plus, elle aurait pu épancher son cœur. Seulement, Hiltrude voulait partir à Arnstein avec dame Mechthild pour aller y chercher Thomas. Elles se reverraient à l'automne. Cordula, elle, resterait à Constance pour y gagner le plus d'argent possible. Après la fin du concile, elle rejoindrait Marie et, avec son aide, ouvrirait une auberge à Rheinsobern.

Tout à coup, Michel se glissa derrière elle et lui posa les mains sur les épaules. Elle allait le repousser quand il commença à parler. Au début, il évita d'évoquer leur couple, mais lui raconta que son oncle Mombert avait perdu toute envie de vivre à Constance et qu'il avait obtenu du comte Ludwig von der Pfalz le privilège de s'installer comme maître tonnelier à Rheinsobern. Wilmar, son compagnon qui serait bientôt son gendre, et la vieille intendante Wina les accompagnaient, sa famille et lui. Ensuite, comme il décrivait la région où ils se rendaient, Marie prit conscience qu'elle ne le traitait pas comme il le méritait et baissa la tête, honteuse.

— Je suis désolée, Michel… Je veux dire, pour le mariage.

— Eh bien, moi, je ne suis pas désolé !

Il la serra contre lui en riant.

— Ma petite Marie ! Je t'aime depuis toujours. Jamais je n'aurais osé espérer que nous puissions un jour être mari et femme.

— Vas-tu réussir à oublier ce qui s'est passé au cours des cinq dernières années ?

— Non. Et je n'ai pas envie d'oublier. Ce fut une période horrible, où tu as fait preuve de beaucoup de courage et de force, exactement ce qu'il te faudra en tant qu'épouse de guerrier. Pour moi non plus, ces années n'ont pas été très faciles, mais elles m'ont beaucoup apporté. Tu as quand même épousé un capitaine de forteresse officiellement nommé bailli de Rheinsobern !

— … Qui se retrouve avec quelqu'un comme moi ! ajouta-t-elle.

Malgré l'amertume de cette remarque, Michel rit tout bas.

— Ce que je suis devenu, je te le dois aussi, Marie. Si je ne t'avais pas follement aimée, je n'aurais jamais quitté Constance. Et notre union est à nouveau un gain inespéré. Sans toi, j'aurais peut-être réussi, avec bien de la chance, à être nommé dans dix ou quinze ans gouverneur d'une forteresse en ruines et pleine de courants d'air, perdue dans les forêts d'un massif montagneux, et non d'un domaine aussi important que maintenant. En principe, seuls les nobles peuvent accéder à un tel poste. Et j'avoue que cette promotion ne m'aurait pas autant plu si c'était le comte von Württemberg qui avait obtenu Rheinsobern. Mais notre seigneur est Ludwig von der Pfalz et Eberhard von Württemberg est bien loin.

Il remarqua lui-même la pointe de jalousie qui flottait dans sa voix et se tut. Perdu dans ses pensées, il joua avec une boucle de ses cheveux qui brillaient comme de l'or dans le coucher de soleil et lui sourit avec amour. Lorsque leur ville natale eut disparu à l'est, il conduisit Marie vers la proue.

— Tu ne dois plus te retourner, ma chérie. Regarde vers l'avenir et tu nous verras tous les deux, toi, la belle et riche châtelaine de Rheinsobern, et moi, son époux.

Elle rit.

— Son époux ? Tu parles déjà comme dame Mechthild !

— Pourquoi pas ? La prochaine fois que nous rencontrerons le chevalier Dietmar et elle, nous serons assis à la même table. Et qui sait ? Peut-être qu'un de nos fils épousera un jour une de leurs filles ?

Marie jugea d'abord l'idée un peu hâtive. Mais à la réflexion, elle trouva ces paroles agréables à entendre.

ÉPILOGUE

En l'an de grâce 1410, la situation est aussi confuse dans le Saint Empire romain germanique que dans l'ensemble du monde catholique. Le roi Ruprecht est mort et ses deux cousins, Sigismond et Jobst de Moravie, se disputent son héritage. Le roi Sigismond va s'imposer, mais il n'est pas en mesure de mettre un terme aux querelles et aux ambitions des grandes dynasties de l'empire. En outre, il est confronté aux problèmes pratiquement insolubles de la chrétienté.

Trois princes de l'Église réclament en effet le titre de successeur de saint Pierre et s'affrontent dans une lutte sanglante. En même temps, le clergé est en plein déclin : les moines et les prêtres sont de vrais coureurs de jupons, les abbés et les évêques se comportent comme des seigneurs qui ne pensent qu'à leur propre fortune et à leur propre grandeur.

En Angleterre, le prédicateur John Wycliffe a déjà fait entendre sa voix contre les abus du clergé. À Prague, le recteur de l'université Jan Hus se lève pour chapitrer les grands de ce monde. Mais ni Grégoire XII à Rome, ni Benoît XIII à Avignon, ni Jean XXIII à Pise ne veulent se retirer pour favoriser l'unité de la foi catholique.

C'est pourquoi Sigismond réunit un concile à Constance. Seul Jean XXIII, qui attend en retour le soutien de l'empereur, s'y rend en personne. Les deux autres se font représenter par des vassaux. Mais comment résoudre le problème alors que les rois de la péninsule Ibérique soutiennent un pape, la France un autre et l'empereur le troisième ?

Après de longues négociations, Jean XXIII est déclaré inapte et rayé de la liste. Le nom de Jean tombe ainsi tellement en discrédit qu'aucun souverain pontife ne le choisira plus pendant six cents ans. Il faudra attendre le vingtième siècle pour que le cardinal Angelo Giuseppe Roncalli l'adopte et devienne le véritable Jean XXIII. Finalement, Grégoire XII renonce de lui-même au Saint-Siège, tandis que Benoît XIII s'y accroche jusqu'à sa mort, bien que son influence se limite à son entourage direct dès qu'Oddo Colonna est élu sous le nom de Martin V.

Si le concile de Constance parvient à régler la question des papes, il échoue, en revanche, sur de nombreux autres points. Il n'arrive ni à mettre un terme au faste de l'Église et à la débauche du clergé ni à nouer un dialogue sincère avec ceux qui condamnent cet état de fait. Jan Hus, venu à Constance sur la foi d'un sauf-conduit que lui a accordé l'empereur, est jugé par un tribunal épiscopal, condamné au bûcher à l'issue d'un procès douteux et exécuté sur le Brüel aux portes de la ville. Cette trahison est à l'origine des guerres hussites, longues et impitoyables, qui marquent le début de l'hostilité entre les populations allemande et tchèque en Bohême.

Une centaine d'années après le concile de Constance, un moine bénédictin affiche sur la porte de l'église de Wittenberg ses 95 thèses, qui poursuivent l'œuvre de Wycliffe et de Hus et vont finalement beaucoup plus loin. Lui non plus ne parvient pas à réformer l'Église catholique et sa doctrine divisera les croyants bien au-delà des frontières de l'empire. Néanmoins, le protestantisme ne restera pas sans effet sur le clergé, qui se transformera plus dans les cent années suivantes que dans les mille qui ont précédé.

À Constance, les mœurs se sont tant relâchées au cours du concile que le troubadour Oswald von Wolkenstein qualifie avec sarcasme la ville de grande maison close s'étendant d'une porte à l'autre. Les prostituées venues pour l'occasion sont contraintes de recourir à des moyens radicaux pour lutter contre la concurrence déloyale des citoyennes. Parfois aussi, de grands seigneurs s'attaquent sans scrupule aux jeunes femmes pures, comme le comte von Württemberg qui enlève en pleine rue la fille d'un bourgeois et l'emmène chez lui sur son cheval. La cité portera longtemps les stigmates de cette époque. Une génération après, le terme d'« enfant du concile » est toujours la pire insulte que l'on peut jeter à la face d'un habitant de Constance.

Composé par Nord Compo Multimédia
7, rue de Fives, 59650 Villeneuve-d'Ascq

Achevé d'imprimer sur les presses de

BUSSIÈRE

GROUPE CPI

à Saint-Amand-Montrond (Cher)
en août 2008

POCKET - 12, avenue d'Italie - 75627 Paris Cedex 13

— N° d'imp. : 81330. —
Dépôt légal : septembre 2008.

Imprimé en France